钱德勒短篇侦探小说全集 ③

BLACKMAILERS DON'T SHOOT

勒索者不开枪

【美】雷蒙德·钱德勒◎著

Raymond Chandler

程倩 等◎译

SPM

南方出版传媒

花城出版社

中国·广州

图书在版编目（CIP）数据

　　勒索者不开枪／（美）钱德勒著；程倩等译. -- 广
州：花城出版社，2015.5（2021.4重印）
　　（钱德勒短篇侦探小说全集；3）
　　ISBN 978-7-5360-7303-6

　　Ⅰ.①勒… Ⅱ.①钱… ②程… Ⅲ.①短篇小说-侦
探小说-小说集-美国-现代 Ⅳ.①I712.45

　　中国版本图书馆CIP数据核字(2015)第050278号

出 版 人：肖延兵
责任编辑：陈宾杰　王铮锴　杨淳子
技术编辑：薛伟民　凌春梅
内文设计：李玉玺
封面设计：ⅢⅢ视觉传达

书　　名　勒索者不开枪
　　　　　LESUOZHE BU KAIQIANG
出版发行　花城出版社
　　　　　（广州市环市东路水荫路11号）
经　　销　全国新华书店
印　　刷　北京一鑫印务有限责任公司
　　　　　（北京市顺义区北务镇政府西200米）
开　　本　880毫米×1230毫米　32开
印　　张　15.25　1插页
字　　数　396,000字
版　　次　2015年5月第1版　2021年4月第4次印刷
定　　价　38.00元

如发现印装质量问题，请直接与印刷厂联系调换。
购书热线：020-37604658　37602954
花城出版社网站：http://www.fcph.com.cn

　　雷蒙德·索恩顿·钱德勒（Raymond Thornton Chandler，1888–1959年）是美国著名侦探推理小说家，出生于芝加哥，七岁开始在英国生活，1912年返回美国，曾担任加州达布尼石油集团副总裁。他少怀文学梦想，但直到1932年在美国经济大萧条中破产后，才转而从事小说创作，大获成功。钱德勒的长篇小说《漫长的告别》获1955年"埃德加·艾伦·坡最佳小说奖"，1958年他当选为美国推理作家协会会长，其以菲利普·马洛为侦探主角的小说几乎均被改编成电影。

　　英美现代侦探推理小说追溯至著名诗人、小说家埃德加·艾伦·坡。自1841年，他自称为"推理小说"的《魔阁街凶杀案》《玛丽·罗杰奇案》和《偷去的信》问世以来，侦探推理小说风靡一时。在英国，有影响力的侦探推理小说家包括威尔基·柯林斯，柯南·道尔和阿加莎·克里斯蒂。威尔基·柯林斯以《月亮宝石》著名，柯南·道尔的《福尔摩斯探案》几乎家喻户晓，而阿加莎·克里斯蒂则因创作《尼罗河上的惨案》等侦探小说而被誉为"探案女王"。

　　总体上，英国推理小说在约定俗成的程式内，流于"向壁虚构，节外生枝，故布疑阵，迷惑读者"，在推理和艺术上都有待提升。而在美国，钱德勒，与达希尔·哈米特、罗斯·麦克唐纳一起，塑造了美国本土"冷硬派"的侦探形象，突破了英国古典推理小说的传统。他们不仅重视演绎推理，更穿插刺

1

激、惊险的动作与打斗，场面神秘惊险，情节扣人心弦，突出与罪犯斗智斗勇的情节描写，如钱德勒的《湖底女人》《再见吾爱》和《漫长的告别》中的侦探马洛，一改以往侦探绅士风度，常常身涉险境，与敌手或警察正面交锋。同时，钱德勒的语言精练简洁，文笔引人入胜，在艺术创作手法上有重大突破，如《其拉诺的枪》以"泰德·卡马迪喜欢雨——喜欢雨的触感，雨的声音，雨的味道"开头，伤感的氛围，孤独的角色跃然纸上；再如《西班牙血盟》中对约翰·马斯特的外貌描写："身材高大，体格肥胖，长相油滑，他青蓝色的下巴光秃发亮，粗大的手指上，每个关节都形成凹窝，褐色的头发从额头开始整齐地往后梳"，主人公形象生动，使读者如同直面其人。但钱德勒对女性、黑人、同性恋角色的描写有失偏颇，需引起读者警惕。

本丛书的推出，是钱德勒的短篇小说全集首次在国内出版。全书分为三册，共25个短篇，基本上都为侦探小说。其中，《青铜门》《英格兰夏日》和《宾格教授的鼻烟》虽写到非正常死亡，却不以案情推理为主。相较于他屡屡搬上荧幕的长篇故事，钱德勒的短篇小说更以语言制胜，妙语频出，情节紧凑。

经过暨南大学外国语学院MTI翻译团队九个月的通力合作，本丛书终于要出版了！虽然我们在翻译过程中字斟句酌，努力用中文再现钱德勒短篇侦探故事的精彩世界，以飨读者，但由于水平所限，瑕疵和错漏在所难免！译文失当之处，请广大读者予以指正，不吝赐教。

目录

英格兰夏日

请将我与撤退的士兵

同葬，在那暗淡星光之下

——斯蒂芬·文森特·贝尼特^①

---

①译者注：此诗引自美国诗人、小说家斯蒂芬·文森特·贝尼特
（Stephen Vincent Benét, 1898—1943）的长诗《约翰·布朗的身体》
（*John Brown's Body*, 1928），该诗讲述美国内战的历史，并于1929年获普
利策奖。

　　这是英格兰悠久历史、风景如画、古老典雅的村舍之一。当一些英国人去不起阿尔卑斯山脉，或威尼斯，或西西里岛，或希腊，或里维埃拉时；当他们不想面对地狱般阴郁的海洋时，他们就会在每年夏天去这些村舍，住上几个星期或者一个月。

　　冬天谁会住在这儿呢？谁会愿意为了寻找答案而忍受漫长而潮湿的孤寂？恐怕只有那些内心平和，面色红润，睡觉还要暖两个陶制热水瓶的老妇人才会住这里吧，在这个世界上好像没有什么可令她们担忧的，就算是死亡也不例外。现在是夏天了，不管怎样，克兰德尔一家要到那里去待一个月，我作为一个应邀的客人，也会过去住上几天。爱德华·克兰德尔亲自邀请我去，我便也就去了，一方面是想接近"她"，一方面因为他的邀请是出于一种侮辱，我就喜欢被一些人侮辱。

　　他不见得是希望抓到我跟她做爱，或者根本就没有在意过这种事。他的精力都放在了屋顶的瓦片上、畜棚场的墙上以及草垛上。不管怎么样，我或她都没那么荣幸获得如此关注。

　　不过我还真没和她做过爱，他也就不可能抓到我们——

在我和他们相识的这断断续续的三年里，我俩什么都没发生过，对我来说，这可真是一种十分古怪、天真又陈腐的矜持。有些情况下，当她一直无限沉默地忍受着他，我觉得自己的矜持近乎冷酷无情了。也许是我错了，也许我真的错了，她真的是漂亮极了。

这是一个乡村小舍，位于一个叫布登汉姆的村庄边缘，除了天然的隐蔽，它还有英式花园里的那种没有实际用途的围墙，好像唯恐被人看到花的姿态不雅。后面贴近房子的一部分叫"门廊"。到了夏天，这里会弥漫着英国花朵所特有的过于浓郁的香气。在向阳的那边，支架上长着油桃，茂密而古老的草坪上摆着一张桌子，一把手工编制的椅子。如果碰上好天气，就可以到这儿来喝茶，我在的时候可没碰上过这种运气。

门廊前有一个更大的花园，在这个围起来的空间内，玫瑰花和木犀草香气袭人，它们在条纹大黄蜂的嗡嗡声中昏昏欲睡。一条走道，一道树篱，一排栅栏和一扇大门，所有这些屋外的景色，我都很喜欢。可小舍里面有一样东西惹我讨厌，那就是楼梯：人们这种错误的创意，有着致命的冷酷，楼梯曲里拐弯，像是特意为六月新娘设计的，让她跌倒，摔断脖子，制造一场突发的悲剧，让那些曾经幸灾乐祸的人，也尝到泪水的滋味。

我不会介意这里只有一个洗手间，没有淋浴。经常去英格兰的十年里，有时停留很长一段时间，我知道即使是对一些大房子，也不能抱有太多期望。你会习惯早上被轻轻的敲门声吵醒，还没回应，门就被轻轻打开了，伴随着刺耳的声音，窗帘也被拉开。随着铜器发出的闷响，一个装满热水、形状怪异的器皿搁在了又宽又浅的底托上，你只能勉强坐进去——前提是你把湿漉漉的脚放到地板上。这种做法早就过时了，但是一些地方仍在沿用。

刚才所说的都还凑合，楼梯就真让我无语了。首先，在顶部伸手不见五指的地方，有个不明显拐角，角度设计十分不合理，还有一个多余的半步台阶，我总是在那儿被绊一下。

在主楼梯拐角之前的上半段，竖着一根角柱，像钢梁一样坚硬、锋利，和长势良好的橡树一般粗细。据说，这是从一艘西班牙大帆船的舵杆上截取的一段。在英格兰的一次暴风中，舵杆被抛到了英格兰的背风岸，经过几个世纪的风风雨雨，舵杆的一部分就到了布登汉姆，成为了楼梯的角柱。

关于楼梯，还有一样东西让我不痛快——两幅钢版画。楼梯本来就够狭窄了，它们还以荒唐的角度挂在墙上，正好垂在楼梯上。两块钢版画以亘古不变的构架，并排挂着，每一个角都锋利如斧，足以劈开头盖骨。这两幅钢版画分别是《喝水之雄鹿》和《受困之雄鹿》，除了头的姿势，它们看起来完全是一样的。我从来没有真正看过它们，每次都只是谨慎地绕过去。唯一能够真正驻足欣赏它们的地方就是去往厨房和洗涤间的走廊。如果你需要过去办事，或者你喜欢钢雕版①的兰西尔，你可以向上观望，视线越过栏杆立柱，大饱眼福。也许有很多乐趣，但对我而言不是。就在这个下午，我和往常一样，呼吸着粘贴墙纸的糨糊散发出的微弱酸气，跌跌撞撞、躲躲闪闪地走下楼梯，我的樱桃木手杖还是难免被卡在栏杆立柱中。每次下楼既要灵活又要不失英国人的风度。

今天房子里出奇的静，我有些怀念老贝西在厨房里单调沙哑的哼唱。老贝西一直住在这里，历经沧桑，就像她曾搭乘西班牙大帆船，历尽艰难险阻，才回到了岸上。

我往客厅里瞥了一眼，没人，于是穿过玻璃落地门来到"门廊"。米利森特坐在门廊的花园椅子上，单纯地坐着。看来，我必须得描述一下她，但可能会有点儿过头儿，就像我描述其他的

---

①译者注：《雄鹿喝水》和《雄鹿受困》原为英国画家埃德温·兰西尔（Edwin Landseer, 1802—1873）的画作，由其擅长雕版和蚀刻术的哥哥托马斯·兰西尔（Thomas Landseer, 1793或1794—1880）制作成铜版画。

事物一样。

　　我觉得，她是典型的英国人，但更为脆弱。她像一件绝佳的瓷器，同样的精致和优美。她个子很高——相当高，事实上，从特定的角度看有点儿突兀，但是我从来不这样认为。最重要的是她举手投足间就会流露出一种无穷的与生俱来的优雅，美得让你怀疑进入了神话里。她头发的颜色很浅，是淡淡的金色，好到没有一缕杂乱，就像遥远闭塞的城堡里一位公主的头发一样。无边昏暗的房间里，老侍者苍老疲倦的手轻握公主的秀发，在烛光下连续梳理着，而公主坐在锃亮的银镜前，昏昏欲睡，偶尔朝那块打磨过的金属扫一眼，不是看自己，而是做着有关镜子的梦。米利森特·克兰德尔的头发就是那样。我只在很久之前，很仓促地触碰过一次。

　　她的两条手臂也很漂亮，它们自己似乎也知道这一点，总能在她浑然不知的情况下，用最恰当的方式摆出泰然自若的姿势。无论是在壁炉边挥舞所勾画出的慵懒、优美的曲线，还是从简洁衣袖中自然垂落，每一瞥都能让你发现其可爱之处，为之振奋。下午茶时，她那摆弄银质餐具的手亦会不经意间摆出优雅美丽的动作。一切仿佛发生在伦敦，尤其是在长长的昏暗的楼上的客厅里，窗外淅淅沥沥地下着雨，灯光也成了雨的颜色，至于墙上的绘画，无论它们本来是什么颜色，现在一律成了灰色。即便是梵高的作品，也会变成灰色。只有她的头发不是灰色的。

　　然而今天，我一边摆弄樱桃木手杖，一边看着她说："我在想，如果邀请你一起去湖边，然后划船带你四处转转，你是不会答应的吧？"

　　她微微一笑，这种笑就代表了拒绝。

　　"爱德华在哪里？去打高尔夫了吗？"

　　她再次微微一笑，这次里面掺杂的是嘲讽。

　　"他今天和一个在乡村酒店认识的猎场看守人去捉兔子，'应该'是个猎场看守人吧。好像他们一大群人围住灌木林中的一块空地，一个兔窝，然后放白鼬进去，兔子就不得不出来。"

"我知道了，"我说，"之后他们就喝兔子血。"

"那该是我说的。你去湖边吧，别耽误了回来喝茶。"

"真是有趣，"我说，"每天只要等着喝茶就好了。在这个暖和的地方，置身漂亮的花园，听着蜜蜂在周围又不至于太近的嗡嗡声，嗅着空气中夹杂的油桃香气。等待下午茶——就像等待一场革命。"

她用英格兰人特有的淡蓝色眼睛望着我，目光有些呆滞，这不是因为疲倦，而是同样的事物看了太长时间。

"革命？这到底是什么意思？"

"说不清楚，"我直率地说，"听起来比较有意思罢了。好了，再见。"

在英国人眼里，美国人总有点愚蠢。

一会儿的工夫我就走到了湖边，和美国的湖泊比起来，这根本算不上湖，但湖中的许多小岛使其景色不错，而且让它显得更加长。水鸟或猛扑到水里，溅出哗啦声，或坐在水中长出的芦苇上，目空一切的样子。几处古老的荒地平缓地向灰白的湖水倾斜，这些地方没有水鸟。不知谁的旧船，有裂缝但还不至于漏水，用短绳拴在一根原木上，因年岁已久，油漆剥落而显得不够灵活。我通常划那条船在小岛间穿行。岛上没人住，但种着庄稼。不时有个乡下老头儿停下锄头，用手遮住阳光，盯着我看。我礼貌地用不纯正的英式英语跟他打招呼，他没回应。他年纪太大，听力太差，要用他的精力来做其他事情。

那天我比以往累，那艘破船笨重得像密西西比河泛滥时灌满水的粮仓，本来就短的船桨比以前更短了。于是我往回划。此时，道道黄色的光芒穿过山毛榉树丛，远远的像是另外一个世界。水面开始变凉了。

为了能够把绳索系到原木上，我不断把船往上拽，然后站直身，吮吸被绳结弄痛的手指。

我没有听到一丝她的声音，或她那匹高大的黑马发出的声响，也没听到马嚼子末端金属环撞击的叮当声。去年那里的落叶肯定特别柔软，要不就是她驯马有超凡的高招。

等我站直然后转过身的时候，发现她和我之间的距离还不足九英尺。

她穿着黑色的女骑装，鞋帮口露出打猎时穿的白色长筒袜。她双腿分开跨坐在马上，使马显得有点狡黠。她微微一笑。这是一个长着黑眼睛的女人，年轻的少妇。我以前没有见过她，她实在是太俊俏了。

"喜欢划船吗？"她带着一口英式口音询问，声音随意自然。她的声音就像画眉鸟，而且是一只美国的画眉鸟。

这匹黑色公马红着眼睛看着我，安静地用蹄子拨动一两片树叶，然后像岩石一般站立，一只耳朵轻微摆动。

"不喜欢，"我说，"累个半死，手上磨起几个水泡，还要走三英里回家喝茶。"

"那么您为什么还要划？我从来不做自己不喜欢的事情。"她抚摸着马脖子，手上戴着和这匹公马皮毛一样黑的长手套。

我耸了耸肩。"某种程度上，我还是喜欢划船的。运动能消除紧张，减少欲望。除此以外，我想不出更好的原因。"

"您应该，"她说，"是美国人。"

"我是美国人吗？"

"当然了，我看到您划船了，动作那么猛，一看我就知道了，当然了，还有您的口音。"

我的眼睛一定在贪婪地盯着她的脸，她似乎并不介意。

"您和一家叫克兰德尔的住在布登汉姆，不是吗，美国先生？乡下地方就是这样，小道消息流传得很快。我是雷肯汉姆夫人，住在望湖村。"

我脸上的某个部位肯定僵住了，就像我已经大声说出"哦，你就是那个女人"。

我敢说，她注意到了。她能看出个大概，也许是全部。但是她那深邃的眸子里却没有增添半点儿不悦。

"那个不错的都铎风格的处所——我看到过——从远处。"

"走近一点儿看，你会震惊的。"她说，"去我那里喝茶吧。可以请问尊名吗？"

"帕林登，约翰·帕林登。"

"约翰是个很刚毅的名字，"她说，"就是有点儿沉闷。在我们相处的这段时间里，我就这么叫着吧。约翰，牵着罗密欧镫子上的皮带——铁块上面，轻点儿。"

我手碰到皮带的时候，公马有点急躁，但在她含情低语之后，它开始慢悠悠地上坡，往家走。它的耳朵很警觉，即使突然有只鸟从树林低处的沼泽地飞过，它都会抖抖耳朵。

"反应不错。"我说。

她扬起浓黑的眉毛。

"罗密欧吗？那可得视情况而定。我们遇到过各种各样的人，对吧，罗密欧？我们的表现也是因人而异的。"

她轻轻挥舞着手里的短鞭。

"这不影响你，对吧？"

"不确定，"我说，"也许吧。"

她笑起来，我后来才知道她很少这样开怀大笑。

我放在马镫皮带上的手离她的脚只有几英尺。我很想去碰那只脚，却说不出原因；而且觉得她也希望我去碰那只脚，同样说不出原因。

"哦，你反应也不错，"她说，"我能看出来。"

我说："我也不确定。可以像燕子一样敏捷，也可以像老牛一样慢，但总是不合时宜。"

她手中的马鞭随意地在周围挥动，既不是朝向我，也不是朝向这匹大公马，显然，他也不想鞭子打在他身上。

"恐怕您在和我调情。"她说。

"可能是吧。"

这可是大公马的错，他猛地停下来，我的手滑到了她的脚踝，停在那里。

我见她也没有移动，也不知道她是怎样让马停下来的。他现在就像一尊铜像站在那里。

她缓慢地低下头，看着我放在她脚踝上的手。

"是刻意的吗？"她询问道。

"当然是。"我说。

"至少你有勇气。"她说，她的声音像是从遥远的林间传来。那样的距离，使我有点儿飘飘然了。

她很慢很慢地俯下身，直到她的头快和我的一样低。大公马依然纹丝不动。

"我可以做三件事，"她说，"你猜猜。"

"这简单，不是继续往前走，就是用马鞭打我，要不就是笑笑。""我错了，"她突然用缠绵的声音说，"是四件事情。"

"那就是吻我了。"我说。

2

一块宽阔的环形草地，据说是罗马军营遗址，从这走下坡，赫然出现一个地方，应该就是"望湖村"了，可奇怪的是，这里根本没有湖。

这个地方为错综的藤蔓所包围，草地荒芜，长满长长的杂草，完全被忽视的样子，在英格兰这种情形可是不容易见到。而埋没其中的花园都成了耻辱的象征，一旁伊丽莎白保龄球场上的草也将要及膝。房子是传统的伊丽莎白时代的构造，红色的砖瓦随着时间的流逝越发暗红，厚重的铅制窗户突出在外。窗玻璃上结着蜘蛛网，肥大的蜘蛛像主教一样睡在窗后，昏昏欲睡地朝外眺望。就在这里，穿着条纹紧身上衣的鹰脸纨绔们，在他们不可一世的日子里，也曾眺望着英格兰，不满足它与世隔绝的魅力。

马厩映入眼帘，苔藓斑斑，疏于打理，看似摇摇欲坠。一片荒芜。从昏暗的畜栏走过来一个小矮人，矮小得只能看见两只手，一个鼻子和一条马裤，她走过来牵住公马。

她跳到马厩前的砖地上，一声不发地往前走。

"这不是忽视，"当小矮人听不到我们谈话时，她说，"他有意破坏，他知道我喜欢这个地方。"

"你丈夫吗？"我轻咬下唇，内心充斥着对他的厌恶。

房子前面有一大片空地，环绕着车道，四围是古老的橡树。这里的草皮没有其他的好，修剪得参差不齐，颜色也发黄。橡树长长的影子，阴险地偷偷爬梳过破败的草坪，沉默、阴暗、摇曳的枝影像寻仇泄恨的手指。树影，不仅仅是树影，正如日晷上的影子，绝不是单纯的影子。

阵阵刺耳的铃声在远处响起，一个和管马厩的小矮人一样老、形态一样糟糕的老妇人过来开了门。像她这样的英国人，在未得到允许的情况下，似乎从来不会到房子里去的。这个老妇人用晦涩难懂的方言喃喃自语，跟念咒语似的。

我们进了门，她将马鞭上指。

"看那儿，"她说话时语气极其生硬，"按画家们的观点，你看到的是他中期最好的作品。亨利·雷肯汉姆准男爵，你可得注意，是准男爵。而且你记住，在我们看来，这位准男爵可是远远超过男爵和子爵——亨利·雷肯汉姆准男爵，最老的准男爵，最古老的楼梯，居然以如此不平等的方式相遇。"

"你是说上面的砍痕是新的？"我说。

展现在我们眼前的就是主楼梯，或者说是其残留的部分。这个楼梯或许是为一位王室后裔而建；或者是为一位伟大夫人而建，这位夫人身着天鹅绒大衣，佩戴勋章，侍卫成群；或者是为了与那独具匠心的宏达吊顶相映生辉而建；或者是为了一次胜利，为了一次凯旋，为了一次返乡而建；再或者，只是为了建造这么一个精致的楼梯而已。

这是一个宽大的弧形楼梯，时间在上面积淀下了无法抹去的印记。单单是这扶手就得值一大笔钱，不过我只是猜猜而已，现在它被砍得凹凸不平，到处是暗色的裂痕。

我看了很长时间，才转身离开。此后，有个名字总让我反胃。

"等一下，"我说，"你依然是他的……"

"哦，这也是报复的一部分。"

那个老妇人喃喃自语地离开了。

　　"你对他做了什么？"

　　她先沉默了一会儿，又漫不经心地说："我希望我能反复地这样做，一直这样做下去，就算他下了地狱，耳根子也别想清静。""我知道你不是这个意思，这并非全是真的。"

　　"为什么不是？我们走这边。我们的罗姆尼羊很有名——因为比较少见。"

　　我们沿着一个也许曾经是画廊的地方往前走，大马士革墙纸上有较暗的紫红色椭圆图案。我们的脚步声在空旷而布满灰尘的地板上回响着。

　　"讨厌鬼！"我在回声和寂静中说道，"讨厌鬼！"

　　"你不是真的在意，"她说，"是吧？"

　　"在意，"我说，"只是没有表现出来的那么在意。"

　　走廊尽头有个房间，以前应该是个军械室。那里有一条狭窄的小暗门通往一个狭窄秘密的楼梯，我们沿着这个蜿蜒、私密、雅致的楼梯到了一个称得上房间的地方，至少它里面陈列了家具。她摘下挺实的黑色帽子，漫不经心地撩拨几下头发，把帽子、手套和鞭子扔到了长椅上。房间里有一张天篷床，查尔斯二世可能在里面睡过——不是一个人。室内还有一个带后视镜的梳妆台，几个闪闪发光的瓶子。她经过这些东西时连看都没看一眼，径直走到在角落的桌子前，在那儿调威士忌加苏打，当然不是烈酒，回来的时候手里拿着两个杯子。

　　不是那种中看不中用的，如米利森特·克兰德尔的那样。这双手可以非常有力，可以造成伤害。它们可以让一个猎人跨过不可逾越的藩篱，也可以把一个男人带到痛苦的深渊。就是这双手，几乎要捏碎她手里脆弱的杯子。我看见她的指节，白得像新长出的象牙。

　　我就站在一进门的位置，在那扇陈旧的大门里面，一动不动。她递给我一杯酒，杯子一晃，里面的酒就舞动了起来。

她那深邃的双眸，扑朔迷离；难以捉摸，沉默不语，不透露丁点儿信息。它们就像房子里永远不会打开的窗户，保守着亘古的秘密。

我觉得，从某个地方，依然隐约飘来英式花园里香豌豆的香甜，还有另一种植物的芬芳——沐浴阳光之中的油桃香。

我把手伸到后面，笨手笨脚地转动钥匙。钥匙大得像把螺旋钳，那个锁则有壁橱门那么大。

大锁发出咯吱咯吱的声响，我们谁也没笑，而是继续喝酒。我还没来得及放下酒杯，她就早已把我紧紧地压住，我连气都喘不过来了。

她的身上有股香甜与狂野，就像开在春天向阳山坡上的野花，照耀在美国炽烈的阳光之下。我们热烈地吻着彼此的双唇，几乎要融化在了一起。她张开双唇，舌尖在我的齿上萦绕，全身不自主地颤动。

"呃，不要……"她的喉咙像是被什么卡住，快要发不出声，她的双唇早已被我吞噬，"不要，呃，不要……"

结果无须遐想，只有一种答案。

3

我不记得回到克兰德尔家是几点了。但后来出于某种原因，我不得不瞎编了个时间，当时真的对时间没有了概念。英格兰夏日的午后长得没有尽头，好似生生不息的英国人。我知道老贝西回来了，因为听到她在厨房里单调地哼唱，像困在玻璃窗里的苍蝇。

也许，漫长的下午茶甚至都还没结束。

我在楼梯脚下拐了弯，走进客厅。我回来的时候，带着一种既欢欣又受挫的感觉，可是在有米利森特地方，那种感觉就荡然无存了。

她站在那里，当然，看起来像是在等我，背对着落地玻璃门上带花边的窗帘。窗帘和她一样，一动不动，这一刻，空气仿佛凝结，没有什么能使他们动起来。她站在那里像是静候沉寂而永恒的时光。不知怎的，感觉她的手臂以及喉咙暗处的光都停止了流淌。

她没有立即开口说话，然而她的沉默却更有力度。出乎意料地，她用大理石般平滑的声音说："你已经爱我三年了，是吗，约翰？"

这种感觉太妙了，太妙了。

"是啊。"我说得晚了，晚得以至于不如什么都不说好。

"我一直都知道。你打算让我知道，是吗，约翰？"

"是的，我是这样想的。"这低沉沙哑的声音似乎是我发出来的。

她淡蓝色的双眸幽深平静，恰似满月下的池塘。

"这是我一直以来都期待得到的答案。"她说。

我没有走近她，就在原地站着，并没有蠢蠢欲动到让脚尖在地毯上戳出个洞。

非常突然地，在黄昏静谧而微绿的光芒中，她脆弱的身体开始像涟漪般从头到脚颤动。

又是一阵沉默，我始终没有开口，最终，她伸出手去拉那条磨损得厉害的铃线，后屋随即响起了孩儿哭声般清脆的铃声。

"还好，我们好歹可以一起喝茶。"她说。

我走出房间，行尸走肉一般，不记得是怎么出来的。

这次，我顺利地爬上了楼梯，无论是直梯还是拐角，都没有遇到一点儿麻烦。然而，我已经不是原来的我。我就像一个温顺安静的小人儿，随遇而安，无牵无挂。一切妥当。就这样。一个两英尺高的小人，你用力摇晃时它的眼睛会滚动。把这小人儿放回盒子里，亲爱的，我们骑马去。

然而，就在楼梯最顶端，根本没台阶了，我却踉跄了一下，似乎形成一股风流，门像飘忽的落叶般轻盈地开了，只是半开着。这是爱德华·克兰德尔卧室的门。

他在里面。门里面有个很高的床，上面铺了至少两层羽绒垫，那个地区的床都如此。我主要就是看了看那张床，他整个人瘫在上面，脸朝下，像是要把床吞下去。烂醉如泥，不省人事。就算是对他来说，这个时间点就睡有点早了。

我站在那，在下午和黄昏之间忽明忽暗的光线中往里看他。这个身材高大、黝黑雄健的畜生。一副征服者的姿态。竟然在天黑之前就酩酊大醉。

让他见鬼去吧。我轻手轻脚地再把门关上，蹑手蹑脚地回到自己的房间，在洗手盆用冷水洗了洗手和脸。真是够冷的，就像一场战争后的清晨。

我再一次摸索着下了楼梯。就在这个时候，下午茶都准备好了。她坐在低矮的小茶几后面，前面放着个光亮的大茶水壶。斟茶时，她用手扯着另一只袖子，这样一来娇嫩的手臂就呼之欲出了。"你肯定累了，"她说，"也饿坏了。"她的语气平淡随意，毫无生气，让我想到战时即将离开维多利亚的火车，站在头等车厢站台上的英国女人，对着她们再也看不到的脸，那么轻松地说些无关紧要的事。那么随意，那么平淡，她们的心已经完全死了。

就是那样。我喝了一杯茶，吃了一块烤饼。"他在楼上。"我说，"喝得烂醉如泥。当然，你知道是什么模样。""哦，是的。"她只是将衣袖轻轻一拂，却美得撩人心弦。

"我把他安顿好？"我问，"还是让他在那里自生自灭？"

她的头奇怪地颤动了一下。那一刻，掠过一种不希望我看到的神情。

"约翰！"她的声音又恢复了原有的温顺，"你以前提起他的时候从来不会这样。"

"以前就没怎么提过他，"我说，"很有意思，他邀请我过来，我也来了。有意思的人们啊，有意思。在这里的日子很愉快，我要走了。"

"约翰！"

"见鬼去吧，"我说，"我要走了，谢谢他——等他清醒过来，我要谢谢他，感谢他的邀请。"

"约翰！"这是她第三次喊我的名字了，就连语气也是一样的，"你今天怎么那么奇怪？"

"我说话就这样，"我说，"我已经憋得够久了。"

"你就那么讨厌他吗？"

"希望你能原谅一位老朋友，"我说，"我情绪有些激动，请原谅我的无礼。当然了，我会把他放好睡下，然后出去走走，换换空气。"

但她已经听不进我的话，而是探过身子，瞪着透出洞悉一切的双眸，开始说自己的。她语速很快，就像时间不多她得赶紧说完，还担心随时会有被打断的可能。

"望湖村有个女人，"她说，"雷肯汉姆夫人，真是一个可怕的女人，专门勾引男人。爱德华最近也在和她密会，今天他们吵了一架。他拿我撒气，房子里只有我们两个人在的时候，他便很蛮横。他喝了几杯白兰地，喝大了，酒都洒到了外套上。她用马鞭抽打他的脸，骑着马把他撞倒。"

当然，我也没再听她说话，即使耳朵有意识。弹指一挥间，我就僵住了。就像所有的时间都浓缩成一个瞬间，我像吞药丸一样，把它一口吞了下去。就这样，这个药丸让我僵在了那里，我甚至可以感觉到一个僵硬的微笑在我脸上拉扯开。

所以，即使是那个女人，他也先得到了。

她似乎不说了，隔着茶水壶看着我。我回神过来，发现她在看着我，在这个时候，换了谁也看得出来。她头发从没这么浅淡，她的忧郁从没这么明显。她的动作和往常一样优雅，有条不紊，手臂、手、手腕和脸颊无一不勾勒出性感的弧线，这种诱惑简直无法抗拒。回想的时候，却只有一缕缕烟雾般消退的不确定的优雅。好像是我把茶杯递了过去，她现在正给我往杯子里添茶。

"她用猎鞭抽打他，"她说，"想象一下！是爱德华呀！她把爱德华撞倒，骑着马把他撞倒！"

"骑着一匹黑色大公马，"我说，"撞倒他跟撞倒一捆破布没什么差别。"

她一下子愣住了。

"是的，她这么做是有原因的，"我暴躁地喊道，"她喜爱望湖村里的那个房子。你应该看一下雷肯汉姆在里面都做了些什么。他不择手段破坏那架主楼梯—— 一个不称职的丈夫！"

她还愣在那里吗，还是像看了一场宫廷小丑躲避昏君的表演而笑了？

"我也了解她，"我说，"很亲密的了解。"

很久之后，她才渐渐反应过来。就像把远方的消息带回家，你得先叫醒草棚里的苏门答腊土著人，让他穿过延绵的丛林，接着再骑着马穿过茫茫无边的沙漠，最后乘坐大帆船克服哈恩角一个接一个的风暴，才能把消息带回家。而她似乎就是用了这个漫长过程所需的时间，才反应过来。

她的眼睛瞪得很大，一动不动，就像灰色的玻璃，黯然失色。"他肯定以为他享受了一个上午，"我说，"我享受了下午的约会。实际上不是……"我停下来，不好笑，一点儿也不好笑。

我站起来。"对不起，很是对不起。我觉得自己是个太容易得到的人。我很抱歉，真的很抱歉，虽然抱歉起不了任何作用。"她也站起来，绕过桌子，慢慢走过来。我们离得相当近，却没有任何身体的碰触。

然后她摸着我的袖子，很轻，就像蝴蝶落在上面。我一动不动，不想惊扰了这只蝴蝶。

它飘走了，盘旋在半空中，又再次落在了我的袖子上。她的声音和刚才的蝴蝶一样轻柔，"我们没必要谈论这个，我们都明白，你和我，清楚我们之间的事。谁也没必要说什么。"

"每个人都可能遇到这种事，"我说，"遇上了可真是不舒服。"

她的双眸深处隐藏着什么，不再漠然，却也不是柔情。昏暗走廊尽头的小门敞开了。它们被锁了那么久，无法言说地久。沿着石头走廊，传来脚步声，没有迟疑，没有希冀，慢慢向前。一缕青烟随风飘入盘旋上升，转瞬消失空中。所有这些，好像是我从她眼中看到的，当然我也知道。当然，很荒唐！

"你是我的，"她轻声说，"现在你整个人都是我的。"

她搂住我的头，往下拉，她的双唇生涩地在我唇间摩挲，冰冷遥远得像北极的雪一样。

"上楼看看他还好不好，"她轻柔地说，"在你走之前。"

"好的。"我的肺就像被子弹射穿一样，好不容易把话说出来。因此我又走出那个房间，再次爬上了楼梯。

这次我像上了年纪的老人一样踉踉跄跄地爬着上楼，更像一个身体孱弱的老人。我走进我的房间，锁上了门，靠在上面喘了一会儿气，然后换了衣服，穿上我带来的唯一一套西装便服，把我其余的东西都装进了行李箱，合上行李箱后，轻轻地锁上了。我一边轻轻挪动，一边竖起耳朵聆听，就像做了坏事的调皮小男孩儿一般。

在我小心翼翼维护的寂静中，传来一阵上楼梯的脚步声，进了房间，又出来，下了楼去，极其缓慢，所有这些，就和我当时的思想一样。

各种声音又回来了。厨房里，一个老妇人连续不断地沙哑哼唱声，我房间的窗下一只老蜜蜂的嗡嗡声，远处的小路上乡下老人的手推车发出的咯吱咯吱声。我拎起行李箱，走出我的房间，很轻很轻地合上门。

楼梯顶端，他房屋的门肯定是敞开的。果然，门敞开着，看起来像是有人刻意走上来，让门就这样大开着。

我放下行李箱，倚靠着墙，朝里看，他似乎没怎么挪动。做得可真漂亮，他像是一阵助跑，扑到了床上，两只大手紧紧地揪着床单，就形成了眼前这个大酒鬼形象。

在昏暗的静寂中，我意识到少了一种声音。打鼾的呼吸声，一半是打鼾声，一半是无意识的咕哝声。我听着——哦，很仔细地听——没有他的呼吸声。他根本就没有发出任何声音，面朝下地横躺在高高的床上。

然而这不是让我像头美洲豹一般进入房间的原因，我蹲伏下来，屏住呼吸，是因为一个我看过却没有注意的东西——他的无名指。他的无名指，真是太奇异了。他的手分摊开悬在那里，无名指比旁边的中指还长半英寸，本该短半英寸才对。

现在却比中指还长半英寸——而这长出的部分竟是凝固的血柱。

鲜血持续不断地顺着喉咙往下流，无声无息，最终在那里形成怪异的血柱。

他已经死了，而且，已经死了好几个小时。

4

　　我非常谨慎小心地关上客厅的门，异常小心，像一位年迈的家庭牧师，在反天主运动的日子里，离开那里，回到他发霉的藏身处。

　　接着我蹑手蹑脚到落地玻璃门那儿，把门关好。当我这样做的时候，最后一缕玫瑰和油桃的香气，嘲弄似的，向我袭来。她靠在一个低矮的椅子上，不怎么熟练地吸着烟，淡金色的头靠着一个垫子。她的眼睛有种我猜不透的神情。无论如何，我在她眼睛里看到了太多。

　　"枪在哪里？应该放在他手里。"

　　我尖锐地问道，声音不大，不拖泥带水，里面没有了英式英语中的温雅。

　　她淡淡一笑，指了指不平稳的原木上的一件窄长的家具，上面间或有几个抽屉，但上面只摆放了一整套杯具，每一只都光滑透亮，刻着镀金的"博格诺里吉斯赠送"字样和一枚盾形纹章。

　　这个小旁柜，还是什么别的称呼，有个很紧的抽屉。我往外一拉，晃得上面的马克杯吱吱响。

　　果然，在里面被一个带流苏的小布巾垫着，在一张粉色的衬纸上。一把韦伯利左轮手枪像把无辜的切鱼刀躺在那儿。

我低头嗅嗅，闻到一股刺鼻的火药味儿。然而，我还没有碰它。"你知道的，"我说，"你知道我像个傻子一样被蒙在鼓里。早在我们喝下午茶时你就知道了。你知道他躺在那张床上。血慢慢地流出来。他死了，但血还在流，慢慢地从他咽喉的伤口，流到衬衫、胳膊、手，直到手指。你对着一切早就了如指掌。""那个禽兽，"她十分冷静地说，"那个凶残的家伙。你知道他是怎么样折磨我吗？"

"好了，"我说，"这点我清楚。他那种人，我已经见怪不怪了。可是有些事情必须好好处理。你根本就不该碰这把枪。它现在看着好好的，可是，你拿过这把枪了，这上边就有你的指纹，你知道指纹吧？"

我没摆出谆谆教诲的姿态，也没太尖酸苛刻，我只是怕她不明白，才解释清楚。不知她什么时候丢掉了手里的香烟，我竟丝毫没有察觉，这对她来说算不上什么。她安静地坐着，搭在椅子扶手上的双手，修长纤细，白嫩娇美。

"你当时一个人在这里，"我说，"老贝西出去了，没有人会听到枪声，即使是听到了也会以为那是猎枪声。"

然后她笑了，声音不大，但透着欢喜，像是躺在天篷床上，窝在枕头堆里的女人发出来的。

她一笑，颈部的皱纹就凸显了出来，自此，一直那么清晰可见。"不过，"她问，"你为什么要担心这一切？"

"你早就应该告诉我。你在笑什么？英国的法律很好笑吗？是你上了楼，把那扇门打开。是的，就是你，这样一来，我离开前就一定能发现。这是为什么？"

"我爱你，"她说，"大概是一时冲动，我是一个冷血的女人，约翰，你知道我是一个冷血的女人吗？"

"我也想过，但这不是我该想的事。你没有回答我的问题。""你所想的，的确是其他事情。"

"那都是一千年前，一万年前的事情了。一些陈芝麻烂谷子的事情还是不要提了，重要的是现在该怎么办。"我指了指楼上，手指僵硬。

"说得真好，"她说，"我们不要把它想得那么糟糕，这是一个美丽的悲剧。"她漫不经心地摩挲修长白嫩的脖子。

"他们会绞死我的，约翰。在英格兰，就是这样。"

我直勾勾地盯着她，把想法都写在眼睛里。

"完全是故意的，"她冷冷地说，"按照应有的正式程序，还有一些苍白的总结性忏悔。监狱长的裤子上会有一条完美的折痕，被故意、精心、无情地熨上去——就像我对他开枪时一样。

我必须继续呼吸，以免惊讶致死。"你是故意的？"话刚说出口，我就知道这个问题白问了。

"当然，我已经计划了好几个月。他今天比往日残忍一点儿。望湖村的那个女人没有增长他的自尊。她对他很不屑。他一直很龌龊，我于是做了我该做的事情。"

"但是你能忍受他的龌龊啊。"我说。

她点了点头。这时候我听到一种奇怪的叮当声，不像人世间的声音。就像什么东西被罩着，轻轻摇摆。它轻柔地摆动，在冷冷的灯光下，隐藏在她修长细腻的脖子下。

"不，"我屏住呼吸，"绝对不行。这简单，你愿意按照我说的做吗？"

她站起来，自然而从容地走向我，我将她搂入怀中，顺势吻了她，抚弄了她的秀发。

"我亲爱的骑士，"她轻声说着，"我威武的骑士，英俊的骑士。"

"按我说的做怎么样？"我指着抽屉里的枪问，"他们会在他的手上测验盐酸粉末，也就是开枪时泄露的气体。这种东西会在皮肤上留一段时间，发生化学反应。这是必不可少的环节。"

她抚摸着我的头发。"他们会的，亲爱的。他们会找到你说的东西。我把枪放在了他的手里，让他用自己的手开枪杀死自己，我的手指按着他的手指，他醉得一塌糊涂，都不知道自己在做什么。"

她继续抚摸我的头发。

"我英勇，英俊的骑士。"她呻吟着。

现在不是我搂着她；而是她在搂着我。我设法慢慢地集中精力，慢慢梳理出条理。

"也许测试没那么理想，"我说，"他们可能也会对你的手也进行测试。所以，我们要做两件事，你在听吗？"

"我勇猛的骑士！"她双眸闪烁着期盼。

"你必须用热水和强效洗衣皂，彻底冲洗右手。可能会疼，但是你得坚持，只要没有洗掉皮，就坚持一直洗，这非常重要。另外一件事，我会把枪带走，这一定能调开警察的视线，我觉得硝酸盐速测在四十八个小时以后就不起反应了。明白吗？"

她一直用缠绵的声音，发出缠绵的呻吟，双眸里还是那迷离的眼神，缠绵的双手在我头上来回地摩挲。

我对她没有恨，也没有爱，只是做我必须做的事情。我找到了韦伯利手枪，下面黏着一张粉色的纸，因为有点油渍的缘故。我仔细察看了抽屉的木板，看起来挺干净，然后我把枪和纸一块儿装进兜里。

"你不和他睡在同一个房间，"我强调说，"他喝醉——就睡一觉，这又不是新鲜事，没有什么可激动或担心的。你听到枪声，当然，要跟案发时间差不多，但是不能太准确或者太含糊，你以为是森林传来的枪声。"

她挽着我的胳膊，我不得不抚摸她纤细的手臂，以满足她眸子里流露出的这种渴望。

"你对他很反感，"我说，"这种事情经常发生，你已经受够了。所以，你就让他一个人待着，直到早上，然后老贝西……"

"哦，不是老贝西，"她用甜美的声音说，"不是可怜的老贝西。"

　　又是一阵缠绵悱恻的抚摸，这种感觉流遍全身，我起身准备离开。

　　"重要的是洗手，但是不要磨破——我把枪带走，都记住了？"她再次激情将我搂住，强烈而不熟练。

　　"那么，然后呢……"

　　"然后……"我的唇抵在她冰冷的唇上，迷醉地吸着气，慢慢抽出身子，离开了那所房子。

5

　　大约三周的时间，我一直躲着他们，或者说他们让我躲着。在英格兰这样的一个面积不大、村落密集的国家，我这业余罪犯如鱼得水。

　　深夜，我不开灯驶入一片人迹稀少的杂树林，把小车扔在了那儿。那里看似前不着村后不着店，实际上并非如此。我拖着行李箱穿过英格兰广阔无垠的土地，穿过黑暗，穿过昏昏欲睡的牛群，经过寂静村庄的边缘，没有一盏灯来温暖那夜晚。

　　晚些时候我到了火车站，乘着火车到了伦敦，我知道自己要去哪里——布鲁姆斯伯的有一家小公寓，在罗素广场北边。在那里每个人都可以掩饰自己的身份，没人在意你，更不用自称房东的妓女。

　　早餐是又冷又油腻的食物，用托盘盛着，放在门外；如果你要用午餐的话，就是麦芽酒、面包和切达干酪；可如果你是晚餐一族，就只得出去觅食了。如果你回来得太晚，罗素广场上面白脸幽灵会出来作祟，他们沿着本来是铁栏杆的地方爬行，似乎他们仅有的记忆从警察的灯笼处获得一些荫蔽。他们痛苦地叫着"听着，宝贝们"，让你想起他们干瘪收缩的嘴唇，由内及外缺刻状的下巴，巨大

27

的毫无生机的双眼，于是整夜不得安宁。

在这个寓所里有个男人，弹奏巴赫的曲子，弹奏的时间有点儿长，声音有点儿大；但他是为自己的灵魂而演奏。

有一个孤独的老头，长着一张泰然精致的脸庞，脑子里却是下流的思想。寓所里还有两个年轻的打扮得花枝招展的年轻人，把自己当成了演员。

我很快就对这些产生了厌倦，便买了个背包，继续徒步旅行到德文郡。我见报了，不意外，但不是很突出，没有引起轰动，没有模糊的护照复印件，要不我会像个牙疼的亚美尼亚籍地毯商，无足轻重。报纸上只有不起眼的一小段关于我失踪的信息，包括年龄、身高、体重、眼睛的颜色、美国国籍，还说我身上有警方需要的线索。也有一些关于爱德华·克兰德尔基本特征的描写，不超过三行。他对于他们来说不怎么重要，不过是一个碰巧死掉的富人。报纸上说我有美国口音，我对布鲁斯伯人试了试，他们压根儿就没听出来，更不要说这种乡下地方了。

他们在查格福德，在达特姆尔高原边上找到了我。我当时在喝茶，当然，是在一个小农舍里旁边的会客厅——假装从伦敦过来散心的一个作家。行为规规矩矩，不爱说话，非常喜欢猫。

他们有两只大肥猫，一只黑色，一只白色，它们和我一样，喜欢德文郡奶油，还和我一起喝茶。那是个沉闷的下午，跟监狱的院子一样死气沉沉。在这样的天气里执行绞刑再合适不过了，雾气低垂，团团笼罩荒原上的金雀花。

他们有两个人，一个是彻西德警官，当地人，虽然有个康沃尔郡的名字。另一个是伦敦警察厅的人，他才是敌人。那个本地警察只是坐在角落里，嗅着他的制服。

从伦敦来的那位应该50岁上下，身材不错，当他们走到那儿的时候，面色发红，说起话来不像其他军官那样冷酷无情。他很温和安静，也很友好，把帽子放在长餐桌的另一头，就抱起那只黑猫。

"很高兴找到你，先生。我是来自伦敦警察厅的奈特检察官，你可真是没少让我们费周折。"

"喝茶吧，"说完我走过去拉铃，倚靠着墙，"跟杀人犯一起喝杯茶吧。"

奈特检察官笑了，而彻西德警官没有笑。在他脸上除了冷漠，你休想找到其他表情。

"很乐意——可是不好意思，我们现在不谈论其他的，不必紧张——在这件事情上，还没人真正有麻烦。"

我当时的脸色肯定变得很白，奈特几乎跳了起来，拿起壁炉架上的帝王威士忌，在一个杯里倒了点儿，速度之快超乎我想象，他把酒杯抵在我嘴边，我只能吞了下去。

一只手开始在我身上摸索，这只手就像蜂鸟的喙一样灵活地探索，既敏捷又全面。

我冲他咧嘴一笑。"你会拿到的，"我说，"可是我不会在喝茶的时候也带着。"

当地警官坐在角落里喝茶，伦敦警察厅那个家伙坐在桌子旁，抚弄膝盖上的那只黑猫。级别高就是不一样！

我当天晚上和奈特一起返回伦敦。

他们什么也没得到——当然什么也没有。

他们知道自己被耍了，但如英国人一贯的样子，输了也摆出一副赢了的模样。表面上，问题是我为什么持有那支枪？因为她碰了那把枪，这让我很担心。哦，对了，我明白了。但情况本不会那么糟的，你知道的，法院的权力——在警方的要求下审讯被延期，肯定有什么地方出了岔子。难道你不这么认为？我觉得是这样，并且很懊悔。

这只是表面的。实际上，尽管他们眼中有着拒人千里之外的冷酷，但我还看出了里面的信息。他们只是知道得有点迟，都是我的错。虽然有点迟，他们严峻敏锐的头脑还是想到了这种可能性，他喝得烂醉，醉到得让别人在他手里放一把枪，指着一个自已看不到的地方，随着一声"乒"就开了枪。他任由别人按住他松弛的手，扣下了扳机，然后就那么他倒了下去，再也没能发出一点儿笑声。

在延期审讯中我看到了米利森特·克兰德尔，我们已经很久没见了，她那天身穿一套黑色的衣服。我们谁也没有开口跟对方说话，我后来再也没有见过她。她穿黑色雪纺睡裙的样子肯定特别销魂。她现在就可以那么穿，其实无论什么时候，她穿那种衣服都会令人销魂。

有一次，我在格林公园的附近的皮卡迪利大街，见到了雷肯汉姆夫人，她和一个男人牵着一条狗散步。她把他们打发走，自己停了下来。那条狗像是一种短尾巴牧羊犬，但比牧羊犬小得多。我们握了握手，她看起来真是迷人极了。

我们站在人行道中央，身边的英国人用他们那种独有的谨慎，在我们身边来来去去。她的眼睛像黑色大理石一样沉着宁静，且让人无法看透。

"非常感谢你能替我辩护。"我说。

"不用这样，亲爱的，我和伦敦警察厅的警务处助理处长关系很好，在那里没有什么问题是用酒解决不了的。"

"没有你的话，"我说，"他们可能就要把罪名压到我身上了。""今晚，"她用匆忙的语气说，"恐怕我今晚有约，但是明天——我会在克拉里奇酒店。你会给我打电话吗？"

"明天，"我说，"哦，当然，（我明天就要离开英国了）你骑着罗密欧把他撞倒，恕我冒昧地问一句，为什么？"

这时在格林公园的附近的皮卡迪利大街，谨慎的人群如潮水涌动。

"我有那样做吗？为什么，我是有多可恶。你不知道为什么吗？"她就像一只画眉，和格林公园一样镇定。

"当然，"我说，"他那样的男人都会犯那种错误。他们以为每个冲他们微笑的女人都会被掌握在手中。"我闻到了她身上撩拨人心的香水味，就像沙漠之风从千里之外带了过来。

"明天，"她说，"四点左右见。你连电话都不用打，真的。"

"好的，明天见。"我没有把实情告诉她。

我目送她消失在视野之外。我站在那儿，一动不动。我就像是一个纪念碑，或者是一位中国圣人，或者是一件真人大小的德累斯顿瓷器，站在来来去去的英国人之中。

在静默中，一阵冷风把几片落叶和碎纸片吹过了格林公园里无精打采的草坪，吹过修葺了的小路，几乎越过高高的边石进入到皮卡迪利大街。

我在那里站了很久很久，目光没有刻意去追随什么，也没有什么可追随的。

（本文译者　卞琛、蒲若茜）

勒索者不开枪

那个男人身穿深蓝色西装，在玻利瓦尔酒吧灯光的照耀下像变了种颜色。他身材颀长，有着一双间距较宽的灰色眼睛，细长瘦削的鼻子和线条硬朗的下巴，衬着一张十分灵活的嘴。黑色鬈发隐隐透出几分灰色，像是小心翼翼地抹上去的。他的衣服很合身，好像有了自己的灵魂似的，不仅仅暗示着可疑的过去。此人正是马洛里。

他一只手准确而有力地夹着一支烟，另一只手按在白色桌布上，说道：

"那些信得花您一万，法尔小姐，这不算贵。"

他随意地扫了一眼坐在对面的女孩，视线便穿过一排排空桌，落在那个心形舞池里，那里有一群人正在流转的五彩灯光下轻轻摇曳舞步。

舞池里十分拥挤，跳舞的人几乎挨着坐在舞池旁的客人。汗津津的服务生穿行于桌子之间，不得不像走钢索的人一样努力保持平衡。而马洛里落座的那张桌子附近只有四个人。

一个身材苗条的黑女人正喝着一杯威士忌。坐她对桌的是一个男人，脖子又粗又红，湿答答的胡楂儿闪着光。女人一脸忧愁地盯着她的酒杯，摆弄着膝盖上的那只银质大酒瓶。再远一点儿的是两个皱着眉头、百无聊赖的男人，各自抽着细长的烟，彼此都没说话。

马洛里若有所思，说道："一万块就能彻底解决这件事了，法尔小姐。"

朗达·法尔长相标致。她专为这样一个场合穿了一身黑色衣服，只有晚礼服外套上轻如蓟花冠毛的皮毛领子是白色的。还有那头用来伪装的白色假发，让她看起来女孩子气十足。她有一双矢车菊般的深蓝色眼睛，皮肤细腻得令所有龌龊老男人都心生觊觎。她没有抬头，声音里满是厌恶："太荒唐了！"

"哪里荒唐了？"马洛里问道。他显然有点惊讶，也有些恼火。朗达·法尔抬起头，狠狠地瞪了他一眼，随即从桌上那个已打开的银色烟盒里抽出一支烟，插入细长的烟嘴里。烟嘴也是黑色的。她又说道：

"一个电影明星的情书？没那么值钱了吧！公众已经不再是穿蕾丝裤袜的八卦老太婆，对这种事情没那么热衷了。"

她那双蓝得发紫的眼睛里流露出轻蔑神色。马洛里冷冷地看了她一眼。

"但你却很快就出来谈此事了，"他回应道，"而且是和一个你从来没听说过的人谈。"

她抖动了一下烟嘴。"我一定是疯了。"

马洛里眼里立即浮现起笑意，嘴唇却还保持纹丝不动。"不，法尔小姐，你有很充分的理由这么做。需要我告诉你为什么吗？"

朗达·法尔愤怒地瞪着他，但又很快移开视线，好像忘记了他的存在。她抬起手来，看着手中的烟，像摆好了姿势一样定住了。她那双手实在好看，并没有戴戒指。要知道，在这个城市里，漂亮脸蛋就跟一元店里的便宜货一样普通，而好看的手却像铁树开花一样难得一见。

她转过头去，目光扫过那个眼神呆滞的女人，望向舞池边的那群人。管弦乐队还在不厌其烦地演奏着甜腻而单调的曲子。

"我讨厌这些有钱人，"她漫不经心地说道，"他们看起来好像只在夜里出现，跟食尸鬼似的。他们生活糜烂却恬不知耻，一身罪孽却逍遥快活。"她把手放回白色桌布上。"哦，对了，那些信。勒索犯，你说说看，它们为什么会威胁到我？"

马洛里笑了。他的笑声响亮且带有某种特质，是一种令人不悦的刺耳声音。"你真行，"他说，"那些信或许不值这么多钱，只是一些色情片段而已，一个被色诱的女学生写的回忆录，而且她还在信里不断地提到它。"

"真卑鄙。"她的声音就像结了冰的天鹅绒。

"这些信之所以重要是因为那个收信的男人。"马洛里冷冷地说道，"那个骗子、赌徒、未成年人，还有其他的一切。如果你想要继续待在电视屏幕上，和这样的人说话，被人看到应该不好吧？"

"我没有和他说话，勒索犯，我已经好几年没和他说过话了。我认识兰德里的时候他还是个很不错的小伙子。大多数人都有一些不愿回首的过去，在我看来，这已经是过去的事了。"

"哦？是吗？继续蒙我吧。"马洛里突然发出一声冷笑，"你不是刚刚还在求他帮你拿回那些信吗？"

她的头抽搐了一下，脸上的表情几乎溃散，只剩下一堆不受控制的五官，眼神里显露出尖叫的前兆。但这一切只持续了一秒钟。她很快恢复了自我控制，但是眼睛却黯然失色，变得和他的一样灰。她小心翼翼地放下手中的黑烟嘴，将手指交缠在一起。她的指关节看起来毫无血色。

"你很了解兰德里吗？"她痛苦地说道。

"也许我只是刚好经过，知道了一些事……我们是谈妥了呢，还是继续彼此纠缠呢？"

"你从哪儿弄来那些信的？"她那僵硬的声音里依然带着苦涩。

马洛里耸耸肩："做我们这行的不会透露这种信息。"

"我有理由问这个，因为还有其他的人也一直想把你说的那些该死的信卖给我。这就是为什么我会在这里。我很好奇。我猜你跟他们是一伙儿的，想通过抬高价格吓唬我，好让我有所行动而已。"

马洛里说："不，我这是个人行为。"

朗达·法尔点了下头，低声嘀咕道："挺好。也许有些脑子机灵的人已经想到了偷偷复制我的信，复印什么的……好吧，我不会给钱的，反正给了也没用。我不会答应你的，勒索犯。我想你可以在某个漆黑的夜晚，带着你那些该死的信从码头上跳下去了。"马洛里耸了耸鼻子，目光向下斜视了一会儿，像是在沉思。"说得好！法尔小姐。不过我们的谈话还是没有任何进展。"

她故意说道："我没想要任何进展。我其实能更好地处理这件事，如果我想过带上我那把手柄上镶珍珠的手枪，我就可以用子弹说话然后转身就走！只不过我不想要那么大张声势罢了。"

马洛里扬起两根细长的手指，仔细端详着它们。他像是被她的话逗乐了，甚至还有些高兴。朗达·法尔把她那苗条的手伸到白色假发里，一会儿又把手放下。

坐在不远处的一个男人很快站起来，朝他们走过来。

他迈着轻快的步伐，手上的黑色软帽随着步调在大腿外侧来回摆动着。他身穿餐服，打扮得十分整洁。

就在他走过来的时候，朗达·法尔说道："你不会认为我是一个人来这里的，对吧？我呢，是从来不会独自去夜店的。"

马洛里咧嘴笑了一下，毫不在意地说道："你本来就没必要一个人来，亲爱的。"

那个男人走到他们桌子前。他个子矮小，穿戴整齐，显得有些阴沉。黑色的小胡子打理得犹如绸缎般光滑，面容干净苍白，这样的肤色在拉丁人眼中比红宝石还要珍贵。

他很自然地做了一个手势，像在开始一场表演。接着倾身向前，从马洛里的银色烟盒里取出一支烟，一挥手将它点着。

朗达·法尔把手挡在嘴边，打了个哈欠，说道："这位是艾尔诺，我的保镖，他负责我的安全。挺不错的，对吧？"

她缓缓站起来。艾尔诺帮她把外套穿好，转过来看着马洛里，嘴唇舒展，笑得十分阴郁：

"嘿，老兄。"

他那双眼睛黑溜溜的，炯炯有神。

朗达·法尔拢好外套，轻轻点了下头，用她娇嫩的嘴唇迅速勾勒出一个轻蔑的笑容，然后转身从桌子间的过道走了。虽然她的面部表情暴露出一丝紧张和警惕，但她却走得昂首挺胸，气势凌人，像是一个落难的女王，不是一点儿都不怕，只是不屑于表现出恐惧。她显然掩饰得很好。

两个无聊男人饶有兴趣地看了她一眼。黑皮肤女人还是闷闷不乐，一心一意在给自己调一杯足够灌醉一匹马的威士忌。胖脖子汗涔涔的那个男人好像已经睡着了。

朗达·法尔步上五级铺着深红地毯的台阶走向门廊，一个服务生向她鞠了个躬。她穿过金色环纹门帘离开了。

马洛里望着她消失在视野里，转过头看着艾尔诺，说道："那么，小子，你现在想干吗？"

他说这句话时笑容冷漠，有意在羞辱他。艾尔诺身体绷紧，戴手套的左手抖动了一下手中的烟，好让烟灰掉下来。

"还在骗自己是吧？老兄。"他快速反问道。

"骗自己什么呢？小子。"

艾尔诺苍白的脸颊上泛起两片红光，眼睛眯成两条黑色的缝。他挪动了一下没有戴手套的左手，手指弯曲，亮出了闪闪发光的粉色指甲。他细声说道：

"那些信，老兄。别再提它了！已经过时了，老兄，过时了！"马洛里嘲弄似的打量着他，手指梳过自己的黑色鬈发，慢慢地说道：

"我好像不明白你什么意思，小子。"

艾尔诺笑了，笑声如金属般生硬，紧绷得令人难受。马洛里明白这种笑声在某些场合是一场枪战的前奏，他盯着艾尔诺那只敏捷的右手，厉声说道：

"走开，笨蛋。不然我可能会想把你嘴巴上那撮绒毛打掉。"艾尔诺气得整个脸都扭曲了，脸上的那两片红光变得更显眼了。他慢慢地抬起夹着香烟的那只手，啪的一声将还在燃烧的香烟朝马洛里脸上掷去。马洛里把头轻轻一撇，白色烟管呈弯曲状落在了他肩膀上。

他那张倾斜着的脸依然冷酷，没有任何表情。说话的声音遥远而低沉，像是别人发出来的：

"注意点儿，年轻人，很多人因为这样受伤的。"

艾尔诺再一次发出那种硬邦邦、不自然的笑。"老兄，勒索者不开枪，"他吼道，"不是吗？"

"滚一边去，浑蛋意大利佬。"

这句话以及这种侮辱的语气让艾尔诺勃然大怒。他的右手像一条受惊的蛇一样，迅速举起，一支枪已经从腋下手枪套滑入手中。他举枪站着，一动不动地对着马洛里。此时马洛里身体稍稍前倾，双手放在桌子边缘上，而手指已经弯曲到边缘下方，嘴角浮现出一丝不易察觉的微笑。

酒吧里传来一声沉闷的叫声，并没有很响亮，是那个黑皮肤女人发出来的。艾尔诺脸颊上的红光彻底消退了，只剩下一片惨白，脸也凹了进去。他用愤怒而颤抖的声音说道：

"行行行，老兄，我们到外面去。走吧，你……"

三张桌子开外，一个无聊男人的双脚突然动了一下，没什么目的，尽管动得不明显，艾尔诺还是注意到了。他的视线闪烁了一下。一张桌子砸在他的肚子上，将他击瘫在地。

那张桌子不重，但马洛里的力道却不轻。桌子砸落时声音嘈杂，包括了餐具砸碎的声音，还有一些银器落地的声音。艾尔诺四脚朝天横躺在地板上，桌子压在他大腿上，他的脸抽搐着。他的枪掉在距离他那只弓着的右手一英尺的地方。

这一瞬间时间仿佛停住了，眼前的这个场景像被封印在玻璃里，不再有任何变动。然后那个黑皮肤女人再一次发出尖叫，比上次更响亮。一切都转入运动的旋涡。所有的人开始四处逃窜，两个服务生举起双手杵在那里，满嘴不停地讲着粗俗的那不勒斯语。一个被吓哭了的男杂工被领班命令着冲向前来，显然，比起突然死亡，他更怕他的领班。一个米色头发、满脸通红的胖男人一边跑向楼梯，一边挥舞着手中的一大把菜单。

艾尔诺从桌子下抽出他的腿，用膝盖摇摇晃晃向前爬了几步，抓起他的枪。他转过身对着马洛里，满嘴咒骂。而马洛里处于这一片嘈杂之中，却满不在乎。他俯下身子，朝艾尔诺脆弱的下巴打了一记重拳。

艾尔诺眼前一黑，像个装了半袋沙子的麻布袋一样倒下了。

马洛里仔细瞧了他几秒钟，然后从地板上捡起他的烟盒。里面还有两根烟，他抽出一根叼在嘴里，把烟盒放好。他从裤袋里掏出几张钞票，把其中一张折成长条形状，戳在一个服务员身上。他不慌不忙地走开，踏上铺着深红地毯的五级台阶，从入口处出去了。

那个胖脖子男人小心翼翼地睁开眼睛，眼神依然呆滞。喝醉酒的那个女人突然有了灵感，踉踉跄跄地站起来，拿起一碗冰块，朝艾尔诺肚子上倒，而且还倒得很准。

2

马洛里从酒吧的顶棚里走出来，胳膊下夹着他的软帽，门卫好奇地看着他。他摇摇头离开，在拱形专用车道旁边那条弯弯曲曲的人行道上走了一小段路，停下脚步，站在路缘石边上，认真思索着，四周一片黑暗。过了一会儿，一辆意大利弗拉西尼轿车从他身边缓缓驶过。

那是一辆敞开着的敞篷轿车，车型庞大，即使是好莱坞最讲究派头的明星也会觉得这辆车足够气派。车子经过入口处的灯光时如同齐格菲歌舞团一样炫丽，转入暗处则呈银灰色。一个穿着制服的司机坐在方向盘前，身躯笔直得像一根拨火棍，头上戴着一顶鸭舌帽，帽檐在一只眼睛上方高高翘起。朗达·法尔坐在后座，车子的顶盖篷布半遮着她，她僵直地坐在里面，宛如一尊蜡像。

轿车穿过两根粗短的石礅，悄无声息地驶入车道，消失在大马路的灯光中。马洛里心不在焉地戴上帽子。

此时他正站在两棵高大的意大利柏树之间，他感觉黑暗中有什么东西抵在他背后。他转过身，看到了一个枪管发出微弱的光。

持枪的是一个高大粗犷的男人，后脑勺儿扣着一顶看不出形状的帽子，身上穿的外套从他肚子上方向后敞开，也难以辨认。在高处一扇窗户照出来的微弱灯光下，可依稀看到他浓密的眉毛和高挺的鹰钩鼻。在他身后还有一个男人。

他说道："这是枪，兄弟，它发出乒乒声，人就会倒下。想试一下吗？"

马洛里面无表情地看着他，说道："别玩了，警官！你这是干什么？"

高个子男人笑了，笑声低沉，像是大雾中海水拍打在岩石上。他极其讽刺地说：

"这个聪明的小伙子认出我们来了，吉姆，我们得有一个人假扮成警察了。"他看了一眼马洛里，又说了一句，"刚刚看到你在里面揍了一个矮个子。感觉不错吧？"

马洛里把手中的烟扔掉，看着烟在黑暗中画了一个弧线。他认真地说：

"二十美元能改变你对这件事的看法吗？"

"今晚不行，先生。大多数时候行，但今晚不行。"

"一百？"

"一百也不行，先生。"

"那么，"马洛里声音沉重，"一定很难搞定了。"

高个子男人又笑了，这次离他近了一点儿。在高个子后面的那个男人从暗影中走出来，把他那胖胖软软的手放在马洛里肩膀上。马洛里没有移动脚步，侧身一晃，把他的手甩开，说道：

"把你的爪子拿开，大盖帽！"

那个男人咆哮了一声。有什么东西在空气中发出嗖的一声，马洛里感觉到左耳被重击了一下。他被打得跪倒在地上，晕眩了好一会儿。他用力地甩了甩头，眼睛努力睁着，直到看清楚人行道上的菱形图案。他慢慢地站了起来。

马洛里看着那个给了他一棍的男人，开始用阴沉的声音咒骂他。那个男人被他那激烈的骂声慑住了，一张松弛的嘴像融化的橡胶一样，无力还击。

高个子男人骂道："该死的吉姆！你他妈的打他干吗！"

那个叫吉姆的男人把他一只松软的手放嘴上咬着，另一只手将那根短棍揣到外套侧面口袋里。

"算了算了！"他说，"我们坐上……再继续说吧。我想喝口酒。"

他径直向前走。马洛里慢慢转过身，眼睛紧盯着他，手还在揉着他的左侧头部。

高个子男人很有效率地挪动他的枪，指着马洛里，说道：

"走吧，兄弟，我们到月光下兜一会儿风。"

马洛里向前走着，高个子男人走在他的一侧。那个叫吉姆的男人走到他的另一侧，他使劲拍了拍自己的肚子，叫道：

"我想喝一口酒，麦克，我刚刚被吓到了！"

高个子男人平静地说道："谁不想呢？你这个可怜虫。"

他们走到一辆停靠在大马路边上的观光游览车，车子和大马路边的石磴并排挨着。打马洛里的那个男人钻进去坐在驾驶座上。高个子男人指示马洛里坐进车子后座，随后坐在马洛里旁边，把枪架在大腿上，将头上的帽子往后扯了扯，又拿出一包皱巴巴的香烟，小心翼翼地用左手取出一根点燃。

车子驶入一片灯光的海洋，向东开了一小段路，又转向南，沿着长坡往下走。城市的灯光编织成一匹无边无际、闪闪发光的绸缎。霓虹灯流光溢彩。探照灯从高空稀薄的云层里探出一束光，没精打采地照来照去。

"是这样的，"高个子男人从他的大鼻孔里吹出一阵烟，说道，"我们已经盯上你了，你正打算把一些伪造的信件卖给那个法尔小姐。"

马洛里有些忧郁地讪笑了一下，说道："而你们这些警察刚刚打了我。"

高个子男人盯着他，看上去在仔细思考。大路旁的一个个路灯在车窗外飞速闪过，灯光投射在他那张大脸上，忽明忽暗。过了一会儿，他说：

"你就是那个人对吧。在我们的职责范围内，我们必须弄清楚这些事情。"

在黑暗之中，马洛里的眼睛眯成一条线。他嘴角上扬，说道："什么职责？警察先生。"

高个子男人张大了嘴，又哑一声闭上，说：

"你最好老实交代，聪明人，现在是他妈的最好时机了。我和吉姆都很好说话，但我们有些朋友可没那么友好。"

马洛里说："我该交代些什么呢？长官。"

高个子男人干笑着晃动了一下身子，没有回答。车子经过了位于拉辛尼伦吉大道中间的油井，转入一条两旁种着棕榈树的安静街道，半路上在一块空地前的街区停了下来。吉姆熄了火，关掉车灯，从车门袋里取出一个扁酒瓶往嘴里灌，而后长长地舒了一口气，将瓶子从肩膀上往后递。

高个子男人接过来喝了一口，晃了晃瓶子，说道：

"我们得在这儿等一个朋友。不如聊一聊吧，我叫麦克唐纳，警探局的。你正在敲诈那个叫法尔的女孩，她的保镖站出来保护她，你打了她的保镖。这是个很妥当很自然的过程，我们喜欢这样的故事，但是我们不喜欢故事的另一部分内容。"

吉姆向后伸手，拿回那瓶威士忌酒，又喝了一口，抽了一下鼻子，说道："我们暗中监视你。但是我们没想到你会这么明目张胆，完全在我们的意料之外。"

马洛里一只手倚在车门上，看着车窗外，深蓝色的夜空一片平静，星光点点。他开口说道：

"你们知道得太多了，警察先生。但却并没有从法尔小姐那里了解到内情。没有一个电影明星遭到勒索后会去报警的。"

麦克唐纳晃了一下他的大脑袋，眼睛在黑暗的车厢内隐隐闪着光。

"我们可没说我们是怎么弄到内情，聪明的家伙。那么，你确实是在勒索她，嗯？"

马洛里语气沉重地说道："法尔小姐是我的一位老朋友。有人正在勒索她，但不是我。我只是有这种预感。"

麦克唐纳立刻回应道："那为什么那个意大利佬拿枪指着你？""他不喜欢我，"马洛里有些厌烦地说道，"我对他态度不好。""胡说八道！"麦克唐纳十分气愤，低声骂道。坐在驾驶座的男人说："给他一拳！麦克。让这个家伙……享受一下！"

马洛里舒展了一下手臂，将手放下，扭了扭肩膀，似乎是坐久了全身酸痛的样子。他感觉到了自己左手臂下那支鲁格尔手枪。他慢慢说道：

"你说我在卖一些伪造的信件，你凭什么觉得那些信是伪造的呢？"

麦克唐纳轻声道："也许就凭我们知道真的信件在哪里。"

马洛里慢吞吞地说："我想也是这样的，警察先生。"他笑了起来。

麦克唐纳突然转过身，攥起拳头朝他脸上打了一拳，但出手并不重。马洛里又一次笑了，用手指轻轻揉了揉耳后瘀青的地方。

"说中要害了，是吗？"马洛里说。

麦克唐纳面无表情、语气坚定地说道："聪明人，也许你就是有那么点聪明过了头。我想我们一会儿就会知道是不是了。"

他没再说话了。坐在前排的男人脱掉帽子，挠了挠他那簇灰色头发。一阵断断续续的喇叭轰鸣声从大道上半个街区开外的地方传来。大道尽头涌动着一片车头灯灯光。过了片刻，两束车头灯灯光摇摇晃晃地从中射出，呈现出一个大弧线，白色的光束从棕榈树下穿越而过。一辆黑色大卡车从半个街区外缓缓驶来，开到路边，停在他们那辆旅游观光车前面，熄火关灯。

一个男人下了车往回走。麦克唐纳向他打了个招呼："嗨，老滑头，怎么样了？"

那个男人又高又瘦，脸在帽子的遮挡下显得模糊。他说话的时候有点口齿不清：

"一点儿也不费事，没出什么乱子。"

"好吧，"麦克唐纳咕哝道，"别开你那辆酷车了，过来开这辆破车。"

吉姆坐进旅游观光车后座，坐在马洛里左边，用手肘用力捅了他一下。那个瘦长的男人钻进驾驶座，启动车子，开回拉辛尼伦吉大道，又向南开到威尔夏，接着又驱车向西，一路上风驰电掣、莽莽撞撞。

车子很随意地闯了一个红灯，途中路过一间大型豪华电影院，影院的灯都已经关了，玻璃售票处也没有人。随后车子又穿过比佛利山，越过城际轨道。接着开到了一处山丘上，那里高高的河堤与公路并行，就在这时候，车子的排气管发出越来越响的声音。麦克唐纳突然开口说话了：

"该死，吉姆，我忘记搜他的身了。拿着我的枪。"

他倾身向着马洛里，靠到他面前，威士忌酒气几乎都呼到他脸上了。他用一只大手摸遍马洛里身上的所有口袋，包括外套内袋和后裤兜，接着他的手又伸到马洛里左胳膊下方，碰到了肩挂式枪套里的鲁格尔手枪，在那里停顿了一会儿，又继续搜另一边，随后移开了。

"好了，吉姆，别拿枪指着这个聪明的家伙了。"

马洛里脑子里瞬间产生了强烈的疑惑。他眉头紧皱，嘴唇干裂。

"介意我抽根烟吗？"停顿了一会儿，他询问道。

麦克唐纳礼貌性地回答中夹杂着讥讽："都现在这个时候了，我们怎么会介意这种小事呢，亲爱的？"

3

西村的一个小山丘上有一座新建的公寓，看上去很廉价的样子。麦克唐纳、马洛里和吉姆在公寓前下了车，车子继续行驶，在前面拐了个弯，消失了。

三个人走过公寓大厅，大厅里十分安静，电话总机前也没有人。他们乘坐电梯上了七楼，穿过走廊，在一扇门前停下。麦克唐纳从口袋里拿出一枚钥匙，打开门。他们走了进去。

这是一个崭新的房间，光线明亮，烟雾缭绕。房间里的家具颜色鲜艳，地毯的花纹是一大堆黄绿相间的硕大菱形。壁炉架上摆了很多酒瓶。

有两个男人坐在八边形的桌子旁，他们的手肘边上都有一个高脚杯。其中一个男人有着一头红色头发，眉毛浓密，惨白的脸上深深地嵌着一对黑眼睛。另一个男人长着一个滑稽的蒜头大鼻子，几乎没有眉毛，头发是沙丁鱼罐头里面的那种颜色。他把手上的纸牌慢慢放下，笑容满面地穿过房间向他们走来。他的嘴巴很松弛，看上去很友善，脸上的神情也和蔼可亲。

"麦克，遇上什么麻烦了吗？"他问道。

麦克唐纳摸了摸下巴，很勉强地摇了摇头。他看着那个蒜头鼻男人，好像在看一个仇人一样。蒜头鼻男人依然面带微笑，继续问道：

"搜他的身了吗？"

麦克唐纳撇嘴冷笑了一声，大步走向那个摆着酒瓶的壁炉架，用一种令人厌恶的语气说道：

"聪明人不用带枪。他是用脑子做事的人，聪明得很。"

他突然又走了过来，用他那只粗手的手背扇了一下马洛里的嘴。马洛里微笑着，没有反抗。他就站在一张长沙发前，沙发是像胆汁一样的黄褐色，上面布满了艳丽的红色正方形花纹。他双手垂直放在两边，香烟的烟雾从他指间袅袅升起，最终融入了粗糙的拱形天花板上那层早已形成的烟霾中。

"别着急，麦克，"蒜头鼻男人说道，"你已经完成你的任务了。你和吉姆现在可以出去了。给车子加一下油，然后走吧。"麦克唐纳怒吼道："科斯塔洛，你在命令谁啊，大人物！我就待在这里，直到这个骗子得到应有的惩罚。"

那个叫科斯塔洛的男人耸了一下肩。坐在桌子旁的红头发男人稍微转动了一下身子，看着马洛里，像一个收集者正在客观地分析研究一只被钉住的甲虫。他从一个平整的黑色烟盒里取出一支烟，用金色的打火机小心翼翼地点着。

麦克唐纳走回壁炉架旁边，从一个方形酒瓶里倒出一杯威士忌，直接喝了。他闷闷不乐地倚在壁炉架上。

科斯塔洛站在马洛里面前，摆弄着他那瘦长的手指，把指关节弄得噼啪作响。

他问道："你从哪里来的？"

马洛里看着他，眼神迷离。他把烟放在嘴上。"麦克尼尔岛。"他回答道，似乎在调侃。

"来多久了？"

"十天。"

"你来这里做什么？"

"伪造东西。"马洛里用温和又愉悦的口气说道。

"你来过这里吗？"

马洛里说："我在这里出生的，你不知道吗？"

科斯塔洛说话的声音很温柔，甚至能够抚慰人心。"没有，我不知道这个，"他说，"十天前你来这里做什么？"

麦克唐纳挥着他那粗壮的手臂，拖着步子再一次走过来。他倚在科斯塔洛的肩膀上，伸手又打了马洛里一巴掌。马洛里脸上立刻浮现出红印子，他甩了甩头，眼中燃起暗火。

"吉斯，科斯塔洛，这个家伙根本不是来自麦克尼尔岛的，他在拿你们开玩笑。"麦克唐纳大声喊道，"这个聪明家伙不过是一个卑鄙的骗子，从布鲁克林区或者堪萨斯城来的，那些地方是出了名的，警察都是些瘸子。"

科斯塔洛举起手来轻轻推了一下麦克唐纳的肩膀，说道："你没必要这样，麦克。"他说话的语气十分平缓。

麦克唐纳生气地攥着拳头，又突然笑了起来，一个箭步向前，脚后跟踩在马洛里脚上。马洛里叫了一声："……该死！"而后跌坐在长沙发上。

室内开始有些缺氧。整个房间只有一堵墙上有窗户，厚厚的纱网窗帘垂直悬挂着，把窗户捂得严严实实。马洛里拿出手帕擦了下额头，轻轻拍拍嘴唇。

科斯塔洛说道："你和吉姆出去，麦克。"依然是那种平缓的语气。

麦克唐纳低下头，抬眼盯着他。他的脸上已有汗珠，看上去湿答答的。他进房间后还没把他那件皱巴巴的破外套脱掉。科斯塔洛没有转头看他。过了一会儿，麦克唐纳开始摇摇晃晃地走起来，他用手肘推开挡着他的那个灰色头发警察，走回壁炉架那里，抓起那个装着苏格兰威士忌的方酒瓶。

"打电话给上头吧，科斯塔洛，"他扭过头来喊道，"你的脑子还没法处理这件事。就做点有用的事吧，别只会聊天儿了！"他稍稍侧着身子对着吉姆，拍了他后背一下，讥笑道："你就只想要多喝一杯酒吗，警察先生？"

"你来这里做什么？"科斯塔洛又问了马洛里一遍。

"来找一个熟人。"马洛里凝视着他，懒懒地说道。他眼中的火花已经消失。

"应付得挺好，孩子。"

马洛里耸耸肩。"我本来想着如果我做一场戏，我就可能有机会接触到我要找的人了。"

"也许你这场戏做错了。"科斯塔洛平静地说道。他闭上眼睛，用拇指指甲刮了刮鼻子。"这种事情有时候难以预料。"

麦克唐纳刺耳的声音在这个密闭的房间里响起。"聪明的家伙不会犯错，先生，只要他动动脑子就不会！"

科斯塔洛睁开眼睛，回过头来看了一眼红头发男人。红头发男人坐在转椅上很随意地摇来摇去。他的右手呈自然状态半张着，放在腿上。科斯塔洛又把头转到另一边，看着麦克唐纳。

"出去！"他表情冷酷，厉声说道，"现在就出去！你喝醉了，我不会和你争论的。"

麦克唐纳把肩膀抵在壁炉架上，两只手插在外套侧面口袋里，一顶皱皱巴巴、看不出形状的帽子随意地套在他那个方形大脑袋的后脑勺上儿。灰色头发警察吉姆挪动了一下，离他远了一点儿，嘴巴颤抖着，有些紧张地看着他，

"打电话给上司，科斯塔洛！"麦克唐纳嚷嚷道，"你不能够命令我！我对你没什么好感，不会听你的！"

科斯塔洛犹豫了一下，走到电话机旁。他盯着墙壁高处的一个黑点，从电话的叉簧那里拿起听筒，背对着麦克唐纳，开始拨打号码。接着靠在墙上，拎着听筒朝马洛里微笑，并等待着。

"你好……是的……科斯塔洛。一切顺利，只是麦克喝醉了。他很不友善……不愿意出去。这个还不清楚……一个外地小伙子。好的。"

麦克唐纳做了个动作，说道："等一下……"

科斯塔洛笑了笑，不慌不忙地把电话挂掉。麦克唐纳盯着他，眼露凶光，朝地毯上吐了一口痰，刚好吐在椅子和墙壁之间的角落。他说道："太蹩脚了！蹩脚！从这里根本不能打电话到蒙特罗斯。"

科斯塔洛微微动了动双手。红头发男人站了起来，离开那张桌子，懒懒散散地站在那里。他的头稍微向后仰着，好让香烟烟雾升起来时不至于熏到他的眼睛。

麦克唐纳气得直跺脚，他的颚骨勾勒出一条白色线条，衬着他那张通红的脸，目光灼灼，深邃而坚定。

"我想我们该这样子解决问题。"他说着，貌似随意地从口袋里抽出手，一把蓝色配枪在空中画了个精准而有力的弧线。

科斯塔洛望向红头发男人说道："抓住他，安迪。"

红头发男人把他那苍白嘴唇上的烟吐掉，绷紧身体，如闪电一般快速挥起他的手。

马洛里说道："还不够快呢，看这里。"

他挪动了一下，速度之快，动作之小，甚至让人难以察觉。他的身体朝长沙发上微微倾斜，黑色的鲁格尔长手枪便对准了红头发男人的肚子。

红头发男人把手从上衣翻领处慢慢放下，手中并没有东西。房间里十分安静。科斯塔洛看了麦克唐纳一眼，眼中充满了厌恶，把双手摊开放在面前，低头看着双手，茫然微笑着。

麦克唐纳神情痛苦，慢慢说道："绑架的事情我做不出来，科斯塔洛，我完全不想做这种事，我不跟你们这帮乌合之众干了。我就是赌运气，赌那个聪明人会站在我这一边。"

马洛里站起来，从一旁走向红头发男人。正当他走到一半时，灰头发警察吉姆突然大叫了一声往麦克唐纳身上扑去，抓住他的口袋。麦克唐纳看着他，一时间觉得很惊讶。他伸出粗壮的左手，一把紧紧抓住吉姆外套的两边翻领，往上举。吉姆挥舞着两只拳头朝他乱打一通，两次打中他的脸。麦克唐纳缩回嘴唇护住牙齿。"看着那些家伙。"他朝马洛里喊了一句，然后非常冷静地将手枪放在壁炉架上，把手伸入吉姆的外套口袋里，拿出那根皮革短棍，说道：

"你真卑鄙，吉姆，你一直都这么卑鄙。"

他对吉姆说这句话的时候相当客气，对他并没有敌意。而后他挥起短棍朝灰头发警察脑门上打了一下。灰头发警察慢慢地跪倒，手顺势拽着麦克唐纳外套的衣角。麦克唐纳弯下腰，再一次用短棍击打他的脑门，并且打在同样的位置上，这一次出手相当重。吉姆整个人瘫软了倒下，嘴巴张着，躺在地板上，帽子掉在一旁。麦克唐纳轻轻挥舞着短棍，一滴汗从他的鼻翼上流下来。

科斯塔洛说道："真是个粗鲁的家伙，不是吗，麦克？"他漠不关心地说着，好像对眼前发生的一切不感兴趣似的。

马洛里走到红头发男人身后，说：

"把手举起来，伙计。"

红头发男人举起手后，马洛里将手绕过他肩膀，伸入他外套里，从里面一个肩挂式枪套里拿出一把手枪，把它丢在他后面的地板上，又摸摸他外套的另一侧，拍拍他的外套口袋。接着他往后退了几步，绕着科斯塔洛看了一圈。科斯塔洛没有带枪。

马洛里走到麦克唐纳身旁，站在一个可以看见房间里所有人的位置，问道：

"谁被绑架了？"

麦克唐纳拿起他的枪和一杯威士忌。"那个叫法尔的女孩，"他说，"他们在她回家路上绑架了她，我估计。他们从那个意大利保镖那里得知她今晚在玻利瓦尔酒吧跟人见面，就开始计划了。我不知道他们把她带到哪里去了。"

马洛里双腿叉开站着，皱了皱鼻子。他很随意地拿着他的鲁格尔手枪，手腕也没有用力。他问道：

"你为什么要这么做？"

麦克唐纳冷酷地说道："先告诉我你的事。我刚刚已经让你歇着了。"

马洛里点点头，说："确实——不过是为了你自己。有人花钱雇我去找朗达·法尔的一些信。"他看了一眼科斯塔洛，科斯塔洛面无表情。

麦克唐纳说道："那轮到我了。我觉得这是一场阴谋。这就是为什么我会抓住这个机会，我想要脱离这种关系。就是这样。"他挥舞着手，做了一个将整个房间的一切收入掌中的手势。马洛里拿起一个酒杯，看了看杯底是否干净，然后倒了一点儿苏格兰威士忌，抿了几口，舌头在嘴里搅动着。

"我们来聊聊绑架的事吧，"他说道，"科斯塔洛刚刚打给谁了？"

"阿特金森，一个好莱坞大律师，操控这几个家伙。他也是那个法尔的律师。老好人阿特金森，道貌岸然的家伙。"

"他也参与了绑架？"

麦克唐纳笑了："当然了。"

马洛里耸耸肩："看上去是个愚蠢的把戏——对他来说。"

他绕过麦克唐纳，走到墙边科斯塔洛站着的地方，用鲁格尔手枪的枪口抵住科斯塔洛的下巴，将他的头往后推，直到贴在粗糙的墙面石膏上。

"科斯塔洛是个老好人，"他若有所思地说道，"他不会绑架一个女孩的。对吗，科斯塔洛？或许做一些很客气的敲诈，但不会做粗鲁的事情。对吧，科斯塔洛？"

科斯塔洛的眼睛变得有些模糊。他咽了一下口水，从牙缝里挤出一句话："住口！一点儿也不好笑。"

马洛里说道："事情变得越来越好玩了，但也许你完全不了解情况。"

他提着枪，枪管从科斯塔洛的下巴一路划到他的鼻翼下方，留下一道白印子，又很快变成一道红痕。科斯塔洛看起来有点害怕。麦克唐纳把一瓶几乎满着的苏格兰威士忌塞进上衣口袋后，说道：

"让我来……"

马洛里严肃地摇了摇头，看着科斯塔洛。

"声音太大了。你知道这些地方是怎么建的。应该去见见这个阿特金森。一定要见到头目——如果能找到他的话。"

吉姆睁开了眼睛，用手拍打着地板，试图站起来。麦克唐纳抬起一只大脚，漫不经心地踩在灰头发男人的脸上。吉姆再一次趴倒在地，灰头土脸。

马洛里瞥了一眼红头发男人，走到电话架旁，取下听筒，用左手很不熟练地拨了一个号码。

他说："我在打给那个雇我的人……他有一辆很大的车，开起来很快……我们暂时要拿这些家伙当人质了。"

4

    兰德里的黑色凯迪拉克大轿车悄无声息地驶入通往蒙特罗斯的长坡，车灯照在车子左侧的路面上，照进山谷底。夜色中空气清冷，繁星璀璨。兰德里坐在车子前座，扭头向后看，一只手臂搁在椅背上。他的手臂很长，手上戴着白色手套。

    "那么，是她自己的发言人要勒索她。好吧，好吧。"这已经是他第三次还是第四次说这句话了。

    他从容而优雅地笑了。事实上他所有的动作都显得从容而优雅。兰德里身材高挑，肤色苍白，明眸皓齿。一双乌黑的眼睛在车顶灯的照耀下闪闪发亮。

    马洛里和麦克唐纳坐在后座。马洛里看着车窗外，没有说话。麦克唐纳打开苏格兰威士忌方瓶子，瓶塞不小心掉车内地板上了，他边咒骂着边弯下腰去找。找到了瓶塞后，他倚靠在座位上，闷闷不乐地看着兰德里，兰德里的脸干净而苍白，脖子上还围着一条白色丝巾。

    他问道："你在高地大道的那处地方还在吗？"

    兰德里说道："是的，长官，不过干得不怎么样。"

    麦克唐纳低吼了一声，说道："那真是个耻辱，兰德里先生。"

他把脑袋往后靠在车内靠垫上，闭上眼睛。

凯迪拉克下了公路。司机似乎知道要去哪里，他绕了一圈进入一个景观优雅的小区，小区里到处是精致华丽的房子。树蛙在暗处鸣叫，空气中有橙子花开的味道。

麦克唐纳睁开眼睛，倾身向前，对司机说："转角处的那栋房子。"

那栋房子背靠着弧度宽阔的街道，屋顶用瓦片铺成，入口处是诺曼式半圆拱形，大门两边分别挂着一个亮着的铁艺灯笼，通道旁边的绿廊上方是爬满玫瑰的藤架。司机关了车灯，熟练地把车停到绿廊里。

马洛里打了个哈欠，推开车门。许多辆轿车在拐角处沿街停放着。两个司机在外边闲晃抽烟，烟的火光点缀着这片深蓝色的温柔夜色。

"在开派对，"他说，"很好。"

他从车里走出来，看了一会儿眼前的草地，然后踏着这片柔软的草地走到通道处，通道上铺着的那些色彩暗淡的砖块间隔排列着，草从砖块的间隙里长出来。他站在两个铁艺灯笼之间，按了门铃。

一个戴着帽子、穿着围裙的女仆打开门。马洛里说道：

"很抱歉来打扰阿特金森先生，但我有重要的事情。就说麦克唐纳找他。"

女仆犹豫了一下，走回房内，大门依然开着一条缝。马洛里顺手推开了门，看到一条宽阔的走廊，走廊的地面和墙上都铺着印度地毯。他走了进去。

沿着走廊走了几步，有一个门道通往一个光线暗淡的房间，房间里摆放着许多书，有一股高级雪茄的气味。许多帽子和外套放在椅子上。房子的最里面传来了收音机里舞蹈伴奏乐的声音。

马洛里拿出他的鲁格尔手枪，贴靠在房间门道的侧柱上。

一个身穿晚礼服的男人出现在走廊里。他长着一头浓密的白发，身材肥胖，脸色红润，面相狡猾，神情显得有些急躁。精心剪裁过的衣肩并没能成功地将人们的注意力从他那肥胖的肚子转移开。他的两条浓眉毛蹙在一起。走路脚步匆忙，看上去怒气冲冲。马洛里突然从门道里跨出来，把枪抵在阿特金森肚子上。

"你在找我。"他说。

阿特金森喉咙呛了一下，停下脚步，手微微举起。他被吓得睁圆了眼睛。马洛里往上移动手枪，把冰冷的枪管抵在阿特金森V形翻领上方的脖子处。律师半举着手臂，似乎要挡开那支枪，但很快便一动不动地站着，手臂还举在空中。

马洛里说："不要说话，用脑子想。你被出卖了，麦克唐纳出卖了你。科斯塔洛和其他两个家伙被绑在西木区。我们想要朗达·法尔。"

阿特金森的蓝色眼睛看上去黯淡无光。朗达·法尔这个名字似乎没有引起他的任何反应。他在枪口下局促不安地扭了一下身子，说道：

"你找我干什么？"

"我们认为你知道她在哪儿。"马洛里声调平淡，"但我们不要在这里谈，到外面去。"

阿特金森抽搐了一下，结结巴巴说："不……不，我有客人。"马洛里冷冷地说道："这里没有我们想要的客人。"他按紧枪口。阿特金森突然情绪激动，他往后退了一小步抓住枪。马洛里嘴唇紧闭，手腕猛地一扭，在空中有力地画了一个圆，手枪瞄准器打在阿特金森嘴上，血从他嘴里流出，他的嘴唇开始肿起，脸色刷白。

马洛里说："冷静一点儿，胖子，或许你还可以活过今晚。"

阿特金森转过身来，顺从地跟着马洛里，很快走出那扇开着的大门。

马洛里抓住他的手，把他拉到左边，走上草地。"慢一点儿。"他轻轻说道。

　　他们穿过绿廊。阿特金森往前伸着手，在车门处挣扎着。那扇开着的车门里伸出一条长胳膊，把他揪了进去，他倒在座位上。麦克唐纳用手轻轻拍了拍他的脸，把他摁在车座靠垫上。马洛里钻了进来，啪一声把车门关上。

　　车子迅速地转弯向前冲，轮胎摩擦地面发出刺耳的声音。车子驶出了一个街区后，司机才打开车灯。随后他稍稍转头，问道："开到哪儿去，老板？"

　　马洛里说："随便。开回镇上去。放轻松。"

　　凯迪拉克又开到公路上，驶下长坡。车灯再一次照进山谷底，甚至有一片小小的白光在山谷底的地面上慢慢移动，那是车头灯的灯光。

　　阿特金森在座位上挣扎着坐起来，拿出手帕轻轻地擦嘴。他盯着麦克唐纳，声音已恢复镇定：

　　"你们打算做什么？麦克，勒索吗？"

　　麦克唐纳粗声一笑，打了个嗝。他喝得有点多了，含糊不清地说道：

　　"见鬼，没什么。那些家伙今晚绑架了那个叫法尔的女孩，她的这些朋友们不同意。但你完全不知道这件事，对吗，大人物？"他又一次嘲弄他。

　　阿特金森慢慢地说道："很有趣……但我确实不知道。"他抬了抬他那白头发脑袋，继续说，"这些人是谁？"

　　麦克唐纳没有回答他。马洛里划了一根火柴，用手挡着，点了一支烟，缓缓说道：

　　"这个不重要吧？要么你知道朗达·法尔被带到了哪儿，要么你给我们带路去找她。考虑一下，有的是时间。"

　　兰德里转过头朝后看，他的脸在黑暗中看起来苍白而模糊。

　　"这不是过分的要求，阿特金森先生。"他严肃地说道，声音听起来冷静而温和，十分悦耳。他那戴着手套的手指敲击着座椅靠背。

阿特金森看着他好一会儿之后，把头靠在座椅靠垫上，懒洋洋地说道："要是我不知道她在哪儿……"

麦克唐纳举起手朝他脸上打了一下。律师的头一下子栽在坐垫上。马洛里声音里充满冷漠和厌恶：

"少动你那没用的拳头了，警察先生。"

麦克唐纳骂了他一句，把头扭开。车子继续开着。

车子已经开到了山谷。不远处有一个三色航空灯塔照耀着天空。他们驶上一个树木繁茂的斜坡，进入几座黑黝黝的山丘之间的谷底。一列火车提速从纽霍尔隧道呼啸而过，发出一长串轰隆声。麦克唐纳取出酒瓶，举起来灌了一大口。阿特金森声音沙哑地说道：

"我有点晕，给我一口。"

麦克唐纳转过身，举起酒瓶，吼了一声："喝，想得美！"他把酒瓶放回上衣口袋。马洛里从车门袋取出一个手电筒打开，照在阿特金森脸上。

"说吧！"

阿特金森把手放在膝盖上，直视着手电筒的光。他的眼神呆滞，下巴上还有血迹。他说道：

"这是科斯塔洛的阴谋。我不知道他这是要做什么。但如果是科斯塔洛，一个叫老滑头摩根的男人也跟他一伙儿的。那个人在鲍德温山旁边的平地上有个棚屋。他们可能把朗达·法尔带到那里去。"

阿特金森闭上眼睛，眼睛因为光线的刺激而流下一滴眼泪。马洛里慢慢地说道：

"麦克唐纳应该知道这个。"

阿特金森闭着眼睛，说："我猜也是。"他的声音沉闷，不含任何情绪。

麦克唐纳攥起拳头，侧身又朝他脸上打了一拳。律师呻吟了一声，倒向马洛里那一侧。马洛里向后缩手，收回手电筒。他愤怒地说道：

"你再这样我会开枪打你，警察先生，试试看吧！"

麦克唐纳傻笑着挪回原位。马洛里关掉手电筒，用更平静的声音说道：

"我认为你说了实话，阿特金森。我们到老滑头摩根的棚屋去看看。"

司机将车子掉了个头，沿原路再次回到公路上。

5

　　轿车的车前灯照到了一道白色尖桩篱栅后，便熄了灯。
在篱栅后面的高地上有两个简陋的油井塔伸向天空的剪
影。熄了灯的车子慢慢往前开，停在通往小木屋的路上。
路的这一边没有其他房子，车子和油田之间什么也没有。
那间木屋没有开灯。

　　马洛里下车走着。一条砾石车道通往那间棚屋，但棚屋
那里却没有门。棚屋下面停着一辆观光游览车。车道两旁
是被碾压过的稀疏草坪，车道后方有一块曾经是草坪，现
在变成不知道做什么用的一块灰暗土地。一条用做晾衣绳
的电线，一个安着生锈铁纱门的小门廊。这是月色下能看
清的所有东西。

　　在门廊上面有一扇窗户，百叶窗窗帘遮着；窗帘边上有
两条细细的缝透出光来。马洛里轻轻地踩在干草地和泥土
路上，悄无声息。他走回车那里，说道：

　　"走吧，阿特金森。"

　　阿特金森艰难地走出车子，跟跟跄跄地走在路上，像一
个半梦半醒的人。马洛里抓住他的手臂，两个人踏上木台
阶，悄悄地穿过门廊。阿特金森摸索着找到门铃，按了一
下。屋子里传来一阵嘈杂的声音。马洛里侧身靠在墙的一

边，站在那个位置他就不至于被打开的铁纱门挡住。

门悄无声息地打开了，一个身影在铁纱门后面若隐若现，身影后面没有灯光。律师喃喃地说道：

"是我，阿特金森。"

门的挂钩被打开了，铁纱门向后推开。

"有什么事吗？"马洛里听过这个口齿不清的声音。

马洛里站了出来，手中的枪举到腰际。在门口的男人企图关上门，马洛里一个箭步向前，挡到他前面，舌头抵着牙齿发出哒的一声，责备似的对他摇了摇头。

"你没有带枪，是吧，老滑头？"他说着，把枪轻轻往前推，"慢慢转过身去，老滑头，当你的脊梁感到有东西抵着时，就向前走。我们跟你一起走。"

那个瘦长的男人举起双手，转过身走进黑暗中，马洛里的枪抵在他背后。一个小客厅散发出灰尘气息，还有一股家常饭的味道。一盏灯下面有一扇门，瘦长男人慢慢放下一只手，打开门。

天花板中央挂着一个没有灯罩的灯泡。一个瘦弱的女人站在灯下，她穿着一件脏兮兮的白色罩衫，双手软弱无力地放在身体两侧，乱糟糟的深褐色头发下有一双黯淡无光的眼睛，看上去很忧虑。手上的肌肉无意识地收缩着，手指跟着抽搐摆动。她发出一声微弱的哀叫，像一只挨饿的猫。

瘦长的男人走到房间的另一头，靠在那堵墙上，手掌按着墙纸。他的脸上一直保持着一种不知所以的微笑。

兰德里的声音从后面传来："我会杀了阿特金森的那些爪牙。"他走进房间，戴手套的手上拿着一支很大的自动手枪。"挺不错的小房子。"他又友好地加了一句。

房间的角落里有一张铁床，朗达·法尔就躺在上面，全身被一条褐色军毯包裹着。白色假发有些脱落，露出了富有光泽的金色鬈发。她的脸白得发蓝，胭脂和口红显得格外耀眼。她正在轻声打鼾。

马洛里把手伸入毛毯里探她的脉搏，又撑开她一只眼睛，仔细看着往上翻的瞳孔。

他说道："打过药。"

穿罩衫的女人舔了一下嘴唇。"只打了一点点麻醉，"她磕磕巴巴地说，"不会伤身体的，先生。"

阿特金森在一把坚硬的椅子上坐下，椅背上有一条脏毛巾。他的礼服衬衫在无灯罩的灯下显得十分耀眼，下半张脸满是脏兮兮的血迹。瘦长男人轻蔑地看着他，用双手手掌拍了拍被弄脏了的墙纸。这时候麦克唐纳出现在房间门口。

他的脸涨得通红，满头大汗，他向前踉跄了一步，抬起手倚在门框上。"嗨，伙计们，"他神情茫然地说着，"这种情况我应该能升职了。"

瘦长男人停止了微笑。他迅速侧身躲到一边，将一支枪握在手中。一声震耳欲聋的枪响充斥着整个房间，紧接着又是另一声枪响。

瘦长男人的侧身躲避变成滑倒，接着又全身倒地。他瘫倒在裸露的地板上，姿势倒有几分悠闲的样子。他一动不动地躺着，一只眼睛还半睁着，明显在瞪着麦克唐纳。那个瘦弱的女人张大了嘴，但没有发出声音。

麦克唐纳又把他另一只手撑在门框上，向前倾身，开始咳嗽。鲜红的血流到了下巴上，他的手从门框上慢慢滑了下来，肩膀开始抽搐，身体摇摆，像一个游泳的人在拨开波浪向前游，随即脸朝地面跌倒，帽子还扣在脑袋上，帽子后方的颈背上露出灰褐色、脏兮兮的鬈发。

马洛里说："两个倒下了。"他用厌恶的表情看着兰德里。兰德里低头看着他那支大自动手枪，将它藏到一侧，放进他那件修长的黑色大衣的口袋里。

马洛里弯下腰，一根手指按在麦克唐纳的太阳穴上。没有心跳。他又按了颈静脉血管，一样的结果。麦克唐纳死了，他身上还散发出强烈的威士忌酒味。

灯泡下出现了一缕白烟，是一股刺鼻的火药硝烟。那个瘦弱的女人弯着腰，偷偷向门口爬。马洛里用一只强有力的手挡在她胸口，将她甩回去。

"你待在那里就行。"

阿特金森从膝盖处抬起手，不断搓着双手，好像它们已经失去了知觉似的。兰德里走到床边，伸出他那只戴手套的手，抚摸朗达·法尔的头发。

"你好吗，亲爱的？"他温柔地说，"好久不见。"随后他走出房间，说道："我去把车开到街道的这一边来。"

马洛里看着阿特金森，貌似随意地说道："阿特金森，谁拿着那些信？朗达·法尔的那些信。"

阿特金森慢慢抬起他那张苍白的脸，眯着眼，好像灯光已经刺伤了他的眼睛似的。他说话时声音虚弱而含糊。

"我……我不知道。科斯塔洛，可能是他吧。我没见过他们。"马洛里发出短促而刺耳的笑声，然而他脸部冷峻的线条并没有丝毫变动。"如果你说的是真的，那岂不是太他妈好笑了。"

他走到角落的床边，将褐色军毯紧紧裹住朗达·法尔。当他把她抱起来时，她停止了打鼾，但并没有醒。

6

　　公寓里有一两扇窗户亮着灯。马洛里抬起手腕，看着手腕上的手表。指针发出微弱的光，指示当下时间是三点半。他朝车内说：

　　"给我十分钟左右，然后上来，我会给你留门的。"

　　通往公寓的入口被锁上了，马洛里拿出一枚钥匙打开，把钥匙放在门闩上。大厅里有一点亮，灯光来自那盏落地灯和电话总机旁的罩灯。一个个子矮小，身材瘦削的白头发男人睡在电话总机旁的椅子上，嘴巴张着，鼾声绵延悠长、如泣如诉，仿佛一只受伤的动物在哀嚎。

　　马洛里走上铺着地毯的阶梯，在二楼按了自动电梯的按钮。电梯哐当哐当地下来了，他走了进去，按了标着"7"字的按钮，打了个哈欠，眼里满是疲惫。

　　电梯停住了，马洛里走进那条明亮安静的走廊，在一扇灰色橄榄木门前停下脚步，把耳朵趴在门板上，然后把那枚钥匙插进门锁，轻轻转动，将门朝里面推了一两英尺。又停下来听，随即走了进去。

　　一张安乐椅旁边有一盏红色灯罩的灯，灯光照耀着整个房间。一个男人卧躺在沙发上，灯光照在他的脸上。他的手腕和脚踝都被宽胶带捆着，嘴巴也被一条胶带封住。

马洛里弄好门闩，关上门，脚步轻快地走进房间。躺在沙发上的男人是科斯塔洛。他的脸略微发紫，白色的胶布把他的嘴唇紧紧黏在一起，他的胸腔剧烈地抽搐着，呼吸使他的大鼻子发出哼哼声。

马洛里把科斯塔洛嘴上的胶布扯掉，用一只手的手掌根压在他的脸上，迫使他张大了嘴。科斯塔洛的呼吸节奏有所改变，胸部停止抽搐，脸上的紫色慢慢褪变为青白色。他稍微动了动，发出一声呻吟。

马洛里从壁炉架上拿起一个一品脱的黑麦威士忌酒瓶，用牙齿撕开酒瓶盖上的金属包装条。他把科斯塔洛的头往后扯，将一些威士忌倒进他张着的嘴里，拍了拍他的脸。科斯塔洛被呛着，不由得大口吞下那些酒，一部分酒从他的鼻孔流出来。他那双睁大了的眼睛开始慢慢聚焦，嘴里说着一些不清不楚的话。

马洛里走向天鹅绒帷幔，帷幔遮盖着房间另一头的一扇门。他穿过天鹅绒帷幔走进一个短短的过道，过道的第一扇门通往一个卧室，卧室里有两张床。马洛里打开灯，两张床上各躺着一个被绑着的男人。

灰头发警察吉姆正在睡觉，也可能是晕过去了。他的头部一侧有凝固的血迹，脸色灰白，脸上脏兮兮的。

红头发男人的眼睛睁得大大的，闪闪发亮，充满愤怒。他的嘴巴在胶布下活动着，试图咬掉它。身体已经滚到一侧，几乎快滚下床了。马洛里把他推回床中间，说道：

"一切都是一场游戏。"

他走回客厅，打开更多灯。科斯塔洛已经挣扎起来坐在安乐椅上。马洛里拿出一把小折刀，走到他背后，划开绑在他手腕上的胶布。科斯塔洛抽出两只手，咕哝着，手背相互搓揉着，按摩刚刚被胶布撕掉汗毛的地方。他弯下腰把脚踝上的胶布撕掉，说道："刚才可真不好受，我是用嘴呼吸的人。"他说话的声音散漫平缓，毫无节奏感。

他站了起来，倒了两英寸的黑麦威士忌到酒杯里，一饮而尽，再次坐下，把头倚在安乐椅的高靠背上。他的脸逐渐恢复了生气，疲惫的眼睛也开始发光。

他问道："有什么新鲜事吗？"

马洛里舀起一碗冰，皱了下眉头，直接把威士忌喝了。他用指尖轻轻地揉着他的左侧脑门，脸部抽搐了一下，随后坐下，点了一支烟。

他说："有几件。朗达·法尔回家了。麦克唐纳和老滑头摩根被枪打死了。但这些都不重要。我想要那些你打算卖给朗达·法尔的信，把它们交出来。"

科斯塔洛抬起头，嘟哝道："我没有那些信。"

马洛里说："把信拿出来，科斯塔洛。马上！"他把烟灰小心翼翼地弹在地毯上一个黄绿相间的钻石花纹中间。

科斯塔洛不耐烦地动了动身子。"我没有，"他一口咬定，"我从没见过那些信。"

马洛里青灰色的眼睛变得非常冷酷，声音濒临爆发。他说道："你们这些浑蛋连你们在干的勾当都不知道，这可不仅仅是可怜了……我很累了，科斯塔洛。我不想和你争论。除非你想让自己变得很恶心，想让我用枪管打歪你那颗大鼻子。"

科斯塔洛举起一只瘦削的手，揉了揉嘴边因撕掉胶布而变红的皮肤。他看了一眼房间尽头，遮着后门的天鹅绒帷幔轻微动了一下，像有微风吹过似的。然而并没有风。马洛里正盯着地毯。

科斯塔洛从椅子上慢慢站起来，说："我有一个壁式保险柜，我来打开它。"

他穿过房间走到正门的那堵墙边，取下一幅画，在一个内置式圆形小保险柜上的键盘上输入密码，打开那个圆形小门，把手伸入保险柜。

马洛里说："停住，科斯塔洛。"

他慢悠悠地穿过房间，用左手沿着科斯塔洛的手伸入保险柜，缩回的手里拿着一把手柄上镶珍珠的小型自动手枪。他吧唧了一下嘴巴，把那把小手枪放进口袋里。

"科斯塔洛，你还是不明白，是吗？"他用厌倦的声音说道。

科斯塔洛耸耸肩，走开了。马洛里把双手伸入保险箱内，翻出一些东西丢在地板上。他单膝跪地翻拣着。那堆东西里有一些白色的长信封，一捆用回形针扎着的剪报，一本厚厚的支票簿，一个小相册，一本通讯录，一些零散的文件，几张已经核实的黄色银行对账单。马洛里随便挑了一个长信封打开，但显然没什么兴趣看。

后门上的帷幔再一次动了。科斯塔洛全身僵直地站在壁炉架前。一只细小的手紧握着一支枪，从帷幔后伸出来，紧跟着的是一个消瘦的身影，一张苍白的脸和一双明亮的眼睛——是艾尔诺。

马洛里站了起来，双手举在胸前，手中空无一物。

"举高一些，小子，"艾尔诺声音沙哑地说道，"再高一些，小子！"

马洛里把手举高了一点点，眉头紧锁。艾尔诺走进房间。他的脸上闪着汗光，一撮油腻的黑色头发垂到一根眉毛上。他龇着牙，笑得十分僵硬。

他说道："我觉得我们就在这儿给你一枪，你这个骗子。"

他的声音里有一种询问式的变调，似乎在等待科斯塔洛的批准。科斯塔洛没有说话。

马洛里稍稍移动了一下头部，他感到口干舌燥。他看着艾尔诺，后者的眼睛显然很紧张。马洛里快速说道：

"傻瓜，你被人骗了，但不是被我。"

艾尔诺的嘴由微笑转变为怒骂。他的脑袋朝后仰，扣在扳机上的手指的第一个指关节开始变白。这时候，门外有一声骚动，门开了。

兰德里走了进来，用肩膀顶了一下门，把门关上了，倚在门前，像在表演一样。他的双手插在那件修长黑色外套的口袋里，黑色软帽下的眼睛明亮而邪恶，看上去心情愉悦。白色的晚会丝巾随意地盘在脖子上，他动了动埋在丝巾里的下巴，露出一张苍白而英俊的脸，像古老的象牙雕刻出来的物件。

艾尔诺稍微移动了一下枪口，又停住等着。兰德里愉快地说道："我赌一千块，赌你先打在地板上。"

黑得发亮的小胡子下，艾尔诺的嘴唇颤抖着。两支枪同时发射。兰德里晃动身体，像一棵树被一阵狂风袭击。他的0.45英寸手枪再次发出巨大的啸声，由于隔着衣物，且靠近他的身体，枪声显得有点沉闷。

马洛里翻身躲到长沙发后面，拿出鲁格尔手枪举到胸前。然而艾尔诺的脸已经没了血色。

他慢慢倒下，身体非常轻，以至于他像是被他右手上的手枪拽倒的。他倒下时双膝跪地，身体朝地板上滑落。有一刻他的背部还弓着，但不一会儿就瘫软了。

兰德里从外套口袋里伸出左手，他的手指张开着，像是推开了什么东西才伸出来的。他从另一只口袋里艰难而缓慢地取出他的大自动手枪，一点一点地举起枪，用脚后跟转过身来，面对着全身僵直的科斯塔洛，准备再一次扣下扳机。石膏灰从墙上落到科斯塔洛的肩膀上。

兰德里脸上突然出现茫然的表情，他骂了一声："该死！"声音乏力。他的眼睛开始上翻，枪从他松开的手里径直掉下，砸在地毯上。他倒下时，关节逐一着地，动作显得从容而优雅，半跪着的身体摇晃了一会儿，而后倒在一旁，在地上慢慢舒展开来，几乎没有发出声音。马洛里看着科斯塔洛，紧绷着脸、语气愤怒地说道："伙计，你够幸运的！"

警报声持续地响着，电话总机的仪表板上亮起三个小红灯。

干瘪的白头发男人啪嗒一声闭上嘴，挣扎着坐起来，神态困倦。

马洛里把脸转到另一边，疾步从他面前走过，冲出大厅，走到公寓大门外，跨下三级大理石台阶，经过人行道，回到街道上。兰德里的轿车司机已经把脚踩在油门上了。马洛里钻进车子坐在他旁边，甩上车门，呼吸急促。

"快开车！"他吼道，"不要走大马路。警察五分钟内就到这里了。"

司机看着他问："兰德里呢？……我刚刚听到了枪声。"

马洛里举起鲁格尔手枪，冷静而迅速地说："开车，伙计！"车子挂上挡，凯迪拉克向前冲。司机在前方不顾一切地拐了个弯。他的眼角时刻注意着马洛里的枪。

马洛里说道："兰德里中了枪，死掉了。"他抬起枪，把枪口放在司机鼻子下，"但不是我杀的。你闻一下，朋友，它没有开过火。"

司机发出一声："啊！"声音颤抖。车子难以抑制地摇摇晃晃，偏离了道路几英尺。

天开始亮了。

7

朗达·法尔说道："公开吧，亲爱的，就公开吧。有点新闻噱头总比没有好。我都不确定我的合同能不能续签，所以我很可能需要这种宣传。"

在一间宽敞的房间里，朗达·法尔坐在柔软的沙发上，那双蓝得发紫的眼睛看着马洛里，眼神慵懒而冷漠。她动手去拿那只蒙着雾气的高脚杯，喝了一口酒。

房间非常大，地板上铺着颜色柔和的传统式中国地毯。还有许多涂着红漆的柚木梁柱，每一堵墙上方都镶着耀眼的金色边框，天花板显得有些遥远而模糊，就像炎热夏天里的黄昏。一个雕刻着精美花纹的巨大收音机正在播放着和缓而缥缈的乐曲。

马洛里皱着鼻子，脸上的愉悦神情透着冷酷与邪恶。他说："你是个阴险的女人，我不喜欢你。"

朗达·法尔说道："哦，是吗？你喜欢我的，亲爱的，你简直对我痴迷了。"

她微笑着，把一支烟插入翡翠绿色的烟嘴里，烟嘴的颜色与她的翡翠绿睡袍相称。她伸出一只线条优美的手，按下她旁边那张低矮的珍珠质柚木桌上的按铃，一个穿白外套的日本男管家默默地走进房间，给她调更多的威士忌。

"你是个相当聪明的人，不是吗，亲爱的？"男管家走出去之后，朗达·法尔说道，"你口袋里有一些信，你觉得它们对我来说至关重要。不是这样的，先生，根本不是这么回事。"她抿了一口刚调好的威士忌。"你手里的那些信是假的。它们大概是一个月前写的。真的信根本没在兰德里手上，他很久以前就还给我了……你手里的那些不过是些道具。"她用手优雅地抚着她的鬈发。前一晚的经历似乎没对她造成任何影响。

马洛里认真地看着她，说道："你怎么证明呢？"

"一张便笺——如果需要我证明的话。在第四街和斯普林街交界处有个小伙子在研究这种事情。"

马洛里说："模仿笔迹？"

朗达·法尔莞尔一笑。"如果有足够的时间，笔迹并不难造假，他们是这么说的。总之，我的这件事就是这样。"

马洛里点了一下头，啜一口他的威士忌，把手伸入外套里袋，拿出一个法定规格大小的马尼拉纸信封。他把这个平整的信封放在膝盖上。

"因为这些假信，昨晚有四个男人被枪杀了。"他漫不经心地说道。

朗达·法尔温柔地看着他。"其中三个，两个是恶棍，一个是黑吃黑的警察。我难道要为这种人渣失眠！当然了，我为兰德里感到抱歉。"

马洛里客气地说道："你真好，还会为他感到抱歉。"

她平静地说："兰德里，我跟你说过的，几年前他是个很不错的小伙子，当时他还在努力进入电影业。但后来他选择做别的生意，做那种生意他迟早会挨子弹的。"

马洛里摩挲着下巴："他竟然忘了他已经把信还给你了，真可笑，太可笑了。"

"他不会留意这种事情，亲爱的。他就是那种演员，而且他喜欢这场表演。这给了他一个表现自己的绝佳机会，他太喜欢这样子了。"

马洛里的表情变得冷峻且厌恶。他说道："这种事情看起来适合我的。我和兰德里不熟，但他认识我在芝加哥的一个好朋友。他想了一个办法找出那些勒索你的人，而我则在其中扮演角色。事情的进展让它变得更顺利——只不过动作有些大了。"

朗达·法尔用她亮晶晶的小指甲轻轻敲着她那口明亮的白牙，说道："你回去你原来的地方做什么，亲爱的？那种所谓的私家侦探吗？"

马洛里高声笑起来，微微动了一下，把手指插入他那头黑色鬈发里。"别管这个了，宝贝，"他轻声说道，"不用管它。"

朗达·法尔有些惊讶地看了他一眼，发出尖厉的笑声。"真疯狂，不是吗？"她柔声说道。又继续原先的话题，她声音变得有些干涩。"阿特金森多年来一直在用不同的方式压榨我。我伪造了那些信，把它们放在他能弄到的地方。信果然没了。几天后就有一个粗声粗气的男人打电话过来，开始对我施压。我任由事情发展着，想着怎么抓住他的把柄，我们两个人的名声加在一起可以写一篇很不错的宣传报道，而且不会对我有多大损害。但事情似乎传播开了，我有点害怕，就想着找兰德里帮忙。我很确定他会乐于帮我。"

马洛里粗声地说道："头脑简单、不会转弯的小孩子，不是吗？真是个灾难。"

"你对好莱坞这个名利场不太了解，不是吗，亲爱的？"她说着，把头靠向一边，轻轻哼着歌。舞曲的旋律在安静的空气中缓缓流淌着。"这是一段很优美的旋律……从韦伯协奏曲剽窃来的……要引起公众注意，总要伤害一些东西。不然大家都不会对你感兴趣。"

马洛里拿起那个马尼拉纸信封，站起来，把它扔在她腿上。

"这个得花你5000块。"他说。

朗达·法尔身体往后靠，盘起她那穿着翡翠绿睡袍的双腿，一只绿色的小拖鞋从她脚上掉到地毯上，马尼拉纸信封也随之掉下，落在拖鞋旁边。她没弯腰去捡任何一个。

她问道："为什么？"

"我是个商人，宝贝，我的工作必须得到报酬。兰德里没有付钱给我。他得付我五千块，但现在看来得由你来付了。"

那双矢车菊般的蓝色眼睛显得十分平静，她不以为然地说："不成……勒索犯。我在玻利瓦尔酒吧已经告诉过你了，我很感激你，但我的钱要由我自己花。"

马洛里只说了一句："这他妈就是你花钱最好的方式了。"

他俯下身拿起他的酒杯，喝了一小口，把酒杯放下，用两根手指的指甲敲了敲酒杯侧面，一抹细微精致的微笑浮现在他嘴角的皱纹里。他点了一支烟，把火柴扔在风信子花盆里。

他慢慢说道："兰德里的司机都跟我说了。兰德里的朋友想见我，他们想知道兰德里怎么会在西木区被杀死。警察不久之后也会找到我。有人会跟他们打小报告的。昨晚的四起谋杀案我都在现场，我自然是脱不了干系的。我很可能需要说出整个故事。那些警察会让你名声大噪的，宝贝。兰德里的朋友——我不知道他们会怎么做——会做出一些很伤害人的事吧，我估计。"

朗达·法尔抽出她的腿，用脚趾摸索着穿上绿色拖鞋。她的双眼惊得睁圆了。

"你会……出卖我？"她倒吸了一口气。

马洛里笑了，眼睛明亮而坚定。他注视着地板上一盏落地灯投射出来的光芒，语气厌烦地说道：

"我为什么要保护你？我又不欠你什么。而且你真是该死的吝啬，连花钱雇我都不愿意。我没有犯罪记录，而且你也知道，那些警察法官什么的都喜欢我这类人。而兰德里的朋友们只会看到一个好人被人用卑鄙的手段谋杀了——天哪，为什么我应该包庇你这样的骗子？"

他生气地哼了一声，深褐色的脸颊上浮现出两块红晕。

朗达·法尔一言不发地站着，轻轻地摇了摇头，说道："别试图和我做交易，勒索犯，没得商量。"虽然她的声音疲惫而微弱，但是她扬起下巴，显得勇气十足。

马洛里伸手拿起他的帽子。"你真让人受不了，"他咧嘴笑道，"天哪！但你们这些好莱坞的小女人一定都这么难缠的。"

他突然倾身，左手按在她的头后面，用力地亲她的嘴，随后指尖滑过她的脸颊。

"你是个不错的小女人——在某些方面，"他说，"一个漂亮的骗子，只是漂亮。你并没有伪造信件，亲爱的。阿特金森不会被这种小把戏骗倒。"

朗达·法尔弯下腰，迅速从地毯上捡起那个马尼拉纸信封，翻出里面的东西——几张写满字的灰色纸张，纸张有毛边，上面还印着纤细的金色姓名首字母组合图案。她看着这些信，鼻翼颤抖着。

她慢慢地说："我会把钱给你的。"

马洛里抚着她的下巴，轻轻抬起她的脸。

他十分温柔对她说：

"我在开玩笑呢，宝贝。我就是有这个坏毛病。但关于这些信有两件事很有趣。这些信没有装在信封里，而且信里没有任何东西可以表明它们是写给谁的——没有任何证据。第二件事是，兰德里被杀时，这些信就放在他的口袋里。"

他点头致意，转身要走。朗达·法尔急忙喊道："等一下！"她的声音突然充满了恐惧。

马洛里说："这件事结束了，可你却没能解脱出来。喝口酒吧。"他向前走了几步，转过头来说："我必须走了。我和一个大麻烦有个约会……送些花给我，蓝色野花，像你的眼睛一样的。"

他从拱门下走了出去。门开了又重重地关上。朗达·法尔一动不动地坐了许久。

　　香烟的烟雾在空气中缠绕上升。一群穿着晚礼服的人站在一个通道口的旁边，啜着鸡尾酒。这个挂着帘子的通道口通向赌室。帘子下面有一盏灯照亮了里面轮盘赌桌的一角。马洛里把手肘搁在吧台上，一个酒吧侍者离开两个穿着派对礼服的年轻女孩，从光滑的木质桌面上推了一条白色毛巾到马洛里面前，说道：

　　"喝点什么，老板？"

　　马洛里说："来点啤酒。"

　　酒吧侍者把啤酒给他，对他笑了一下，又回到两个女孩身边去。马洛里喝了一小口啤酒，做出一个鬼脸，看着酒吧后面通道尽头处那个长长的镜子，他稍稍倾斜着身子，以便从镜子里看到整条通道的地板，包括通道尽头那堵最远的墙。墙上的门开了，一个穿餐服的男人走了进来。他那张褐色的脸布满皱纹，一头钢丝绒颜色的头发。他在镜子中与马洛里对视了一下，点头致意，穿过房间走来。

　　他说："我叫马尔多恩，很高兴你能来。"他的声音温柔，带有一些沙哑，像一个胖子的声音，但他一点儿也不胖。

　　马洛里说："我们不是来交际的。"

马尔多恩说："到我的办公室去吧。"

马洛里又喝了一口酒，又做了个鬼脸，把酒杯推回吧台前。他们走出门，踏上一段铺着地毯的楼梯，又踏上另一段向上走的楼梯，上面有一扇开着的门亮着灯，灯光照在楼梯平台上。他们走进那个亮着灯的地方。

那间房间曾是一个卧室，看起来似乎没费过任何心思去把它打造成一间办公室。墙壁是灰色的，挂着两三幅镶着小画框的图片。房间里有一个巨大的文件柜，一个不错的保险箱和几张椅子。胡桃木办公桌上放着一盏羊皮纸罩台灯。桌子的一角站着一个十分年轻的金发男人，一只脚搭在另一只脚上晃动着，头上戴一顶软帽，帽子上有一个同性恋标志。

马尔多恩说道："好了，亨利，我要忙了。"

金发年轻男人离开桌边，打了一个哈欠，把手掩在嘴上，手腕矫情地扭了一下，他的手上戴着一个硕大的钻石戒指。他看着马洛里，微笑了一下，慢慢走出房间，关上门。

马尔多恩坐在蓝色皮革旋转椅上，点了一根细雪茄，把雪茄盒推到木纹桌子的前方。马洛里坐在桌子的另一头，在门和一扇开着的窗户之间。房间里还有另一扇门，不过被保险柜挡着。他点燃烟，说道：

"兰德里欠我一些钱。5000块，有人愿意付吗？"

马尔多恩把那双褐色的手放在椅子的扶手上，前后摇晃着椅子。"我们还没谈到这一步。"他说。

马洛里说："好吧，我们谈到哪儿了？"

马尔多恩眯着他那双黯淡无光的眼睛。他声音平淡，不带任何语气。"谈到兰德里是怎么死的。"

马洛里把烟放进嘴里，双手紧扣，放在面前。他吐出一口烟，烟雾飘到了马尔多恩头上的墙壁那里。他对着那团烟雾说道："他欺骗了所有人，最后害死了自己。他扮演了太多角色，最后把自己的戏路搞混了。他对枪很痴迷，手里有枪时，就想朝别人开枪，有人回敬了他一枪。"

马尔多恩还在摇着椅子："也许你可以讲得具体一点儿。"

"当然了……我可以给你讲一个故事……关于一个写过一些信的女孩的故事。她当时认为自己坠入了爱河，写了一些不计后果的信。一个女孩子写那种信，虽然很勇敢，但却对她没有什么好处。随着时间流逝，不知怎么的，那些信流入勒索市场。有一些人开始勒索那个女孩。没有要很高的价格，那个价格对她来说并不高，但她似乎喜欢用更复杂的方法解决问题。兰德里觉得他可以帮她。他想出一个计划，这个计划需要一个男人，一个能穿着无尾晚礼服、不会把勺子放进咖啡杯、并且这个镇上没有人认识的男人。他找到了我。我在芝加哥开着一个小小的代理机构。"马尔多恩把椅子转向开着的窗户，望着窗外那些树的树尖。"私家侦探，嗯？"他冷漠地嘀咕着，"来自芝加哥。"

马洛里点点头，看了他一眼，又把视线移回墙壁上的老地方。"而且被认为很可靠，马尔多恩。不过从我之后遇到的那些人来看，你可能就不这么认为了。"

马尔多恩做了一个不耐烦的动作，没有说话。

马洛里继续说道："好吧，我对这份工作过于认真了，那是我犯的第一个错误，也是最严重的一个。在这次勒索变成绑架的时候，我已经取得了一些进展，虽然不怎么样。我联系了兰德里，他打算和我一起做。我们找到那个女孩，她没遇上什么大麻烦，我们送她回家了。但我们还是得找出那些信。当我正试图从一个我认为藏着那些信的男人那里找出它们时，其中一个坏蛋从后门闯进来，试图开枪。兰德里当时正好潇洒地出场，摆了一个姿势，和那个家伙一起开了枪，几乎是同时开的，他中了子弹。场面很精彩，如果你喜欢这种事情。不过我却因此陷入困境。我对这件事的认识也许带有偏见，因为当时我必须逃离现场，之后我才得出这么个故事。"

马尔多恩黯淡的褐色眼睛闪过一丝亮光。"那个女孩的故事应该也很有趣。"他沉着地说道。

马洛里吐了一口白烟。"她被麻醉了，什么事都不知道。即使她知道，她也不会说。而且我不知道她的名字。"

"我知道，"马尔多恩说，"兰德里的司机也跟我讲过，所以不用麻烦你告诉我了。"

马洛里继续平静地说道："这是外面流传的故事，没什么详细注解。那些注解才使得这个故事更有趣——而且更肮脏。那个女孩根本没有叫兰德里帮她，但他知道了勒索的事。他曾有过那些信，因为那是写给他的。他计划找出那些勒索者的办法是让我给那个女孩传递误导信息，让她以为信在我这里，并约她到夜店见面。那些勒索她的人就会在那里盯上我们。她的确来了，她有那个胆量，而且她确实被监视着，因为有内线——女佣或司机什么的。那些勒索她的人会想知道我的来路，他们就会抓了我。而如果我没出差错的话，我就可以知道这个勾当里都是些什么人。很不错的设想，你觉得呢？"

马尔多恩冷冷说道："有些地方有漏洞……继续说吧。"

"当我们诱骗成功之后，我知道一切尽在掌握中。我跟随着事情进展，因为那个时候我必须那么做。没多久发生了另一出肥皂剧，这一次没彩排过。一个从黑帮里分赃的大个子警察临阵脱逃了，让那些人陷入困境。他没介意干点勒索什么的，但那天晚上却突然出现了绑架。对我来说，这个意外让事情变得更简单了，而且它对兰德里也没什么损害，因为那个警察不是什么聪明人。我想那个杀死兰德里的家伙也不是聪明人。那个人只是很恼火，以为自己被人骗了，分不到钱了。"

马尔多恩那褐色的手从椅子扶手上弹起又放下，像一个采购商在讨价还价的过程中变得烦躁不安。"有人让你这样子想的吗？"他讽刺道。

"我动了动自己的脑子，马尔多恩，虽然动得不够快，但还是动了的。也许没人雇我动脑筋，但也没人规定我不可以。如果我够聪明，那就是兰德里的不幸了，他本该预料并提防这一点。如果我不聪明，那我就是他能雇到的忠实陌生人的最佳人选。"

马尔多恩顺口说道："兰德里有足够的钱。他有点脑子，虽然不是很聪明，但还可以。他不会为这种廉价的勒索费心的。"

马洛里笑声刺耳："对他来说，这可没那么廉价，马尔多恩。他想要那个女孩。她已经摆脱了他，不和他在同一个阶层了。他不能往上挤，但却能把她拉下来。那些信不足以把她拉回身边。但加上绑架以及老情人英雄救美的假桥段，就可以扭转局面，你会看到一个巧妇也能为无米之炊的故事。如果这件事传出去了，她会立刻失去工作。而这件事不往外传的代价，你可以想象的，马尔多恩。"

马尔多恩发出一声："嗯哼。"依旧看着窗外。

马洛里说："但目前这件事都还没付钱。我是被雇来找那些信的，并且我也找到了——兰德里被打死后我在他口袋里找到的。我付出了时间，希望得到相应的报酬。"

马尔多恩转过椅子，双手按在桌面上。"把信给我，"他说，"我看看它们值多少钱。"

马洛里的目光变得尖锐而愤怒。"你们这帮家伙最大的麻烦就是你们永远不知道哪些人靠得住……那些信已经退出了交易市场。它们经手了太多人，已经弄坏了。"

"有些人，"马尔多恩讥笑道，"想得倒挺美。兰德里是我的搭档，我很想念他……所以你把信给了别人，然后我付钱给你，感谢你让兰德里被人杀死。我该把这一段写进我日记里啊。直觉告诉我，你已经拿到很多钱了——从朗达·法尔小姐那里。"马洛里讽刺地说；"我就知道你会这么想。也许你会喜欢这个故事的另一个版本……那个女孩烦透了兰德里总是骚扰她。她伪造了一些信，放在她那个聪明的律师能拿到的地方。那个律师拿了那些信，交给一个黑帮团伙。律师有时处理一些事务会借他们的手。那个女孩假装找兰德里帮忙，而兰德里找了我。随后女孩也找我，给我出更高的价，雇我让他陷入困境。我照旧和他一起做事，让一个家伙假装袭击我，然后把他置于那个家伙的枪口下。那个家伙杀了他，而我又用兰德里的枪杀了那个家伙，让一切看起来自然合理。随后我喝了杯酒，回家睡觉。"

马尔多恩俯下身，按下他那一侧桌上的蜂鸣器，说道："我更喜欢这一个。我在想我能否让它成为事实。"

"你可以试一下，"马洛里满不在乎地说，"我认为这不是你要做的最关键的事。"

　　房间的门开了，金发男孩大步走进来。他的嘴角流露出愉悦的微笑，舌头含在嘴唇上，手中拿着一把自动手枪。

　　马尔多恩说道："我不忙了，亨利。"

　　金发男孩关上门。马洛里站起来，慢慢后退到墙边，表情冷酷地说道：

　　"现在要干些有趣的事了，是吧？"

　　马尔多恩抬起手指，捏了一下脸颊上的肥肉，简短地说："这里不会发生枪杀案。来这个房间的都是好人。也许你并没有杀兰德里，但我不希望你再出现在我面前，你挡了我的道儿。"

　　马洛里一直在后退，直到他的肩膀靠在墙上。金发男孩皱了下眉头，朝他走近了一步。马洛里说道：

　　"原地站住，亨利。我需要空间思考。你可以开枪打我，但我的枪也会有所反抗。这里的枪声不会让我有麻烦。"马尔多恩双手撑着桌子弯腰站着，望向一边。金发男孩放缓脚步，他的舌头依然停在嘴唇上。马尔多恩说：

　　"我这张桌子里有一些百元大钞，我会给亨利十张，他跟你到你住的旅店，甚至会帮你打包。你上了往东去的火车，他会把钱给你。如果你之后再回来，那就得另谈了——用上不了台面的手段谈。"他把手慢慢放下，打开桌子抽屉。

马洛里眼睛一直盯着金发男孩。"亨利也许会中途改变主意，"他用一种愉快的口吻说，"他看起来不太牢靠哦。"

马尔多恩站起来，从抽屉里抽出手来，把一沓美元放在桌子上，说道："我可不这么认为，亨利一向听从指挥。"

马洛里咧嘴笑了，"也许这正是我所担心的。"他说着，依然保持他那种龇牙咧嘴的微笑，嘴角歪斜，两瓣苍白嘴唇间露出白亮的牙齿。"马尔多恩，你说你很想念兰德里，真是胡说八道。你一点儿也不在乎他。现在他已经死了，你可以名正言顺得到赌场他那一半的份额，身边不会有人质疑。游戏规则就是这样的。你希望我离开，因为你认为你还能找到合适的地方兜售那些丑闻——比这个三流赌场一年赚的钱还多。但是你已经不能那么做了，马尔多恩。市场已经关闭了。没有人会为了阻止你把它公开而付钱给你了，一分钱都不会有。"

马尔多恩清了清喉咙，还是站在刚才的位置，手按在桌上，那沓钱在他的双手之间。他的身体向前倾了一点儿，舔了一下嘴唇，说：

"好吧，算你厉害。为什么不能？"

马洛里用右手拇指快速做了一个意味深长的手势。

"我是这场交易中受骗的人。你才是聪明人。我给你讲第一个实实在在的故事时，直觉告诉我，兰德里不是一个人在安排这个美妙的计划，你完完全全参与其中！……但你错就错在让兰德里把那些信带在身上。现在那个女孩可以站出来说话了。虽然不会说很多，但足够获得公司支持，因为公司不会让某些想要小聪明的无耻赌徒毁掉一个价值百万的名声……如果你不同意给钱，你就会遭大殃，你将见识到好莱坞最完美的掩盖手段。"

他愣了一下，朝金发男孩迅速地眨了个眼。"还有一件事，马尔多恩。当你想着设计一场枪战时，你该给自己安排一个搞得清状况的家伙。这位同性恋先生忘了保护自己的安全了。"

马尔多恩呆呆地站在那里。金发男孩移开视线看了一下他的枪，就在这半秒钟时间里，马洛里沿着墙跳开了，鲁格尔手枪砰的一声握在手中。金发男孩的脸部表情变得紧张，他开了枪。鲁格尔手枪也开了火，子弹射到金发男孩那顶同性恋帽子旁边的墙壁上。亨利被吓得瘫软在地，再次扣下扳机。马洛里被这一枪击中，退后靠在墙上。他的左手失去知觉。

他的嘴唇颤抖着，一脸愤怒。他稳住身体，迅速开了两枪。

金发男孩拿枪的手突然扬起，枪沿着墙壁向上高高抛出。他睁大了眼睛，嘴里发出痛苦的叫声。随后他滚到门前，扭开门，一头栽在楼梯平台上。

房间里的灯光照向外面。某个地方有人发出一声尖叫。一扇门砰的一声关上。马洛里看着马尔多恩，镇定地说道：

"打中了我的手臂！……本来我可以让他死四回了。"

马尔多恩从桌子上抬起手，一把蓝色左轮手枪握在手中。一颗子弹射到马洛里脚边的地板上，马尔多恩突然东倒西歪地向前倾斜，手中的枪像烫手山芋一样被扔掉。他的双手伸向空中，身体十分僵直。

马洛里说："到我前面来，大人物！我要走出这里！"

马尔多恩在桌子下爬出。他一边移动一边抽搐，像一个提线木偶。他的眼睛像腐坏的牡蛎一样，口水淌到了下巴。

门口处有某样东西若隐若现。马洛里侧身伏在地上，拿枪朝门口乱扫一通。鲁格尔手枪的枪声被一支霰弹猎枪震耳欲聋的枪声遮盖住。猎枪子弹射在马洛里右侧，枪焰四射。马尔多恩身中多枪。

他脸朝地倒下，身子还没着地就已经死了。

一支枪身锯短的霰弹猎枪掉在门口，一个穿着衬衫、大腹便便的男人摇摇晃晃地瘫倒在门框上。他的嘴里发出一声垂死的哽咽，血洒在起褶的衬衣上。

楼下炸开了锅。呼叫声、脚步声、失控的尖声厉笑、听起来像尖叫的刺耳声音。外头的车子纷纷启动，车轮在车道上发出尖锐的声音。客人们四处逃窜。哪里的一扇窗户掉了下来。人行道上传来嘈杂的逃跑声。

房间里的灯光照亮门口，那里没有一丝动静。金发男孩躺在门口梯台上，轻轻呻吟着，他旁边躺着那个死去的男人。

马洛里爬到桌子旁，瘫坐在椅子上。他用持枪的那只手的手掌根擦去眼睛处的汗水，肋骨靠在桌子边上，眼睛盯着门口，喘息着。

他的左手开始痉挛，右腿感觉像遭遇过埃及十灾。血从他袖子里面流下来，流到他手上，顺着他的两根指尖滴下。

过了一会儿，他从门口处移开视线，看着桌上台灯下的那捆钱，他伸出手，用手枪的枪管把钱拨进开着的抽屉里。他痛得龇着牙，倾身向前，用身体把抽屉关上。随后他紧紧闭上眼睛又猛地睁开，重复了好几次，让脑袋变得清晰一些。他把电话推到身边。这时楼下已经一片安静。马洛里放下鲁格尔手枪，把话筒从电话叉簧上拿下，放在他的手枪旁边。

他大声说道："太糟糕了，宝贝……也许我做错了……也许那个浑蛋根本没胆量拿那个伤害你……好吧……该挂电话了。"

他开始拨电话时，呼啸的警报声越来越近。

一个穿着制服的警官坐在打字机桌子前，对着录音机说话。过了一会儿他看着马洛里，指了指一扇玻璃门，说："侦探队长找你，私人谈话。"

马洛里僵直地从硬椅子上站起来，穿过房间，身体靠在玻璃门上推开它，走了进去。

他走进的那个房间里铺着褐色的油毯，脏兮兮的程度只有当局赶得上。侦探队长卡思卡特坐在房间中央，他的一边是一张乱七八糟的折叠桌，用了不止二十年的样子，另一边是一张平整的橡木桌子，大得几乎可以用来打乒乓球。

卡思卡特是一个高个子爱尔兰人，衣着老旧，脸上汗淋淋的，一张耷拉着的嘴巴保持着微笑。他的白胡子中间有一处烟碱迹。手上有许多赘肉。

马洛里拄着一根带橡皮头的沉重手杖，慢慢走向他。他的右脚有肿痛热辣的感觉，左手缠着一个用黑色丝巾扎成的吊带。他刚刚刮了胡子，脸上干净苍白，眼睛像石板一样黑。

他和侦探队长对桌坐着，手杖放在桌上，抽出一支烟点燃，然后随意地问道：

"判决书上怎么写的，长官？"

卡思卡特咧嘴而笑。"你感觉怎么样，小伙子？你看起来有点虚弱。"

"还不错。身体感觉有点僵硬。"

卡思卡特点头，清了清嗓子，有些多此一举地翻着他前面一些文件，说道：

"无罪释放。有点意外，但你没有罪。芝加哥还你清白了——该死的清白。你的鲁格尔手枪打中的是迈克·科利斯，一个犯过两次重罪的人[①]。我想把这把鲁格尔手枪留作纪念，可以吗？"

马洛里点点头。"可以。我正打算换一把0.25英寸装铜子弹的枪，一把狙击手的枪，没有枪声的那种，不过比较适合穿夜行服的时候带着。"

卡思卡特仔细地看了他一会儿，继续说道："霰弹枪上有迈克的指纹，那支枪打中了马尔多恩，这个没什么争议。那个金发男孩伤得不重，我们在地上找到的自动手枪上有他的指纹，这个就让他有点麻烦了。"

马洛里疲惫地摩挲着下巴："其他人呢？"

队长扬起乱糟糟的眉毛，眼睛似乎显得有些茫然。他说道："我不知道其他和你有关的事，你知道吗？"

"不是和我有关的事，"马洛里解释道，"我只是好奇。"

队长用坚定的语气说："不要好奇。如果有人问你，也不要去猜……听一下鲍德温山的事吧。我们是这样想的，麦克唐纳是在追踪毒贩子老滑头摩根时殉职而死的。老滑头的妻子也有罪名，但我想我们不会去抓她。麦克不是缉毒组的，那天晚上他休息，他是个伟大的警察，休息时间还在尽职。麦克热爱他的工作。"

马洛里微微一笑，礼貌地说道："是这样的吗？"

"是的，"队长说，"另一方面，这个兰德里，那个大家都知道的赌徒，是马尔多恩的合伙人。真是一个有趣的巧合——那天晚上他去西木区找一个叫科斯塔洛的人收钱，科斯塔洛是在东部铁路那里帮他们接收赌注的。我们的一个警察吉姆·罗尔斯顿

---

①美国有些州的法律规定，一个人如果因重罪坐过两次牢，第三次犯重罪而又被判刑时，要无条件地被判无期徒刑。

跟着他。他没必要去，但是他很了解兰德里。他们在钱的问题上有了一些矛盾，吉姆被短棍敲晕，兰德里和其中一个家伙相互开枪。还有另一个家伙我们没有查到。我们抓到了科斯塔洛，但他什么都不说，我们也不想打老头。他被控告拿短棍袭击他人，我估计他会申诉。"

马洛里整个身子倒在椅子上，脖子靠在椅背上方，吐出一口烟，烟雾升到了污迹斑斑的天花板上。他问道：

"前天晚上呢？是赌盘莫名其妙地逆转了，还是拿来恶作剧的雪茄竟然在车库地板上炸出了一个洞？①"

侦探队长用手快速地蹭了蹭蒙着汗水的脸，又掏出一条很大的手帕擤鼻涕。

"哦，那个，"他轻描淡说道，"那没什么。那个金发男孩，亨利·安森还是什么的，他说那都是他的错。他是马尔多恩的保镖，但这不意味着他可以想对谁开枪就对谁开枪。这会给他带来麻烦。但因为他很老实地交代了，我们没怎么为难他。"

队长突然停下不说了，注视着马洛里。马洛里正咧嘴笑着。"当然，如果你不喜欢他的故事……"队长冷冷地说道。

马洛里说："我还没听过这个。我觉得我会喜欢的。"

"嗯，"他缓和了一下语气，低声说道，"好吧。这个安森说马尔多恩按铃让他进去，那时候你和他老板正在谈话。你当时正在说某件事情，也许是在说楼下那个被他们做了手脚的赌盘。桌子上有一些钱，安森以为你在敲诈他老板。在他看来，你确实像会做那种事的人，而他又不知道你是个侦探，所以就变得有些紧张。他开了枪，你没有立刻还击，但那个可怜的家伙又开了枪而且射中了你。于是你朝他肩膀开了枪，谁在那种情况下不会这

----

①赌场上做了手脚的赌盘可按照庄家意愿出结果，一般不会出现逆转使买家赢钱；市面上出售的一种玩具雪茄，点燃后会发出轻微爆炸声，用于恶作剧，一般不会有伤害性。两种情况均表示出乎意料、意外。

么做呢？如果是我，我会直接开枪打死他。之后那个拿着霰弹枪的男人是来谈钱的，不要问为什么，反正他就是开枪打死了马尔多恩，又中了你一枪。我们一开始以为他是故意打死马尔多恩的，但他说不是，他在门上绊了一跤……天哪，我们一点儿也不希望是你开的枪，你跟他们无冤无仇，但一个人在受到非法武器的威胁时，是有权利保护自己的。"

马洛里温和地说道："还有地方检察官和验尸官，他们怎么说？我希望我离开时和我来的时候一样清白。"

卡思卡特皱着眉头看着脏兮兮的油毡，咬着自己的大拇指，好像很喜欢自虐似的。

"验尸官一点儿也不在乎这种破事。如果地方检察官想要找事，我会跟他说说几件他们没办妥的案子。"

马洛里拿起桌子上的手杖，推开椅子，拄着手杖站起来。"你们这个警局是一流的，"他说，"我不该觉得你们这里会有人犯罪。"

他慢慢移向门口。队长在他背后问道：

"回芝加哥吗？"

马洛里轻轻耸了一下右肩，那个没受伤的肩膀。"我可能留在这里，"他说道，"有一家电影公司给了我一个提议。关于私人勒索细节、敲诈之类的。"

队长笑得更加意味深长了。"真不错，"他说，"伊柯力斯电影公司是一家很不错的公司。他们对我也一直很照顾……很不错很轻松的工作，勒索。别再搞一些麻烦的事了。"

马洛里郑重地点了点头。"只是简单的工作，长官。几乎可以说是娘娘腔了，如果你懂我说的话。"

他走了出去，经过走廊进了电梯，走到大街上，钻进一辆出租车。出租车里有些闷热。在回酒店的路上，他感到头晕目眩。

（本文译者　方丹娜、程倩）

金鱼

　　那天我闲着没事，坐在办公室里晃着两条腿。窗外吹来一阵暖和的轻风，裹挟着巷子对面那家大厦酒店油炉的烟灰，一路飘到我桌面的玻璃板上，形成一层细沙，如同花粉撒落在一块空地上。

　　凯西·霍姆走进来那会儿，我正打算去吃午饭。

　　她是个身材高挑儿的金发女郎，但眼神忧郁，看上去无精打采。她以前是个警察，后来嫁给了一个叫约翰尼·霍姆的小无赖，丢掉了工作。她一心想要改造他，却没成功过。现在她正等着他从监狱里出来，好再一次对他进行改造。在这段时间里，她在大厦酒店里的一角开了个卖烟的小档口，时不时会看到一些小偷骗子之类的人吸着烟，烟雾缭绕地从档口前走过。她偶尔会借10块钱给其中某个人，好让他离开这个地方。她就是这样一个心地善良的人。她坐了下来，打开她那个闪亮的大挎包，取出一包烟，用我桌上的打火机点燃了一根。随后她吐出一口烟，皱了皱鼻子。"你听说过利安得珍珠吗？"她问道，"天哪，你这蓝色哔叽套装真是耀眼。你银行账户里一定存了不少钱吧，看你穿的衣服就知道了。"

　　"没有，"我说，"回答你两个问题。我没听说过利安得珍珠，银行账户里也没钱。"

"那么，也许你会想从25000块钱里分一杯羹。"

我点了一根她的烟。她站起来关上窗户，说道："我上班的时候已经受够了酒店的这种气味。"

她又坐了下来，继续说道："那是19年前的事了。他们把那个家伙在莱文沃斯关了15年，把他放出来也已经有4年了。有个从北方来的叫索尔·利安得的大木材商买了那些珍珠给他妻子，我是说，只买了两颗，就花了20万。"

"那一定是用手推车拉回去的。"我说。

"看来你对珍珠了解得不多，"凯西·霍姆说，"这无关大小。总之它们现在更值钱。而且保险公司的人悬赏两万五找回它们，这还是挺诱人的。"

"我明白了，"我说道，"有人偷了它们。"

"现在你脑子里总算供上氧了。"她像其他女士一样，把烟放在烟灰缸上，任由它燃烧着。我帮她把烟掐灭了。"这就是为什么他会被关在莱文沃斯，只是他们没法证明他拿了那些珍珠。把他关起来是因为邮车的事。他把自己藏在邮车里，到了怀俄明州的时候，他开枪杀了那个邮差，把车上所有的信清空扔掉。他被抓的时候已经逃到了加拿大不列颠哥伦比亚省。但他们没找到那些珍珠，之后也没找着。他们只抓到了他这个人而已。他被判了无期徒刑。"

"如果这个故事很长，我们喝点酒再说吧。"

"太阳下山前我是不喝酒的，这样才能保证不会干出什么混账事来。"

"对爱摩斯基人真是个酷刑，"我说，"尤其是夏天的时候。"

她看着我取出小扁酒瓶，又继续说："他叫赛普，沃利·赛普。他一个人干的这事。他没有供出珍珠的事，只字不提。15年后，他们跟他说，如果他交出抢来的东西，就赦免他。他交出了所有东西，唯独没有交出珍珠。"

"他把它们放哪儿了呢？"我问道，"在他的帽子里？"

"听着，这可不是开玩笑的事情。关于那些珍珠我得到了一个线索。"

我用手捂上嘴巴，让表情看起来严肃一些。

"他说他从没见过那些珍珠，他们肯定也多多少少相信了，不然也不会赦免他。但是那些珍珠确实是在那一批邮件中，只不过从此就再没人见过了。"

我开始觉得嗓子有点堵得慌，没说话。

凯西·霍姆接着说："在被关在莱文沃斯的那段日子里，有一次，那么多年来唯一的一次，沃利·赛普把自己紧紧地裹在一个运输白虫胶的大罐子上，像肥女人的腰带一样。和他同牢房的一个矮个子男人叫皮勒·马尔多，因为破拆20元一张的纸币造假而被判入狱27个月。赛普告诉他，他把珍珠埋在爱达荷州的一个地方了。"

我稍稍向前倾身。

"开始感兴趣了吧，嗯？"她说，"好吧，听着，皮勒·马尔多现在就住在我的房子里。他是个可卡因瘾君子，而且经常说梦话。"

我坐直身子。"天哪，"我说，"我几乎已经拿着赏金在花了。"她冷冷地盯着我。不一会儿她的表情又变柔和了。"好吧，"她略带绝望地说，"我知道这听起来不可思议。这么多年过去了，多少聪明人试图插手这件事，邮局的人，私人机构什么的。现在一个可卡因瘾君子又把这件事搅起来了。但他是个不错的小个子，不知道为什么，我相信他。他知道赛普在哪里。"

我问道："这些都是他在睡觉的时候说的吗？"

"当然不是。但你知道我的，一个曾经的女警察就喜欢打听事情。也许我是爱管闲事，但我想他是个有前科的人，而且我担心他吸了太多可卡因。他是我现在唯一的房客。我也就是走近他的房门，偷偷听他自言自语。这样一来我就知道了怎么去鼓励他、安慰他。后来他告诉了我一些其他的事。他想有人帮他找珍珠。"我又一次向前倾身："赛普在哪里？"

凯西·霍姆笑着摇摇头："这是他没有说的事情之一，还有一件是，他也没提到我们所说的赛普这个名字。但可以知道的是，他在北方的某个地方，在华盛顿奥林匹亚或者那附近。皮勒在那里见过他，而且打听了他的消息。他说赛普没理会他。"

"皮勒现在来这里做什么？"我问道。

"这里就是他被抓去莱文沃斯坐牢的地方。你知道的，一个老骗子还会经常到他失手的地方看一看呢。但他现在在这里没有任何朋友。"

我又点了一支烟，喝了一口酒。

"你说，赛普已经出狱4年了，而皮勒只坐了27个月的牢，那他出狱之后都做了些什么？"

凯西·霍姆睁大了她那双瓷蓝色的眼睛，很同情地说道："或许你以为他能进的监狱只有一个。"

"好吧，"我说，"他会跟我谈吗？我猜他需要有人帮忙应付保险公司的人，说不定那些珍珠真的存在而且赛普正好把它们给了皮勒呢。是这样子吧？"

凯西·霍姆叹了一口气："是的，他会跟你谈，他很想跟你谈。他害怕一些事情。你现在可以去吗？在他晚上吸可卡因之前过去。"

"当然——如果你希望我这么做的话。"

她从挎包里拿出一把钥匙，并在我的便签簿上写了一个地址，然后慢慢地从椅子上站起来。

"我的房子是两间拼连在一起的。我那一间是独立的。中间有一个门，可以从我这边用钥匙打开。这个钥匙给你，万一他不开门的话可以用。"

"好的。"我说着，朝天花板吐了一口烟，看着她。

她向门口走去，又停下脚步，折回来，眼睛盯着地板。

"我没有抱太大希望，"她说，"也许什么希望都没有。但如果约翰尼出狱的时候我手头上能有一两千块钱，也许……"

"也许你能让他变得正直善良，"我接着她的话说道，"这是做梦，凯西，这些都是梦。但如果这一个不是的话，你就能分到三分之一的钱。"

她喘了口气，瞪着我，其实是为了让自己不哭出来。她再次向门口走去，又停住走回来。

"不止这些，"她说道，"还有那个老头儿，那个赛普。他坐了15年的牢，他已经付出代价了，很沉重的代价。你不会觉得这样做有点卑鄙吗？"

我摇摇头。"他偷了珍珠，不是吗？他还杀了人。对了，他现在靠什么养活自己？"

"他妻子很有钱，"凯西·霍姆说道，"他平时只是养些金鱼玩玩。"

"金鱼？"我说，"真是个该死的人。"

她走了出去。

2

上一次我来到格雷湖区，是来帮一个叫伯尼·奥斯的地方检察官射杀一个叫波克·安德鲁斯的持枪歹徒。但那一次是在山上比较高的地方，离格雷湖很远。而这栋房子位于山的第二阶梯处，在环绕着山坡的一条街道边上。房子坐落在一处平地上，前方是破旧的挡土墙，后面有几块空地。这栋拼接房子有两个前门，门前各有一段台阶。其中一扇门上挂着的格栅挡住了猫眼，格栅上的指示牌写着：环1431。

我停好车，迈上几级陡峭的台阶，经过小路边的两排石竹花，走上门前的台阶，来到那扇有指示牌的门前。这里应该就是房客住的那一边。我按了门铃，没有人应答。于是我走向另一扇门，也没有人应答。

我正等着的时候，看到一辆灰色的道奇轿车从那条蜿蜒的街道上呼啸而过，车上一个身穿蓝色衣服、看上去娇小清爽的女孩望了我一眼。我没有看见车上其他人，也没怎么留意。我当时并不知道这很关键。

我拿出凯西·霍姆给我的钥匙，打开门，进入客厅。客厅里有一股雪松油的味道。里面的家具勉强够用。窗户上挂着纱网窗帘，窗帘下方透出阳光，在客厅里投下一道安静的光影。一个小小的早餐室，一间厨房，后面有一间卧室，很明显是凯西的，还有一间洗手间。前面还有一间卧室，大概是用来当缝纫室的。正是这间卧室里有扇门通往房子另一边。

我打开门走进去，应该说是走过了一面镜子。另一边的客厅里除了一些家具，其他的东西都很陈旧。里面摆着两张单人床，看上去没有人住着。

我经过了第二个洗手间，径直走到房子后方那扇正对着凯西卧室的门。我敲了敲那扇紧闭着的门。

没有人回应。我扭开把手走进去。躺在床上的矮个子男人应该就是皮勒·马尔多。我第一眼看到的是他的脚。他穿着衬衫和西裤，但两只脚却光着，悬在床沿，脚踝被绳子绑着。

他的两个脚掌都被烫肿了。即使开着窗，也能闻到一股焦肉的味道，还夹杂着烤木头的气味。桌子上一台电熨斗还通着电，我走过去关了它。

我走回凯西·霍姆的厨房，从冷藏箱里翻出一品特的布鲁克林苏格兰威士忌，喝了一些，深深地吸了几口气，望向窗外的空地。屋子后方的空地上有一条狭窄的水泥人行道，人行道尽头是几级绿色的木阶梯，通向街道。

我走回皮勒·马尔多的房间。一件红色暗纹的褐色西装外套挂在椅子上，所有的口袋都被翻得底朝天，口袋里的东西散落在地板上。

他穿着和那件褐色西装配套的裤子，裤子上的口袋也被翻出。几把钥匙，一些零钱，还有一条手帕丢在他身旁。还有一个铁盒子，看上去像女人的粉底盒，盒子里漏出来一些白白亮亮的粉末。是可卡因。

他身材矮小，身高不过五英尺四英寸，一头稀疏的棕色毛发，盖不住他那双大耳朵。他的眼睛没什么特别的颜色，就是普普通通的眼睛，睁得圆鼓鼓的，了无生气。手臂被绑在手腕上的绳子拽着，绳子的另一头系在床下方。

我试着在他身上找弹伤或刀伤，但却没找到。除了脚底的伤，他身上没有任何其他的伤痕。惊吓过度，心脏病发，或两者兼有而导致死亡。他的身体还有余温，嘴上塞着的东西还是湿热的。我擦掉了我留下的所有指纹，朝凯西的前窗外面看了一会儿，然后才离开。

下午3点30分，我走进大厦酒店的门厅，走到角落处的烟档，倚在柜台玻璃上，要了一包骆驼牌香烟。

凯西·霍姆把烟扔给我，顺手把找回的零钱塞进我外套胸前的口袋里，露出一个招待顾客的标准微笑。

"怎么样？你挺快的。"她一边对着我说话，一边斜眼看着不远处的一个醉汉。那个醉汉正试图用老式的火石钢轮打火机点一支烟。

"很令人沉重，"我对她说，"你做好心理准备。"

她迅速转身，拿了一包硬纸火柴，沿着玻璃柜朝醉汉的方向掷去。醉汉想接住，却笨手笨脚，把火柴和烟都弄掉在地上。他气冲冲地从地上抓起那两样东西，转身离开，还一边回过头看，仿佛等着有人踢他一脚似的。

凯西的视线绕过我，望着后面，眼睛看上去平静而空洞。

"我做好心理准备了。"她轻声说道。

"你能分到一半了，"我说，"皮勒出局了。他被杀了——死在他床上。"

她的眼睛抽搐了一下，搁在我手肘旁边玻璃上的两根手指慢慢弯曲起来，嘴周围露出了一条粉底霜白线。这就是她所有的表情变化。

"听着，"我说，"在我弄清楚事情之前，什么也不要说。他死于惊吓过度。有人用一台劣质电熨斗烫他的脚。我觉得那不是你的电熨斗。应该说，他死得相当快，估计没说出太多东西。那个塞嘴布还在他嘴上。当我去到那里的时候，老实说，我觉得一切都泡汤了。现在我不确定。如果他开口说了，我们就没戏了，赛普也是，除非我能先找到他。那些人什么事都干得出来。如果他没说出来，那我们还有时间。"

她扭过头，盯着大厅入口处的旋转门，脸颊上的白斑十分明显。"我该做些什么？"她吸了一口气。

我戳开一包雪茄的包装盒，把她给我的那把钥匙塞进去。她用细长的手指轻轻松松地夹出它，把它收好。

"你回去之后发现了他，你什么都不知道。不要提珍珠的事，也不要提我。他们一调查他的记录就会发现他有前科，他们会以为他摊上了旧麻烦。"

我打开刚买的香烟，点了一根，看了她好一会儿。她站着一动不动。

"你能应付这件事吗？"我问，"如果不能，最好现在说出来。""当然能。"她挑了一下眉毛，"我看起来像个虐待狂吗？""你嫁给了一个浑蛋。"我面无表情地说道。

她的脸一下子红了，这正是我想要的效果。"他不是！他只是个该死的傻瓜！没有人会瞧不起我，即使是警察总局的人也不会。""好吧。我希望这件事就这样，毕竟又不是我们杀了他。但如果我们现在说出来，你就别想拿到一分钱赏金了——就算有人能拿到那些钱的话。"

"没错儿，"凯西·霍姆爽快地说。"哎，那个可怜的家伙。"她的声音几乎有些哽咽了。

我拍拍她的手臂，对她露出尽量真诚的微笑，然后离开了大厦酒店。

3

诚信保险公司在格拉斯大厦里设有办公室。三间很小的房间,看上去不起眼。但他们其实是一家很大的机构,所以办公室简陋些也没什么关系。

那里的驻店经理叫路丁,是个光头中年男子,眼神沉着冷静,手指十分优雅地抚弄着一根斑点雪茄。他坐在一张擦得一尘不染的大桌子前,泰然自若地看着我。

"马洛,嗯?我听说过你。"他用小指碰了碰我的名片,小指的指甲磨得噌亮。"你想做什么?"

我手里转着一支烟,压低了声音说:"还记得利安得珍珠吗?"

他愣了一会儿才露出笑容,显得有点厌烦。"我可不太可能忘记它们。它们让公司损失了1.5万元,那时候我还是个年纪轻轻、心高气傲的小小理赔员。"

我说道:"我有一个主意。可能听起来挺疯狂的,确实疯狂,但我想试一下。你们那两万五的奖金还有效吗?"

他轻笑了一声:"是两万,马洛。那部分差额是给我们自己用的。你只是在浪费时间。"

"就算浪费也是我自己的时间。那就是两万了。我能得到多少协助?"

"哪种协助？"

"能给我一封到你们其他分支机构的介绍信吗？我要是去别的州，或者需要地方法院给我美言几句的时候，就可以用上它了。"

"你要怎么出去？"

我朝他笑了笑。他在烟灰缸边上弹了弹雪茄，也回敬了我一个笑容。彼此都笑得很虚伪。

"不会给你介绍信的，"他说，"而且纽约这边的公司也不会为你担保。我们有我们自己的业务往来规定。但你可以私底下利用这些合作关系。如果你能成功，两万块就是你的。当然了，你不会成功。"

我点了一支烟，背靠在椅子上，朝天花板喷了一口烟。

"不会成功？为什么不会？你从来没见过那些珠子，但它们确实存在，不是吗？"

"他妈的，确实存在。而且如果它们出现了，也是属于我们公司的。但那20万不会平白无故在地底下埋20多年，然后又莫名其妙出现。"

"好吧，反正花的还是我自己的时间。"

他弹掉雪茄上的一点儿烟灰，低垂着眼帘俯视我。"我喜欢你这个样子，"他说，"即使有些疯狂。但我们是大公司。假如我现在给你投保，会怎样？"

"损失的是我。我就会想到我有保险，这个游戏耗费我太长时间了，所以我不会错过这个。我会就此打住，把我所知道的一切告诉法院，然后回家。"

"你为什么要这么做？"

我身子向前倾，再次倚在桌子上。"因为，"我缓缓说道，"今天，那个知道珍珠线索的家伙被杀了。"

"啊？啊。"路丁蹭了下鼻子。

"不是我杀的。"我加了一句。

有好一会儿我们俩都没说话。随后路丁开口了："你不需要任何介绍信，反正你也不会带着。而且你让我知道了你对这件事这么了解，我就更不敢给你了。"

我龇牙一笑，站起来走向门口。他也很快站起来，绕过桌子，把他那干净瘦小的手搭在我手臂上。

"听着，我知道你很疯狂，但如果你知道了点什么，告诉我们的人。我们有必要知道。"

"你他妈以为我靠什么生活？"我吼了一声。

"两万五。"

"我还以为是两万。"

"两万五。不是说你不疯。赛普从来没有拿过那些珍珠。如果他有的话，早在多年以前就会来跟我们谈条件了。"

"好了，"我说，"你已经花了够长时间做决定了。"

我们握了握手，像两个聪明人一样，彼此会心一笑，知道双方都不会乱开玩笑，但也都不会放弃尝试一下。

4点45分的时候，我回到办公室，喝了两杯开胃酒，拿出烟斗塞满烟丝，坐下来开始思考。电话响了。

一个女人的声音："马洛？"声音尖细冷淡。我不认得这个声音。

"是。"

"最好来见一见拉什·马德尔。认识他吗？"

"不认识，"我撒了个谎，"我为什么要见他？"

电话那一头突然响起一阵冷冰冰的大笑。"因为那个脚被烫伤的家伙。"那个声音说道。

电话啪的一声挂了。我把听筒挂上，擦了一根火柴，望着墙壁沉思，一不小心火柴便烧到了我的手指。

拉什·马德尔是阔恩大厦的一个讼棍，专门给人办理交通事故损害赔偿，用卑鄙的手段替人解决麻烦，帮人作假不在场证明，干尽一切看起来小事一桩，实则利润颇高的事。我倒是没怎么听说过他和烧别人的脚这样的大勾当有什么干系。

4

曼哈顿春天街下段正值下班时间。办公室里的速记员是最先下班回家的一批人，出租车在路边徐徐行驶，有轨电车开始堵塞路面，交通警察在制止车辆向右转，尽管这一举动完全合法。

阔恩大厦的正面显得有些狭窄，整幢大厦是干芥末的颜色，入口处有一个大大的假牙装饰。大厦的指引目录上写着无痛治牙，邮递员培训之类，有些只有姓名，还有一些连名字都没有，只有门牌号。拉什·马德尔，律师，619室。

我走出那个颠颠簸簸的开放式铁笼电梯，看到脏兮兮的橡胶垫上放着一个肮脏的痰盂。沿着一条充满烟味的走廊往前走，看到一扇磨砂玻璃门上写着619，我拧了一下门把手。门锁着，于是敲门。

一个影子走近玻璃门，门吱的一声向后拉开。我看到一个身材矮胖的男人，软绵绵的圆下巴，粗黑的眉毛，油光满面，陈查理式的胡子让他的脸显得更胖。

他伸出两根被烟碱熏黄的手指。"很好，很好。老捕狗人亲自到来，过目不忘。你叫马洛，没错吧？"

我走了进去，等着那扇门再次吱的一声关上。这间房间没有铺地毯，只有一条褐色的油毡铺着。房间里放着一张桌子，桌子右端有一块活动盖板；一个绿色的大保险箱，看起来像熟食袋一样能防火；两个文件柜；三张椅子；一个内置式衣柜；门旁边有一个洗手盆。

"来吧，来吧，坐下，"马德尔说，"很高兴见到你。"他站在桌子后面，很忙活的样子，又调整了一下自己的坐垫，然后坐下。"欢迎你来串门。有事吗？"

我坐下，嘴里叼根香烟，望着他，没有说话。我看到他开始流汗，汗水顺着他的头发流下。他抓起一支铅笔，在记事本上做标记，随后快速看了我一眼，又低头看记事本。他开始说话了，而且是对着记事本说的。

"有什么想法吗？"他温和地问。

"关于什么的？"

他没有看我。"关于我们如何合作干点事。这么说吧，关于一些石子的事。"

"那只鹪鹩是谁？"我问道。

"嗯？什么鹪鹩？"他仍然没看我。

"打电话给我的人。"

"有人打电话给你吗？"

我伸手去拿他的电话，那是一台老式的悬挂式电话。我提起听筒，故意动作缓慢地拨打警察总局的号码。我知道他像熟悉他的帽子一样熟悉这个号码。

他伸过手按下电话叉簧。"听着，"他抱怨道，"你太心急了。你打电话给警察干什么？"

我慢慢说道："他们想和你聊聊，因为你很熟悉那个脚被烫了的男人。"

"你一定要这么做吗？"他猛扯了一下领结，好像这时候领结太紧了似的。

"不是为了我自己。但如果你认为我会坐在这里任凭你试探我的反应的话，那就很有必要。"

马德尔打开一包锡纸包装的香烟，抽出一根塞到嘴上，发出了一个像剖鱼一样的声音。他的手在抖。

"好吧，"他的声音很含糊，"行吧，别发脾气。"

"别再试图糊弄我，"我低声吼了一句，"说点有意义的。如果你找我有事，或许是很肮脏的事，我不会去碰。但至少我可以听一听。"

他点点头。他现在已经很放松了，知道我在虚张声势。他吐了个烟圈，看着它腾起。

"很好，"他平静地说道，"我刚刚是在装傻。事实上，我们都是聪明人。卡萝尔看到你走进那个房子，然后又离开。但是没有警察到现场。"

"卡萝尔？"

"卡萝尔·多诺万，我的一个朋友。是她打电话给你的。"

我点了点头，"继续说。"

他没再说话，只是坐在那里，很严肃地看着我。

我咧开嘴笑了，身子微微探到桌子那边，说："这就是你们担心的事。你们不知道我为什么去了那个房子，又为什么离开后没有报警。原因很简单。我觉得那是一个秘密。"

"我们不过是相互耍着玩罢了。"马德尔没好气地说。

"好吧，"我说，"那我们就直接说说珍珠的事。这样是不是简单多了？"

他眼里闪着光，似乎变得兴奋，但又没表现出来。他压低了声音，冷冷地说道："有一天晚上，卡萝尔开车送他回家。那个矮个子，一个疯狂的家伙，成天吸可卡因，回去的路上老惦记着他那个蠢念头。他说了珍珠的事，还提到那个在西北或是加拿大的老家伙，说他很久以前偷了那些珍珠，到现在还藏着。只不过他没说那个老家伙是谁，也没说他住哪儿。真是狡猾，他假装不知道。我不懂为什么。"

"因为他希望有人烧了他的脚。"我说。

107

马德尔的嘴唇颤抖了一下，头发上又流出一小滴汗。

"不是我做的。"他含糊地说。

"是你还是卡萝尔，又有什么区别呢？那个小个子死了，警察会断定那是一场谋杀。你没有问出你想知道的，所以我才会在这里。你认为我有你想要却没得到的信息。算了吧，如果我知道得够多，我也不会坐在这里，而如果你知道得够多，你也不会叫我来这里。对吧？"

他龇着牙，慢慢露出笑容，好像笑起来很艰难似的。他挣扎着从椅子上站起来，从桌子那一侧拉出一个抽屉，拿出一个形状别致的褐色酒瓶，还有两个条纹玻璃杯，放在桌子上。他低声说道："对半分了，我和你。我把卡萝尔踢出局了。她太他妈粗鲁了，马洛，我见过心狠手辣的女人，但她简直是装甲钢板上的腐蚀剂。你绝不会想见她的，对吧？"

"我见过她吗？"

"我想见过，她说你见过。"

"哦，那个在道奇轿车里的女孩。"

他点点头，倒了两大杯酒，放下酒瓶，站了起来。"加水吗？我比较习惯加水。"

"不用，"我说，"为什么要让我加入？我知道得并不比你多多少，或者说，少得可怜，你绝对没必要为了那么一点信息这样大费周章。"

他眯着眼睛看着那些酒杯："我知道如何从那些珍珠上弄到5万块，是你能得到的两倍。我能给你的那一份，同时得到我的那一份。你有保险公司做掩护，可以公开做这件事，这是我所需要的。要加水吗？"

"不加。"我说。

他走到洗手盆那里，打开水龙头，把酒杯加到半满，走回来坐下，微微一笑，举起杯子。

我们同时喝了。

5

到目前为止，我犯下了四次错误。第一是，掺和这件事，即使是为了凯西·霍姆。第二是，在我发现皮勒·马尔多死了之后，还继续掺和。第三是，让拉什·马德尔知道我知道他说的事情。第四是，那杯威士忌酒，也是最严重的一次。

喝下那杯酒的时候感觉味道有点奇怪。随后有那么一瞬间我变得异常清醒，就好像自己亲眼看到一样，我知道他刚刚把自己那杯酒调换成壁橱里那杯事先藏好的没有下药的酒。

我用指尖捏着空酒杯，还坚持站了一会儿，试图使上劲。马德尔的脸开始扩大，变得模糊不清。他看着我，他的微笑在陈查理式的胡子下不断延展拉伸。

我从后裤袋里抽出一条揉成一团的手帕，手帕里的小橡皮棍似乎没什么作用，但至少马德尔把手伸进外套之后，就没有再动了。

我站了起来，摇摇晃晃地向他走去，挥起拳头，直接打在他脑袋上。

他踉跄了一下，试图站稳。我又朝他下颌打了一拳。他一下子失去重心，手从外套里甩了出来，打翻了桌上的玻璃杯。我把玻璃杯扶正，一声不发地站着，仔细听着屋里的动静，一阵阵恶心的感觉不断涌上来。

我走到门前，试图扭开门把手。门被锁上了。这时候我已经站不稳了。我拉来一张办公室椅子，把椅背抵在把手的下方。我倚在门后，咬着牙，不断喘息，心里咒骂着自己。我拿出手铐，朝马德尔走去。

一个黑头发灰眼睛的漂亮女孩从衣柜里走了出来，手里拿着一把0.32英寸的手枪指着我。

她身穿蓝色套装，上面嵌着许多按扣。她的帽子像一个倒置的碟子，帽檐在她的前额画出一条硬朗的线条。乌黑亮丽的头发披在脸颊两边。灰眼睛看上去像石板一样冷冰冰，却掩饰不住一丝轻松愉悦的神情。一张年轻的脸显得细致而有活力，但却面无表情，像雕刻出来的一样。

"很好，马洛，躺下睡觉吧，你完了。"

我跌跌撞撞地走向她，朝她挥舞着橡皮棍。她把头扭开，这时她的脸在我眼中开始放大。那张脸的轮廓开始变形并且不停晃动。她手中的枪看上去像一条隧道，过了一会儿又像一根牙签。

"别犯傻了，马洛，"她说，"你睡上几个小时，我们行动几个小时。别逼我开枪，我会开枪的。"

"该死的，"我咕哝着，"我知道你会。"

"一点儿也没错，亲爱的，我是那种按照自己意愿办事的女人。很好，坐下吧。"

地板似乎整个掀了起来。我坐在地板上，像坐上一只木筏，漂流在波涛汹涌的海上。我用双手撑住自己，但却似乎感觉不到地面。我的手麻木了，我的整个身子都麻木了。

我努力盯着她，发出咯咯的笑声："哈哈，女杀手！"

她冷笑了一下，我几乎没有听到声音。此刻我的脑子里响起了鼓点，来自丛林深处的战争鼓点。丛林上方投射出来的光线和阴影开始晃动，还有树荫发出的沙沙声传来。我不想倒下。我倒下了。

女孩的声音像是小精灵一般，从遥远的地方传来。

"对半分了，嗯？他不喜欢我的方式，嗯？上帝保佑他那颗蠢脑袋。我们会处置他的。"

在一片模糊飘忽之中，我似乎听到了一声闷响，有可能是枪声。我希望她杀了马德尔，但她没有。她只是帮了我一个忙——把我打晕，而且用的是我那根橡皮棍。

我醒过来的时候已经是晚上了。头上方有什么东西发出了沉闷的响声。黄色的光穿过桌子上方那扇开着的窗户，照射到另外一栋建筑物高处的外墙上。那个东西又响了一下，灯暗了。是屋顶上的一个广告牌。

我从地板上爬起来，像是从泥潭里爬出来一样。我费力地走向洗手盆，把水泼到自己脸上，脑子开始恢复清醒，我活动了一下脸部肌肉，慢慢走到门边，打开灯。

一些文件散落在桌子上，还有几根断掉的铅笔，几个信封，一个褐色的威士忌空酒瓶，一些烟头和烟灰。几个抽屉都已经被人翻遍了。我想我已经没必要再去翻了，于是很快离开了这间办公室。我再次走进那个摇摇晃晃的电梯，回到街道上，钻进一家酒吧，喝了一杯白兰地，然后开着自己的车回家了。

我换了身衣服，打包收拾好东西，喝了些威士忌。随后接到了一个电话。那时候大概是9点30分。

是凯西·霍姆的声音："那你还没走咯。我正希望你没走。""一个人在家？"我问道，声音还有些沙哑。

"是的，但现在还不是。房间里都是警察，他们来了几个小时了。他们很友善，很体贴。他们觉得应该是因为一些宿怨。"

"所以这通电话很可能被监听着！"我咆哮道，"你刚刚说我要去哪里来着？"

"嗯……你的女朋友告诉我了。"

111

"一个黑头发女孩？很冷酷的样子？叫卡萝尔·多诺万？"

"她有你的名片。怎么了？难道是……"

"我没有女朋友，"我厉声说道，"而且我顺便赌上一把，你想都没想，就说出了那个名字了——那个北方小镇的名字。对吧？""是……是的。"凯西·霍姆用微弱的声音说道。

我坐了当晚的飞机飞向北方。

旅途很不错，只不过我有些头疼，很渴望喝上一口冰水。

6

奥林匹亚的斯诺夸尔米酒店位于国会路上，对面是一个普通的公园广场街区。我离开了咖啡店，沿着山路走，走到了普吉特海湾的尽头，那里人迹稀少，只有几个废弃的码头。码头前方堆积着许多捆好的柴火，一些老男人在这些柴火堆中无所事事地走来走去，还有些人坐在箱子上，嘴里叼着烟斗。他们头顶上方的牌子上写着："柴火，劈柴，免费送货。"

他们身后是一个低矮的峭壁，北方广袤的松林在深蓝色的夜色中若隐若现。

两个老男人坐在箱子上，相互隔了20英尺之远，彼此没有说话。我走近其中的一个。他穿着一条灯芯绒裤子，披着一件红黑格子的麦基诺厚呢短衣，他的帽子似乎已经蘸了二十多个夏天的汗水。他一只手抓着一个黑色的短烟斗，另一只手的手指沾满污垢，正小心翼翼又欣喜若狂地揪住一根从鼻子里伸出来的长长的卷毛。

我把一个箱子立起来，然后坐下，往我的烟斗里塞满烟丝，点燃，吐出一团烟雾。我朝水面上挥了挥手，说道："你不会想到，这片水域竟然连着太平洋。"

他看着我。

我说："这里是尽头处——平静，安详，好像你们住的小镇一样。我喜欢这样的小镇。"他继续看着我。

"我打赌，"我说，"一个人如果住在这样的一个小镇里，一定会认识镇上或者周边村落的每一个人。"

"你赌多少钱？"他说。

我从口袋里拿出一个银币。口袋里不止一个。那个老男人仔细看了看它，点点头。他突然用力搓出那根从鼻子里伸出来的毛，对着灯光看着它。

"你会输的。"他说。

我把银币放在我膝盖上。"知道这附近有个喜欢养着很多金鱼的人吗？"我问道。

他盯着那个银币。旁边的另一个老男人身穿工装裤，脚上套着懒人鞋。他也盯着那个银币。他们两个同时啐了一口。第一个老男人嚷嚷了一句："听不见你说啥！"然后慢慢站起来，走向一个用长短不一的旧木板搭成的棚屋。他走了进去，啪的一声关上门。

第二个老男人怒气冲冲地把斧子扔在地上，朝那扇门的方向啐了一口，走进那一堆柴薪里。

那个棚屋的门开了，披着麦基诺上衣的男人探出头来。

"他就是只阴沟里的螃蟹①。就这些。"他说完又啪的一声关上门。我把银币放回口袋，顺着来时的山路回去了。我觉得，弄明白他们说的话会花太多时间。

国会路贯穿南北，一辆暗绿色的有轨电车穿梭而过，去往一个叫塔姆沃特的地方。我远远地看到了国会大厦。街道向北延伸，途经两家酒店和一些商店，之后分成左右两条道路。右边通往塔科马港和西雅图。左边通向一座大桥，过了桥便是奥林匹亚半岛。

——————————
①阴沟里的螃蟹体形硕大，在下水道处于食物链顶端。

114

走过了那个左右分岔口，街道一下子变得破旧不堪。沥青小路崎岖不平，路两旁有一家中国餐馆，一间用木板搭成的电影放映室，一家当铺。一块招牌从脏兮兮的人行道上方伸出来，上面写着："烟店"，招牌下方还有一小行字，小得似乎不希望被人看到，写着："台球"。

　　我走过一排花里胡哨的杂志摊以及一个苍蝇飞舞的雪茄柜，走进那家店。店里左边有一个长长的木质柜台，几台老虎机，一张也是唯一一张台球桌。三个小孩在玩老虎机，一个高高瘦瘦的男人自己一个人在打台球，他长着一个长鼻子，没有下巴，嘴上叼着一根已经熄灭了的雪茄。

　　我坐在一张凳子上，柜台后的光头男人一脸狐疑地站起来，朝我走来。他的手蹭了蹭那条厚厚的灰色围裙，对我笑了一下，露出一颗金牙。

　　"一点儿黑麦威士忌，"我说，"认识一个养金鱼的人吗？"

　　"是，"他说，"不认识。"

　　他在柜台后面倒了些东西，把那个厚玻璃杯推到我面前。

　　"25分。"

　　我闻着那杯东西，皱了下鼻子。"你的'是'是在回答我要的黑麦威士忌吗？"

　　光头男人举起一个大酒瓶，上面贴着的标签大概写着："狄克西黑麦精华提炼而成，保存4个月以上。"

　　"好吧，"我说，"我看到它刚刚被搬进来。"

　　我往酒杯里加了些水，喝完它，味道就像霍乱菌培养液。我在柜台上放下一个25分硬币。这个酒吧服务员再次对我露出那颗位于脸侧的金牙，他的双手紧抓着柜台，用下巴示意我。

　　"你想干吗呢？"他问道，声音几乎是很有风度的。

　　"我刚刚搬来这里，"我说，"想找些金鱼放在房子前窗那里。金鱼。"

　　那个酒吧服务员缓缓地说道："我看上去像认识一个养金鱼

的人吗？"他的脸色有点苍白。

那个长鼻子男人玩了一轮台球后放好球杆，大步走向坐在柜台旁边的我。他往柜台上放了五分镍币。

"在你胡说八道之前，先给我倒一杯可乐。"他对酒吧服务员说。

酒吧服务员似乎很费劲地将自己的手从柜台上掰开。我甚至低头看他的手指是不是在木质柜台上留下了压痕。他倒了一杯可乐，用玻璃棒搅了搅，啪的一声把它放在柜台上，深吸了一口气，又从鼻子里呼出，咕哝了几句，朝标着"洗手间"的门走去。

长鼻子男人举起他的可乐，看着吧台后面那个沾满污点的镜子。他的左半边嘴很快地抽搐了一下，发出一个低沉的声音："皮勒怎么样了？"

我把拇指和其他手指并拢，遮着鼻子上，抽了一下鼻子，佯装悲伤地摇摇头。

"说到重点了，嗯？"

"是，"我说，"我还不知道你的名字。"

"叫我夕阳吧，因为我一直往西边跑。我想他会保持沉默吧？""他确实会保持沉默。"我说。

"你叫什么名字？"

"道奇·威利斯，来自厄尔巴索。"我说。

"在哪里住下了吗？"

"酒店。"

他放下那个空杯子。"我们到那里去谈吧。"

　　我们走到了我住的酒店房间里，倒了两杯加冰的苏格兰威士忌，坐在那里看着彼此。夕阳用他那双间距很近、毫无情绪的眼睛看着我，从头到脚，仔仔细细地观察着。

　　我啜了一口酒，等着。最后他几乎没动嘴唇，又发出声音了："皮勒为什么没有自己来？"

　　"和他来到这里又没有留下的原因一样。"

　　"什么意思？"

　　"你自己琢磨吧。"我说。

　　他点点头，好像我说了什么有意义的话似的。然后他又说："现在的最高价是多少？"

　　"两万五。"

　　"胡说。"夕阳的语气十分强势，几乎是粗鲁了。

　　我向后倚身，点了一支烟，朝开着的窗户吐了一口烟，看着微风把烟吹散。

　　"听着，"夕阳埋怨道，"我对你什么情况都不了解。你很可能是个骗子。我只是不太确定。"

　　"那为什么你敢过来和我谈？"我问道。

　　"你说了那个关键词，不是吗？"

　　这就是我趁机而入的时候了。我朝他龇牙一笑。"是的，金鱼是暗号，那家烟店就是碰头的地方。"

他面无表情，我知道我蒙对了。这是一个梦寐以求、千载难逢的机会，即使在梦中也不一定能抓住。

"那么，接下来做什么？"夕阳问道。他从玻璃杯里吸出一块冰，嚼了起来。

我笑了。"很好，夕阳。你这么谨慎，我很满意。我们接下来的几周要继续保持。先让我们把手里的牌都摊开来谈吧。那个老男人在哪儿？"

夕阳紧闭着嘴唇，舔了一下，又闭上嘴。他慢慢放下杯子，右手搭在大腿上。我知道我犯了一个错误，那就是，皮勒知道那个老男人在哪儿，也就是说，我也该知道。

但是夕阳的声音里没有任何迹象表明他意识到我的错误。他生气地说道："你的意思是说，为什么我不把所有的牌都摊开放在桌面上，好让你坐在那儿看着。想得美。"

"那么，这样子如何，"我低吼道，"皮勒死了。"

他的一条眉毛和嘴角抽搐了一下。如果有可能的话，他的眼睛变得比之前更空洞了。他的嗓音有些沙哑，类似手指摩挲干皮革发出的声音：

"怎么会这样？"

"有你们两个都不知道的竞争对手。"我倚在椅背上，微微一笑。

一支枪在阳光里画出一道柔和的金属蓝光。我还没看清它从哪里出来，黑溜溜的圆形枪管就已经指着我了。

"你欺负错人了，"夕阳面无表情地说道，"我不是那种会轻易上当受骗的软柿子。"

我把手臂交叉放在胸前，并且留心把右手放在外边，让他看得到。

"要是我在骗你的话，我就会……但我没有骗你。皮勒和一个女孩子交往，那个女孩在某种程度上骗了他。皮勒没有告诉她上哪儿去找那个老家伙。所以她和她的头目找到了皮勒住的地方。他们用一个通着电的熨斗烫他的脚底。他死于惊吓过度。"

夕阳看上去丝毫不受触动。"我耳朵里有足够的空间听你说这些废话。"他说。

"我也有，"我咆哮道，假装突然爆发，"除了说你认识皮勒，你他妈还说了什么有价值的话？"

他用扣扳机的手指转着枪，然后看着枪就这么转着。"老家伙赛普住在西港，"他说得很随意，"这个对你来说有意义吗？""有。他手里有那些珍珠吗？"

"我他妈怎么知道？"他稳住正在旋转的枪，把枪垂放到腿旁。现在枪已经不再指着我了。"你提到的那些竞争的家伙，他们在哪里？"

"我希望我已经摆脱他们了，"我说，"我不太确定。我能把手放下喝口酒吗？"

"可以，喝吧。你是怎么搅和进来的？"

"皮勒住在我朋友的妻子那里，她搅起了这件事。她是个直率的女人，值得信任。皮勒告诉了她，她又告诉了我……这是后来的事了。"

"在他死了之后？你那边有几个人分这笔钱？我必须得到一半。"我一口气喝光了，把空酒杯推到一边。"该死的。"

他的枪向上举起了一点，又放下了。"一共多少人？"他厉声说道。

"三个。现在皮勒已经出局了。如果我们能摆平那些竞争对手的话，就是三个。"

"那些烤人家脚的家伙吗？没问题。他们长什么样？"

"那个男的叫拉什·马德尔，南方的一个讼棍，50多岁，挺胖的，留着那种向下弯的细胡子，黑色头发很稀疏，高五英尺九左右，大概180磅，没什么胆量。那个女孩叫卡萝尔·多诺万，黑色长波波头，灰色眼睛，长得挺漂亮，五官精致，25岁至28岁，五尺二左右，大概120磅，上次见到时穿着蓝色衣服。这个铁石心肠的女人，是这两个人中真正难对付的。"

夕阳心不在焉地点点头，把他的枪放好。"她要是想插上一腿的话，我们会让她变温顺，"他说，"我家里有辆破车，我们开着到西港去看看。你可以用金鱼当幌子，慢慢接近他。听说他简直是个金鱼狂。我会在暗中配合你。对我来说他太狡猾了，我直接去找他简直是自寻死路。"

"很好，"我由衷地说道，"我自己也是个喜欢养金鱼的人。"夕阳拿起酒瓶，倒了两指高的苏格兰威士忌，一饮而尽，然后站起来，把衣领捋直，尽可能地向上抬起他的下巴，尽管他并没有下巴。

"但是别出什么差错，兄弟，这件事还是挺有压力的。很可能我们就死在丛林里面了，或者搞了半天什么也没捞到。这算是去抢劫了。"

"好，"我说，"保险公司的人会支持我们的。"

夕阳扯了扯背心的衣角，揉揉脖子后面。我戴上帽子，把苏格兰威士忌放进我刚刚坐的那把椅子旁边的袋子里，走过去关好窗户。

我们走向房门。当我的手碰到门把手时，我听到一阵指关节发出的急促响声。我示意夕阳靠在墙壁上，自己盯着那扇门，而后打开。

两把枪几乎出现在同一水平线上。其中一把比较小，0.32英寸，另一把是较大的史密斯威森手枪。他们没法并排走进房间，于是那个女孩先走进来了。

"很好，高手，"她冷漠地说道，"钱是没有上限的，就看你能不能拿到。"

　　我慢慢退回房间里，这两位来客我都印象深刻。我不小心被自己的袋子绊倒，跌在地上呻吟起来。

　　夕阳脱口而出："他们就是那些家伙。现在倒好！"

　　他们两个的视线从我身上转开，我迅速松开枪套，把枪放在身子底下，继续假装呻吟着。

　　房间里一阵沉默。我没有听到任何枪声。房间的门还敞开着，夕阳的整个身子还贴在门后的墙上。

　　女孩发话了："拉什，看着那个私家侦探，顺便把门关上。就算是斯金尼也不敢在这里开枪，谁都不敢。"随后，我似乎听到她用很小的声音加了一句："用力关上门！"拉什·马德尔用手里的史密斯威森手枪指着我，身体一步一步往后退。他背对着夕阳，也许正因为想到这个，他的眼珠子转了一下。这时候我本可以轻而易举地杀了他，但我并不打算这么做。夕阳双腿撑开站着，吐出舌头，他那双呆板的眼睛里似乎流露出笑意。

　　他盯着那个女孩，女孩也盯着他。他们俩的枪指着彼此。拉什·马德尔走到门边，抓住门沿，用力一甩。我非常清楚即将发生的一切。当门砰的一声关上时，那把0.32英寸的手枪就会开火，在那一刻开枪不会被听到，枪声会消失在重重的关门声里。

我猛地伸手抓住卡萝尔·多诺万的脚踝，用力一拉。

门关上了，她开枪了，不过打在了天花板上。

她开始踢腿，试图挣脱我的手。夕阳那紧绷绷的声音颇有穿透力，他一字一句地说道："如果你们一定要这样子的话，那就这样子吧。我们奉陪到底！"他那把柯尔特手枪上的击铁咔啪一声响了。

似乎是他声音里的某种特质让卡萝尔·多诺万平静了下来。她整个人都放松了，把她的自动手枪扔在一旁，站了起来，恶狠狠地瞪了我一眼。

马德尔已经把钥匙插进钥匙孔了，现在他靠在门上，大声呼吸。他的帽子斜到一边，盖住了一只耳朵，两条胶布带子从帽檐里伸出来。

房间里的人都一动不动。我思考着。外面的门廊没有脚步声，也没有警报声。我双膝撑地站起身来，把枪藏好，然后站起来，走到窗边。人行道上没有人抬头看斯诺夸尔米酒店。

我坐在宽阔的老式窗台上，感觉有点尴尬，就好像一个牧师说了什么亵渎的话一样。

女孩气汹汹地问道："这个家伙是你的搭档？"

我没有回答。她的脸慢慢变红了，眼里充满了怒气。马德尔伸出一只手，急躁地说："听着，卡萝尔，现在你听着，你这样的行为不是办法……"

"闭嘴！"

"哦，"马德尔被呛了一下，"好吧。"

夕阳不紧不慢地打量了卡萝尔三四回。他的枪靠在胯骨上，整个人是完全放松的状态。我曾经见过他拔枪，希望那个女孩不会上当。

他慢慢地说道："我听说过你们两个。你们出价多少？我甚至不想知道，只不过我不能忍受这种枪战。"

女孩说："那笔钱足够我们四个人分。"马德尔卖力地点了点他那颗大脑袋，甚至还挤出了一个微笑。

夕阳看了我一眼，我点头。"那就是四个人分了。"他叹了一口气。

"但最多四个。咱们到我家里去谈一谈，我不喜欢待在这里。""我们一定看起来头脑简单。"女孩不耐烦地说道。

"杀人确实很简单，"夕阳慢吞吞地说，"我见过很多杀手。这就是为什么我们需要谈一谈。因为这不是一场射击比赛。"

卡萝尔·多诺万的绒面革挎包从左手臂上滑下，她把那把0.32英寸的手枪放进包里，微微一笑。她笑起来的样子真好看。

"我下赌注了，"她平静地说，"我加入。你住的地方在哪儿？""奥特沃特街。我们坐的士过去。"

"带路吧，老兄。"

我们走出房间，下了电梯，表现得像四个好朋友一样，走过酒店大厅。大厅里到处挂着装饰用的鹿角，还有装在玻璃框里的花鸟标本。出租车行驶在国会路上，经过一个广场，绕过一栋高大的红色公寓。那栋公寓坐落在这样一个小镇里，显得过于高大，不过如果立法机关大楼在这里，大家就不会这么觉得了。沿着车道走，还看到了不远处的国会大厦以及那些大门紧闭的政府办公楼。

道路两旁种着橡树，公园围墙后面出现了几栋稍大一点儿的住宅。出租车飞速向前冲，转入一条通往普吉特海湾尽头的路。不一会儿一栋坐落在大树间一小块空地上的房子出现在眼前。大树树干后面一片水光粼粼。那栋房子有一个带顶的门廊，门前一小块草坪上杂草丛生。泥土车道的尽头处有一个车棚，一辆老旧的古董游览车就停在棚下。

我们从出租车里出来，我付了车费。四个人都很谨慎地看着出租车开出视野。然后夕阳才说："我住的地方在楼上。有个中学老师住在我楼下，她今天不在家。咱们上去聊聊吧。"

123

我们穿过草坪走到门廊。夕阳打开门，指着一条狭窄的楼梯，说：

"女士优先。你先走吧，美人。这个镇上没有人会锁门。"

女孩冷冷地看了他一眼，走上楼梯。我接着跟上，然后是马德尔，最后是夕阳。

单单一个房间就几乎占据了整个二楼楼层，但由于那些树，房间里显得有些阴暗。房里有一扇老虎窗，一张宽大的坐卧两用床置放在倾斜的屋顶下，一张桌子，几张藤条凳子，一个小收音机以及地板中央的一个黑色圆炉子。这就是他的全部家当。

夕阳走到他的小厨房里，拿出一个方形酒瓶和几个杯子。他给每个杯子倒上酒，举起其中一杯。

我们各自拿起酒杯坐下。

夕阳将那杯酒一口喝下，俯身把酒杯放在地上，起身时手里握着他那把柯尔特手枪。

我听到马德尔大口喝酒时发出的声音一下子停住了。女孩的嘴唇抽搐了一下，似乎要笑出来的样子。随后她身体向前倾，左手拿着酒杯，放在挎包上面。

夕阳的嘴唇慢慢呈现出一条细长的直线。他认认真真地说道："烧脚人，是吧？"

马德尔呛了一下，摊开他那两个胖手掌。柯尔特手枪在他面前挥动了一下。他把手放在膝盖上，抓着他的膝盖骨。

"同时也是两个蠢蛋，"夕阳的声音略带倦意，"烧别人的脚，逼他说出秘密，然后去了他同伙的家里。你们不会是想在他脚上系个圣诞节彩带，然后送来给我吧？"

马德尔紧张地说道："好，好吧，你要我们怎么补偿？"女孩面露笑意，没有说话。

夕阳龇牙一笑。"用绳子，"他轻轻地说，"用很多泡了水的绳子绑着你们，打上死结。然后我和我的伙伴出去抓萤火虫——就是你们说的珍珠——等我们回来的时候……"他停了下来，用左手在脖子前方比画了一横。"这个主意怎么样？"他瞄了我一眼问道。

"不错，但是不要这么大声嚷嚷，"我说，"绳子在哪儿？""桌子那里。"夕阳说着，用一只耳朵指了指角落处。

我顺着他指的方向看去，被几面墙挡着。马德尔突然发出一声细长的呜咽声，他的眼睛向上翻，整个身子直接从椅子上摔下，脸朝地趴倒，晕了过去。

这个突发状况吓到了夕阳，他没想到会有这么蠢的事情发生。他右手的柯尔特手枪随即对准马德尔的背部。

女孩把手悄悄伸入包里，挎包向上提了一英寸。那把枪就挂在挎包里一个特制的夹子上——夕阳能想到那把藏在包里的枪——很快就开火了。

夕阳咳了一声，他的柯尔特手枪发出低沉的响声，马德尔刚刚坐的那把椅子上掉下一块木片。夕阳手中的枪掉了下来，他的下巴抵在胸前，眼睛还瞪着往上看，两条长腿在他身体前摊开，脚后跟摩擦地板发出沙沙的声音。他瘫坐在地上，下巴贴胸，眼睛朝上，像腌核桃一样蔫了。

我伸腿把多诺万小姐坐着的椅子踢翻，她一下子跌坐在盘着的腿上，帽子歪到了一边。她尖叫了一声。我踩在她手上，然后迅速移动脚，将她手里的枪踢出阁楼。

"起来。"

她慢慢站了起来，咬着嘴唇，恶狠狠地看着我，一步步往后退，像一个陷入困境、气急败坏的小顽童。她继续往后退，直到靠在墙上。她的两只眼睛依然十分闪亮，衬着她那张死人般的脸。

我低头看了一下马德尔，走到一扇关着的门前面。那是一个洗手间。我转了一下钥匙打开门，示意那个女孩。

"进去。"

她拖着僵硬的步子走过来，经过我身边，几乎碰到了我。

"听着，私家侦探……"

我把她推进里面，关门，转动钥匙锁上。如果她想从洗手间窗口跳出去，我也无所谓。我已经在下面观察过这扇窗户了。

　　我走向夕阳，摸了摸他的身体，触碰到他口袋里的硬块，是一些系在钥匙圈上的钥匙。我拿出那些钥匙，小心翼翼地避免将他从椅子上弄倒。我没再找其他东西。

　　钥匙圈上有车钥匙。

　　我又看了一眼马德尔，他的指甲呈现雪白色。我走下那道又窄又暗的楼梯，走到门廊，绕过房子，钻进那辆停在车棚下的游览车，用钥匙圈上一把钥匙打开了车上的点火锁。

　　车子用力地摇晃了一下才启动。我把车子开到泥土车道上，在路边稍微停了一下。就我所看到的以及听到的，房子里没什么动静。房子周围和后面那些高大的松树无精打采地摆动着树枝，透着寒意的阳光有意无意地从那些左右挪动的树荫之间照射进来。我驱车又回到了国会路上，车速能多快就多快。我穿过广场，路过斯诺夸尔米酒店，驶入通往太平洋和西港的大桥。

　　车子高速行驶了一个多小时，穿过了一片稀疏的林地，途中为了给车加水停了三次，还有一次停车是因为汽缸垫漏油，车子像得了哮喘，我被淹没在一片滚滚声浪中。白色的公路通畅宽阔，路中央画着一条条黄线。绕过一座山的侧面，远处的建筑物轮廓及其背后那片海洋的光芒若隐若现。此时公路到了分岔口。左边岔路上牌子写着："西港，9英里"。这条岔路不是通往那些建筑物的。它穿过一条锈迹斑斑的悬臂桥，进入了一片饱受风灾的苹果园。

　　我又开了20多分钟的车，终于到达西港。这是一片沙质海岬，海岬背面的山丘上，几栋木屋零零星星地点缀着。海岬末端有一个狭长的码头，码头尽头处停着许多帆船，半降着的船帆在海风的吹拂下拍打着船桅。船的不远处有一条浮标水道，还有一条不规则的长线，在那里，海水不断涌向隐藏在水面下的沙洲。

　　沙洲的前方便是整个太平洋，连接着日本。这里是整个海岸线最突出的地方，是人们在美利坚大地上所能到达的最西边。这里也是一个绝佳地点，适合一个前科犯藏匿偷来的两颗新土豆般大小的珍珠——如果他没有任何敌手的话。我在一间小屋子前停下车。屋子的前院有块牌子写着："午餐、茶点、晚餐"。一个身材矮小的男人长着一张兔子脸，脸颊上布满雀斑。他正挥舞着钉耙驱赶两只黑色的小鸡。那两只小鸡似乎并不怕他。夕阳那辆车的发动机还在喘着。他转过身来。

我下了车，走过那扇小门，指着牌子。

"现在有午餐供应吗？"

他把钉耙扔向那些小鸡，双手在裤子上蹭了蹭，谄笑着说："我老婆马上就做好，"他又用一种近乎顽皮的语气小声对我说，"其实只有火腿和鸡蛋。"

"火腿和鸡蛋挺合我胃口的。"我说。

我们走进那间屋子，里面有三张桌子，披着有图案的油布。墙上挂着几幅彩色石板画。壁炉架上摆着一个瓶子，里面是一个装备齐全的船只模型。我坐了下来，店主走进一扇弹簧门，有个人朝他嚷嚷了几句，一阵烹饪的滋滋声从厨房里传来。他又走出来，从我肩膀后面俯下身，把一些餐具和餐巾纸放在油布上。

"现在喝苹果白兰地太早了，对吗？"他喃喃说道。

我说他错得离谱。他立马转身走开，拿了几个酒杯和一夸脱晶莹剔透的琥珀色液体回来，在我身边坐下，开始倒酒。厨房里一个男中音正深情地唱着《克洛伊》，声音甚至盖过了那些嗞嗞声。我们碰了一下杯，喝下酒，等着那股热辣劲蹿上脊梁。

"你是新来的，对吗？"那个矮个子男人问道。

我跟他说我确实是新来的。

"应该，来自西雅图？你身上穿的那件真是个好东西。"

"是西雅图。"我表示认同。

"我们这里很少有陌生人来，"他说着，看着我的左耳。"不是要接着去别的地方。现在，先别否认……"他突然停住，把他那啄木鸟捉虫般敏锐的眼光移到我的另一个耳朵。

"啊，在否认之前……"我说着，做了一个夸张的动作，装作心照不宣地喝了一口酒。

他靠了过来，气都快呼到我下巴上了。"见鬼，你在码头上的任何一家鱼档都能装满货回去。他们抓螃蟹和牡蛎什么的，换回来这种东西。真见鬼，西港到处都是这种东西。他们把一整箱苏格兰威士忌拿给小孩玩。这个镇上的汽车从来不停在车库里，先生，车库里的加拿大烈酒都垒到屋顶上去了。活见鬼了，他们在码头上还有一艘巡逻艇，专门在每周固定的时间里，紧盯着那些卸货的船。星期五，总是在这一天。"他朝我眨了一下眼睛。

我吐了一口烟，厨房里的嗞嗞声和那个唱着《克洛伊》的男中音还没有停下。

"但是，天哪，你不是来做酒水生意的。"他说。

"该死，还真不是。我是来买金鱼的。"我说。

"好吧。"他有点失望地说。

我又倒了一杯苹果白兰地。"这瓶算我的，"我说，"我还想带走几瓶。"

他面露喜色。"你说你叫什么名字来着？"

"马洛。你以为我跟你说买金鱼的事是在开玩笑，但我没开玩笑。"

"见鬼了，小伙子，金鱼又不能拿来挣钱，不是吗？"

我拉了拉衣服的袖口。"你说这是件好东西。当然了，有人就是靠这些花里胡哨的牌子过活。总会有人追求新的品牌，新的潮流。而我得到的消息是，这里有一个老家伙，他拥有的东西才是真正意义上的收藏品。他可能会想卖掉，那些他一直自己养着的东西。"

一个长胡子的胖女人一脚踢开了弹簧门，大声叫道："过来拿火腿和鸡蛋！"

店主急忙跑过去，把我的午餐拿了过来。我吃着午餐，店主在旁边仔仔细细地观察着我。过了一会儿，他突然在桌子底拍了一下自己那条瘦腿。

"老华莱士，"他咯咯笑了起来，"当然了，你是来找老华莱士的。见鬼，我们都不太认识他，他不怎么和邻居来往。"

他在椅子上转过身，透过薄薄的窗帘，指着远处的一座山。山顶上有一个黄白相间的房子，在阳光下显得很耀眼。

"真是见鬼，那就是他住的地方。他有一大堆那个，金鱼，嗯？真是活见鬼了，我觉得太离奇了。"

我对这个小个子男人已经不再有兴趣了。我狼吞虎咽吃完那些东西，付了餐费，还以一元一夸脱的价格买了三夸脱的苹果白兰地，和那个男人握了握手，回到游览车上。

似乎没必要那么急。拉什·马德尔会从昏迷中醒过来，然后救出那女孩。可是他们对西港一无所知。夕阳并没有在他们面前提到过这个地方。他们到奥林匹亚的时候也还不知道，不然的话他们早就到这里来了。而如果在酒店那会儿他们站在我房门外偷听到了，他们应该知道我不是一个人在做这件事。可是他们闯进来之后，却没有表现出他们知道这回事。

我有足够的时间。我先开车到码头上到处看看。这个码头看起来环境恶劣。码头上有许多鱼档，几个低级酒吧，一个专供渔民娱乐的小夜总会，一间台球室，一条摆放着几台老虎机，并提供淫秽脱衣秀的拱廊。准备做鱼饵的那些鱼在大木桶里跳来跳去，那些大木桶浸在水里，绑在一旁的那排木桩上。码头上有一些游手好闲的人，看上去任何一个妨碍到他们的人都会惹上麻烦。我在四周看不到任何一点儿法律存在的痕迹。

我开车前往山上那个黄白相间的房子。那个房子单门独户，周围离它最近的住所也得有四个街区远。房子门前种着许多花，绿草坪修得整整齐齐，花园是以岩石为主题的。一个女人身穿褐色和白色相间的印花连衣裙，正在用喷射枪除蚜虫。

我摘下帽子走出车门，让那辆破车自己熄火。

"华莱士先生住在这里吗？"

她长相俊俏，看上去性格柔韧。她点点头。

"你想见他吗？"她的声音平静而坚定，口音很好听。

听起来不像是一个火车劫匪的妻子会有的那种口音。

我告诉她我的名字，跟她说我在镇上一直听说他养着很多金鱼，而我对一些品种奇特的金鱼特别感兴趣。

她放下喷射枪，走进房子里。蜜蜂在我耳边嗡嗡叫，这些毛茸茸的大蜜蜂一点儿也不害怕从海上吹来的冷风。远处的海浪拍打在沙洲上，传来的声音有点像背景音乐。从北面照射过来的阳光对我来说有些昏暗，似乎一点儿热量也没有。

那个女人走出房子，打开门。

"他在楼上，"她说，"如果你想上去的话。"

我绕过两把木摇椅，走进了这所房子，那个偷了利安得珍珠的男人就住在这里。

10

　偌大的房间里到处都是鱼缸，支撑架上有两层鱼缸，长方形带金属边的大鱼缸也有好几个，有些鱼缸的灯从上往下照，有些则是从下往上照。鱼缸玻璃上长满水藻，水草很随意地装点着，缸里的水呈现出幽灵般的绿光，在这一片绿光里，五颜六色、各种各样的金鱼游来游去。

　里面有一些细长的鱼，比如金镖鱼和长着奇特长尾巴的日本纱罗尾金鱼；还有一些玻璃旗鱼，鱼身像彩色玻璃一样透明；小孔雀鱼大概有半英寸长；斑点水泡眼鱼看起来像新娘子的婚纱；体形硕大、动作迟缓的黑龙睛金鱼长着一张青蛙脸，一对望远镜般突出的眼睛以及一些多余的鳍，它们在绿色的水里慢慢游动，好像一些觅食的大胖子。房间里的光线大多来自那扇倾斜的大天窗。天窗下那张空荡荡的木桌子旁边，站着一个瘦削高挑的男人。他左手抓着一只不断蠕动着的红色金鱼，右手拿着一个背面贴着胶布的安全刀片。

　他挑起灰色的宽眉毛看我。他的眼睛深陷着，几乎没有颜色，眼神令人难以捉摸。我走到他身边，看着他抓着的那条金鱼。

　"真菌？"我问道。

他迟缓了一会儿，点点头。"水霉菌。"他把鱼放在桌子上，小心翼翼地将它的背鳍展开。那片背鳍呈锯齿状，已经出现了裂口，参差不齐的边缘上长着一些青苔状的白色物体。

"水霉菌，"他说，"就没那么糟糕。我帮着这个小家伙儿修剪一下，他就能变得非常健康了。我能为你做些什么，先生？"

我的手指摆弄着一根香烟，对他笑了笑。

"像人一样，"我说，"我是说，这些鱼。它们有时候也会出毛病。"

他把鱼按在木桌上，将背鳍上那些参差不齐的部分剪去，又展开鱼的尾鳍，也修剪了一下。那条鱼已经停止了蠕动。

"有的能治好，"他说，"有的就治不了。比如说，如果鱼鳔出了毛病，就治不了了。"他抬头看了我一眼。"以防你误会，顺便说一句，这个伤害不了它，"他说，"你可以打死一条金鱼，可你却不能像伤害一个人一样伤害它。"

他放下刀片，拿一根棉签浸入一些紫色的液体里，然后涂在那些刀切过的地方。随后他把手指伸入白凡士林罐子里，又涂了一遍。他把金鱼放进房间一侧一个单独的小鱼缸里。那条鱼在鱼缸里安安静静地游着，看上去怡然自得。

瘦削的男人擦了擦手，坐在长椅的一边，用毫无生气的眼睛看着我。很久以前他曾经是个很英俊的男人。

"你对鱼很感兴趣？"他问道。他的声音十分温顺，小心翼翼，是很长时间里待在牢房里或放风的院子里所养成的喃喃地低语。我摇摇头："不是特别感兴趣。那只是一个借口。我大老远跑来这里找你的，赛普先生。"

他舔了一下嘴唇，继续盯着我。他的声音再次响起，显得疲倦而温和。

"请叫我华莱士，先生。"

我吐出一圈烟，将手指戳进烟圈里。"因为我工作的缘故，我必须叫你赛普。"

他倾身向前，双手从两个膝盖骨上移开，紧握在一起。这双粗糙的大手当年曾干过不少粗活。他的头微微向我的方向倾斜，粗浓杂乱的眉毛下，那双死气沉沉的眼睛显得十分冷酷。但他的声音却保持温和。

"这一整年都没见过侦探，或者跟侦探说话了。你是哪一派的？""你猜。"我说。

他的声音变得更加温和了："听着，侦探，我在这里有一个不错的家，生活得十分平静，没有人再来打扰我，也没有人有权利打扰我。白宫直接赦免了我。我没事养着金鱼玩，并且我也很喜欢我所照顾的一切。我没有亏欠这个世界一分钱。我已经付出代价了。现在我妻子有足够的钱供我们生活。我唯一想要的，就是不被人打扰，侦探。"他停了下来，摇摇头。"你们不能再毁掉我了——再也不能了。"

我没有说话，微微一笑，望着他。

"没有人能动得了我，"他说，"白宫经过调查研究之后，直接赦免了我。我只想要一个人待着。"

我摇摇头，继续微笑地看着他。"这是你唯一无法得到的东西——除非你交出来。"

"听着，"他轻轻说道，"你也许刚接触这个案子，它对你来说还很新鲜，你想要对这件案子有所突破。但是对我来说，我已经和它纠结了20多年，不止我，还有很多其他人，他们有一些也很聪明，但最后他们都知道我手里并没有不属于我的东西。从来就没有过，是别人拿了它。"

"那个邮差拿了，"我说，"当然。"

"听着，"他说话的声音依然很温和，"我花了时间，我知道这件事的方方面面。我知道他们不会停止猜想——只要还有活着的人记着这件事。我知道他们总会时不时派出一些年轻的家伙，把这件事搅起来。那也行，我不会耿耿于怀。现在，我该做些什么才能把你送回家去？"

我摇摇头，目光绕过他的肩膀，看着那些鱼在平静的大鱼缸里游弋。我感到有些疲惫。房子里的安静气氛让我的脑海里一下子掠过了多年前的一帧帧恐怖画面。在黑暗中穿行的火车，藏在邮车上的劫匪，一道枪的火光，地板上死去的邮差，一滴从水桶上缓缓滴下的水，一个藏了19年秘密的男人——几乎把这个秘密完全掩盖了。

"你犯了一个错误，"我慢慢地说道，"记得一个叫皮勒·马尔多的家伙吗？"

他抬起头，看上去正在记忆中搜索着。但这个人名对他来说似乎无关紧要。

"你在莱文沃斯认识的一个家伙，"我说，"一个矮个子，把面值20块的钞票撕成两半，然后把假的另一半粘上，因为这个坐的牢。"

"啊，"他说，"我想起来了。"

"你告诉他你有那些珍珠。"我说。

我看得出来，他并不信我。"我当时一定是在跟他开玩笑。"他呆呆地说道。

"也许。不过要紧的是，他并不觉得你在开玩笑。前不久他到这个地方来，还带了一个自称为夕阳的朋友。他们在某处看到你，皮勒认出了你。他开始盘算着怎么弄到一些报酬。但他是个可卡因瘾君子，而且他晚上睡觉会说梦话。有个女孩走漏了风声，然后又有另一女孩和一个讼棍。他们两个拿熨斗烫他的脚，他因此死掉了。"

赛普一眼不眨地看着我，他嘴角的弧线变深了。

我挥动手中的烟，继续说道："我们不知道他说了多少东西，不过那个讼棍和那个女孩现在在奥林匹亚。夕阳也在奥林匹亚，只不过他已经死了。他们杀了他。我不清楚他们是否知道你住在这里，但他们迟早会知道。就算不是他们，还会有别人。你可以摆平那些警察，如果他们找不到那些珍珠而且你又没试图卖掉的话。你也可以摆平保险公司甚至是邮局的人。"

赛普坐在那里，纹丝不动。他那两只紧握在膝盖上的大手也没有动，眼睛死气沉沉地盯着我。

"但你不能摆平那些骗子之类的，"我说，"他们永远不会消停。隔一段时间就会有那么两三个人，足够有钱，也足够卑鄙，跳出来击败你。他们会想方设法找出他们想要的信息。他们会绑架你妻子或者把你带到丛林里去，给你一点儿教训。而你将不得不面对这一切……现在，我有一个体面且适当的提议。"

"你是属于哪一派的？"赛普突然问道，"我原来觉得你是个侦探，但现在我不太确定。"

"保险公司，"我说道，"这是一场交易。一共有两万五的报酬。五千给那个告诉我信息的女孩。她是通过正当渠道获得的信息，这份钱是她应得的。一万给我，我做了所有的工作，而且还冒着生命危险，时不时被枪指着。还有一万由我给你的。理论上，你拿不到一分钱。还有什么问题吗？这个提议怎样？"

"听起来挺不错的，"他颇有风度地说，"除了有一个问题，我手上没有那些珍珠，侦探先生。"

我瞪着他。我已经说了我该说的话，现在没什么好说的了。我从墙壁上挪开身子站直，把烟头丢在木质地板上，踩灭，然后转身准备离开。

他站起来，伸出一只手。"等一下，"他严肃地说道，"我会证明给你看。"

他从我身边走过，离开房间。我看着那些鱼，咬着嘴唇。我听到了汽车引擎的声音，还不是很近。接着听到了抽屉被打开又关上的声音，明显在附近的房间里。

赛普回到金鱼屋。他那枯瘦的拳头里握着一把闪亮的0.45英寸柯尔特手枪，枪管像一个人的前臂那么长。

他用枪指着我，说："我这把枪里有珍珠，有六颗铅的珍珠。我能在60码开外射中一只苍蝇的胡须。你不是侦探。现在就滚回去——告诉你那些新朋友，我随时准备着把他们的牙齿射下来，任何一天过来都行，星期天会多送一粒子弹。"

我一动不动。那个男人死寂的眼睛中透露出一种疯狂。我不敢动。

"那只是表面上的，"我不急不慢地说道，"我可以证明我是个侦探。你是个前科犯，而且你拿着这杆枪又是重罪。放下枪，理智一点儿说话吧。"

刚刚听到的那辆车似乎已经开到门口，"嘎吱——"刹车声响过后停住了。一阵脚步声传来，从花园小路一直走到门前的台阶。楼下突然传来几声尖叫，是一个人被抓住时所发出的惊呼声。

赛普开始往后退，一直退到桌子和一个二三十加仑的鱼缸之间。他咧开嘴，像要进行一场困兽之斗似的，对我露出夸张的笑容。"我知道你的朋友已经赶过来了，"他不慌不忙地说道，"把你的手枪拿出来，扔到地上，趁你还有时间——还留着一口气。"我没有动，看着他眼睛上方粗而弯曲的头发，又直视着他的眼睛。我心里明白，如果我现在动一下——哪怕是做他命令我做的事情——他也会开枪。

那阵脚步声已经上了楼梯。脚步声听起来有些拖沓，似乎其中有人在挣扎着。

三个人先后出现在房间里。

11

第一个走进来的是赛普太太，她双腿僵直，眼神呆滞，手臂僵硬地半举着，双手向前伸着，似乎想抓住什么，然而前面什么也没有。一支枪抵在她后背上，那把0.32英寸手枪，紧紧地握在卡萝尔·多诺万那只冷酷无情的小手上。

马德尔最后一个走进来。他有点醉醺醺的，估计是喝了酒壮胆，喝得面红耳赤，面目狰狞。他用史密斯威利手枪指向我，瞥了我一眼。

卡萝尔·多诺万把赛普太太推到一边去。赛普太太跌向角落里，双膝跪地，眼神空洞。

赛普盯着多诺万。他显得有些惊讶，因为她竟然是个年轻漂亮的女孩子。他不太习惯和这种类型的人打交道。她似乎把他身上那股一触即发的气焰扑灭了。如果眼前是个男人的话，估计他早就一通扫射了。

这个黑色头发、脸色苍白的女孩面无表情地看着他，声音冷酷，令人不寒而栗：“很好，这位老爹，把枪拿出来，让事情变得简单一些。”

赛普慢慢俯下身子，眼睛依然盯着她。他将那把新式柯尔特大手枪放在地板上。

“把它踢开，老爹。”

赛普踢开它。手枪在实木地板上滑动着，滑向房间中央。

"这还差不多，老前辈。拉什，你看着他。我来对付这个侦探。"两把枪交换了一下方向。现在那双冷酷的灰眼睛开始盯着我了。马德尔朝赛普走近一点点，把他的史密斯威利对准了赛普的胸口。

女孩对着我笑了，笑得有些不怀好意。"聪明人，嗯？你从来都不怕冒险，不是吗？这回失误了吧，私家侦探。你都不搜一下你那位瘦巴巴的同伙身上有什么东西。他的鞋子里有张小地图。""我并不需要。"我很快地回了一句，朝她龇牙一笑。

我试图笑得更引人注意一些，因为赛普太太正在地板上挪着膝盖，每挪一小步，就离赛普那把柯尔特手枪更近一点。

"但你现在彻底完了，你和你这张大笑脸都完了。把手举起来，我要拿走你的枪。举起来，先生。"

她只是个女孩，身高不过五英尺两英寸，体重不过120，只是个女孩。而我，身高六英尺半英寸，体重190。我举起双手时，顺势朝她下巴打了一拳。

这真是个疯狂的举动。但我必须竭尽所能，控制住多诺万和马德尔的行为，控制住他们的枪以及那些狠话。所以我打了她的下巴。

她后退了一码，开了枪，子弹打中了我的肋骨。她的身体开始慢慢跌落，像电影里的慢镜头。这么做有点傻。

赛普太太拿起那把柯尔特手枪，朝她后背开枪。

马德尔转过身，就在这时，赛普冲向他。马德尔往回跳，大叫了一声，手中的枪很快又指着赛普。赛普站在那里没动，那种夸张的笑容再一次出现在他那张憔悴的脸上。

柯尔特手枪的子弹将那女孩击倒在地，就好像门口吹来一阵大风把她刮倒，一阵蓝色的风。她的头重重砸在我胸口上。当她挣扎着站起来的时候，我看着她的脸，看了好一会儿，那一刻她脸上的神情是我从来没见过的。

随后她倒在我脚下的地板上，瘦小的身体再也不动了，红色的血从她身下流出。那个身材高挑、斯斯文文的女人双手紧握着那把冒着烟的柯尔特手枪。

马德尔朝赛普开了两枪。赛普身体向前倾倒，脸上依然挂着那种笑容。他撞到了桌角，刚刚那瓶用来涂在金鱼身上的紫色液体洒落在他身上。就在他跌落的那一刻，马德尔又朝他开了一枪。我抽出我的鲁格尔手枪，朝马德尔开枪，对准了我能想到的最疼痛的位置打，但又能保证不会打死他——我打在了他的膝盖后面。他很快跌倒，好像不小心绊到了一条电线。在他开始呻吟之前，我已经走过去给他戴上手铐了。

我把地上所有的枪都踢开，朝赛普太太走去，把她手上那把柯尔特大手枪拿开。

一时间，房间里变得十分安静。屋里的硝烟形成旋涡状从老虎窗飘出，午后的阳光呈现朦朦胧胧的灰白色。我听见远处海浪咆哮的声音。随即我听到身旁一个微弱的口哨声。

是赛普，他试图说些什么。他的妻子爬到他身旁，保持跪着的姿势，趴在他身边。他的嘴上涌出血和血泡。他努力眨了眨眼睛，想让头脑清醒一下。他对着她微笑，声音颤抖而且微弱："龙睛金鱼，海蒂——龙睛金鱼。"

随后他的脖子没了力气，笑容在他脸上消失。他的头歪向一侧，倒在木质地板上。

赛普太太摸了摸他，然后慢慢地站起来，看着我，眼神平静，没有流泪。

她的声音低沉，但十分清晰："你能帮我把他搬到床上去吗？我不希望他和这些人待在一起。"

我说："当然。他刚刚说了什么？"

"我不知道，我想应该是关于他那些金鱼的废话。"

我抬起赛普的肩膀，她搬动他的双脚。我们把他搬到卧室里，放在床上。她把他的双手合成十字，放在他胸前，帮他合上眼帘。然后走到窗边，把百叶窗拉下。

"好了，谢谢你，"她没有看我，"电话在楼下。"

她坐在床边的椅子上，把头靠在赛普手臂附近的床单上。

我走出房间，关上房门。

12

马德尔的腿还在淌着血，但不会有生命危险。当我在他膝盖绑上手帕止血时，他一脸恐惧地看着我。我估计他是肌腱断裂或者膝盖骨破损。一会儿警察来抓他的时候，他应该可以一瘸一拐地跟他们走。

我走下楼，站在门廊上，看着眼前的两辆车。我开着其中的一辆下山开往码头。没有人能够说出那些枪手是从哪里来的，除非那时候他们正好路过。更有可能的是，根本没有人注意到这件事。也许是因为附近丛林里的枪声太多了。我回到那个房子里，看着客厅墙上那台拨盘电话，我还是没有打电话报警，还有些事情困扰着我。我点了一支烟，望着窗外，那个幽灵般的声音在我耳边响起："龙睛金鱼，海蒂——龙睛金鱼。"

我又走进那间金鱼屋。这时候马德尔已经在呻吟了，一边呻吟一边大声喘气。我怎么会关心马德尔这种恶棍呢？

那女孩已经断气了。所有的鱼缸都毫发无损。那些金鱼在绿色的水里安静地游来游去，游得那么缓慢而从容。它们也不会关心马德尔。

那个养着黑龙睛金鱼的鱼缸在角落里，大概有10加仑的水容量。鱼缸里只有四条，每一条都长得很肥，鱼身大概有四英寸长，通体乌黑。其中的两条浮在水面上吸氧，另外两条在鱼缸底下慢腾腾地游着。它们深黑色的鱼身上长着高高的背鳍，背后拖着一条舒展着的大尾巴。两个鼓胀的水泡眼让这些鱼正面看起来像倒像只青蛙。

我看着它们在鱼缸里种着的那些绿色水草间游动。两只红色的椎实螺贴在鱼缸内壁上，给鱼缸玻璃做清洁。鱼缸底下的那两条金鱼看上去更肥大，动作也比鱼缸上面的那两条更迟缓一些。我琢磨着是什么原因。

两个鱼缸之间放着一个木条做成的长柄鱼捞。我拿起它，伸到鱼缸里去，捞到了其中一条肥金鱼，拿了出来。我把捞上来的那条金鱼翻了一下，观察它的银色腹部，一下子看到了一条类似缝合线的东西。我摸了摸那个地方，缝合线下有一个硬块。

我捞起鱼缸底下的另一条鱼。一样的缝合线，一样的圆鼓鼓的硬块。我又捞起待在鱼缸上面吸氧的其中一条金鱼。没有缝合线，没有硬块，而且这条鱼比其他两条更难捉。

我把它放回鱼缸。现在的重点是另外两条。我和别人一样，也喜欢金鱼，但工作就是工作，犯罪就是犯罪。我脱掉外套，卷起袖子，拿起桌上那个背面贴着胶布的刀片。

这真是个脏活儿。大概五分钟后，它们便出现在我手心里，直径3/4英寸，感觉挺沉，通体浑圆，色泽乳白，闪闪发亮的质地是其他宝石所不能媲美的。这就是利安得珍珠。

我把它们清洗干净，用我的手帕包好，捋下袖子，穿上外套。我看到马德尔那双痛苦且惊恐的眼睛，汗水从他脸上流下来。我一点儿也不关心马德尔。他杀了人，还对人施虐。

我走出金鱼屋。卧室的门还关着。我下了楼，走到挂在墙上的电话那里，开始拨号。

"这里是西港华莱士家里，"我说，"这里出了事故。我们需要一个医生，还需要报警。你能帮忙吗？"

电话另一头的女孩说："我试着帮你叫医生，华莱士先生，但可能要过一会儿才能到。西港有个镇警长，让他过去可以吗？""我看也行。"我谢过她，挂上电话。在乡村地区安个电话毕竟还是有用的。

我又点了一支烟，坐在门廊上的一把木摇椅上。过了一会儿，身后有一阵脚步声。赛普太太走出房子。她站着那里，朝山下望了好一会儿，然后坐在我身旁的另一把木摇椅上。她直直地看着我，眼里依然没有泪。

"你是个侦探，我猜。"她慢慢地说道，声音里有些迟疑。

"是的，我替给利安得珍珠投保的保险公司效劳。"

她望向远处。"我原以为他在这里可以过得安宁，"她说，"以为搬到这里不会再有人来打扰他，以为这个地方很安全。"

"他不该藏着那些珍珠。"

她转过头来，这一次反应很快。她的表情有些迷茫，随后又很害怕的样子。

我把手伸进口袋，拿出那条包着的手帕，在手心里打开。白色的亚麻布上，两颗珍珠靠在一起。为了这20万的宝物，杀人也是值得的。

"他本来可以过得很安宁，"我说，"没有人会想打扰他。只不过他不满足于安宁的生活。"

她仔细看着那些珍珠，久久没有移开视线。随后她的嘴唇抽搐了一下，声音变得沙哑。

"可怜的瓦利，"她说，"所以你确实找到它们了。你真的挺聪明的，你知道的。他弄死了几十条金鱼，才学会了这个小把戏。"她抬头看着我，眼中浮现出一丝诡异。

她说："我一直反对他这个主意。你记得《旧约》里替罪羊的说法吗？"

我摇摇头。没听说过。

"人的罪孽转嫁到一只动物身上，那只动物就会被流放到荒野里。那些鱼就是他的替罪羊。"

她对我笑了笑，我没回应她的笑容。

她面带一丝微笑，继续说道："你知道的，他曾经拿到过那些珍珠，真的珍珠。他为此坐了牢，受了苦，这让他觉得那些珍珠理应属于他。但即使他后来能够找到那些珍珠，他也不可能从中获利。他坐牢的那段时间里，可能是因为有些地标改了，反正他出狱后找不到他在爱达荷州藏珍珠的地方。"

似乎有一阵冰凉的感觉顺着我的脊梁慢慢地爬上爬下。我张着嘴，声音似乎不是我自己的："啊？"

她伸出一根手指，碰了碰其中一颗珍珠。两颗珍珠还在我手上摆着，我感觉我的手像钉在墙上的架子。

"所以他买了这些，"她说，"在西雅图买的。这些是中空的，里面灌了白蜡，我忘了他们把这道工序叫什么。它们看起来很漂亮。当然了，我没见过真正值钱的珍珠。"

"他买它们干什么？"我的声音有些嘶哑。

"你还不明白吗？它们是他的罪孽。他必须把它们藏到荒野里去，藏到这个荒郊野岭里。他把它们藏在金鱼肚子里。而且你知道吗……"她向我靠过来，眼里闪着光。她放慢语速，很真诚地说道："到了后来，有时候我甚至觉得，在最近这一两年里，他真的以为他藏的那些珍珠是真的。你听懂了吗？"

我看着手帕上的珍珠，慢慢合上手掌。

我说："赛普太太，我是个普通人。我想那个替罪羊的说法有点超过我的理解范围了。我会说，他就是在自欺欺人，就像很多遭遇失败的正常人一样。"

她再次露出微笑。她笑起来的时候很漂亮。然后她轻轻耸了耸肩。

"当然，你也可以那么说。但我……"她摊开双手。"噢，好吧。现在也不重要了。我可以把它们留作纪念吗？"

"它们？"

"那……那些冒牌珍珠。你当然不会想要……"

我站起来。一辆老福特敞篷跑车正沿着山路开上来，里面坐着一个马甲上戴大星章的男人。跑车马达发出来的啸叫声就像动物园里那些秃头老猿生气时发出的叫声。

赛普太太站在我旁边，一只手还半伸着，脸上似乎有哀求的神情。

我咧着嘴，突然对她发火。

"是，你还真有一套，"我说，"我刚刚差点儿就信了你。要不是冷静下来一想，还真就信了你，夫人！但你又帮了我的忙。'冒牌'这个词和你所表现出来的性格有点不符。而且你刚才拿柯尔特手枪的动作又快又狠。最重要的是，赛普最后说的话暴露了，'龙睛金鱼，海蒂——龙睛金鱼'，如果那些东西只是些空心珠子的话，他就不会这么紧张。而且，他才不会笨到自己把自己给骗了。"

一时间，她脸上没有出现任何变化。但不一会儿就变了。她的眼里充满了惊恐和愤怒。她努起嘴，朝我啐了一口，然后走进房子，甩上门。

我把那个两万五包好放进上衣口袋里。一万两千五是我的，一万两千五是凯西·霍姆的。我甚至能看到我把支票给她那一刻她的眼神了，还能看到她把钱存进银行，一心等着被关在昆汀监狱的约翰尼获得假释。

老福特在另外两辆车旁边停下。开车的男人朝一旁吐了一口痰，猛拉刹车，连车门都没开，直接从车里跳了出来。他穿着一件衬衣，身材魁梧。

我走下台阶去迎接他。

（本文译者 方丹娜、程倩）

其拉诺的枪

泰德·卡马迪喜欢雨——喜欢雨的触感，雨的声音，雨的味道。他从他的拉萨尔双门跑车上下来，在卡隆德莱特的侧门边上站了一会儿，蓝色羊皮雨衣的领子高高地竖起来，碰到了他的耳朵。他的手插在口袋里，嘴里叼着一根软软的烟。然后他走了进去，经过了理发店、药店和香水店。香水店里展示着一排排精致绚丽的香水瓶，就像百老汇音乐剧终场时演员们的造型一样。

他绕过一根有金色条纹的柱子，走进铺着地毯的电梯。

"你好，阿尔伯特，好大一场雨啊！去九楼。"

穿着浅蓝色和银色相间的制服的年轻男孩身材瘦削，面容疲倦。他抬起一只戴着白色手套的手挡住正在关闭的电梯门，说："天哪，你以为我不知道您要到几楼吗？卡马迪先生？"

他按下了按钮，甚至都没看一眼提示灯，一会儿，他打开了电梯门，然后一下往后靠在电梯上，闭上了眼睛。

卡马迪停下了脚步，明亮的褐色眼睛迅速看了他一眼。"怎么了，阿尔伯特？生病了吗？"

男孩脸上挤出一个虚弱的笑容："我已经连续轮了两个班了，克尔基病了，他发烧了。我可能是吃得太少了。"

高大的褐眼男人从他口袋里掏出一张皱巴巴的五块钱，在男孩的鼻子下弹了一下。男孩的眼睛瞪大了，挺直了身子。

"哎呀，卡马迪先生，我不是故意——"

"省省吧，阿尔伯特，朋友之间这些算什么？替我多吃几顿吧。"他走出电梯，沿着走廊往前走。他轻轻地自言自语道："傻瓜。"一个男人从拐角处快速地冲过来，撞了一下卡马迪的肩，差点没把他撞倒，又接着向电梯跑去。

"我要下去！"他砰砰地拍着正在关上的电梯门。

卡马迪看到了他拉得低低的淋湿了的帽子下苍白呆滞的脸，上面两只空洞的黑眼睛靠得很近，眼神古怪。他以前也见过这样的眼神——这是瘾君子特有的眼神。

电梯像铅块一样沉了下去。卡马迪定定地往电梯方向看了许久，接着他继续往前走，转过了那个拐角。

他看见914开着的房门前倒着一个女孩，半截身子在门内，半截身子在门外。

她侧身倒在地上，穿着光亮的银灰色睡衣，脸颊贴在走廊的地毯上。她有一头浓密的玉米金色的头发，是精致的大波浪，而且一丝不乱。女孩很年轻，十分美丽，看起来不像是死了。卡马迪蹲在女孩身边，摸了摸她的脸颊——还很温暖。他轻轻地拨开她的头发，看到了瘀青。

"被打晕过去了。"他的牙齿咬紧了嘴唇。

他打横抱起她，穿过一个小小的门厅，进到了套房的客厅里，又把她放到了煤气壁炉前的丝绒沙发上。

女孩闭着眼睛一动不动地躺在那里，涂了脂粉的脸上泛着青色。卡马迪把外门关上，扫视了一下整间套房，然后回到门厅那儿，在墙角下捡起了一把闪着光的手枪——这是一把木头手柄、0.22口径的自动手枪，能装七发子弹。他闻了闻手枪，把它放进了口袋里，又回到女孩身边。他从里层的前胸的口袋里拿出一个银色的大酒瓶，扭开瓶盖，用他的手指撑开她的嘴，将威士忌从她小巧白亮的牙齿间灌进去。她被呛到了，脑袋在他的手里动了动，女孩睁开眼，眼睛是深蓝色的，有一点儿紫。她的眼里又有了光芒——但仍然十分虚弱。

他点了根烟，站在那儿低头看着她。她动了动，过了一会儿才虚弱地说："我喜欢你的威士忌，能给我再来点儿吗？"

他从浴室里拿出一个玻璃杯，往里面倒了一些威士忌。她慢慢地坐起来，摸了摸自己的头，呻吟了一声。然后从他手里接过酒杯，手法老练地一口喝干了威士忌。

"我还是非常喜欢这个味道。你是谁？"

她的声音非常低沉温柔，他喜欢这种声音。他说："我是泰德·卡马迪，住在走廊尽头的937。"

"我想我一定是突然晕了过去。"

"噢，你被打晕了，天使。"他褐色的眼睛略带探究地看着她，嘴角扬起了笑。

她的眼睛张大了，里面出现了自我防卫的神色。

他说："我见到了那个打晕你的人。一看就知道是个吸毒的。这是你的枪。"

他从口袋里拿出枪，平放在他的手上。"我想我得给自己编个睡前故事了。"女孩慢慢地说。

"不用说给我听，如果你有麻烦的话，我可以帮你，但是得看看是什么情况。"

"看什么情况呢？"她的声音变得冷漠、生硬。

"看看是哪个行当的事情了。"他轻轻地说。他打开手枪的弹药匣，然后看了看里面的子弹，"铜镍合金的，是吗？你还挺懂子弹的，天使。"

"你一定要叫我天使吗？"

"我不知道你的名字。"

他朝她咧嘴一笑，然后朝着窗户前的桌子走去，把手枪放在上面。桌上有一个皮革相框，里面并排放着两张照片。他开始只是漫不经心地看了一眼，然后突然盯着他们，神情紧张。照片里有一个皮肤黝黑的英气女人和一个瘦削、眼神冷漠的金发男人。男人的衣领高而挺，系着大领结，窄窄的翻领——这照片看起来已经有些年代了。他盯着照片里的男人看。

女孩在他身后开口了："我叫珍·阿德里安，我在其拉诺上班，参加歌舞表演。"

卡马迪仍是盯着照片，"我跟本尼·其拉诺很熟，"他心不在焉地说，"这是你的父母吗？"

他转过身来看着她，她慢慢地抬起头，深蓝色的眼睛里好像闪过一丝恐惧。

"是的，他们死了好些年了。"她木然地说，"下一个问题？"他快步回到沙发那儿，站在她面前，"好的，"他冷冷地说，"我就是爱管闲事，那又怎么了？这是我的城市，我父亲以前掌管这里，老马库斯·卡马迪，人民之友。这是我的旅馆——至少我有这里一部分的股份。那个吸毒的浑蛋看起来像是会耍人性命的人，我为什么不能帮忙呢？"

金发女孩慵懒地看着他，"我还是喜欢你的威士忌，"她说，"我能——"

"直接从嘴里灌下去吧，天使，这样快一些。"他咕哝道。

她突然站起来，脸色有些发白。"你对我说话的态度，好像我是个坏蛋，"她厉声说，"事情是这样的，如果你非要知道的话。我的男朋友被人家威胁了。他是个拳击手，他们想要他输掉一场比赛。现在他们用我来威胁他。你满意些了吗？"

卡马迪从椅子上拿起他的帽子，把嘴里的烟头拿出来，在烟灰缸里捻灭它。他轻轻地点点头，换了一种语气说："对不起！"然后朝门口走去。

他走到一半的时候，身后响起了咯咯的笑声。他身后的女孩轻轻说："你脾气可真不好，而且你忘了拿走你的酒瓶。"

他回去拿起酒瓶，然后他突然弯下腰，托起她的下巴，在她唇上印了一个吻。

"去你的，天使，我喜欢你。"他轻轻地说。

他回到门厅，出了房门。女孩用一只手指摸着嘴唇，慢慢地来回摩挲着它，脸上挂着羞涩的笑。

2

托尼·阿科斯塔，旅馆的服务员领班，皮肤黝黑，瘦得像个女孩儿，他的双手小而灵巧，眼睛柔和，小嘴倔强。他站在门口说道："我买到了第七排的票，这是我能买到的最好的了，卡马迪先生。这个迪肯·维拉打得不错，而杜克·塔戈会成为下一个轻重量级的冠军。"

卡马迪说："进来喝杯酒吧，托尼。"他走到窗边，看着窗外的雨，"如果他们能买给他的话。"他头也没回地补上一句。

"好吧——只喝一小杯，卡马迪先生。"

皮肤黝黑的男孩在喜来登式的桌子上的一个托盘里小心翼翼地给自己调了杯酒。他把酒瓶拿到灯光下，仔细地估量着自己酒杯里的分量，用一根长勺轻轻地搅动酒里的冰块，小口地啜着酒，然后笑起来，露出又小又白的牙齿。

"塔戈很厉害的，卡马迪先生。他身手矫健，头脑清晰，双手都能出重拳，又有胆量，从不畏缩。"

"他必须得让那些给他吃饭的人赚到钱。"卡马迪慢吞吞地说。

"是啊，他们还没喂他吃狮子肉呢。"托尼说。

雨点打在窗户的玻璃上，密密的水珠飞出去，雨水顺着窗户弯弯曲曲地流下来。

卡马迪说："他是个混混儿，即使这个混混儿有了点名气，他也还是个混混儿。"

托尼深深地叹了口气："我多希望我也能去啊，今天晚上我休息。"

卡马迪慢慢转过身来，走到书桌前，调了杯酒。脸颊上出现了两道阴影，他的声音疲倦，慵懒。

"又怎么了，你为什么不能去？"

"我头疼。"

"你又没钱了！"卡马迪几乎是生气地说。

黑皮肤的男孩长长睫毛下的眼睛斜看向一边，没有答话。

卡马迪左手攥起了拳头，又慢慢地松开。他的眼里出现了愠怒的神色。

"只管找卡马迪，"他叹了口气，"老好人卡马迪，他到处撒钱，他最心软，只管找卡马迪要吧。好吧，托尼，把钱拿去，买两张票。"

他从口袋里掏出一张钞票。黑皮肤的男孩看起来很受伤。

"天哪，卡马迪先生，我不想让你认为——"

"行了！朋友之间两张拳击票算什么？去买两张票，带你的女朋友去吧。去他的塔戈！"

托尼·阿科斯塔接过了钞票。他仔细地瞧了这个老朋友一会儿。然后他的声音变得十分温柔，他说："我宁愿跟你去，卡马迪先生。塔戈完全赢他们的可不止一星半点，不仅仅是在赛场上，他还有个漂亮的金发女朋友，他的女朋友也住在这里，就是914房的阿德里安小姐。"

卡马迪的身体僵住了，他慢慢地放下手里的酒杯，把它在桌子上转来转去。他的声音变得有些沙哑。

"那他也就是个混混儿而已，托尼，好了，我们一起吃晚饭吧，7点，旅馆门前见。"

"噢，那太好了，卡马迪先生。"

托尼·阿科斯塔轻轻地走出了门，关门的时候没发出任何声响。卡马迪站在桌边，他的手指敲着桌面，眼睛看着地板。他独自一人在那儿站了许久。

"卡马迪，整个美国最傻的傻瓜，"他生气地大喊道，"英雄救美？单相思？傻瓜！"

他一口喝干了杯里的酒，看着手上的腕表，戴上帽子，穿上羊皮雨衣，走了出去。当他沿着走廊走到914的时候停了下来，抬起手要敲门，却又颓然地放下了手。

他缓缓走进了电梯，来到街边，上了车。

特里比恩大楼位于第四街区和水泉街的交叉口处。卡马迪在拐角处停好车，走进员工入口，乘坐摇摇晃晃的电梯到了四楼。里面的电梯工是个上了年纪的人，嘴里叼着一根灭了的雪茄，将一本卷起来的杂志放在他鼻子下六英寸的地方。

四楼宽大的双开门上写着"市政新闻组"的字样。一张摆了电话机的小桌子后面坐着另外一个上了年纪的人，卡马迪敲了敲桌子，说："告诉亚当斯，卡马迪来找。"

老人对着电话里说了几句，放了根钥匙在桌上，抬起下巴示意他进去。

卡马迪穿过双开门，经过一张编辑部的U形桌，又经过一排小桌子，桌子上的打字机都在噼啪作响。远处，有一个瘦长的红发男人无所事事地把双脚架在拉开的桌子抽屉上，他的脖子危险地向后靠在倾斜的旋转椅上，嘴里的大烟斗直指向天花板。

当卡马迪走到他身边时，他只是转过眼睛看看他，嘴里叼着烟斗说话："你好，卡马迪，最近过得怎么样啊，大富翁？"

卡马迪说："能不能在你的剪报里看看一个叫科特威的家伙的资料？确切地说，是州议员约翰·麦尔森·科特威。"

亚当斯把脚放到了地上，撑着椅边坐直了身体，拿出嘴里的烟斗，往垃圾篓里啐了一口，他说："那个冷血的老家伙？他什

156

么时候有过什么新闻了？好吧。"他疲倦地站起来，补上一句：
"跟我来吧，大款。"然后向房间尽头走去。

他们又走过了另一排桌子，有个胖乎乎的女孩正对着自己写
出来的东西哈哈大笑，笑得妆都花了。

他们穿过门，走进了一个立着许多六层文件柜的大房间，里
面还有一个放着一张小桌子和一把凳子的凹室。

亚当斯在文件柜里一顿好找之后，才拉出一个文件夹放在桌
上。"坐吧，有什么丑闻吗？"

卡马迪用手肘撑着急，靠在桌上，翻着一沓厚厚的剪报。
都是些枯燥乏味的政治新闻，也不是头条——议员科特威对这个
那个的公共事件发表了意见，出席了这个或者那个会议，在会议
上发表了演说，去了这些或那些地方——都无趣得很。

他看着几张经过处理的照片，照片上的人瘦削，满头白发，
眼神淡定沉着，深陷的眼睛里没有半点神采，没有一丝温暖的气
息。过了一会儿他说道："有没有好一点儿的照片啊？我的意思
是说，真实一点儿的。"

亚当斯叹了口气，伸伸懒腰，钻进了一排档案柜间。他回来
时手里拿了张光亮的黑白照片，把它扔到桌上。

"你可以拿走，"他说，"我们有一大堆呢，这个老家伙好
像长生不老似的。要我替你向他要签名吗？"

卡马迪眯起眼睛来盯着照片看了很久，"很好，"他慢吞吞
地说，"科特威结过婚吗？"

"从我出生起就没结过，"亚当斯没好气地说，"也许永远
都不会结了吧，说吧，到底是什么秘密？"

卡马迪慢慢对他笑了笑。他拿出了酒瓶，把它放在文件夹边
上。亚当斯的脸一下子就明亮起来，他伸出了长长的手臂。

"所以他也不会有孩子咯。"卡马迪说。

亚当斯眼馋地盯着酒瓶，"是的——反正台面上是没有的，
我想。就我所知，也是没有的。"他深深地喝了口酒，擦擦嘴

巴，又来了一口。

　　"那么，"卡马迪说，"这可就太有意思了，再喝三口——然后把你见过我这回事给忘记。"

3

胖胖的男人把脸凑近卡马迪的脸边，他喘着气说："你觉得这场比赛被人操纵了？朋友？"

"是的，要让维拉赢。"

"要赌多少？"

"先数数你自己口袋里的钱吧。"

"我赌500。"

"成交，"卡马迪平静地说，盯着前排淡金色头发的后脑勺儿看。富有光泽的波浪般的长发下是一件镶了白色皮毛边的白色披肩。他看不见她的脸，也不需要看到她的脸。

胖胖的男人眨了眨眼，从马甲的口袋里小心地掏出一个鼓鼓的钱包。他贴着膝盖数了十张五十块钱，把它们卷起来，又把钱包塞回了胸前。

"就这么说定了，傻瓜，"他喘着气说，"让我看看你的钱。"

卡马迪收回他的眼神，掏出一沓全新的百元大钞，刷刷地翻了翻，然后数了五张递给他。

"好家伙，刚从银行里取出来的。"胖乎乎的男人说道。他又把脸凑近了卡马迪的脸，"我是斯基茨·奥尼尔。看来你来头不小啊，是吗？"

卡马迪脸上缓缓地露出微笑，然后把钱塞到胖乎乎的男人的手里。"你尽管拿着吧，斯基茨，我是卡马迪，老马库斯·卡马迪的儿子。你要是逃跑的话，我的子弹跑得可比你快——我们就等着见分晓吧。"

胖男人深深地吸了口气，靠回了自己的座位上。托尼·阿科斯塔温顺的眼睛盯着胖男人那双肥手里的钱，他舔了舔嘴，对卡马迪露出了一个尴尬的微笑。

"我的天，这钱可要打水漂了，卡马迪先生。"他轻声地说道，"除非——除非你得到了什么内幕消息。"

"值得冒个500块钱的险。"卡马迪咕哝地说。

第六局的铃声响了。

前面的五局根本没什么意思。那个高大的金发男孩，杜克·塔戈，根本就没有全力以赴。而那个皮肤黑黑的迪肯·维拉，带有波兰血统，他有力，四肢柔软灵活，长着一口坏牙，两只耳朵被打得变了形。虽然他身体条件出众，但是却毫无章法，只会胡乱出拳，只知道虚张声势，根本没有达到效果，到目前为止，他还能抵挡住塔戈。下面的观众都在不时地给塔戈喝倒彩。

凳子被搬离擂台之后，塔戈摸摸自己黑色和银色相间的短裤，朝披着白披肩的女孩挤出了一个紧张的微笑。他长相帅气，脸上也没有受伤。他的左肩上有血—— 那是从维拉鼻子里流出来的血。

铃声响起，维拉从擂台对面扑过来，从塔戈的肩旁滑开，挥出了一记左勾拳。塔戈频频挨揍，被打回到场边的绳子上，弹回来，抱住了维拉。

卡马迪在黑暗中静静地微笑。

裁判员轻易就分开了他们。维拉将拳头网上一钩，塔戈跳开了，没打中，他们就这样你来我往地打了一分钟。从顶楼里传来华尔兹的音乐，维拉跳起来把拳头挥向塔戈，塔戈似乎在等着拳头打过来，他的脸上露出了一种怪异的、紧张的微笑，穿着白色披肩的女孩突然站了起来。

维拉的拳头只是擦过塔戈的下巴，他甚至都没有动一动，接着，塔戈挥出一记长长的右勾拳，打中了维拉的眼睛，一记左勾拳打向维拉的下巴，一记右勾拳又几乎砸在了同一个地方上。

黑皮肤的男孩四肢着地，慢慢地滑到了地上，两只拳头都被身体压在下面。裁判开始大声地数数，下面的观众一阵嘘声。

胖胖的男人困难地站起来，咧开嘴开心地笑了，他说："怎么样，朋友？还觉得有人在操纵这场比赛吗？"

"只是没有成功而已。"卡马迪的声音像警察播音那样平静。胖男人说："那就这样了，朋友，要经常来玩啊。"当他经过卡马迪的身边时，踢了他的脚踝一下。

卡马迪一动不动地坐在那儿，看着整个体育馆慢慢变空。拳击手和他们的教练们都沿着擂台下的台阶走了，披着镶着白色毛皮边的白色披肩的女孩也消失在人群中，关灯之后，谷仓结构的体育馆看起来廉价又肮脏。

托尼·阿科斯塔坐立难安，他看着一个穿着条纹连身裤的男人在捡座位间的报纸。

卡马迪突然站起来，说："我要去跟那个混混儿谈谈，托尼。去外面的车里等我。"

他快步走上通往门厅的斜坡，穿过还没来得及离开的人群，走到一个写着"禁止入内"的灰色门前。他穿过门走下一个斜坡，又到了另一扇也写着"禁止入内"的门前，一个穿着褪了色的、没有纽扣的卡其布制服的警卫站在门前，一只手拿着瓶啤酒，另一只手拿着个汉堡。

卡马迪亮了一下他的警察证，门卫看都没看一眼就让开了，当卡马迪进门时，他淡定地打了个嗝。卡马迪走进了一条狭窄的走道，走道两边都是标了号码的门，门后传来嘈杂的声音，在左手边第四个门上，用图钉钉着的卡片上潦草地写着"杜克·塔戈"的名字。

卡马迪打开门走进去，听到了哗啦哗啦的淋浴声，却没见人影。在一个狭小的、极其空荡的房间里，一个穿着白色运动衫的男人坐在按摩桌的一头，桌上散着衣服，卡马迪认出来他是塔戈的教练。

他说："杜克在哪儿？"

穿着运动衫的男人用拇指指了指流水声传来的方向。接着，一个男人晃到门前，东倒西歪地走到卡马迪面前。他很高，拳曲的褐色头发里夹杂着深灰色的头发，他手里拿着一大瓶酒，从脸上可以看出来，他醉得不轻。他的头发湿漉漉的，眼睛里充满血丝，嘴唇一会儿张开一会儿闭紧，脸上挂着无谓的笑，嘴里还粗声粗气地说着一些听不懂的话。

卡马迪冷静地关上门，然后靠在门上，从他敞开的蓝色雨衣里的马甲口袋里开始掏他的香烟盒，看都不看鬈发男人一眼。

鬈发男人突然把他的右手伸进了外套里，又抽了出来，手里多了一把蓝色的手枪，手枪在他浅色的西装面前泛着光，他左手的酒杯里的酒溅了出来。

"不许动！"他大吼道。

卡马迪慢条斯理地拿出他的香烟盒，让他看了看，接着打开它，往嘴里放了根烟。蓝色的枪离他很近，但不是很稳，端着酒杯的手好像带着节奏在颤抖。

卡马迪随意地说："你这是在找麻烦。"

穿着运动衫的男人从按摩桌上下来，定定地盯着手枪。鬈发男人说："我们就是喜欢麻烦，搜他的身，麦克。"

穿着运动衫的男人说："我可不想搅和到这里来，什瓦尔，看在老天的分儿上，别胡来，你醉得都不像话了。"

卡马迪说："搜吧，我没带枪。"

"不需要，"穿着运动衫的男人说，"这家伙是杜克的保镖，跟我没关系。"

鬈发男人说："是啊，我醉了。"然后咯咯笑起来。

"你是杜克的朋友吗？"穿着运动衫的男人说。

"我有话要跟他说。"卡马迪回答道。

"关于什么的呢？"

卡马迪没有回答。"好吧。"穿着运动衫的人说道，冷漠地耸耸肩。

"你知道吗，麦克？"鬈发男人突然粗暴地说道："我觉得这个狗娘养的要抢我的工作，该死的，就是这样。"他用枪口戳戳卡马迪，"你不会是个私家侦探吧，先生？"

"也许吧，"卡马迪说，"把枪口对着你自己的肚子好吗？"鬈发男人歪了歪脑袋，朝他的肩后咧嘴一笑。

"你知道吗，麦克？他是私家侦探，他一定是要来抢我的工作，一定是的。"

"把枪收起来，蠢货。"穿着运动衫的男人厌恶地说。

鬈发男人微微转过了头，"我只是在保护他的安全，不是吗？"他抱怨道。

卡马迪拿着香烟盒的手看似随意地把枪推到一边。鬈发男人马上回过头来，卡马迪走到他身边，往他肚子上重重打了一拳，同时用手肘把枪架开。鬈发男人被呛到了，酒杯摔碎在地上，把酒洒在了卡马迪前面的雨衣上，蓝色的枪从他手里掉了出来，滑到了角落里，穿运动衫的男人赶紧过去捡。

不知不觉中，哗哗的冲澡声已经停了下来，金发拳击手走出来，用毛巾用力地擦拭着身体，他惊讶地看着眼前这戏剧性的一幕。卡马迪说："行了，就这样吧。"

他推开鬈发男人，当他倒下来时，用右手给他的下巴来了狠狠的一拳，鬈发男人摇晃着撞到了对面墙壁，滑坐在地上。

穿着运动衫的男人捡起了枪，僵硬地站在那儿，看着卡马迪。卡马迪拿出一条手帕，擦擦他雨衣的前面，这时塔戈慢慢地闭上了张得大开的唇形优美的嘴，开始前前后后地擦拭着胸前，一会儿之后他说道："你到底是谁？"

163

卡马迪说："我以前是个私家侦探，我叫卡马迪。我觉得你需要帮助。"

塔戈的脸比刚从浴室里出来时更红了些，"为什么？"

"我听说你本来是要输掉比赛的，而且你也努力了，但维拉实在太差劲了，你不能忍受自己输给他。然而这说明你现在要有麻烦了。"

塔戈慢慢地说："说这样的话的人，我会打得他满地找牙的。"一时间，房间里变得非常安静。那个醉鬼坐在地上眨着眼睛，试着要站起来，最后放弃了。

卡马迪轻轻地补充道："本尼·其拉诺是我的朋友，他是你的靠山，不是吗？"

穿着运动衫的男人尖声笑了，然后他打开枪，取出子弹，把枪扔在了地上，他从门口走出去，关上了门。

塔戈看了看关上的门，视线回到卡马迪身上，他极其缓慢地说："你听说了什么？"

"你的女朋友珍·阿德里安住在我的旅店里，和我住同一层，今天下午有个浑蛋打晕了她，我碰巧经过，看见那个人逃跑，于是把她扶回了房间，她稍微说了一下这件事。"

塔戈套上了内衣裤和鞋袜，又从柜子里拿出一件黑色缎面衬衫穿上。他说："她怎么没告诉我？"

"就要比赛了——她怎么会告诉你。"

塔戈轻轻地点了点头，然后说道："如果你认识本尼的话，应该不是什么坏人。我一直被人威胁，也许就是一群笨蛋，也许是想要赚点轻松钱的水泉街的混混儿们。但是我想怎么打就怎么打。你可以走了，先生。"

他穿上一条黑色高腰裤，在黑衬衫上系上了一个白色领结，又从衣柜里拿出一件镶着黑边的白色哔叽呢外套穿上，让黑白相间的手帕从口袋里露出一个角。

卡马迪盯着他的衣服，向门边走了走，看着地上的醉汉。

"好的，"他说，"我发现你已经有保镖了，这只是我个人的想法而已，不好意思。"他走出去，轻轻地关上了门，走上斜坡回到大厅，来到街上。他淋着雨走过建筑物的一角，来到一个巨大的铺着碎石的停车场。

　　车灯对他亮了两下，他的双门跑车从湿湿的砂石上开到他身边，停了下来，托尼·阿科斯塔正坐在驾驶座上。

　　卡马迪坐到了汽车右边，说："我们去其拉诺那儿喝一杯吧，托尼。"

　　"天哪，那可太好了！九楼的阿德里安小姐就在那儿表演，你知道的，就是我跟你提过的那个金发女郎。"

　　卡马迪说："我见到了塔戈，还挺喜欢他的——但我可不喜欢他的衣着。"

4

格斯·内沙克尔是个差不多有两百磅重的时髦的胖子，他的脸颊红润，眉毛细而精致——就像画在中国花瓶上人物的眉毛一样。他的宽肩晚礼服的翻领上别着一朵红色康乃馨，他在盯着餐厅领班招待一批客人坐下来的同时，还要时不时地去闻闻它。当卡马迪和托尼从大厅拱门下进来时，他的脸上立刻挂上了热情的笑容，伸出手来迎了上去。"泰德，还好吗？要办派对？"

卡马迪说："只有我们两个，这位是阿科斯塔先生，这位是格斯·内沙克尔，其拉诺的楼面经理。"

格斯·内沙克尔头也不回地跟托尼握了握手，他说："让我们来瞧瞧，你最后一次来的时候坐在——"

"她出城了。"卡马迪说，"我们要坐在舞池边，但不要靠得太近，我们不跳舞。"

格斯·内沙克尔从餐厅领班的腋下抽出一本菜单来，引着他们走下五级铺着深红色地毯的台阶，沿着一个椭圆形的舞池边缘前行。

他们坐了下来，卡马迪点了黑麦啤酒和丹佛三明治，内沙克尔向服务员下了单，拉过一张椅子也坐在桌边。他拿出一根铅笔来，在火柴盒的里面画着三角形。

"看了拳击比赛了？"他随意地问道。

"就是那帮人吗？"

格斯·内沙克尔宽容地笑笑，"本尼跟杜克谈过了，他说你很聪明。"他突然看向了托尼·阿科斯塔。

"不用顾忌托尼。"卡马迪说。

"好的，帮我们一个忙，好吗？这件事就到此为止了吧，本尼很喜欢这个男孩，他不会让他受到伤害的，他已经派人保护他了——会向他提供真正的保护——如果他认为杜克所受到的是真正的威胁，而不是那些桌球室里的混混儿们的无聊的玩笑的话。本尼向来一次只支持一位拳击手，他们都是他精心挑选的。"

卡马迪点了根烟，从一边的嘴角吐出烟雾，轻轻地说："这跟我没关系，但我要告诉你，这里面一定有古怪，我对这种事情的直觉向来很准。"

格斯·内沙克尔盯着他看了一分钟，然后耸耸肩。他说："我希望你的直觉是错的。"接着快速起身，走向了桌子中，不时微笑弯腰来招呼顾客。

托尼·阿科斯塔柔顺的眼睛亮了起来，他说："天哪，卡马迪先生，你觉得这事很棘手吗？"

卡马迪一言不发地点点头。服务员把它们的啤酒和三明治放在桌上就走了。椭圆形舞池尽头的舞台上的乐队奏起了一声长长的乐声，一个满脸堆笑的主持人走上了舞台，把嘴凑近小麦克风。歌舞表演开始了，一排半裸的女孩在彩色的灯光下鱼贯入场，她们先围成圈，然后又散成了一条弧线，她们光溜溜的大腿闪着光，肚脐眼深陷在柔软、白皙的皮肤里。

一个激情四射的红发歌手唱了一首活力动感的歌，她热情的歌声都可以用来点燃篝火了。女孩们穿着黑色的紧身衣，戴着丝绸礼帽重新回到了舞台，舞还是那个舞，只是裸露的部分有所不同。

音乐变得轻柔，一个高个儿黄皮肤的情歌歌手在琥珀色的灯光下唱起了歌，那歌声好像十分遥远，带着忧伤，就像古老的象牙。卡马迪嘴里啜着酒，在昏暗的灯光下轻轻地拨弄他的三明治，托尼·阿科斯塔年轻、严肃的脸闪过一丝紧张的神情。

情歌歌手下场了，中间停顿了一会儿。突然之间，除了乐队顶上的灯光，还有桌子后面连接着入口和包厢的走廊上淡淡的琥珀色灯光之外，所有的灯光都熄灭了。

一片黑暗中，响起了尖叫声，一道白色的聚光灯从屋顶上打到舞台旁边的走道上，灯光下照射出一张张惨白的脸，到处都是闪着红光的烟头。四个高高的黑人从灯光下走来，肩上扛着一个白色木乃伊棺材，他们从走道走过来，步履缓慢而有节奏，他们光滑黝黑的四肢在月光下看起来就像黑色的大理石。

他们走到舞池中央后，慢慢地竖起木乃伊棺材，直到它的盖子向前掉了下去，有人接住了盖子。慢慢地，慢慢地，一个细长的白色身形往前倾斜——慢慢地，就像枯树上的最后一片叶子，它在空中一点点地倾斜，好像就要飘起来了，然后，在"咚"的鼓声中，它掉到了地上。

灯光熄灭了，又亮起来。细长的身形直立在地上，不停地旋转，另外一个黑人往反方向不停旋转，把白色的布条往自己身上裹。终于，布条全部展开了，一个全身挂满流苏、四肢光滑白皙的女孩出现在耀眼的灯光下。她的身体飞跃到空中，四个黑人接住了她，她在四个人的手中轻快地旋转起来，就像棒球落在速度极快的球员手上。

音乐突然变成了华尔兹，她在四个好像乌木柱子的黑人中缓慢、优雅地跳起了舞，她离他们很近，却从不碰到他们。

表演结束了，潮水般的掌声涌来。灯光熄灭了，四周又陷入了一片黑暗之中。接着所有的灯光亮了起来，女孩和四个黑人已经不见了踪影。

"太精彩了，"托尼·阿科斯塔赞叹道，"噢，太棒了，那不正是阿德里安小姐吗？"

卡马迪慢慢地说："挺有新意。"他又点起了一支烟，看了看四周。"那儿还有一个黑白配呢,托尼。就是杜克本人。"

杜克·塔戈在一个弧形包厢的入口处使劲地鼓着掌。他的脸上挂着放松的微笑,看起来好像已经喝了几杯。

一只胳膊突然搭在了卡马迪的肩膀上,一只手撑在了他手肘边的烟灰缸里,他闻到了浓烈的苏格兰威士忌的味道,他慢慢地转过头去,抬头看到了杜克·塔戈的保镖——什瓦尔那张喝得醉醺醺的脸。

"黑鬼和白妞,"什瓦尔粗着声音说,"下流,糟糕,真是糟透了。"

卡马迪慢慢地笑笑,稍微移动了一下他的椅子。托尼·阿科斯塔瞪圆眼睛看着什瓦尔,他小小的嘴抿成了一条细细的线。

"黑色的脸,什瓦尔先生,不是黑人。我喜欢这个表演。"

"谁他妈在乎你喜欢什么?"什瓦尔一脸疑惑的表情。

卡马迪微微一笑,把他的香烟放在碟子边,又把椅子转过来一些。

"还觉得我想要抢你的工作吗,什瓦尔?"

"是啊,我还欠你的肚子一拳呢。"他把手从烟灰缸里拿出来,把烟灰缸从桌布那扫到地上,两手握成拳头,"现在要尝尝吗?"一个服务员抓住了他的手腕,把他转过身去。

"是不是找不到您的桌子了,先生?请往这里走。"

什瓦尔拍了拍服务员的肩膀,试着把手绕在他的脖子上,"好极了,我们去喝两杯,我不喜欢这些人。"

他们转身之后消失在了桌子之间。

卡马迪说:"去他的这个鬼地方,托尼。"然后生气地盯着乐队的舞台,接着,他的眼神变得专注起来。

一个金发女孩披着镶有白色毛皮边的白色披风出现在舞台边缘,走到了后台后面,当她再出现时离他们近了些。她从包厢边缘朝塔戈刚才站着的地方走去,然后一个闪身,进了包厢,不见了。

卡马迪说："去他的这个鬼地方，我们走，托尼。"他的声音低沉愤怒。然后突然又紧张地小声说道："不——等等。我又见到了一个讨人嫌的家伙。"

那个男人在此时空着的舞台的另一头儿，他沿着舞池边缘的弧线走，绕过用穗带装饰的桌子。他今天没戴帽子——因而看起来有些不同，但是他的脸仍然是那样苍白，那样面无表情，还有那双靠得很近的眼睛。他颇为年轻，不会超过30岁，但已经有了秃头的困扰。他左边腋下微微鼓起的枪几乎不可察觉。他就是那个在卡隆德莱特时从珍·阿德里安的公寓里跑掉的男人。

他走到了刚才塔戈和珍·阿德里安刚才离开了的过道，也走了进去。

卡马迪果断地说，"在这等我，托尼。"他把椅子向后一推，站了起来。

有人从后面拍了他一下，他转过身，脸差点儿贴在了什瓦尔那张咧着嘴、汗津津的脸上。

"我又回来了，朋友。"鬈发男人得意地笑了笑，一拳打在了他的下巴上。

这是一记短拳，对于一个酒鬼来说，打得算很准了。卡马迪被打得失去了平衡，晃了一下。托尼·阿科斯塔站起身，发出了猫一样的怒骂声。当什瓦尔的另一拳袭来时，卡马迪还在头晕，但这一拳太慢，缝隙太大了，卡马迪向身体一侧，奋力向上一拳打中了鬈发男人的鼻子，拳头还没来得及拿开，就沾到了一手什瓦尔的鼻血，他把大部分的血都抹在了什瓦尔的脸上。

什瓦尔摇摇晃晃，向后退了一步，一屁股重重地坐在了地上，一只手摸向鼻子。

"看着这个傻瓜，托尼。"卡马迪立刻说。

什瓦尔猛地一拉离他最近的桌布，桌布从桌上掉了下来，餐具、玻璃杯还有瓷器也都哗啦啦摔到了地上。男人咒骂，女人尖叫，一个气得脸色发青的服务员向他们跑来。

卡马迪几乎没听到这两声枪响。

枪声很小，很闷，连在一起，是一把小口径的枪。正往这边冲的服务员停下了脚步，他的嘴边立刻出现了一道深刻的白线，好像被鞭子抽得裂开了。

一个鼻梁高高、肤色黝黑的女人张嘴大叫，可是没发出声音。这一瞬间，所有人都呆住了，好像在枪声响起之后，这世界上再也不会有任何声音了。然后卡马迪跑了起来。

他跳进伸着脖子站起身来的人群中，跑到那个脸色苍白的男人离开的走道。包厢的墙很高，但弹簧门却没有那么高。一颗一颗的脑袋从门后伸出来，但还没有人到走道里。卡马迪跑上了一个窄窄的铺着地毯的斜坡，向远处开着的包厢门跑去。

两只穿着深色裤子的腿伸在门口，摊在地上，膝盖下垂，黑色皮鞋的脚尖指向包厢。

卡马迪全速跑到那个地方。

男人侧躺在桌子的一边，他的肚子和脸的一侧都贴在白色的桌布上，左手垂在桌子和带着垫子的座椅间，他的右手放在桌上，松松地握着一把黑色0.45口径的大手枪，秃头的部分在灯光下闪着光，旁边的手枪闪着油亮的金属光泽。

杜克·塔戈站在包厢深处，他穿着白色哔叽呢外套的左手撑在桌子的一边。珍·阿德里安坐在他的身边，塔戈茫然地看着卡马迪，好像之前从未见过他，他向前伸出了他巨大的右手。

一根白色手柄的自动手枪躺在他的手心里。

"我开枪杀了他，"塔戈说，"他拿枪指着我们，所以我就开枪了。"

珍·阿德里安用力地用一条手帕擦着自己的手，她的神情紧绷、冷酷，但不是恐惧，眼睛很深沉。

卡马迪伸出手放在四肢摊开的男人的脖子的一侧上，过了一两秒之后，拿开了手。

"他已经死了，"他说，"一个市民杀了人——这可真是个

171

新闻。"

珍·阿德里安死死地盯着他，他对他笑笑，一只手抵住塔戈的胸前，把他推了回去。

"坐下，塔戈，你哪儿都不能去。"

塔戈说："好的，我开枪射了他——你看到了。"

"没关系，"卡马迪说，"别紧张。"

现在人们都拥到了他的身后，推挤着他，他向后靠在那些挤着他的身体上，不断对着女孩苍白的脸露出微笑。

5

本尼·其拉诺整个人的形状就像两个鸡蛋，小个的是他的头，大个儿的是他的整个身体。他短小灵活的腿和穿着名牌皮鞋的脚放在黑漆漆的书桌下面，嘴紧紧地咬住手帕的一角，左手却在拼命往外扯，他将短短粗粗的右手伸向空中。他的声音被手帕盖住了："等一下，各位，请等一下。"在办公室的一角，有一张内嵌的条纹沙发，杜克·塔戈就坐在沙发那儿，被两个警署总部派来的警察夹在中间。他的一边脸颊青了一块，浓密的金发乱糟糟的，黑色缎面衬衫看起来好像有人在上面扭了几圈。

两个警察中灰头发的那位，嘴唇裂了。另外一个头发的颜色跟塔戈一样是金色的年轻警察则一只眼睛被打得乌青。他们看起来都很愤怒，尤其是金发的那位。

卡马迪靠着墙跨坐在一张椅子上，懒懒地看着坐在他身旁一张皮制摇椅上的珍·阿德里安。她手里拧着一条手帕，用手帕揉搓着掌心。她已经这样很久了，好像根本没注意到自己在干吗，她倔强的小嘴看起来很愤怒。

格斯·内沙尔克靠在门上抽着烟。"请等一等，各位，"其拉诺说，"如果不是你们先动手的话，他是不会还手的，他是个好孩子——是我碰过的当中最好的。放过他吧。"鲜血从塔戈嘴角的一边流下来，在突出的下巴上形成一条细细的线，它汇集在下巴上，闪着光，他的脸空洞得毫无表情。

卡马迪冷冷地说："你是不是还想让这些警察动粗啊，本尼？"金发警察厉声地问道："你还有私家侦探的执照吗，卡马迪？""可能还放在某个地方吧，我想。"卡马迪说。

"也许我们可以吊销它。"金发的警察怒斥道。

"也许你还可以跳扇子舞呢，先生，你也属于我认识的那些所谓的聪明人之一。"

金发警察作势要起身，年长的那个说道："不要理他，给他些自由。如果他越界了的话，我们再来好好整治他。"

卡马迪和格斯·内沙克尔相视咧嘴一笑，其拉诺往空中做了一个无奈的手势，女孩垂下眼睛瞥了一眼卡马迪，塔戈张开嘴，往他面前的蓝色地毯吐了一口血。

外面有人推门，于是内沙克尔往旁边挪了一步，打开一条门缝，然后再彻底打开。麦金尼走了进来。

麦金尼是刑事侦查组的组长，他是一个40多岁的高个儿男人，淡棕色的头发，眼神淡漠，一张狭长的脸上总是充满疑虑。他关上门，转动门锁里的钥匙，慢慢走到塔戈面前。

"确定死了，"他说，"一颗子弹在心脏下面，一颗正中心脏，不论怎么说，枪法倒是很准。"

"该出手时就出手。"塔戈木然地说。

"查出是谁了吗？"灰色头发的警察问他的同伴，然后沿着沙发走开了。

麦克金点点头："托奇·普兰特，一名职业杀手。我差不多有两年没见到他了。这个家伙右手的枪法快准狠，是一个流浪的恶棍。"

"他当然得有本事，才能吃得起这碗饭。"灰发警察说。

麦克金长长的脸很严肃，但并不冷酷："你有持枪执照吗，塔戈？"

塔戈说："是的，两个星期前本尼给我弄了一本，因为我经常受到威胁。"

"听着，警官，"其拉诺尖声说道："一些赌棍恐吓他，要他输掉比赛，知道吗？他连着九场比赛都直接把对手打倒出局，现在赔率已经很高了。我告诉他，他应该考虑接受他们的条件。"

"我差点就那么干了。"塔戈阴沉地说。

"所以他们就派人来干掉他。"其拉诺说。

麦金尼说："这无可厚非。你是怎么打败他的，塔戈？你的枪放在哪里？"

"在我屁股后面的口袋里。"

"给我看看。"

塔戈把手伸到右边臀部的口袋里，迅速地拉出一条手帕，他的手指在手帕里伸直，就像枪管一样。

"手帕也放在口袋里吗？"麦金尼问道，"和枪一起？"

塔戈宽大红润的脸上浮现了一丝乌云。他点点头，麦金尼随意地倾身向前，把手帕从他手里拿走，闻了闻，打开之后又闻了闻，然后折起来放进了自己的口袋里，他的脸上高深莫测。

"他说了什么，塔戈？"

"他说：'有人叫我给你带话，浑蛋，就是这个。'然后他拿出了枪，扳机有点儿卡，于是我就先出手了。"

麦金尼淡淡地一笑，撑着脚跟，身体往后仰。他淡淡的笑容好像滑到了他长长的鼻子下面。

他上下打量着塔戈。

"是啊，"他轻轻地说，"我不得不说，以0.22的口径来说，你的枪法真是太他妈的准了，就大个子而言，你的动作也够快的……是谁收到的这些威胁的消息呢？"

"是我，"塔戈说，"通过电话。"

"能听出声音来吗？"

"可能是同一个人，但我不能确定。"

麦金尼僵着腿走到办公室的另一端，站在那儿看了一会儿手绘运动海报。他慢慢地走回来，踱到门边。

"这样的家伙死不足惜，"他轻声地说，"但我们还是得履行我们的职责，你们两个必须跟我们进城录口供，走吧。"

他走了出去，两个警察夹着杜克·塔戈站起来。灰色头发的那位厉声地说道："你最好老实点儿！伙计。"

塔戈嘲讽道："那得等我洗心革面了之后再说。"

他们一起出去了，金发警察等着珍·阿德里安走在他前面，他打开门，回头对卡马迪吼道："至于你——真是个疯子！"

卡马迪轻轻地说："我喜欢他们，他们就像我的宠物小松鼠，先生。"

格斯·内沙克尔笑出了声，然后关上门走到书桌前。

"我抖得就像本尼的第三层下巴。"他说，"我们都喝一杯白兰地吧。"

他倒了三杯三分满的酒，拿了一杯走到条纹沙发上，长腿一伸，头靠在沙发上啜着白兰地。

卡马迪站起来，一饮而尽，他拿出一支烟来，在手指间转来转去，仰起头来盯着其拉诺光滑、白皙的脸。

"关于今晚的拳击赛，你觉得易手的钱有多少？"他轻轻地问，"我指的是赌资。"

其拉诺眨眨眼，一只胖乎乎的手揉着自己的嘴唇："几千块吧，这只是每个星期的常规赛，无足轻重，不是吗？"

卡马迪把香烟放进嘴里，靠近桌子去擦火柴，他说："如果真是这样的话，在这个城市里杀人未必也太廉价了。"

其拉诺没有答话。格斯·内沙克尔喝掉了他最后一口白兰地，小心地把空玻璃杯放回沙发边上的软木圆桌上，静静地看着天花板。

过了一会儿，卡马迪向另外两人点点头，穿过房间走出去，关上了身后的门。他沿着走廊往外走，两边更衣室的门都是打开的，现在里面黑漆漆的，他穿过一个拉着帘子的拱门，走到舞台后面。

领班侍者站在前厅的玻璃门前，看着外面的雨和穿着制服的警察的背影。卡马迪进到空荡荡的衣帽间，找到他的帽子和雨衣，穿戴完毕后走出来，站在领班侍者的身边。

他说："我猜你应该没有注意到跟我一起来的男孩怎么样了吧？"领班侍者摇摇头，伸出手来帮他开门。

"当时这里有四百个人——有三百个人在警察来之前就走了。很抱歉。"

卡马迪点点头，走进了雨幕中。穿着制服的警察随意地扫了他一眼。他沿着街道走到停车的地方，车已经不在了，他前后看看街道，在雨中站了一会儿，然后朝梅洛斯走去。

过了一会儿，他打到了车。

6

卡隆德莱特车库的坡道延伸到了昏暗、凄冷的空气中。车子的巨大的黑影投射在白色的墙上，看起来有几分不祥，小办公室里的灯光仿佛死囚牢房中的灯光一样昏暗惨淡。

一个穿着沾满污渍的连体工装的高个儿黑人揉着眼睛走出来，然后他的脸上绽开了灿烂的笑容。

"你好啊，卡马迪先生，您今天晚上似乎有些心神不宁啊？"卡马迪说，"每到下雨的时候我就有点疯疯癫癫的，我敢打赌我的车不在这儿。"

"是的，没在这里，卡马迪先生，我一直在这里打扫卫生，根本没见过你的车。"

卡马迪木然地说："我把它借给了一个朋友，他可能把它撞坏了。"

他抛给他一个五毛钱的硬币，然后沿着坡道走到了街边，他绕到旅馆后面，走进了一条巷子一样的街道。这街道的一侧就是卡隆德莱特的背面，街道的另外一边有两栋木屋和一座四层楼的砖房，砖房门上一个奶白色的圆球上写着"布莱恩旅馆"的字样。

卡马迪走上三级水泥台阶，试着推开门。门被锁住了，他透过玻璃门往里看，里面是一个昏暗、狭小、空旷的大厅。他拿出两把万能钥匙来，第二把稍微转动了一下锁眼儿，他把门用力向外拉，又试了试第一把钥匙，它刚好能把门上松松的门闩挑开。他走进去，看了一眼空无一人的柜台，上面摆着写着"经理"字样的牌子和摇铃。墙上挂着一个带编号的方形文件架，里面空空如也。卡马迪绕道柜台后，拿出台面下的皮革登记簿，他往前翻了三页，读着上面的名字，看到一个孩子气的字体写道："托尼·阿科斯塔"，旁边用另一种字体写上了房间号。

他把登记簿放回原处，走过自动电梯，爬楼梯来到了四楼。

走廊里非常安静，天花板上的吊灯洒下微弱的灯光。左手边的最后一扇也是唯一一扇门上的气窗透出光晕——那是411号房。他伸出手要敲门，手还没碰到门，就又把手放了下来。

门把手上有厚厚的污渍，看起来像是血。

卡马迪低头看向门前脏兮兮的地上的一摊类似于血的东西——就在地毯边缘。

他手套里的手忽然又湿又冷，他脱下手套，僵硬地举起手，握成爪状，又慢慢地收了回来。他的眼神锐利而严肃。

他拿出一条手帕，包住门把手，慢慢地推开了门，门没有上锁，他走了进去。

他扫视了一下房间，轻声喊道："托尼，噢，托尼。"

然后他又关上了身后的门，锁上门锁——仍然包着手帕。

天花板中央垂下来的三根黄铜链子吊着的一个碗形灯罩，灯光从灯罩里透出来，照亮了房间。房里有一张铺得整整齐齐的床，几幅油画，浅色的家具，淡绿色的地毯和方形桉木书桌。

托尼·阿科斯塔坐在桌前，他的头往前趴在左臂上，在他所坐的椅子下面的双脚和椅腿之间，有一摊褐色的液体闪着光。

卡马迪僵着腿穿过房间，踏出第二步之后，他的脚踝就开始发疼。他走到桌边，碰了碰托尼·阿斯科塔的肩膀。

"托尼，"他用低沉、茫然的声音沉重地说，"我的天哪，托尼！"

托尼没有动。卡马迪走到他身边，一条浸满鲜血的浴巾在男孩的腹部处闪着光，浴巾的另一端搭在他夹得紧紧的大腿上。他的右手蜷伏在桌子的前边，好像试着要把自己撑起来，他的脸下压着一个上面有潦草字迹的信封。

卡马迪慢慢地从他的脸下抽出信封，读着上面潦草的字迹，这信封仿佛有千斤重。

"跟着他……意大利人的聚居地……科特街28号……在车库……对我开枪……认为我逮到……他了……你的车……"

字迹滑到了纸张边缘，在那形成了一摊墨渍，笔掉到了地上，信封上有一个沾血的拇指印。

卡马迪小心地折起信封来保护指纹，把信封放进了钱包里。他抬起托尼的头，把他的头稍微转向自己，他的脖子还是温热的，但已经开始变僵。托尼温和的黑色眼睛仍然睁着，里面有猫眼一样沉静的光芒，他的眼睛如同所有刚刚死去的人那样看着你，但又不完全是那样。

卡马迪轻轻把他的头放回摊开的左臂上，他歪着头站在那里，眼里几乎有些迷茫，接着，他摆正了脑袋，眼神变得坚决。

他脱下雨衣和西装外套，卷起袖子，在房间角落的洗脸盆里把毛巾打湿，然后走向门边。他先擦了擦门把手，接着弯下腰，把门外地板上的血迹擦干净。

他把毛巾洗干净，挂起来晾干，仔细地擦干自己的手后，重新穿上了外套和雨衣。他又抓着手帕打开气窗，拿出钥匙从外面把门锁上，再把钥匙从气窗丢进房间，传出"叮当"的一声。

他下楼走出了布莱恩旅馆，雨还在下。他走向街角，前后扫视了一下树影憧憧的街区，发现他的车被小心地停在离交叉口十来码远的地方，没开车灯，钥匙插在上面。他拔出钥匙，发现驾驶座的椅座湿湿黏黏的。卡马迪擦干手，关上车窗，锁上车门，把车子留在原地，自己离开了。

在回卡隆德莱特的路上，他没有碰到任何人，倾盆的大雨仍泼洒在空旷的街头。

7

914房间的门缝下透出微弱的光。卡马迪轻轻地敲敲门，来回扫视着走道，在他等着应门的时候，他戴着手套的手指轻轻地摸着门板。他等了很久，木门后才传来一个疲倦的声音。

"谁？什么事？"

"我是卡马迪，天使。我必须得见见你，有正事要说。"门"咔"的一声打开了，他看到了一张苍白疲惫的脸，幽深的眼睛里是深蓝灰色，不再是蓝紫色。眼睛下面是深深的黑眼圈，好像睫毛膏被揉到了皮肤里似的。女孩小巧有力的手横在门边。

"是你，"她疲倦地说道，"当然是你，是啊……好吧，只是我得洗个澡，我闻起来都有警察的味道了。"

"15分钟够吗？"卡马迪看似随意地问道，但盯着她的眼神十分锐利。

她慢慢耸耸肩，然后点点头，门好像刻意针对他似的甩上了。他走回自己的房间，把帽子和雨衣扔到一边，倒了一杯威士忌，从浴室洗脸盆上面的小水龙头那往里加了点冰水。

他慢慢地啜着酒，看着窗外宽阔漆黑的林荫大道，时不时地有一辆车经过,两道车灯不知来自何处,也不知要去向何方。

他喝完酒,把衣服脱光,走到喷头下冲澡,然后换上干净的衣服,往大酒瓶里添满了酒,把酒瓶放进衣服内袋,接着从行李箱里拿出一把短管自动手枪,盯着手里的枪看了一会儿,又把它放回了行李箱里,点了根烟抽完。

他戴上了一顶干的帽子,穿上呢绒外套,往914走去。

门几乎是敞开的,他轻轻地敲敲门,走进去,把门关上,走到客厅里看着珍·阿德里安。

她坐在沙发上,一副刚刚洗漱完毕的样子,她宽松的紫红色睡衣和中国风外套,一缕湿润的头发从一边的太阳穴垂下来,精巧、匀称的面容就如大理石一般洁白无瑕,虽然年轻,但带着疲惫。卡马迪说:"来一杯吗?"

她空虚地做了个手势:"好吧。"

他拿出两个玻璃杯,把威士忌和冰水调好,端着它们走到沙发边。

她的下巴动了动,盯着她的酒杯。

"他又动手了,在半路上又打了两个警察,他们会爱死他的。"卡马迪说:"关于警察,他要学的还多着呢。明天一早,所有的闪光灯都会对准他。我都已经想好了一些精彩的标题,类似于'知名拳击手枪法快过杀手''杜克·塔戈给了黑道组织一个下马威'等等。"

女孩小口小口地喝着酒,"我很累了,"她说,"脚也很痛,谈谈你所谓的正事吧。"

"好的,"他打开烟盒,把它送到她的下巴处。她摸索着拿出一支烟的时候,他说:"等你点好烟,就告诉我你为什么要朝他开枪吧。"

珍·阿德里安把香烟放到唇间,低头凑近火柴,吸了一口之后仰起了头,眼里慢慢恢复了神采,紧闭的嘴唇露出了一丝微笑,却没有回答。

卡马迪盯着她看了一分钟，手里转动着酒杯，然后他看向地板，说："那是你的枪——我今天下午在这里捡起来的那把枪。塔戈说他是从屁股口袋里掏出来的，那可是世界上最慢的掏枪办法，然后他还得连开两枪，枪法要准到精确地杀了一个人——而这个人甚至还没来得及把枪从他腋下的枪套里拔出来，这简直是一派胡言。但你，你腿上的皮包里放着枪，而且又认识这个浑球儿，只有你才能做到，他可能只是在监视塔戈而已。"

女孩平淡地说："我听说你是个私家侦探，大政客的儿子。城里的人谈到你，好像都有点怕你，这些人你大概都认识，是谁雇你追查我的？"

卡马迪说："他们不怕我，天使。他们那样说只是想看看你的反应，看看我是否牵涉其中。他们根本就不知道发生了什么。"

"我们已经把事情跟他们说得够明白了。"

卡马迪摇摇头："警察如果不经过一番折腾的话，是绝不会相信手上的消息的。他们早就听惯了那些天衣无缝的故事。我想麦金尼清楚地知道，是你开的枪。至少他现在应该知道塔戈的手帕是不是跟枪一起放在口袋里了。"

她柔软的手放下了抽了一半的香烟，窗边的帘子飘了一下，烟灰缸里堆着松软的烟灰。她慢吞吞地说："没错，是我开的枪，你觉得在经过下午的事情之后，我还会犹豫吗？"

卡马迪摸着自己的耳垂，"我掉以轻心了，"他轻轻地说，"你不知道我的心里在想什么。发生了一些事，非常糟糕的事。你觉得那个浑蛋真的想杀死塔戈吗？"

"我想是的——否则我就不会开枪杀人了。"

"我觉得也许他只是想吓唬吓唬他，天使。像其他人一样，毕竟夜总会可不是个脱身的好地方。"

她厉声说："他们不会仔细调查的，他一定能跑掉，他当然是要杀人。当然我也不是故意要让杜克来替我背黑锅的。是他硬是把我的枪抢过去，自己抢着担罪。这又怎么样呢？我知道事情总会水落石出的。"

她低着头，心不在焉地戳着烟灰缸里尚未熄灭的烟，一会儿之后她低声地说道："你就想知道这些吗？"

卡马迪没有转头，只是斜着眼睛看她，就那样看着她脸颊倔强的弧度，脖子僵硬的线条。他粗声说："什瓦尔也参与到了其中。跟我一起在其拉诺的朋友跟踪他到了他的藏身处，什瓦尔对他开了枪，他死了。他死了，天使——他只是一个在旅馆里工作的孩子。他叫托尼，是服务员领班。警察现在还不知道这件事。"电梯模糊的轰隆声在一片沉默中显得很沉重，雨中的林荫大道传来一道沉闷的喇叭声。女孩突然向前一倒，侧横在了卡马迪的膝盖上，她的身体转过来一半，整个背部几乎都贴在他的大腿上，她的眼皮不停地颤动，可以看见她柔软皮肤下的青筋。

他慢慢地、轻轻地抱住了她，然后收紧手臂，抬起她的身子。他将她的脸拉近自己，在她的嘴边吻了一下。

她张开了眼睛，茫然地看着他，他又狠狠地吻了她一下，然后把她推到沙发上。

他轻轻说："这不全是做戏，对吗？"

她跳起来，转过身，声音低沉、紧张、愤怒。

"你身上有一种可怕的东西！某种——邪恶的东西。你来这里告诉我另外一个男人被杀了——然后你就吻了我，那根本就不是真的。"

卡马迪平静地说："任何突然疯狂迷恋上别人的女人的男人，身上都一定有些可怕的东西。"

"我不是他的女人，"她厉声说道，"我甚至都不喜欢他——我也不喜欢你。"

卡马迪耸耸肩，他们用冷漠的目光互相敌视着对方。女孩咬紧牙关，近乎粗暴地说："滚出去！我不想再跟你说话！我受不了在你身边！你给我滚！"

卡马迪说："为什么不呢？"他站起来，走过去拿起他的帽子和外套。

女孩突然又哭起来，然后她快步穿过房间走到窗边，背对着他一动不动。

卡马迪看着她的背影，走到她身边看着她披在脖子上柔软的秀发。他说："该死的，你为什么不让我帮你？我知道这一定有问题。我不会伤害你的。"

女孩对着面前的窗帘野蛮地说："滚出去！我不要你的帮忙。滚开，滚得远远的。我不要再见到你——再也不。"

卡马迪慢慢地说："我想你一定是需要帮助的，不管你喜不喜欢。桌上相框照片里的那个男人——我想我知道他是谁，而且我知道他没死。"

女孩转过来，这会儿她的脸像纸一样白。她的眼睛瞪着他的眼睛，嘴里急促地喘着粗气，好像过了很久，她终于说："我已经完了，彻底完了。你帮不上什么忙的。"

卡马迪抬起一只手，手指滑过她的脸颊，滑到她紧绷的下巴上。他褐色的眼睛里闪着痛苦的光，嘴角带着笑，那是狡猾的、不太诚实的笑。

他说："我错了，天使，我根本不知道他是谁，晚安。"

他转身穿过房间，走过狭小的门厅，打开门，当他打开门的时候，女孩抓着窗帘慢慢地摩挲着自己的脸。

卡马迪没有关上门，他站在门口，看着面前两个举着枪的男人。他们离门很近，好像正要敲门。一个粗壮、黝黑、阴沉，另一个得了白化病，眼睛泛着红光，脑袋窄小，雪白的头发上戴着一顶淋湿了的帽子，他的牙齿又尖又小，笑起来就像老鼠一样。

卡马迪开始关上身后的门，白化病人说："别关，乡巴佬——我说的是门。我们正要进去。"

另一个男人向前一步，用左手仔细上下搜查了卡马迪的身体，然后他退开一步，说："没有枪，但是胸前有一大瓶好酒。"白化病人挥挥手枪说："进来，乡巴佬。这个女人也要带

186

走。"卡马迪平静地说："不需要用枪，克里茨。我知道你，也知道你的老板是谁，如果他想要见我，我很乐意跟他谈谈。"

他转身回到房里，两个持枪的男人跟在他后面。

珍·阿德里安没有动。她静静地站在窗边，闭着眼睛，窗帘贴在她的脸颊上，好像根本没听见门口的声音。

然后她听见了他们进来的脚步声，眼睛猛地一下睁开了。她慢慢转过身，盯着卡马迪身后的两个枪手。白化病人走到屋子中间，沉默地扫视了一下，又走进了卧室和浴室，门打开了又关上，他踩着猫一样轻的脚步回来了，拉开大衣，把帽子推到脑袋后面。

"穿上衣服吧，小姐。我们要在雨中兜兜风，可以吗？"

这下女孩看向了卡马迪。他耸耸肩，摊开双手微微一笑。

"就是这样了，天使。最好听话。"

她脸上露出了轻蔑的神色，她慢慢地说："你——你——"随后，她的声音变成了没有意义的咕哝，她僵硬地走进了卧室。

白化病人塞了一根香烟到他尖尖的嘴里，咻咻笑着，好像他的嘴里全是口水。

"她好像也不喜欢你啊，乡巴佬。"

卡马迪皱起了眉头，他慢慢地到书桌前，屁股靠在桌边，眼睛盯着地板。

"她认为我出卖了她。"他冷漠地说。

"也许就是你出卖了她，乡巴佬。"白化病人慢吞吞地说。

卡马迪说："最好小心她，她对枪很有一套。"

他把手随意地伸到背后，轻轻地敲着桌面，然后用一个不起眼的动作，把皮革相框放到吸墨纸下。

8

　　车子后座的中间有一个扶手，卡马迪的一只手肘撑在上面，手托着下巴。他透过雾气迷离的车窗盯着外面的雨，大雨在车灯的照射下如白练一般，雨水敲打在车顶上的声音好像远处传来的鼓声。

　　珍·阿德里安坐在扶手另一边的角落里，她头戴一顶黑色帽子，身穿一件灰色大衣，头发披散在大衣上——比波斯羔羊皮毛长得多，但没有那么卷，她没看卡马迪，也没对他说话。

　　白化病人坐在那个正在开车的粗壮的、皮肤黝黑的男人的右侧，他们开过安静的街道，经过了房子、树木还有街灯，他们看起来都一片模糊，在厚厚的雨帘后面只有霓虹灯，看不见天空。

　　然后汽车开始上坡，他们经过一个十字路口时，一盏弧形灯微弱的灯光照在路标上，卡马迪看到了路标上的字"柯特街"。

　　他轻轻地说："这是意大利人的聚集地啊，克里茨，看来你们的大老板不像以前那么阔绰了。"

　　白化病人往后看时眼里一闪，"你应该知道的，乡巴佬。"汽车在一栋大木屋前放慢了速度。屋前是格子状的门廊，外墙刷成鹅卵石的纹理，每个窗户看起来都黑漆漆的，街对面的一栋砖房紧靠着人行道，上面挂着一块喷漆招牌，写着"保罗·佩鲁齐殡仪馆"。

车子转了个大弯，开上了一条碎石路，车灯照向开着门的车库，他们开了进去，车子慢慢停在了一辆闪着光的大殡仪车的旁边。白化病人吼道："都给我下车！"

卡马迪说："我看我们下一段旅途已经给安排好了。"

"可笑的家伙，"白化病人嘶声道，"自作聪明。"

"嗯哼，我只是潇洒地面对断头台而已。"卡马迪慢条斯理地说。

皮肤黝黑的男人熄了火，打开一个打手电筒，然后关掉车灯，走下车来，他用手电筒的灯照向角落里一道狭长的木梯。白化病人说："上去，乡巴佬。让这位小姐走在你前面，我在后面拿枪跟着。"

珍·阿德里安下车从卡马迪面前走过，看都不看他一眼，她僵硬地走上楼梯，三个男人按顺序跟在她身后。

楼梯顶端有一扇门，女孩推开门，屋里强烈的白光射向了他们。他们走进了一个空荡荡的阁楼，这里的梁柱都没有刷漆。屋子前后各有一扇方形窗户，窗子都紧闭，玻璃漆成了黑色。一盏明晃晃的灯挂在餐桌上方，餐桌边坐着一个大块头的家伙，他的手肘边放了一堆的烟蒂，有两个还在冒烟。

一个瘦削、嘴巴微张的男人坐在床上，左手边放着一把鲁格尔枪。地上有一块破旧的地毯，几件家具；角落有一扇半开的隔板门——还能看见门后的马桶和支在铁腿上的老式浴缸的一头。

坐在餐桌边的男人虽然高大，却不英俊，一头橘红色的头发，眉毛浓黑，长了一张凶狠的方脸，下巴僵硬。他厚厚的嘴唇里紧紧地叼着烟，他的衣服看起来很值钱，可是却好像有好几天没换过似的。

他漫不经心地扫了一眼珍·阿德里安，叼着烟说："过来坐吧，小姐。嗨，卡马迪。左撇子，把你的枪给我，然后你们两个去楼下等着吧。"

女孩悄无声息地穿过阁楼，在木头直背椅上坐下。床上的男人站了起来，把鲁格尔枪放在大个子男人手肘边的餐桌上，三个拿枪的家伙都下了楼，没有关门。

大个子男人摸摸鲁格尔枪，看着卡马迪，带着嘲讽说："我是多尔·柯南特，也许你还记得我。"

卡马迪轻松地站在餐桌旁，双腿张开，手插在外套的口袋里，脑袋向后靠，他半闭着的眼睛慵懒、冷漠。

他说："是啊，我帮我父亲查出了你唯一失手的案子。"

"那可不算失手，浑蛋，至少法院没有起诉。"

"这次就不一定了，"卡马迪漫不经心地说，"本州对绑架罪可治得很重。"

柯南特冷笑了一声，他愉悦的表情带着阴险，他说："我们就别斗嘴了。我们这有生意要做，你比上一个傻瓜更清楚情况，坐吧——还是说，你想先看个展览——就在你后面的浴盆里，好吧，去看看吧，然后我们再好好谈谈。"

卡马迪转身走到隔板门前，推门进去。墙上有一盏灯凸出来，还有个开关，他打开灯，弯下腰看向浴盆。

他的身体瞬间变得僵硬，甚至屏住了呼吸，然后他慢慢地吐了口气，把左手伸到后面推门，几乎把它掩上了。他将身子再弯下去些，靠向大大的铁浴盆。

浴缸长得足够让一个男人在里面伸直身体。一个男人背朝下直挺挺地躺在里面，他穿戴整齐，甚至还戴着帽子，虽然看起来不像是他自己戴上的。他灰褐色的头发很浓密，脸上带着血迹，左边眼角的边缘有个红色的洞。

这是什瓦尔，已经死了很久。

卡马迪深吸了一口气，慢慢直起身子，然后他突然间前倾，直到他看到了浴盆和墙之间的空地。在灰尘中，有一个蓝色的金属在闪闪发亮——是一支蓝色的手枪，应该是什瓦尔的那把枪。

卡马迪迅速往后扫了一眼，透过门缝，他看到了阁楼的一角、楼梯入口以及柯南特安稳地踩在餐桌下地毯上的一只脚。他慢慢地把手伸到浴盆后面，捡起了枪，弹匣内还有四发子弹。

卡马迪解开外套，把枪塞到裤子的腰带里，扣紧皮带，又扣上了风衣，他走出浴室，小心地关上了隔板门。

多尔·柯南特指了指他桌子对面的椅子，说："坐下。"

卡马迪瞄了一眼珍·阿德里安。她看着他的眼神里带着一丝好奇，黑色帽子下灰白色脸上的眼睛黯淡无光。

他向她做了个手势，微微一笑："是什瓦尔先生，天使。他出了意外，已经——死了。"

女孩面无表情地盯着他，然后剧烈地颤抖了一下，又看向了他，没有出声。

卡马迪在柯南特对面的椅子上坐下。

柯南特审视着他，又扔了一个烟头到白色茶托里的烟头堆里，点起一根新的烟，火柴几乎滑过了整张桌面。

他吐了口烟，轻松地说："是啊，他已经死了——是你杀的他。"卡马迪笑着轻轻摇了摇头："不是我干的。"

"别在这装无辜了，兄弟，就是你杀了他。意大利人佩鲁齐，就是街对面殡仪馆的老板，也是这个房子的主人，他有时候把房子租给合适的人，赚几个小钱。他碰巧是我的朋友，在意大利人之间帮了我很多忙。他把房子租给了什瓦尔——虽然不清楚什瓦尔是干吗的，但是什瓦尔很对他的胃口。今晚佩鲁齐听到了这里的枪声，从他的窗户看出来，看到一个家伙跳上了车，他看到了车牌号，那正是你的车。"

卡马迪再次摇摇头："但不是我杀的他，柯南特。"

"你要怎么证明呢……意大利人跑过来，看见什瓦尔躺在楼梯上，已经死了。他把他拽上来，放到了浴盆里。我想一定是因为到处都是血，然后他搜了他的身，找到了一张警察证，一张私人持枪许可证，这可把他吓坏了，他给我打了电话，我听到名字后就赶来了。"

柯南特停下来，定定地看着卡马迪。卡马迪轻声说："你听说今天晚上在其拉诺的枪杀案了吧？"

柯南特点点头。

卡马迪继续说道："我当时和一个旅馆的朋友在那里，就在枪杀案之前，这个什瓦尔打了我，那个男孩跟踪什瓦尔到了这里，然后他们互相开了枪。什瓦尔喝醉了，又惊慌失措，我打赌一定是他先开的枪，我甚至都不知道那孩子身上有枪，什瓦尔打中了他的肚子，他回到家里，死在了那儿。他给我留下一张纸条，纸条现在在我这里。"

一会儿之后柯南特说："是你杀了什瓦尔，要不就是你花钱让那个男孩干的。我知道为什么，他想要从你们的勒索生意中退出来，他向科特威出卖了你们。"

卡马迪看起来很震惊。他扭头看向珍·阿德里安，她正往前探着身子，双颊绯红，眼睛闪闪发亮，她轻轻地说："对不起——天使。我误会你了。"

卡马迪微微一笑，回头看着柯南特，他说："她以为是我出卖了她。谁是科特威？你的走狗，那位州议员吗？"

柯南特的脸色变白了一些，他极其小心地把香烟放到茶碟里，身子向前越过桌子，一拳打在看卡马迪的嘴上，卡马迪的凳子向后倒下去，头撞到了地上。

珍·阿德里安突地跳起来，牙齿咬得咯咯响，然后就不动了。

卡马迪在地上转了个身，爬起来，扶起椅子，他拿出一条手帕，擦擦嘴，看了看手帕。

楼梯上传来咚咚的脚步声，白化病人把他窄小的头探进房里，一支枪身在他前面伸了出来。

"老板，需要帮忙吗？"

卡马迪看都不看他一眼地说："滚出去——把门关上——离远些！"

门被关上了，白化病人的脚步声消失在楼道里。卡马迪的左手放在椅背上，慢慢地上下移动，手帕还在他的右手上，他的嘴唇又黑又肿，眼睛盯着柯科南特手肘边的鲁格尔枪。

柯南特拿起那根烟又放进嘴里，他说："也许你以为我会支持你们这勒索的勾当，我可不会这么做，兄弟。我要毁了它——所以它不会成功，你得把事情都说出来，否则我楼下的那三个兄弟都会拿你来练手了，快说！"

卡马迪说："好吧——可是你的三个兄弟都在楼下。"他把手帕放进外套里，出来时手里拿了一把蓝色的枪，他说："拿着鲁格尔枪的枪管，把它退过来给我。"

柯南特没有动，他眯起了眼睛，咬了一口烟，没去拿鲁格尔枪，过了一会儿他说："我想你应该知道自己在干吗吧。"

卡马迪轻轻摇摇头，他说："也许我不太在乎这个，但如果真发生了些什么，你也不会知道了。"

柯南特瞪着他，没有动，他盯着他看了许久，又看着蓝色的手枪。"你哪来的枪？难道他们没搜你的身吗？"

卡马迪说："他们搜了。这是什瓦尔的枪，一定是你的意大利朋友把它踢到了浴盆后面，真是太大意了。"

柯南特向前伸出了两根粗壮的手指，把鲁格尔枪掉了个头，推到桌子的另一边，他点点头，平静地说："这个回合我输了，我该想到这点的，看来现在得我来说实话了。"

珍·阿德里安从房里跑过来，站在桌子的一头。卡马迪向前越过椅子，左手拿起鲁格尔枪放到了外套的口袋里，手里仍握着枪，他把举着蓝色手枪的手架在椅子上面。

珍·阿德里安说："这个男人是谁？""多尔·柯南特，当地的名流，议员约翰·麦尔森·科特威是他在州议会安插的眼线。至于议员科特威，天使，就是你桌上相框照片里的那个男

193

人，你说的那个已经死了的父亲。"

女孩轻声说："他的确是我的父亲。我也知道他没死，我的确是在勒索他——我要了十万块，什瓦尔、塔戈还有我。他没跟我母亲结婚，所以我是私生女，但我仍然是他的孩子，我有权这样做，而且他不认识他们。他对我母亲非常恶劣，一毛钱都没有留给她。他派侦探监视了我好几年，什瓦尔就是其中的一个。当我来到这里，认识了塔戈，什瓦尔认出了我的照片，他想起来了，回到旧金山去，拿回了一份我的出生证复印件，现在在我手上。"

她在她的包里翻找着，拉开了内衬的拉链，拿出来一张折着的纸，丢到了桌上。

柯南特盯着她，伸出一只手去拿那张纸，展开它看了看，他慢慢地说："这证明不了什么。"

卡马迪放在口袋里的左手伸出来去拿那张纸，柯南特把纸推给他。

这是一份出生证明的复印件，日期是1912年，记录了一个名叫阿德里亚娜·吉安妮·麦尔森的女孩的出生。她的父母分别是约翰和安东尼亚·吉安妮·麦尔森。卡马迪放下出生证明。

他说："阿德里亚娜·吉安妮——珍·阿德里安，柯南特，别告诉我你看不懂这其中的暗示。"

柯南特摇摇头："什瓦尔害怕了，把事情告诉了科特威，所以他才躲在这里。我以为他就是这样被杀的，不可能是塔戈，因为他还被扣押着。也许我错怪你了，卡马迪。"

卡马迪冷漠地盯着他，没有说话。珍·阿德里安说道："是我的错，都怪我，现在我明白了，事情很糟糕。我想见见他，然后向他道歉，然后再也不会打扰他了，我想让他保证不伤害杜克·塔戈，可以吗？"

卡马迪说："你想怎么做就怎么做，天使，我手里的两把枪是这么说的。但你为什么要等这么久才下手呢？为什么你不采

194

取法律的手段扳倒他？你是演艺界的人，公众舆论都会倾向你的——即使他赢了。"

女孩咬着嘴唇低声说道："我的母亲不知道他的真实身份，甚至都不知道他姓什么，对她来说，他只是约翰·麦尔森而已。我也是到了这里之后，偶然看到了当地报纸上的照片后才知道的。他变了，可是我认得出他的脸，还有他的名字——"

柯南特轻蔑地说："你没有公开去找他，是因为你知道自己根本就不是他的孩子。你的母亲一厢情愿地把你和他扯上关系，就像所有廉价的女人看见了诱人的饭票一样。科特威说他可以证明，他正要这么做，这样就可以把你们这群骗子都关进牢里了。相信我，姑娘，他是个强势的家伙，他绝不会因为一笔20年前的烂账而毁掉自己的政治生涯的。"

高大的男人吐出香烟，用力捻灭它，补充道："把他捧到今天的位子可花了我不少钱，我还打算让他待在那儿，所以我才会插手这件事。姑娘，别做梦了，这件事我管定了。你什么也得不到，至于你这位双枪侠朋友——也许他之前不知道，但是他现在知道了，他现在跟你们已经是一条绳子上的蚂蚱了。"

柯南特一拳打在桌面上，向后一靠，冷静地看着卡马迪手里的蓝色手枪。

卡马迪看向高大男人的眼睛，十分轻柔地说："晚上在其拉诺的那个浑蛋——该不会是你为了这件事安排的棋子吧，柯南特，是吗？"

柯南特冷酷地一笑，摇摇头。楼梯口的门被轻轻地推开了一些，卡马迪没有看见——他正盯着的柯南特，珍·阿德里安看见了。她瞪大眼睛，大叫着退了一步，卡马迪猛地看向她。

白化病人举着枪轻轻地从门外走了进来。

他红色的眼睛里闪着光，嘴巴张开，阴险地笑着，他说："门板有点薄，老板，所以我就听见了，可以吗……放下枪，乡巴佬，不然我就把你们射成两半。"

卡马迪慢慢转过身，松开右手，蓝色手枪掉到地上，在薄薄的地毯上弹了一下，他耸耸肩，双手张得大开，没有瞧珍·阿德里安。

白化病人慢慢走上前来，用枪指着卡马迪的背。

柯南特站起来，绕过桌子，从卡马迪的外套口袋里拿出鲁格尔枪，举起它，一言不发，面无表情地拿枪敲在卡马迪的下巴上。卡马迪摇摇晃晃地侧倒在地上。

珍·阿德里安尖叫起来，扑向柯南特，他甩开她，把枪换到左手，狠狠地甩了她一耳光。

"安静点，小姐，你玩得也差不多了。"

白化病人走到楼梯口向下，呼叫下面的同伙，另外两个枪手跑进来，站在那儿咧嘴笑。

卡马迪躺在地上一动不动，过了一会儿，柯南特又点起了一支烟，用一个指关节在出生证明上敲着桌子。他粗声说："她想见见那个老家伙，好啊，那就让她见见他，我们全都去见他，这里头还有见不得人的东西。"他抬起眼睛，看向那个粗壮的家伙，"你和左撇子先去城里把塔戈带出来，用最快的速度把他带到议员家，快去。"

两个混混儿走下了楼梯。

柯南特低头看着卡马迪，轻轻踢着卡马迪的肋骨，直到卡马迪睁开眼睛，动了动身子。

　　车子在坡顶前的两扇铁门前等着，门后是一栋木屋。木屋的前门开着，里面昏黄的灯光照出了一个穿着雨衣、帽子拉得低低的高大男人的身影，他从雨中慢慢地向前走来，双手插在口袋里。

　　雨水从他的脚下缓缓流过，白化病人贴着铁门，把牙齿咬得咯咯响，高大的男人说道："你要干吗？我能看见你。""赶紧的，乡巴佬，柯南特先生要见你的老板。"

　　门内的人朝黑暗处啐了一口："那又怎么样？知道现在几点了吗？"

　　柯南特突然打开车门，走到铁门前，雨声中夹杂着车子的声音和人的说话声。

　　卡马迪慢慢地转过头来，拍拍珍·阿德里安的手，她迅速地推开他的手。

　　她压着声音说："你这个傻瓜——噢，你这个傻瓜！"

　　卡马迪叹口气："我在享受美好的时光，天使，这是美好的。"

　　铁门内的男人拿出挂在长链子上的钥匙，打开铁门上的锁。柯南特和白化病人朝车子走了过来。

　　柯南特将一只脚踩在车子的踏板上，站在雨中。卡马迪从口袋里拿出他的大酒瓶，摸到瓶口，打开了瓶盖，他把酒瓶递给女孩，说："给自己壮壮胆吧！"

她没有回答，也没有动。他对着酒瓶喝了一开口，收起酒瓶，目光越过柯南特宽阔的后背，看向一大片雨中的树林，还有那一扇扇仿佛挂在空中的亮着灯的窗户。

一辆车开上山丘，用车灯划破了湿冷的黑夜，它在轿车后面停了下来。柯南特走过去，把头探进去说了几句话，车子往后退，转入车道，车灯打在挡土墙上，消失了，然后又在车道顶端出现，就像车道上的白色鹅卵石。

柯南特回到轿车里，白化病人随后也把车转向车道，开到坡顶之后，大家在环绕着柏树的水泥停车场上下了车。

在一段台阶的顶端，一扇大门敞开着，里面站着一个穿着浴袍的男人。塔戈在上楼梯的半路上，紧紧地被夹在两个男人中间，他没戴帽子，也没穿雨衣，穿着白色外套的身躯在两个枪手中间显得巨大无比。

其他人也爬上楼梯，走进屋里，跟着穿着浴袍的管家走过一个过道，过道的墙上挂满了某个人祖先的肖像，穿过一个安静的椭圆形门厅来到另一条过道，最后走进一间书房，里面灯光柔和，挂着厚厚的帘子，摆着深色的皮椅。

一个由矮矮的凸出的书架围成的凹处里，一个男人正站在一张深色的大桌子后面，他极其高瘦，白色的头发浓密而富有光泽，他的嘴小而倔强，苍白的脸上布满皱纹，黑眼睛深不见底，他屈了屈身子，镶着丝绸的蓝色灯芯绒浴袍包着他瘦得惊人的身躯。管家关上门，柯南特又打开了它，用下巴朝带着塔戈进来的男人示意他们离开书房。白化病人走到塔戈身后，把他推进一把椅子里。塔戈看起来有点傻，有点晕，他脸颊的一边有块污渍，眼神迷蒙。

女孩跑到他身边，说："噢，杜克——你还好吗？杜克？"

杜克眨眨眼睛朝她挤出一个笑，"你也倒霉了，嗯？没事，我很好。"他的声音有些不自然。

珍·阿德里安离开他身边，坐下来，双手抱着身子，好像很冷似的。

高个子男人冷冷地扫视了一遍房间里的每个人，然后冷漠地说："这些都是勒索我的人吗——有必要大半夜的把他们带到这里来吗？"

柯南特脱下雨衣，扔到台灯旁边的地上。他点起一支烟，双腿叉开站在屋子中央——这是一个十足高大野蛮，专横自信的人。他说："这个女孩想见你，她想跟你道歉，想按规矩办事；那个穿着冰淇淋色外套的人是塔戈，是个拳击手，他卷入了夜总会枪击案里，在城里大打出手，他们给他吃了安眠药才让他安静下来；另外一个是卡马迪，老马库斯·卡马迪的儿子，我还不知道他是来干吗的。"

卡马迪干巴巴地说："我是一名私家侦探，议员，我在这里是因为这跟我的客户——阿德里安小姐的利益相关。"他笑了笑。女孩突然看向他，然后又看向了地板。

柯南特粗声说："什瓦尔，你知道是哪个人吧，他被谋杀了——不是我们干的，这事还有待调查。"

高个男人冷冷地点点头，在他的椅子上坐了下来，拿起一根白色羽毛笔挠着自己的耳朵。

"柯南特，你想怎么处理这件事呢？"他尖刻地问。

柯南特耸耸肩："我是个粗人，不过我会依法处理这件事情的，先让检察官用勒索罪的嫌疑把他们关起来，编个故事给媒体，让时间慢慢来冷却一切。再把这些家伙赶出州外，永远都不让他们回来，否则……"

科特威议员用羽毛笔绕着另一只耳朵打着圈，"即使到了别的地方，他们还是可以攻击我，"他冷酷地说，"我更中意摊牌，让他们从哪儿来，就滚回哪里去。"

"科特威，你不能这样冒险。这会毁了你的政治生涯的。"

"我早就已经厌倦了政治生活了，柯南特，所以退休也没什么不好。"高大的男人嘴角扬起一个淡淡的笑。

"去你妈的，"柯南特怒吼道。他用力转过头，厉声地说："过来，小姐。"

珍·阿德里安站起来，拖着步子穿过房间，来到了桌子前。

"她是你的孩子？"柯南特厉声说。

科特威盯着女孩僵硬的脸看了很久，脸上表情莫测，他把羽毛笔放到桌上，打开抽屉拿出一张照片，他看看照片，又看看女孩，又看向照片，平静地说："这张照片已经有些年头儿了，但很像，我可以毫不犹豫地说，这是同一张脸。"

他把照片放在桌上，又不疾不徐地从抽屉里拿出一把自动手枪，把它放在照片旁边。

科特威看着枪，嘴动了一下，低沉地说："议员，你不需要那样做，听着，你摊牌的想法根本就不需要。我会让这些人全都招了，这样我们就有把柄了，如果他们再闹事，我们会有足够的时间来好好收拾他们。"

卡马迪微微笑了笑，穿过地毯一直走到桌子边，他说："我想看看那张照片。"他突然弯腰拿起照片。

科特威细瘦的手伸向了手枪，然后又放松了，他往后靠到椅子上，看着卡马迪。

卡马迪盯着照片，然后放下照片，轻轻地对珍·阿德里安说："回去坐下。"

她转身回到自己的椅子上，疲惫地坐下。

卡马迪说："我喜欢你摊牌的想法，议员，那样的话事情就干净利落，跟柯南特先生的策略截然不同，但那起不了作用。"他弹了一下照片，"这只是一张神似的照片，仅此而已。我就不认为这是同一个人，她的耳朵形状不同，长得也低一些，她的眼间距比阿德里安小姐的小一些，下巴更长一些，这些特征都是不会变的。所以你有什么呢？一封勒索信而已，但你不能就这样随随便便地责怪哪个人，女孩的名字相同只是巧合而已，你还有别的证据吗？"

柯南特的脸变得岩石一样僵硬，面露怒色，他用有些颤抖的声音说："那你要怎么解释这个女孩从包里拿出来的出生证明呢，聪明的家伙？"

卡马迪微微一笑，用指尖摸摸自己的下巴，"我想那是你从什瓦尔那拿来的吧？"他狡猾地说道，"而什瓦尔已经死了。"

柯南特的脸变得狂怒，他握起拳头，猛地向前走了一步，"你为什么要——该死的浑蛋——"

珍·阿德里安向前倾身，瞪圆了眼睛看着卡马迪；塔戈也看着他，慵懒地笑着，眼神冷漠；科特威也将目光放在他身上，他的表情深奥，轻松地坐在那里，一副事不关己的样子。

柯南特突然大笑起来，打了个响指："好啊，有话就说吧。"他咕哝道。

卡马迪慢条斯理地说："我再告诉你一个不能摊牌的原因——其拉诺的枪杀案。他们威胁塔戈输掉一场不重要的比赛，那个浑蛋跑到阿德里安小姐的旅馆里打晕了她，就让她躺在了门口。柯南特，你能把这些事情联系在一起吗？我能。"

科特威突然上前把手放在枪上，抓住枪柄，他冰冷苍白的脸上的两只黑眼睛宛如两个黑洞。

柯南特没有动，也没有说话。

卡马迪继续说："为什么塔戈会受到威胁呢？在他赢得了比赛之后，为什么会有一个杀手到其拉诺——一个夜总会，一个根本就不适合下手的地方去找他呢？因为当时他跟那个女孩在一起，而其拉诺是他的后台，一旦其拉诺发生了任何事，警察首先就会想到威胁的故事。这就是原因，之所以有威胁，就是因为要掩盖谋杀，这样这个浑蛋就可以干掉这个女孩儿，但是表面上看起来，他要杀的人是塔戈。

"当然，他也会试着杀掉塔戈，但是他的首要目标还是这个女孩。因为她是这件勒索事件背后的炸药，如果没有了她，一切都没有意义，如果她活着，这件事情永远都有可能是一件血缘关系的诉讼案。结果事情没有成功。你知道她和塔戈，是因为什瓦尔胆子小，出卖了他们。什瓦尔也知道那个杀手——因为当那个杀手出现时，我看见了他——什瓦尔知道我认识他，因为他听到我向塔戈提过这个人——然后什瓦尔就装醉来跟我打架，想要阻止我插手。"

卡马迪停下来，非常缓慢，轻柔地揉了揉自己的脑袋，然后仰头审视着柯南特。

柯南特慢慢地，尖刻地说："我从不玩这些把戏，老兄，信不信由你——我是不玩的。"

卡马迪说："听着，在旅馆里时，那个杀手就可以杀掉这个女孩了，但他却没有那么做——因为塔戈不在场，拳击赛也还没开始，所有的布局可能都会毁于一旦。他去那儿只是要近距离看看她没有化妆的样子，而她当时在害怕一些事情，身上带了枪，所以他打晕了她，逃跑了，这个拜访只是探路而已。"

柯南特又说："我说了，我不玩这些把戏的，老兄。"然后他掏出口袋里的鲁格尔枪，枪口朝下握在身边。

卡马迪耸耸肩，转过头盯着科特威议员。

"是啊，但是他会玩。"他轻轻地说："他有动机，而这又能让他洗脱嫌疑。如果事情出了错（果然出错了），他就把一切都赖到什瓦尔身上。如果警察放聪明些，什瓦尔就能洗刷冤屈，而大人物多尔·柯南特可就得惹得一身腥了。"

科特威笑笑，用极其冷酷的声音说："这位年轻人很聪明，但是很明显的——"

塔戈站起来，表情僵硬。他缓缓地嚅动嘴唇，说："真是很动听，我想我得扭断你的脖子，科特威先生。"

白化病人喊道："坐下，浑球儿。"然后举起了他的枪，塔戈轻轻地转过身，在他的下巴上打了一拳，白化病人向后倒下

202

去，头撞到了墙上，手枪从他软绵绵的手里掉到了地上。

塔戈穿过房间。

柯南特斜眼看着他，没有动，塔戈走过他，差点儿就要碰到他，柯南特一动不动，他的大脸很茫然，眯着的眼睛里闪着微弱的光。

除了塔戈以外，大家都没有动，接着科特威抬起了他的枪，手指扣动了扳机，枪声响起。

卡马迪迅速越到珍·阿德里安面前，挡在她和整个房间之前。塔戈低头看向自己的手，脸上扭出了一个傻傻的笑容，一屁股坐到了地上，双手压在胸前。

科特威再次举起了枪，然后柯南特动了动，鲁格尔枪被抽出来，连发了两枪。鲜血从科特威的手里涌出来，他的枪掉到了他身后的桌子上，长长的身体好像要扑上去捡枪，一直在向下弯曲，直到从桌子上只能看见他弯曲的背。

柯南特说："站起来，把枪给我捡起来，你这个该死的两面三刀的小人！"

桌子后面响起了一声枪声，科特威的肩膀不见了。

一会儿之后柯南特走到桌子后面，停下来，浑身僵住了。

"他中了一枪，"他十分冷静地说，"从嘴里。我就这样损失了一名清白的好议员。"

塔戈把手从胸前松开，往一旁跌倒，一动不动地躺在地上。

房间的门猛地被推开，管家站了进来，头发蓬乱，他的嘴巴张开，想要说些什么，看见了柯南特手里的枪和瘫到在地上的塔戈之后，就什么也没说。

白化病人站了起来，揉揉下巴，摸摸牙齿，晃了晃脑袋，他扶着墙慢慢地往前走，捡起了枪。

科特威吼道："这时候还他妈的管什么枪，快去打电话，打给夜班组长马洛伊——快去！"

卡马迪转过身，抬起珍·阿德里安冰冷的下巴。

"外面有光了，天使。我想雨已经停了。"他慢慢地说着，拿出从不离身的酒瓶，"我们喝一点儿吧——敬塔戈。"

　　女孩摇摇头，用手捂住了脸。

　　过了很久，警笛声响了起来。

瘦削、满面倦容的男孩穿着淡蓝色和银色相间的卡隆德莱特制服，抬起戴着白手套的手挡在了正在关闭的门前，说："克尔基的发烧已经好些了，但是他还不能来上班，卡马迪先生。领班侍者托尼今天早上也没来，有些人实在是心太软了。"

卡马迪站在电梯角落里的珍·阿德里安身旁，电梯里只有他们三个人。他说："这就是你现在的想法？"

男孩的脸唰地变红了。卡马迪靠过去，拍拍他的肩膀说："别把我的话放在心上，孩子。我昨晚陪着一个生病的朋友，没能休息，来，再给自己买份早餐吧。"

"天哪，卡马迪先生，我不是故意——"

电梯门在九楼打开了，他们沿着过道走到914门前，卡马迪拿过钥匙开了门，把钥匙插在里面，扶着门说："睡一觉吧，等你醒来就有精神了，把我的酒瓶拿去，喝一点儿，对你有好处的。"

女孩走进房里，头也不回地说："我不想喝酒，进来坐会儿吧，我有些事情想告诉你。"

他关上门，跟着她进了房间，一道明亮的阳光横扫在地摊上，一直延伸到沙发那儿，他点了根烟，盯着烟看。

珍·阿德里安坐了下来，脱掉帽子，拨弄拨弄头发。她静静地坐了一会儿，然后慢慢地开口了，语气谨慎："你能挺身而出为我解决这些问题，我实在是太感激了，但我不知道你为什么要这么做。"

卡马迪说："我有一堆的理由，但他们杀了塔戈，对此，我有一部分的责任，但从另一个角度上来说，又不是这样的，我可没让他去扭断科特威议员的脖子。"

女孩说："你以为自己铁石心肠，其实是个大好人，一看到有个流浪者惹上了麻烦，你就要去帮她。忘了这一切吧，忘记塔戈，也忘记我。我们俩都不值得你浪费任何的时间，我这样告诉你是因为一旦他们允许，我就要离开这里，远走高飞。而且我再也不会见你了，我是在跟你告别。"

卡马迪点点头，看着地毯上的阳光。女孩继续说："这有些难以启齿，当我说自己是流浪者的时候，我并不是在博取同情。我在许多旅馆的房间里喘不过气来，在太多肮脏的化妆间里换过衣服，错过了太多的美餐，说了太多的谎言。这就是我为什么不想和你有任何关系——永远不想。"

卡马迪说："我喜欢你的坦白，说下去。"

她瞥了她一眼，又迅速移开眼睛："我不是那个吉安妮——我想你已经猜到了。但我认识她。在那个还有姐妹花表演的时候，我们一起做低俗的姐妹表演——艾达和珍·阿德里安。我们的艺名来自于她的名字，但我们一败涂地，接着，我们开始到处做流浪表演，那也是一场空。到了新奥尔良，她的处境变得很困难，就服毒自杀了。我保留着她的相片，因为我知道她的故事。我一直在寻找这个高高瘦瘦的家伙，只要一想到他对她干了什么，我就恨他。她的确是他的孩子，这毋庸置疑。我甚至以她的名义给他写过信，求他帮助她——就只要一点儿帮助而已，但他们也没有任何回音。我恨透了他，所以在她服毒之后，我就想报复他，于是一有机会，我就来到了这里。"

她停下来，手指紧紧绞在一起，然后又用力分开它们，好像想借此来伤害自己。她继续说："我通过其拉诺认识了塔戈，又通过塔戈认识了什瓦尔，什瓦尔认出了那张照片，他曾经在旧金山的侦探所工作过，那时他曾受雇监视过艾达，剩下的你全都知道了。"

　　卡马迪说："听起来不错。我不知道你为什么没有早点下手。你想让我认为，你不想要他的钱吗？"

　　"不，我当然会拿他的钱，但这不是我最想要的。我说过了，我只是个流浪者。"

　　卡马迪微微一笑："天使，你对流浪者可所知甚少啊，你犯了法，被逮捕了，那是一回事。但钱对你来说可没有任何的好处，据我所知，那都是些肮脏钱。"

　　她仰头看着他，卡马迪伸手摸摸自己的脸颊，颤抖了一下，说："我知道，是因为我的钱也是肮脏钱，我父亲通过下水道建设工程、路面铺设工程、赌博贿赂、压榨工资来敛财，我敢说还有更多方式。城市政治当中所有卑劣的生财方式他全都用上了，当赚到了这些钱之后，他什么也不干，只是坐在那儿看着它，死了之后这些钱都留给了我。然而这些钱也没有给我带来任何的快乐，我一直指望着它有一天会给我带来欢乐，但它从来没有过。因为我是他的儿子，他的血脉，同样在阴沟里长大。我比一个流浪汉还糟糕，天使，我是以脏钱为生的人，我甚至都不用去偷。"

　　他停下来，把烟灰弹在了地上，正了正自己头上的帽子。

　　"再考虑考虑吧，别跑得太远，因为我时间很多，那对你没什么好处。如果是我们两个人一起逃跑的话，那将会有意思得多。"他朝门口走了几步，站在那儿看着地毯上的阳光，快速回头扫了她一眼，然后走了出去。

　　当门被关上时，她站起来，走进卧室里，外套都没脱就躺在床上。她盯着天花板看了好久，终于笑了，带着微笑进入了梦乡。

（本文译者　俞惠娴、蒲若茜）

铅笔

引言

　　这是二十年来我写的第一篇有关神探马洛的短篇小说，主要是为了满足英国读者们的需求。我一直很抗拒进行短篇小说的创作，因为我始终认为写作是自然而然由内而外的，然而常常有人试图说服我进行写作，因为那些我怀抱崇高敬意的人们似乎希望我能这么做，另外我也一直希望能够写一篇关于黑帮谋杀作案手法的小说。

雷蒙德·钱德勒 1959年

1

　　他身材略显发胖，脸上挂着坏坏的笑容，笑起来时的嘴角咧开得有半英寸宽，厚厚的嘴唇因此紧绷着，眼神也看起来有些阴冷。他不算太胖，步伐却有点慢。大多数的胖子都还是灵活，脚步轻捷的。他穿着一身灰色的人字形套装，系着一条手工染制的领带，上面有一个跳水的女孩的图像。他的衬衫整洁干净，这让我感到很舒服，可他脚上却蹬着一双棕色的懒人拖，虽然看得出来最近打了光，闪闪发亮，可就和他的领带一样，跟他的正装完全不搭调。

　　我推开候客室通向工作间的门，他经过我的身旁，侧身而入。进了工作间，他快速地四处扫了一眼。要是有人问起我，我一定会说他是个土匪，而且还是个二流土匪。至少这一次我的想法是对的。要是他带着枪的话，一定就装在他的裤兜里。他的外套很紧身，藏不住一把腋夹式手枪的皮套，那东西太鼓囊了。

　　他小心翼翼地坐了下来，我坐在他对面，我们互相看着对方。他的脸上有种狐狸般狡猾又渴望的神情，身上略微有些出汗。我脸上装着兴趣盎然的样子，但谈不上多么友好。我伸手拿起烟斗，还有一个皮质的烟盒，里面装着皮尔斯牌香烟。我把香烟推给他。

211

"我不抽烟。"他的声音十分沙哑。我一点儿也不喜欢他的声音，就像我一点儿也不喜欢他的衣服，或是他的脸一样。在我往烟斗里放香烟的时候，他把手伸进外套里，从口袋里摸索着掏出一张钞票，看了一眼，然后隔着桌子丢到我的面前。钞票干净整洁，崭新如初。是张1000美元的钞票。

"你救过别人的命吗？"

"也许有那么一两次吧。"

"救救我的命。"

"怎么了？"

"我听说你对客户一直是坦诚相待的，马洛。"

"所以我还是个穷光蛋啊。"

"我还有两个兄弟。你算第三个。你会还清所有债务的，如果你帮我搞定的话，你就能拿到5000。"

"搞定什么？"

"你今天太饶舌了。你难道没听说我是谁吗？"

"没有。"

"你从未去过东部吗？"

"当然去过——但我跟你不是一路人。"

"那我是哪路人？"

我开始有些厌烦了。"别绕弯子啦。要不就拿起你的臭钱滚出去。"

"我叫艾奇·罗森斯坦。要是你能猜得出我的来路，我马上就走，而且再也不来烦你。你猜猜吧。"

"我已经猜过了。你告诉我，速度快点。我没时间跟你整天耗在这儿，看着你像挤眼药水一样一点一点地说话。"

"我脱离组织了。头儿们不喜欢这样。对他们来说，这意味着你搞到了一些你认为可以出卖的情报，或者说你想另立山头，又或者说你已不复往日的勇敢。我本人来说，确实没有了往日的勇气。过去，我可是浑身是胆。"他伸出一只手，用食指摸了摸喉结说道。"我做了很多坏事。我恐吓过别人，也伤害过别人，但从来没杀过人。这对组织来说根本没什么。我现在脱离了组织。于是他们用铅笔在我的名字上画了一条线。我得到了消息。动手的人已经在路上了。我太大意了。我试着躲在拉斯维加斯。我原先以为他们想不到我会在他们的老窝藏身。可他们比我精明。原先就有人这么干过，我却不知道。当我登上去洛杉矶的飞机时，他们的人一定跟到了飞机上。他们知道我的住处。"

"你跑啊。"

"没这个必要，我现在还没被发现。"我知道他说得对。

"为什么他们到现在还没动手把你做了？"

"他们不会那样干的。都是一些专业人士。你不会不知道他们的手法吧？"

"或多或少知道点吧。他们可能在布法罗经营一家体面的五金店，也可能在堪萨斯城拥有一个不大的乳品店。看起来总是非常体面。总部在纽约或是别的地方。当他们登上飞往西部或是别的地方的飞机，公文包里总会带上一支枪。他们不太说话，衣着考究，从来不坐在一块儿。他们可能扮成一对律师或者避税专家——反正都是些彬彬有礼、毫不显眼的人。所有人都带着公文包。女人也是一样。"

"完全正确。他们一下飞机就会来找我，但不会直接从机场出发。他们有自己的路子。要是我报警的话，我的行踪就会暴露。他们在市议会中可能安插了几个黑手党的家伙，我知道他们一直是这样干的。警察也许会给我24小时的时间离开。这根本没用。墨西哥？比这儿更糟。加拿大？可能会好一点儿，但也好不到哪儿去。那儿也有他们的眼线。"

"澳大利亚呢？"

"没法搞到护照。我到这边已经二十五年了——是非法移民。除非证明我有罪，否则政府不能遣送我回国。组织可以提供

213

庇护。假如我被关起来了，24小时内就能获得法院的赦免令。然后我的哥们儿会开车送我回家——当然不是回我自己的家。"我点上烟，慢慢地抽着。我皱着眉头，低头看了看那张千元钞票。我确实很需要它。我的存款户头已经快要见底了。

"我们就开门见山地说吧，"我说，"假设——只是假设——我能帮你逃跑。你下一步打算怎么办？"

"我知道个地方——要是我能甩掉尾巴，可以去那里。我把车留在这儿，租辆车走。快到县界的时候，我再把车给还了，买辆二手车。半路我再换辆去年的新款车，卖剩的那种。这时节刚好。新款马上要出来了，折扣会很大。不是为了省钱——只是不要太招摇。我要去的那个地方地域辽阔，但很干净的一个地方。""啊——哈，"我说，"威奇托，上次我听说了。但是那儿可能已经变了不少。"

他生气地盯着我："放聪明点，马洛，但也别聪明过了头儿。""我想怎么聪明就怎么聪明。别想着给我定规矩。要是我接了这活儿，就不要讲什么规矩。我接活儿是看在这张钞票的分儿上，剩下的钱事成之后我再拿。别惹我发火。我可会泄密的。要是我被干掉了，记得在我坟头放朵红玫瑰花。我不喜欢鲜切花，喜欢看到花儿盛开绽放。但我愿意破例要一朵，因为你真是个可爱的家伙。飞机什么时候到？"

"就在今天。从纽约飞过来要九个小时。大概下午5点30分左右到吧。"

"他们可能会经圣迭戈转机，也有可能在旧金山转机。从这两个地方飞来的航班太多。我需要个帮手。"

"你这家伙，马洛——"

"行了。我认识个女孩。她爸爸是个警察局长，因为太老实而潦倒了。她即使严刑拷打也不会吐露半个字的。"

"你没有权利让她冒险。"艾奇怒气冲冲地说。

我很吃惊，下巴差点儿掉到地上了。我慢慢地合上嘴，吞了吞口水。

"上帝啊，这人居然还有怜悯之心。"

"女人不是干这粗活的材料。"他极不情愿地说。

我拿起那张1000美元的钞票，啪的一声摔了摔。"抱歉。没收据。"我说，"我不能让我的名字出现在你的口袋里。要是运气好的话，就不会有什么危险。他们比我更有本事。要想成功只有一个办法。现在，告诉我你的地址，和你能想起来的那些笨蛋以及他们的名字，描述一下你见过的那些动手的人。"

他一一告诉了我。他观察能力非常了得。麻烦的是组织可能会知道他见过哪些人。动手的人对他来说可能是陌生人。

他默默地站起来，伸出手。我不得不跟他握了握手，不过他关于女人的看法让他显得不是那么讨厌了。他的双手汗津津的。设身处地想一想，我也会那样。他朝我点点头，默默地走了出去。

2

这是海湾城一条安静的街道。这年头儿是披头士盛行的时代，几乎找不到什么清静的街道，即便是去吃个饭也能看到男男女女的食客高声喧哗，满嘴嚷嚷着老套乏味的情感宣言，伴随着哈蒙德牌电子琴的强劲节奏，在顾客喝汤的时候鼓噪着人们的耳膜。

这座小小的平房就跟新买的围裙一样整洁如初。前院的草坪精心修剪过，葱翠欲滴。光滑的混凝土车道上停放着几辆车，但却没有沾上任何汽油渍，边上的篱笆平整如新，就好像园丁每天都过来修剪一番。

白色的门上挂着一个虎头门扣，还有一扇防盗窗和一个对讲机，门内的人不用打开小窗就能和门外的人说话。

要是放在以前，我可能会用我的左腿做抵押买一套这样的房子住在里面。但我觉得我一定不会这样做。

门铃在门内响了一下，过了一会儿，她打开门，身上穿着一件淡蓝色的运动衫，一条白色的短裤，裤子很短，但不至于让人想入非非。她的眼睛灰蓝，头发深红，脸上的五官很精致。灰蓝色的眼睛里常常透着一丝忧郁。她无法忘记一艘赌博船上的匪徒无比残忍地毁掉了她父亲的生活，同时也让她的母亲命丧黄泉。在给那些光鲜的杂志撰写懵懂爱恋的乏味文章时，她可以暂时把这种苦楚抛到一边，但这并不是她真实的生活。实际上她并未拥有真正的生活。她只是碌碌无为地生存着，没有太多的痛苦，但也没有太多的收入能安稳度日。不过在艰难的时刻，她可以像身经百战的警察一样，冷酷无情，精于谋划。她的名字叫安妮·赖尔登。

她侧身站在门的一边，我挨着她走了进去。但我有我的原则。她关上门，坐到一张沙发床上，开始抽起烟来。这是个有勇气自己点烟的美丽女人。

我站着环顾四周。房间有一些改变，但不是太大。

"我需要你的帮助。"我说。

"你只有这个时候才会来见我。"

"我有个顾客，以前是混黑帮的；曾经在组织里（或者说黑帮，帮派，随便你叫什么都行）做过纠纷调停人。你肯定很了解这种组织的存在，而且你也知道，他们跟洛克菲勒集团一样富可敌国。你没法打垮它，因为没几个人敢这么做，特别是许多年薪上百万的律师在为它卖命，而且律师协会看起来也更渴望保护律师，而不是保护自己的国家。"

"我的老天，你是要去参加哪里的竞选吗？我从来不知道你说话这么真诚。"

她把双腿搭在一起，不是挑逗人的那种——她不是那种人——但她的这个动作还是让我很难集中注意力思考。

"别把你的腿动来动去的，"我说，"要不就套上条长裤。""去你的，马洛。你就不能想点别的？"

"我尽量。我想说我至少知道有一个漂亮迷人的女子脚踝不是圆的。"我咽了一口口水，接着说道，"这男的名字叫艾奇·罗森斯坦。他长得一点儿也不好看，也根本不是我喜欢的那种人——除了一点。当我跟他说我需要一个女孩来做帮手的时候，他简直气坏了。他说女人生来就不该干危险的活儿。于是我接受了这份工作。对一个真正的黑帮成员来说，女人就像一袋面

217

粉，无足轻重。他们以传统的方式利用女人，但要是有人让他们除掉女人的话，他们二话不说马上就会动手。"

"到现在你跟我说的都是些废话。要不你先喝杯咖啡或者酒好了。"

"你真好，不过我在早上不喝这些东西——除非特别的时刻，而现在我没那个心情。晚点再喝咖啡吧。艾奇可是被铅笔画了线的。"

"哦，什么意思？"

"你手上有个名单，然后用铅笔在一个人的名字上画一条线。画了线的这个人几乎就是个死人了。组织有组织的理由。他们这么做不再是为了刺激好玩。他们不追求刺激。对他们来说这就像记流水账一样。"

"我到底能做些什么？我或许也说过，你能做什么？"

"我能试着帮帮他。你负责帮我找出他们的航班，看看那些杀手要去哪里。"

"好吧，但你能做什么呢？"

"我说了我会尽力的。如果他们乘晚上的飞机，他们现在应该已经到这边了。如果他们今早乘飞机出发的话，他们在5点左右之前不可能到这儿。我们还有足够的时间来计划。你知道他们的模样。"

"哦，当然。我每天都跟杀手打交道，请他们进来喝杯柠檬威士忌，吃片鱼子酱配吐司。"她咧嘴笑道。她笑的当儿，我大步跨过黄褐色的条纹地毯，抱起她，在她嘴上深深一吻。她没有反抗，但也没有因此发抖。我走了回来坐下。

"他们看起来就跟任何一个平凡普通人一样——做生意的或是正经的上班族。他们衣着保守，甚至也会彬彬有礼。他们一般带着公文包，包里装着枪，枪转手过很多次，难以追踪。一旦下手之后，他们就会弃枪而逃。他们很可能用左轮手枪，但也许也会用连发手枪。他们不会用消音器，因为消音器会堵住枪管，而且消音器的重量也会影响射击的准度。他们在飞机上不会坐在一起，但一下飞机就会假装早就认识只是在飞机上没有注意到罢了。他们会互相握手，会意地微笑，一起离开机场，坐上同一辆出租车。我想他们会先去宾馆，但很快就会转移到某个能观察艾奇的行动、并能掌握他的行踪的地点。他们不会匆忙下手，除非艾奇有所行动。这会让他们猜到有人给艾奇透露了情报。艾奇在组织里还有几个朋友——他是这么说的。"

"他们会从街对面的某个房间或是公寓里朝他开枪吗——假设真有这样一个房间？"

"不。他们会离他仅有三英尺的地方才开枪。他们会从他身后追上来，然后说一声'嗨，艾奇'。他要么站着不动，要么转过身来。他们会把子弹全部射向他，随后丢掉枪，跳进早就等好的车里。然后他们会一直跟着救护车，直到消失不见。"

"谁来开救护车呢？"

"某个腰缠万贯、身家清白的人，没被判过刑。他会开他自己的车。他会一路往前开路，偶尔可能要故意地撞到人，甚至撞辆警车。然后他要表现出极其抱歉的样子，哭哭啼啼，甚至会让泪水沾湿印有姓名字母的衬衫。到那时所有的杀手都早已逃之天天。""我的老天，"安妮说，"你怎么能受得了这种生活？要是你真的帮他摆平了这码事，他们就会派杀手来干掉你的。"

"我不这么认为。他们不会杀一个正经人，否则杀手就要承担责任了。记住，一流的黑帮成员都是商人。他们需要很多很多的钱。他们只有在不得不除掉某个人的时候，才会变得心狠手辣，他们也不希望发生这样的事。总有疏忽的时候。尽管这样的情况不多。这里也好，别的地方也好，还从来没有破过黑帮凶手案，只有两三次例外。莱普科·布什阿尔特被电刑处死了。还记得阿纳斯塔西亚吗？他身形魁梧、心狠手辣，叫人不寒而栗。最后也被铅笔画了条线。"

她微微有些发抖。"我想我自己得来一杯。"

我咧开嘴，朝她笑了笑。"你听到害怕也是对的，亲爱的。我尽量不要说得那么严重吧。"

她拿来两杯加了苏打水的威士忌。我们喝酒的时候我说："要是你发现了他们在哪儿，或者你觉得你找到了他们在哪儿，跟着他们走——如果你能确保安全的话。否则就不要贸然前往。要是他们进了家酒店——十有八九他们会去的——你去酒店开个房间然后打我电话，直到打通为止。"

她知道我的办公号码，我的办公室也还在尤卡大街上。这她也知道。

"你真是个怪物，"她说，"女人们总是对你言听计从。可我怎么到了28岁还是个处女？"

"我们需要几个像你一样的人。你为什么不给自己找个伴儿呢？""找谁啊？那几个玩世不恭的追求者吗？他们除了口才好点别的没一样我看得上的。我真不认识好男人——你除外。我对那些满口白牙庸俗微笑的奶油小生可不感冒。"

我走过去，把她拉起身，缠绵而激情地吻着她。"我很诚实，"我在她耳旁轻声地说道，"这是不错。但是对于你这样的女孩来说，我太老了。我曾对你念念不忘，我也曾对你魂牵梦萦，但是你甜美清澈的眼神告诉我，我必须放手。"

"要了我吧，"她温柔地说，"我做梦都想。"

"我不能。这已经不是我第一次遇到这样的事了。我已经有了太多的女人，我配不上你。我们得救一个人的命。我要走了。"

她站起身来，一脸黯淡的神情，看着我离开。

你得到的女人，还有你没有得到的女人——她们生活的世界迥然不同。两个世界都不容我轻忽，因为我自己就生活在其中。

3

在洛杉矶国际机场，除非你要搭乘某架飞机离开，否则你不可能靠近任何一架飞机。如果你所处的位置刚好合适，你可以亲眼看到飞机降落，却得等在栏杆外才能看到乘客。飞机场的航站楼让这也不容易。它们从这里一路排列过去，走完就得早餐时分了，从环球航空公司的到达处走到美国航空公司的到达处，甚至可以让你脚底徒生出许多老茧。

我从机场的公告牌上抄了一份航班到达的时间表，然后四处巡荡，像一条狗忘了自己把骨头丢在了哪儿。飞机起飞，飞机降落，搬运工们拖着行李，乘客们汗流浃背，一路小跑，孩子们大哭大闹，而机场广播扩音器盖过了其他一切的噪声。

我好几次从安妮身边经过。但是她没注意到我。

到了5点45分的时候，他们一定已经到了。安妮不见了。我等了半个小时，以防万一她有别的原因暂时走开了。事实不是。她已经离开机场了。我走出机场坐进车里，开了一段很长的距离，经过拥挤的车流，来到好莱坞我的办公室里。我喝了杯酒，然后坐了下来。6点45分的时候，电话响了。

"跟我想的一样，"她说，"他们在西比佛利酒店。410房间。我查不到他们的名字。你知道这年头儿前台不再把入住登记卡随处乱放了。我也不想去直接问。但我在电梯里追上了他们，然后记住了他们的房间号。服务员把钥匙插进他们房门的时候，我刚好就经过他们，然后我走下楼来到夹层，接着又往下走，碰上了一群喝完下午茶回房间的女人。我没有开房间。"

"他们长得什么样？"

"他们从飞机舷梯上一起下来的，但是我没听到他们说话。两人都带着公文包，穿着普通的西装，没什么惹眼的。白衬衫，浆洗得笔挺挺的，一个系着蓝色领带，一个系着灰底黑条纹领带。黑色皮鞋。像是来自东海岸的商人。可能是出版商，律师，医生，客户经理——不，不是客户经理；他们看起来没那么招眼。你都不想看他们第二眼的。"

"再看一眼。尤其是脸。"

"都是中等长度的棕色头发，其中一个颜色深一点儿。面部光滑，没什么表情。一个的眼睛是灰色的；头发颜色浅·点儿的那个眼睛是蓝色的。他们的眼神很有意思。眼神很快，非常敏锐，观察着身边的一切事物。这可能有问题。他们本来应该更多地关心他们出来公干的事情，或者表示一下对加州的兴趣。可他们看起来好像更关心人们的脸。还好是我发现了他们，而不是你。你看起来不像是个警察，但是你看起来也不像是个不是警察的人。你脸上有疤痕。"

"靠。我长得那叫一个帅，多少人为我伤透了心。"

"他们的五官就跟流水线一样相似。两个看起来都不像是意大利人。每个手上都拉着一个航空旅行箱。其中一个底色是灰的，垂直方向有两条红白相间的色条，距离箱子两端各有六到七英寸；另一个是蓝白相间的苏格兰条纹图案。我从来不知道还有这样的图案。"

"是有这样的图案，但我忘记叫什么名字了。"

"我以为你什么都知道。"

"只是差不多都知道。现在赶快回家吧。"

"能请我吃顿晚餐么，或者亲我一下怎么样？"

"再说吧，要是你不小心点的话，你会得到更多的回报。"

"强奸我吗？我会带把枪的。你会接手继续跟踪他们吗？"

"如果他们就是我们要找的人，他们会跟踪我的。我已经在艾奇家的街对面租了一套公寓。在波因特那片街区，两边有大概六座低廉的公寓紧挨着那片街区。我敢打赌那边妓女的出没率非常高。"

"这年头儿到处都很高。"

"就这样吧。安妮，再见。"

"有事儿再找我。"

她挂了电话。我也挂了电话。她让我困惑不解。太聪明了，居然如此善解人意。我想所有善解人意的女人也都很聪明吧。我打了个电话给艾奇。他不在家。我从办公室的酒瓶里倒了杯酒，抽了半小时的烟，又打了一次。这次接通了。

我告诉他目前为止的最新情况，并说希望安妮找对了人。我也跟他说了我在对面租了套公寓。

"我能跟你报销租金吗？"我问他。

"5000块钱应该足够支付很多费用了。"

"那也要赚得到手。我可听说你手上有25万啊。"我怀着无比侥幸的心理说道。

"可能吧，伙计；可是我怎么拿到手呢？头儿们知道钱藏在哪儿。得等风声冷下来好长一段时间呢。"

我说他说得对。我自己也冷静了很长一段时间。当然我没有想着要拿到四千块钱，即使我顺利搞定了这项工作。像艾奇·罗森斯坦这样的人连自己老妈的金牙都敢偷。他身上似乎还有一点点好处——但也只是一点点。

接下来的半个小时里，我一直想筹划出一个计划。但我没法想出一个有希望的计划来。时间就快8点了，我肚子很饿。我觉得那些杀手今晚不会动手。明天早上他们可能会开车去侦察艾奇住的附近地方。

候客室门上的铃声响起的时候，我正打算离开办公室。我打开中间的门。一个身材矮小、样子干巴巴的男子站在地板中央，他的双手放在背后，脚跟在地板上摇晃着。他朝我笑了笑，但他不太会笑。他径直向我走来。

"你是马洛？"

"正是。有什么事吗？"

他现在离我很近。他飞快地从背后伸出右手，手里拿着一支枪。他把枪顶着我的肚子。

"你快打消主意帮艾奇·罗森斯坦吧，"他的语气跟他的表情一样，"否则你肚子里就要装满子弹了。"

　　可惜他是个生手。要是他站在我四英尺以外的地方的话，他可能还会有点收获。我抬起手把烟从嘴里拿出来，漫不经心地拿在手上。

　　"你怎么会觉得我认识一个叫艾奇·罗森斯坦的人呢？"他一声奸笑，把顶在我肚子上的枪往前又推了推。

　　"你难道不想认识吗？"他说这话的时候可耻地冷笑一下，显出一点儿胜券在握的感觉，但是有点底气不足，就像一个小孩握着一把厚重的手枪那样。

　　"告诉我才公平。"

　　就在他开口准备再调侃一番的时候，我扔下手里的香烟，然后一手扫过去。必要的时候我可以非常敏捷。也许比我身手更快的大有人在，但是他们不会把枪顶着你的肚子。我把手指扣在扳机后面，我的手牢牢地抓着他的手。我用膝盖狠狠地顶了一下他的腹股沟。他一声呜咽，弯下了腰。我把他的手臂扭向右边，然后夺走了他手中的枪。我用脚后跟钩住他的脚踝，他立马就扑倒在地。他倒在地上，膝盖蜷缩在肚子前面，眼中满是惊讶与痛苦。他在地板上不住地滚动，大声地呻吟着。我俯身向下，抓住他的左手，猛地把他拉起身来。我比他高六英寸，体重还要重上40磅。他们本应该派一个块头更大、训练更有素的人来的。

"先到我的工作间里面去，"我说，"我们可以聊一聊，你可以喝杯酒，缓缓劲。下次别再离目标这么近了，不然他会抓住你握枪的手。我还想看看你有多大的能耐。"

他并没有多大的能耐。我推着他进了工作间，又把他推坐在一把椅子上。他的呼吸不是十分急促。他抓起一块手帕，在脸上擦着。

"走着瞧，"他咬牙切齿地说，"走着瞧。"

"别太乐观了。你看起来不是那块料。"

我用纸杯给他倒了一杯威士忌，放在他跟前。我拆开他的38式手枪，卸下子弹夹放进办公桌的抽屉里，"啪"的一声把枪膛复位，然后放下手枪。

"你走的时候可以把枪带走——如果你要走的话。"

"你的手段真卑鄙。"他还是气喘吁吁地说道。

"当然。枪杀一个人可高尚多了。现在跟我说说，你怎么到这儿的？"

"去你的。"

"别傻了。我有朋友。不是很多，但也有那么几个。我能告你持枪袭击，你知道会有什么后果。你可能会获得赦免，或者保释出狱，然后你会就此销声匿迹、尸骨无踪。组织里的头儿可不喜欢失败。现在告诉我，谁派你来的，你怎么知道来这里找我？"

"艾奇暴露的，"他满脸不高兴地说，"他很蠢。我没费什么劲就跟踪他到了这里。他为什么要去找一个私家侦探呢？真让人想不明白。"

"还有呢？"

"滚吧。"

"好好再想想，我不是一定要告你持枪袭击。我可以现在马上揍到你吐出信息来。"

我从椅子里起身站起来，他伸出一只干瘪的手。

"要是我挨揍了，一群真正心狠手辣的家伙会跟着过来。要是我没有向上汇报，结果也是一样。你手里没什么真正算得上大牌的东西。他们看着都很大牌。"他说。

"你没什么好汇报的。要是这个叫艾奇的人真的来见了我，你不知道他的来意，也不知道我是不是接受了他的请求。如果他是黑帮分子，我可不会做他这样的客户。"

"他来找你是想让你帮他逃过追杀。"

"谁追杀他？"

"废话。"

"接着说。你的嘴巴似乎挺紧的。下次我包庇歹徒的时候你再和他们说去吧，但那一天是不可能来的。"

你做事的时候，偶尔也得撒点谎。我当时就撒了个谎。"艾奇做了什么让他遭人厌弃？还是说这也是废话？"

"你觉得自己特能干，"他冷笑一声，擦着我用膝盖顶他的那块地方。"可要放在我们那里，你连个小蚂蚁都算不上。"

我对着他的脸大笑一声。然后我抓住他的右手腕，将它扭到他的背后。他疼得哇哇大叫。我把左手伸进他胸前的口袋里，掏出一个钱包，才放了他。他伸手想拿桌上的手枪，我狠狠地在他前臂上一砍。他瘫倒在顾客坐的椅子上，嘴里咕哝着。

"我会把枪还给你的，"我跟他说，"可现在还没到时候。现在老实待着，要不然我就好好揍你一顿，给自己找点乐子。"

在他的钱包里，我找到一张驾驶证，属于一个叫作查尔斯·席肯的人。这对我来说没什么意义。像他这样的小流氓都有些俗不可耐的假名字。他们很可能就叫他蒂尼，或者司尼姆，或者马博尔，甚至就直接叫他"你"。我把钱包扔还给他。钱包掉在了地上。他甚至没法弯腰去捡。

"他妈的，"我说，"如果他们派你来不只是让你来捡烟头，一定有个周密的行动计划。"

"去你妈的。"

"好吧，蠢蛋。你得去趟洗衣店了。拿着你的枪。"

他接过枪，照常把枪塞进腰间，站起身来，给了我一眼忍了很久的不齿的眼色，然后慢悠悠地晃到门口，表情漠然，就像一个披着新的貂皮披肩的婊子。他在门口转过身来，瞪了我一眼。

"小心点，横小子。木强则折。"

他不假思索地说了这句漂亮话后，打开门，慢吞吞地走了出去。过了一会儿，我锁上另一扇门，关上报警器，把办公室的光线调暗，然后走了出去。我没看见任何一个长得像杀手的人。我开车回到家，用一个手提箱装了些行李，然后开车去了一个加油站。那里的人都快要爱上我了。我把自己的车存在那儿，租了一辆赫兹雪佛龙。我开着这辆车来到波因特大街，把手提箱丢在下午早些时候租的低廉公寓里，之后便前往维克多饭店吃饭。时间太晚了，已经晚上9点，没法开车到海湾城请安妮来共聚晚餐。她估计早就自己做好晚饭了。

我要了双份的吉布森鸡尾酒配鲜酸橙，然后一饮而尽，就像一个正长个儿的学生娃一样饥肠辘辘。

在回波因特大街的路上，我一直迂回辗转，围着街区的建筑转来转去，不时地停下来查看，副驾驶位上放着一把手枪。至少在我看来，没人跟踪我。

我在日落大街的一家加油站停下来，在电话亭里打了两个电话，终于在伯尔尼·奥尔斯离开办公室回家前打通了他的电话。

"伯尔尼，我是马洛。我们好几年没打架了。我都有些寂寞了。"

"好吧，那你给自己找个伴儿吧。我现在是警长办公室的刑侦队长了。不过，在没有通过考试之前，我还是代理队长。我现在很少和私家侦探打交道。"

"跟我总得打交道吧。我需要你的帮助。我手上有个棘手的活儿，可能会有杀身之祸。"

"你想要我干涉事务的自然规律吗？"

"别胡说了，伯尔尼。我一直都不是坏人。我现在正在试着帮一个曾经的黑帮成员摆脱一帮追杀他的杀手。"

"他们越是这样互相残杀，我越是感到高兴。"

"是啊。如果我打电话给你，你可得跑过来，要么给我派上几个好小伙子。到时候你会有机会好好教训他们的。"

我们又相互揶揄了几句，然后挂上了电话。我拨通了艾奇·罗森斯坦的电话。他的语气相当不悦："喂，说吧。"

"我是马洛。准备一下，半夜出来。我们找到你以前的那些同伙了，他们现在待在西比佛利酒店。他们今晚不会到你的住处去。记住，他们不知道你已经事先知晓了他们的行动。"

"听起来很冒险。"

"老天，我们这可不是周末外出野餐。你太大意了，艾奇。你被人跟踪到了我的办公室。这让我们计划的时间少了不少。"

他沉默了一会儿。我听到他喘气的声音。"被谁跟上了？"他问道。

"一个小喽啰，他把枪顶在我的肚子上，让我花了些力气才把枪夺下来。我只能猜想，他们之所以派一个小流氓来，可能是希望在我不知道真相的情况下不想让我知道得太多。"

"你遇上麻烦了，朋友。"

"我什么时候没有过麻烦？大概半夜的时候我会到你住的地方。你的车停在哪儿？"

"正门外面。"

"把你的车停到旁边的小街上，把车门锁好。你卧室的后门在哪儿？"

"院子后面。还能在哪儿？在后巷。"

"把你的手提包留在后门那儿吧。我们一起走出去，然后坐上你的车。我们开车驶出巷子，然后带走你的手提包或是箱子。""要是被人偷走了怎么办？"

"是啊。要是你死了怎么办。你更喜欢哪一种？"

"好吧，"他嘴里咕哝着，"我等你。不过我们在冒很大的风险。"

"赛车手也冒险。可这能阻挡他们吗？除了全力往前冲，别无它路。10点钟左右的时候把灯给关了，把床单弄皱一点儿。要是你落下点行李的话，看起来会更好一点儿。不要做得像是计划

230

好的一样。”

他又咕哝一声，答应了我，然后我挂断了电话。电话亭的外面总是灯光明亮。一般来说，在加油站都是如此。我一边在加油站里胡乱抓着免费派发的地图，一边四处细细地张望着。我没看到可疑的人。我随便拿了一张圣迭戈的地图，然后回到我租来的车里。

来到波因特大街，我把车停在街角，然后走上我租来的那套二楼的低廉公寓。我坐在黑暗中，透过窗子朝外看去，没看到可疑的人。两三个中等姿色的妓女从艾奇住的那栋公寓大楼里走出来，被一辆新款的小车接走。一个身高和外形跟艾奇差不多的男子走进了公寓。各色人等来来往往。这条街非常安静。自从好莱坞高速公路修好之后，很少有人会走这些小街道了，除非他们就住在附近。

这是一个迷人的秋夜——或者说就像人们融入气候越来越差的洛杉矶一样迷人——有点晴朗，但却根本不清新。我不知道我们这个拥挤不堪的城市的天气到底怎么了，但确实和我刚来这里时的天气不一样了。

到午夜时分似乎还有很长一段时间。我看不到任何人在到处张望，也没有见到几个衣着平常的男子来打探街上的六间公寓。如果安妮跟踪对了人，如果真有人过来，再如果小喽啰给他的头儿带回去的信息对我有用还是没用，我敢肯定他们来的时候一定会先来我租的这间公寓试探看看。尽管安妮有一百种可能出错，但我有种直觉她是对的。要是杀手们不知道艾奇已经得到提醒的话，他们没有理由这么小心翼翼。除非只有一个理由。他来我办公室的时候被跟踪了。不过组织势力强横，平时傲慢惯了，如果告诉他们艾奇得到了提醒，或者来找我帮忙，可能会一笑置之。我只是一个小人物，他们几乎不可能知道我。

子夜时分，我离开公寓，走了两个街区，边走边提防是否有人跟踪，横过街道，走进艾奇住的小旅馆。门没锁，也没有电

231

梯。我沿着楼梯爬上三楼，找到了他的房间。我轻轻敲了敲门。他打开门，手里握着一支枪。看起来他可能有些害怕。

门边放着两个手提箱，远处的墙边还摆着一个。我走过去提起箱子。非常沉。我打开箱子。箱子没锁。

"你不必担心，"他说，"里面装着一个人外出三四天需要的东西，除了一些成衣店买的衣服以外，什么也没有。"

我提起门边的一个手提箱。"我们把这个箱子先藏在后门那儿吧。"

"也可以放在巷子里。"

"那就放在前门那儿吧。以防万一被打了埋伏——尽管我觉得不太可能——我们只是两个人一起出去而已。只是有一件事一定要记住。你得两只手都放在外套口袋里，手枪放在右边。要是有人在背后叫你的名字，马上转身开枪。除了杀手没人会这么叫你的。我也会这样做。"

"我很害怕。"他声音沙哑地说道。

"我也是，但没用。我们只能这样去做。如果你先做准备，他们手里可是有枪的。没必要问他们问题。他们不会开口回答的。如果是那个来找我麻烦的小喽啰，我会抓住他，然后把他扔到门里面。明白了吗？"

他点点头，舔舔嘴唇。我们把手提箱拿下来，放在后门外面。我朝小巷子望去。一个人也没有，距离旁边的小街也只有很短的距离。我们返回旅馆，沿着大厅走到前面。我们走出旅馆，来到波恩特大街上，装作漫不经心的样子，就像妻子去为丈夫选购领带作为生日礼物那样。

街上没有行人，空荡荡的。我们转过街角，走近艾奇租来的那辆车前。他打开车门。我跟他走回后门去拿手提箱。没有任何异常。我们把手提箱放在车里，发动车子，开往下一条街道。

我们经过一个坏了的红绿灯，然后在林荫大道停了一两次，最后来到高速公路的入口处。即使是在午夜，高速上的车流量也很大。加州人满为患，人们一路狂奔驶向自己的目的地。如果你的时速小于80英里，那么每个人都会超过你。要是你超过了80英里，你就得看看后视镜，小心高速公路巡逻警车过来找你的麻烦。这简直就像是亡命夺宝。

艾奇一直保持在平稳的70英里。我们来到66号公路的交叉口，然后他朝66号公路继续开去。到目前为止一切正常。我跟着他一直来到了波莫纳。

"我只能陪你到这儿了，"我说，"要是有公车的话，我得找辆公车坐回去，或者在汽车旅馆先凑合一晚上。你先开到加油站，我们问问哪儿有公车站。车站应该很接近高速公路。先开到商业区吧。"

他往商业区驶去，半路上停在一片街区前。他掏出钱包，拿了四张一千美元的钞票给我。

"我有点不真实的感觉。这钱赚得太容易了。"

他大笑了一声，肥胖的脸上都扭曲了。"别傻了。是我愿意让你赚的。你还不知道你在走向一个泥塘呢。另外，你的麻烦才刚刚开始。组织到处都有耳目。要是我再小心一点儿，或许我就安全了。但也可能不是我想象的那么安全。不管怎么说，我请你做的你都做了。拿着钱吧。我还有很多呢。"

我接过钱放好。他把车开到一家24小时的加油站，那里的人告诉我们公车站在哪儿。"凌晨两点25分有一趟长途灰狗，"加油站的工作人员看着时刻表说，"要是还有空位的话，你可以上车。"

艾奇把车开到公车站。我们握手告别，然后他加大油门朝高速公路的方向飞奔而去。我看了看表，发现有一家酒水专卖店还开着门，就进去买了一品脱威士忌。后来我又发现了一个酒吧，进去点了双份加水的威士忌。

我的麻烦才刚刚开始，艾奇说过。他料事如神。

我在好莱坞公交站下了车，拦了一辆出租车，回到我的办公

233

室。我让司机等一会儿。深夜没什么客人，他很愿意这么做。守夜的黑人让我进了大楼。

"您工作得太晚了，马洛先生。但是您一直这样，是吗？"

"我的工作就是这样，"我说，"谢谢，加斯帕。"

回到楼上的办公室，我在地板上翻找邮件，只发现一个细长的盒子，盒子上印着特别快递，还有格伦代尔的邮戳。

里面就只有一根新削好的铅笔，这是黑手党的死亡通牒。

　　我没有看得太重。要是他们真的想杀你，他们就不会寄铅笔给你了。我觉得这是他们让我收手的一个严重警告。可能还会有人来揍我一顿。在他们看来，那会是一个好的教训。"如果我们要杀一个人，任何想要帮助他的人都没好下场。"这可能是他们想要传达的信息。

　　我想着要不要回尤卡大道的家里。太孤独了。我又想着要不要去海湾城安妮的家里。这更糟。要是他们知道她的存在，那些十足的流氓肯定只会强奸她，完事之后痛打一顿。只有波因特大街上的那家小旅馆适合我。现在明显只有那儿是最安全的。我走下楼钻进出租车，让司机载我去只有三个街区距离的所谓的公寓大楼。我走上楼，脱了衣服，直接睡下。除了床垫里一根断了的弹簧外，没什么让我心烦的。可这根弹簧却让我的背很不舒服。我躺在床上，脑海中思绪万千，仔细思考着当下的情势，直到3点30分才沉沉睡去。睡觉的时候我把枪放在枕头底下，这不是放枪的好地方，因为枕头就像打字机的衬垫一样又厚又软。这让我心烦不已，因此我把枪又放到了右手上。实际经验告诉我即使睡觉的时候，也要握着手枪。

　　我在明媚的阳光中醒来，感觉自己就像是一团变质的肉块。我挣扎着走进洗手间，把自己泡在冷水里，用一条毛巾擦洗身体，这条毛巾从侧边看根本就不像是毛巾。这真是一套令人叹为观止的公寓。只需要一套英国18世纪的齐本德尔式家具，就可以马上蜕变成为贫民窟。

房间里没有任何吃的东西，可要是出去找吃的话，全身出去，回来时可能就会缺胳膊缺腿了。我还有一品脱的威士忌。我看了看那瓶酒，闻了闻，但是我不能空腹喝酒做早餐，尽管我饿得发晕，似乎我的胃就在天花板游来荡去，伸手就可以抓住。我打开柜子看了看，希望之前的房客匆忙离开的时候留下了一小片面包。可里面什么都没有。我本来也不喜欢面包，即使就着威士忌也不喜欢。于是我只好坐在窗边。这样坐了一个小时后，我都忍不住要吃人肉了。

我穿好衣服，下楼拐过街角，坐进租来的车里，开到一个小饭馆。餐馆的女服务生非常暴躁。她隔着柜台丢了一块餐布到我面前，把上一位顾客留下的面包屑洒在了我的腿上。

"嗨，宝贝，"我说，"别这么大方。留着这些面包屑以备雨天用吧。我只想要两个煎三分钟的鸡蛋——就两个——一片你们这儿出名的硬吐司，一大杯番茄汁，加点儿李派林酱，还有一个开心的大笑。还有别给其他人上咖啡了，我可能全部都要。"

"我感冒了，"她说，"别对我呼来喝去的。我会撕烂你的嘴的。"

"别见怪。我昨晚也过得很糟。"

她勉强对我笑了笑，穿过一边的回转门进去了。这个动作让她的身材曲线一览无遗，事实上她曲线玲珑，甚至有点勾人。鸡蛋端了上来，就是我要的那种。吐司上面涂了些融化的黄油，黄油不太新鲜了。

"没有李派林酱，"她说着，把番茄汁放下来，"来点塔巴斯科辣沙司怎么样？我们的砷盐也刚卖完。"

我加了两滴塔巴斯科辣沙司，吞下鸡蛋，喝了两杯咖啡，本来打算留下吐司做小费，不过走的时候觉得太过了，便给了25美分的小费。这让她感到十分高兴。那个破馆子，一般最多给一毛钱的小费，甚至不给。很多人都不给。

回到波因特大街，一切如常。我又来到窗边坐下。大约8点30分的时候，我见到过的那个穿过马路走进公寓大楼的男子——那个跟艾奇身高体形相当的男子——他走出大楼，手里拿着一个小小的公文包，向东走去。两个男人从一辆深蓝色轿车里出来。他们一样高，穿着普通的衣服，呢帽扣在头上，拉得很低。两个人都猛地掏出一把左轮手枪。

"嗨，艾奇！"其中一个人叫道。

那个男子转过身来。"来世再见了，艾奇。"另一个人说道。枪声在房屋之间激烈地响起。男子歪倒在地，一动不动。两个男人冲向他们的汽车，飞速离开，向西边驶去。在街区的中部，我看到一辆凯迪拉克开了出去，然后在他们前面引路。

一瞬间他们就消失不见了。

他们干得很漂亮，干脆利落。唯一干得不好的一点就是，他们没有花足够的时间来准备。

他们杀错人了。

7

　　我飞快地跑出旅馆，几乎就跟那两个杀手一样快。被害者的周围已经围了一小群人。我不需要看，就知道他已经死了——那可是职业杀手干的。死者躺在街对面的人行道上，我没法看清他；人们挡住了我的视线。但是我知道他会是什么样子，而且我已经听到了远处警笛的声音。这也有可能是日落大道上惯常听到的警笛声，但显然不是的。因此肯定有人打电话报了警。现在还太早，还不到警察们吃午餐的时间。

　　我拉着手提箱慢悠悠地拐过街角，坐进租来的车里，然后驾车从那儿离开。那附近不再是我感兴趣的地方了。我甚至能想象出警察们的问题。

　　"你为什么要去那儿，马洛？你有个老窝在那边，是吗？""一个跟组织有纠纷的前黑帮成员雇佣了我。他们派人追杀他。"

　　"别跟我们说他打算改邪归正。"

　　"这我不知道。可我喜欢他的钱。"

　　"这笔钱赚得轻松，是吗？"

　　"昨晚我把他送走了。我不知道他现在人在哪儿。我也不想知道。"

"你把他送走了？"

"不错。"

"哦——只是他现在躺在停尸房里，身上多处弹伤。说点好听的。或者说有人在停尸房里。"

就这样接连问个不停。警察的老套话。就像是从一个发霉的鞋盒子里拿出来的一样。他们说得一点儿意义也没有，他们问得也没有任何意义。他们只是一直持续不断地烦你，直到你筋疲力尽，忍不住从嘴中蹦出了些细节出来。那时他们就笑逐颜开，摩挲着手说："你有些大意了，是不是？让我们再来一次。"

我越少经历这种事越好。我把车停在平时的车位，然后上楼来到我的办公室。办公室里空无一物，只有浑浊的空气。每次我走进这个垃圾场我都觉得越来越累。我他妈的十年前怎么没有给自己找份轻松的政府里的工作？或许该说15年前。我这么聪明，完全可以拿到一个函授的法学学位。这个国家到处都是写个诉状都要翻书查阅的律师。

于是我坐在办公椅上，对自己满腹不屑。过了一会儿，我想起了那支铅笔。我准备了一只45式手枪，比我用过的枪更像枪——沉甸甸的。我拨通了警长办公室的电话，找伯尔尼·奥尔斯。他来接听了电话，听起来很烦躁。

"我是马洛。我遇上麻烦了——大麻烦。"

"为什么要跟我说呢？"他咆哮着说，"你现在一定很习惯了。""这种麻烦你没法习惯。我想过来一趟当面跟你说。"

"你的办公室还在原来的地方吗？"

"是的。"

"我刚好要去那边办点事。我会顺便来一趟的。"

他挂了电话。我打开两扇窗子。和风吹来了隔壁乔氏饭馆的阵阵咖啡和腐肉的味道。我憎恨这味道，我憎恨我自己，我憎恨一切。

奥尔斯直接穿过我高雅的候客室，敲响了我工作间的门。我开门让他进来。他蹙着眉头，径直坐到客户椅子上。

"好了。说吧。"

"你听过一个叫艾奇·罗森斯坦的人吗？"

"为什么要听过？有前科吗？"

"他以前是个黑帮分子，现在跟组织闹得很不愉快。他们把他从组织中除了名，然后照常派了两个不好对付的家伙乘飞机跟踪他到了这儿。他事前听到了风声，然后雇我帮他跑路。"

"做得干脆利落。"

"打住，伯尔尼。"我点燃一支烟，把烟气吐到他脸上。为了报复我，他也拿出一支烟大嚼起来。他从来就没点过一支烟，但他肯定把烟嚼碎。

"听着，"我接着说，"假设这个人打算改过自新，又假设他压根儿没这打算。只要他没杀人，他有权利活下去。他跟我说他没杀过人。"

"你居然相信那个流氓，是吗？你什么时候开始在主日学校上课教人从善了？"

"我既不相信他，也不怀疑他。我只是接受了他的委托。没理由不帮他。我找了一个相识的姑娘帮我，我们昨天在机场看着飞机降落。她发现了那两个家伙，然后跟踪他们到了酒店。她能确定他们的身份。他们全身上下都像我们要找的人。他们各自走下飞机，然后假装早就认识，只是在飞机上没注意到对方。那个姑娘——"

"她叫什么名字？"

"我只能让你知道。"

"我保证，只要她没干犯法的事。"

"她叫安妮·赖尔登。她住在海湾城。她的父亲曾是当地的警察局长。别因为这样就说他是个浑蛋，因为他并不是。"

"啊——哈。接着说。拣重要的说。"

"我在艾奇住的街对面租了一间公寓。杀手们当时还在酒店里。子夜时分，我带着艾奇离开，开车带他一直去到波莫纳。他开着租来的车继续往前走，而我则坐着灰狗回来了。我回到了波恩特大街的公寓里，就在他住的地方对面。"

"为什么——如果他已经走了的话？"

我打开办公桌的中间抽屉，拿出那只漂亮的削尖的铅笔。我把我的名字写在一张纸上，然后用铅笔在名字上画了一条线。

"因为有人给我寄了这个。我觉得他们不会真的把我给杀了，但是我觉得他们打算揍我一顿狠的，让我不要再跟他们玩任何把戏。"

"他们知道你参与了这件事吗？"

"艾奇来找我的时候被一个臭小子跟踪了，那小子后来找上门来，还用枪顶着我的肚子威胁我。我稍微收拾了他一顿，不过最后还是得放他走。我觉得在那之后波恩特大街安全了些。我一个人住。"

"我听说了，"伯尔尼·奥尔斯说，"有人跟我报告了。这么说他们杀错人了。"

"那人跟艾奇身高差不多，体形差不多，大概的样子也差不多。我看见他们朝他开枪了。但我看不出来是不是就是住在西比佛利酒店的那两个家伙。我从来没见过他们。那两个杀手穿着深色的套装，帽檐拉得低低的。他们开枪之后就钻进了一辆蓝色的庞蒂亚克轿车，车龄大概两年，然后飞快逃走了，一辆大的凯迪拉克在前面给他们开路。"

伯尔尼站起来，盯着我看了好一会儿。"我觉得他们现在不会来找你麻烦了，"他说，"他们杀错了人。他们的组织应该会安静一段时间了。你知道吗？这年头儿洛杉矶几乎就要跟纽约、布鲁克林、芝加哥一样讨人厌了。我们能够终结真正的腐败。"

"我们已经有了许多良好的开端。"

"菲尔，你还没告诉我让我采取行动的东西。我会跟市局负责凶杀案的人谈谈。我觉得你现在没有麻烦了。可是你目击了枪杀。他们可能会需要你指证。"

"我没法指证任何人，伯尔尼。我不认识那个死者。你怎么知道他们杀错了人？"

"傻瓜，是你告诉我的。"

"我想警察们也许鉴定了死者的身份。"

"即使鉴定了，他们也不会告诉我。而且，他们几乎还没来得及去吃早餐。被害人现在只是停尸房里的一具尸体，除非他的身份得到确认。可他会很想跟你谈谈的，菲尔。他们就喜欢找人录音做笔录。"

说完他走了出去，门在他身后嘶的一声飞快地关上了。我坐在那里想，我找他谈这事是不是有点蠢。或者接了艾奇的麻烦事本身就是干傻事。五千元绿油油的美钞上的伟人不觉得傻（谁要和我过不去）。可是他们也有可能出错。

有人重重地敲门。是个穿着制服的快递员，手里拿着份电报。我签收之后，拆开电报。

上面写着："我在去旗杆市的路上。在米拉多尔汽车旅馆。我觉得被人发现了。快来。"

我撕碎了电报，放在烟灰缸里，烧成了灰烬。

　　我给安妮·赖尔登打了个电话。

　　"发生了一件有趣的事。"我告诉她，然后跟她说了下发生的事情。

　　"我不喜欢听到那支铅笔，"她说，"我也不喜欢听到那个被错杀的男人，他可能只是个在小公司打工的可怜的会计，否则也不会住在那附近。你不该碰这事的，菲尔。""艾奇也是一条命。在他逃跑隐居的地方，他也许能体面地生活。他可以改个名字。他一定很宽裕，要不然他不会给我那么多钱。"

　　"我说了我不喜欢听到那支铅笔。你最好来我这儿住一段时间。你可以改一下邮箱地址——要是有人给你寄信的话。反正你现在也不必马上工作。而且洛杉矶有的是私家侦探。"

　　"你还没搞明白。这事我没完。市局的警察们得知道我在哪儿，要是他们知道的话，打击犯罪的媒体记者也会知道。条子可能还会把我列入嫌疑人名单。目击枪杀案的人没人愿意受访做证。美国人懂得明哲保身的道理，不会主动去为枪杀案做证。"

　　"好吧，聪明人。不过我的提议依然有效。"

外面的房间响起了门铃。我告诉安妮我得挂了。我打开通向候客室的门，看到一个衣冠楚楚——也许应该说衣着光鲜的——中年男子站在门后六英尺处，脸上挂着伪善的笑容。他戴着一顶斯泰森毡帽，系着一条细细的领带，上面别着一个装饰的领带扣。他穿着一身米色的法兰绒外套，剪裁相当有型。

他用金色的打火机点了一支烟，吐了一口，看着我。

"您是马洛先生？"

我点点头。

"我是福斯特·格兰姆斯，从拉斯维加斯来。我在南方五区经营埃斯佩兰萨农场。我听说您跟一个叫艾奇·罗森斯坦的人有些瓜葛。"

"您进来说吧。"

他从我身边慢慢地踱进办公室。从他外表我看不出有什么异样。也许只是一个喜欢或觉得应该扮作西部人的阔佬吧。在冬季的棕榈泉，你可以看到成群结队这样的阔佬。听他的口音像是东部来的，但不像是新英格兰。大概是纽约或巴尔的摩。长岛，或是伯克郡——不，那离城市太远了。

我手腕轻轻一挥，让他坐到客户椅子上，我自己则坐在那张老式的转椅上。我等着他开口。

"要是您知道的话，能否告诉我现在艾奇在哪儿？"

"我不知道，格兰姆斯先生。"

"您怎么和他扯上的？"

"只是为了钱。"

"他妈的好理由，"他微微一笑，"事情进展如何了？"

"我帮他离开了洛杉矶。尽管我不知道你是谁，但我还是照实跟你说了，因为我已经告诉了我一个亦敌亦友的老伙计，警长办公室的一个头头。"

"亦敌亦友的老伙计？"

"警察们不会四处找我麻烦，但是我跟他认识很多年了，虽

244

然我是私家侦探，他是警察，但我们的关系还是相当亲密。"

"我告诉过你我是谁了。我们在拉斯维加斯有个特殊的组织。那地方几乎都是我们的势力范围，除了一个讨人厌的报纸编辑，他一直在找我们的麻烦，还有我们的朋友们的麻烦。我们没把他做掉，因为比起把他做掉，让他活着可以使我们的形象更正面些。这年头儿除之后快不再是件让人拍手称快的事了。"

"比如说艾奇·罗森斯坦？"

"这不是谋杀，而是处以死刑。他违反了规矩。"

"所以你的杀手们就杀错了人。他们本可以等到确认之后再下手的。"

"他们本来是可以的，要是你不多管闲事的话。他们太急了。我们并不欣赏这种做法。我们需要的是冷静、高效。"

"你一直在说'我们'，这个'我们'到底是谁？"

"别把我当小孩，马洛。"

"好吧。那我就说我知道了。"

"这是我们的意思。"他把手伸进口袋，抽出一张皱巴巴的钞票，把钞票放在桌上靠近他的一边。"找到艾奇，告诉他按组织规矩办事，这样的话一切如常。一个无辜的人已经遭了殃，我们不想再惹麻烦，也不想再引起公众的主意。就这么简单。你现在拿上这个。"他朝那张钞票点点头。是张1000美元的钞票。这大概是他手上最小面额的钞票吧。"而且，你找到艾奇并传达我的口讯后还可以得到一张。要是他还没死的话。"

"要是我将你这该死的臭钱摔到你的脸上呢？"

"这可不太聪明。"他迅速掏出一支柯尔特·伍兹曼手枪，上面还装着一个短小的消音器。这把枪不用上膛就能要了你的命。他的动作也很迅猛，干脆利落。他脸上那种亲切的笑容依然没变。

"我从来没有离开过拉斯维加斯，"他平静地说，"我有不在场证明。你死在你的办公椅上，没人会知道真相。又是一个私家侦探遭人寻仇的案子。把你的手放在桌上，好好想想。顺便说一句，我可是个神枪手，虽然装了个鬼消音器。"

"格兰姆斯先生，低调一点儿。我不会伸出手，也不会放在桌上。但你得给我好好说说。"

我把那支削得很漂亮的铅笔弹过去给他。他飞快地把枪换到左手，然后用右手接住了铅笔——确实非常快。他把铅笔举起来，这样他可以一边盯着我，一边好好端详那支铅笔。

我说："这是特快专递给我送来的。没有留言，也没有写信人地址。只有这支铅笔。你认为我从来没听说过这样的铅笔吧，格兰姆斯先生？"

他眉头一蹙，扔下铅笔。在他把长枪换回到右手之前，我垂下右手放到办公桌下面，抓住那只四五式手枪，然后用手指紧紧地扣着扳机。

"往桌下看，格兰姆斯先生。你可以看见一把皮套头已经打开的四五式手枪。手枪固定在那儿了，正正地对着你的肚子。即使你开枪射中了我的心脏，我的手在抽搐的情况下依然可以发射这把四五式手枪。子弹会打碎你的肚子，你会从椅子里摔下来。四五式的手枪子弹会把你打退六英尺远。即便在电影里，他们也学会了这一点。"

"看起来成了僵局。"他平静地说。他把枪收回皮套，咧开嘴笑着。"干脆利落，做得好，马洛。我们可以用你。但对你来说时间很长，可对我们而言却根本没时间了。找到艾奇，别让我们失望。他是个讲理的人。他不想一辈子都在跑路逃避追杀。我们反正总会找到他的。"

"告诉我，格兰姆斯先生。为什么选择我？除了艾奇的事，我做了什么让你这么讨厌我？"

他一动不动，想了一会儿，或者说他假装想了一会儿。"拉森的那个案子。你帮忙把我们手下的一个小子送进了毒气室。这我们不会忘记。我们一直把你当成艾奇的替罪羊。你会一直做个替罪羊，除非你按照我们的要求行事。你最意想不到的时候可能就会遭遇不测。"

"干我这行的一直都是替罪羊，格兰姆斯先生。拿起你的钱，安静地走吧。我可能会决定按你们的要求来做，但我得考虑考虑。至于拉森的案子，都是条子们干的。我只是碰巧知道他在哪儿罢了。我不觉得你会非常想念他。"

"我们不喜欢别人横加干涉。"他站了起来。他随意地把钞票收回口袋里。就在此时，我松开四五式手枪，猛地掏出一把五英寸0.38口径的史密斯维森手枪。

他轻蔑地看了一眼。"我会回拉斯维加斯的，马洛。实际上我根本就没有离开过拉斯维加斯。你可以到埃斯佩兰萨找我。是的，就我们自己而言，并不关心拉森。他只不过是个杀手罢了。我们手底下这样的人多得数不清。不过我们确实很介意，有个傻乎乎的私家侦探告发了他。"

他点了点头，从我的办公室走了出去。

我思考了一阵。我知道艾奇不会打算回组织去的。即使他有这个机会，他也不会信任他们。可现在有了别的理由。我又给安妮·赖尔登打了个电话。

"我要去找艾奇。我必须去。如果我三天内没跟你通话，马上联系伯尔尼·奥尔斯。我要去亚利桑那州的旗杆市。艾奇说他会去那儿。"

"你真是个傻瓜，"她带着哭腔说，"这是个陷阱。"

"今天从拉斯维加斯来了个叫格兰姆斯的男人，他带着一把装了消音器的手枪。我占了先手，但我不可能永远这么走运。要是我发现了艾奇并报告给格兰姆斯的话，那帮流氓就不会再找我麻烦了。"

"你要置他于死地吗？"她的声音尖锐刺耳，透出一丝疑虑。"不。我报告他们的时候他不会在那儿。他得飞到蒙特利尔，搞一套假证件——蒙特利尔几乎就跟我们这儿一样乱糟糟的——再飞去欧洲。在那儿他会很安全的。不过组织的势力很广，艾奇要想活命，他的生活就肯定会糟糕透顶。他别无选择。对他来说，要么逃亡异乡，要么遭人暗杀。"

"你真聪明，亲爱的。那你自己的那支警告铅笔呢？"

"要是他们真想杀我，根本就不会寄那支铅笔了。那只是吓吓我罢了。"

"你不害怕吗，你这个风流英俊的浪子？"

"我当然害怕。只是这还没有让我手足无措。再见了。我回来之前可别爱上别人啊。"

"去你的，马洛。"

她挂了我的电话。我也挂了电话。

胡言乱语是我的专长之一。

我在条子们查到我身上之前溜出了城。他们得好一会儿才会展开行动。而且伯尔尼·奥尔斯可不会给警探提供些过时无用的情报。警长手下的人跟市局警察好得就像一根篱笆上的两只猫。

9

傍晚的时候我来到了凤凰城，我把车停在郊区的一个汽车旅馆。凤凰城热得见鬼。汽车旅馆设有一个餐厅，我在那儿吃了晚餐。收银员换给我许多25美分和10美分的硬币，我把自己关在电话亭里，给旗杆市的米拉多尔汽车旅馆打电话。我有多蠢啊？艾奇登记的名字可能是科恩、科迪里昂；也可能是沃特森、沃切夫斯基。不管怎样我还是打了个电话，但没有得到任何信息，只是听到对方职业式地笑了一下。于是我说要预订第二天晚上的一个房间。对方说房间已经订满了，除非有人退房否则我住不进去，但是他们会把我放在预约的候选名单里。旗杆市离大峡谷太近了。艾奇肯定是提前安排好的。这一点也值得好好琢磨。我买了本平装版的书来打发时间。我把闹钟调到6点30分。这本书把我吓得不轻，以至于我在枕头底下放了两把枪。它讲述了一个密尔沃基的男子故事，他反抗当地的黑道头子，结果每隔15分钟就要被暴打一次。我猜想到最后他的头和脸估计只剩下一片骨头，上面挂着一丝残留的皮肤。不过到了故事的下一章，他就像只草坪上欢歌的百灵鸟一样雀跃不已。于是我不禁问自己，我本可以读点《克拉玛佐夫兄弟们》的时候，我为什么要读这些胡说八道的东西。

49

我知道自己也给不出一个合理的答案，于是关上灯，开始睡觉。早晨6点30分，我刮了胡子，冲了个澡，吃过早餐，然后动身前往旗杆市。午饭的时候我就到了那里。我看到艾奇坐在餐厅里吃着山鲑鱼，便在他对面坐下。他看到我，很是惊讶。

我也要了一份山鲑鱼，从外到内吃得干干净净，这东西就得这么吃。去骨有些浪费。

"出什么事了？"他嘴里塞满了东西，问道。他真是个称职的饕客。

"你看报纸了吗？"

"我只看运动版。"

"我们回你的房间去再说吧。一句两句说不清。"

我们付了账，来到一间舒适的双人间。汽车旅馆越来越好，让许多宾馆看起来都不如。我们坐下来，点上烟。

"那两个杀手起床太早了，之后他们就去了波恩特大街，在你住的公寓大楼外面停了车。他们没有仔细搞清楚状况，就射杀了一个跟你长得有几分像的人。"

"听着很新鲜啊。"他咧嘴笑道，"但是条子们会发现，组织也会发现的。我的悬赏还没有解除啊。"

"你一定觉得我是个蠢蛋，"我说，"我也确实是。"

"我觉得你办事水平一流，马洛。你哪里蠢了？"

"我做了什么？"

"你漂亮地把我弄出了洛杉矶。"

"这你自己难道不会做吗？"

"那得看运气——肯定不行。但有个帮手就顺手多了。"

"你该说捣乱者。"

他的脸紧绷起来。他沙哑的声音咆哮着。"我不懂你在说什么。把5000块钱还给我一部分，行吗？我比自己想象的还要缺钱。""要是蜂鸟也能被抓进盐罐里的话，我会把钱还给你的。"

"别这样。"他几乎在轻声叹息了，手里掏出了一支枪。我没必要掏枪。我手里就握着一把，在边上的口袋里。

"我不该犯傻的，"我说，"收起你的枪。它和拉斯维加斯的老虎机一样没用。"

"你说错了。那些老虎机经常吐出大奖的，否则就没顾客愿意来玩了。"

"你的意思应该是偶尔吧。听着，好好听着。"

他咧嘴笑了笑。他的牙医一定受够了他。

"这是个完美的圈套。"我接着说，就像凡·戴恩故事里的米罗·文思一样轻松自信，而且头脑也更清晰。"首先，它有可能成功吗？其次，要是真有可能，我应该在圈套的哪个地方？但是，我慢慢地看出了整幅画面的败笔。你来找我究竟是为了什么？组织没有那么幼稚。他们为什么要派一个小喽啰来找我？且不管他的名字是查尔斯·斯肯，还是每周四随便用的其他名字。为什么像你这样的老手会让人跟踪到一个危险的联络地点呢？"

"你太聪明了，马洛。简直是光芒四射，连黑夜也挡不住。不过，你又太傻了，连一个像红白蓝相间的长颈鹿那么明显的东西都没有看出来。我敢打赌，你一定是在商场里把玩着那五千块钱，就像猫把玩猫薄荷一样。我敢打赌你甚至用嘴吻了吻那几张钞票。"

"我拿到钱之后就没兴趣了。那为什么还要寄支铅笔给我呢？完全是致命的恐吓。它让我更加坚信了这是个圈套。就像我跟你那位从拉斯维加斯来的同伙说的一样，如果他们真想杀我，就不会寄给我那支铅笔了。哦，他也拿了把枪。伍兹曼0.22口径，装了消音器。我只好请他把枪收了起来。他很配合，并开始用钱收买我，让我找到你的藏身之处然后告诉他。对一伙见不得光的老鼠来说，他衣着得体、长相讨喜，像个经理。女性基督教戒酒会和一些谄媚奉承的政客把钱投资他们希望能赢大钱，而他们也学会了如何利用这些钱去赢得更多的钱。虽然现在已经没人能阻止他们前进的步伐了，可他们依然是一群见不得光的老鼠。他们始终固步在自己熟悉的领域，在那儿他们不容易犯错。这有点不近人情。任何人都有犯错的权利，但这些老鼠不一样。他们必须时刻做到万无一失，一旦失手就和你没完没了。"

"我不知道你到底在说些什么。我只知道你太啰唆了。"

"好吧，让我说得再明白一些吧。某个在贫民区长大的可怜家伙跟黑帮底层混到了一起。你知道底层是什么吧，艾奇？"

"我在军队里待过。"他轻蔑地笑道。

"他在黑帮里逐渐成长起来，可他又不愿意同流合污。他还没有彻底烂掉，于是他决定脱离组织。他来到这里，改名换姓，找了份低微的工作，平静地生活在一座廉价的公寓大楼里。但是帮派如今在很多地方都有眼线。于是有人发现了他，认出了他。发现他的可能是个推销员，赌场经理，酒吧女郎，甚至是警察败类。因此这个帮派，或者说组织的头头儿一边吐着雪茄烟一边说：'艾奇不能这样对我们。这只是一个小手术，因为他本身就是一个小萝卜头。不过也很烦人，因为他坏了规矩。叫上几个人，干掉他。'可他们派的都是些什么人呢？是几个早就让他们厌倦的人。这几个人在身边待得太久了。可能会犯点错，或者反应迟钝。说不定他们就喜欢杀人。这很麻烦，因为这会让他们不计后果。派出的人手最好是两者都不在乎。所以，他们虽然对此一无所知，还是被派上了追杀之路。但是，设计一个他们早就不喜欢的人，这一手干得漂亮，因为这个人曾向警方指证了一个名叫拉森的团伙成员。这本来是小事一桩，但组织却刻意放大了。看吧，我们甚至有时间跟私家侦探过过招儿。老天，我们想做什么就一定能做到。我们连拇指都能吃下去。于是他们派了一个冒牌货过来。"

"托里兄弟俩可不是冒牌货。他们是真的狠角色。他们已经证明了这一点——即使他们出了错。"

"其实没有出错。他们追到了艾奇·罗森斯坦。你只是这笔交易里的一个配角而已。你现在会因为谋杀罪遭到逮捕，但你的下场会比被杀更糟糕。你的组织会向法院递交人身保护状保你出狱，然后再把你干掉。你已经失去了利用价值，而且你没能让我做成替罪羊。"

他的手指扣紧了扳机。我开枪打中了他的手，他的枪应声而落。我的枪放在外套口袋里。枪很小，但是这么短的距离也挺准的。而且那天我的枪法刚好很准。

他发出一声微弱的呻吟，吮吸着他的手。我走过去，狠狠地踢着他的胸膛。对杀手仁慈可不是我的风格。他朝后一个趔趄，侧身蹒跚着退了四五步。我捡起他的枪指着他，搜遍了他全身，口袋，手枪皮套，还有其他可能藏枪的地方。他身上很干净——我是说没其他枪支了。

"你想干什么？"他哀号道，"我付给你钱了。你清楚的，我给你的钱可不少。"

"我们都有点麻烦。你的麻烦是怎么活命。"我从口袋里掏出一副手铐，把他的手反捆在背后，用手铐铐起来。他的手在流血。我用他的手绢缠住出血处。随后打了个电话。

旗杆市很大，当地就有个警察局。地方检察官在这儿估计也有办公室。这是亚利桑那州，相对来说，是个贫穷的地区。这儿的警察可能会诚实些。

　　我还得在旗杆市逗留几天，但是只要能在八九千英尺深的地方抓到鲑鱼，我就一点儿都不在乎。我给安妮和伯尔尼·奥尔斯都打了个电话，也查了电话的应答服务。亚利桑那州的地方检察官是个目光锐利的年轻人，警察局长是我见过的个头最高的人。

　　最后我回到了洛杉矶，然后带安妮去罗曼诺夫饭店吃了顿晚餐，还喝了香槟。

　　"我还是不能明白，"她喝第三杯香槟酒的时候说道，"他们为什么要把你卷入其中，为什么还要找个人假扮艾奇·罗森斯坦。他们为什么不直接让那两个杀手做了他？""我也不太清楚。除非那两个傻大个儿觉得自己很安全，因此想表现一下他们很有幽默感。除非那个被送进毒气室的叫拉森的人比我们想象的还要有地位。只有三四个有地位的黑帮大佬被电椅处死或是处以绞刑或是送进毒气室。在密歇根那些废除死刑的州里，我根本没有听说过这样的事情。要是拉森比我们想象的有着更高的地位，那他们很可能早就把我列入死亡名单了。"

　　"但他们为什么要等呢？"她问我，"他们可以尽快追杀你啊。"

"他们等得起。谁会想去惹他们——基弗福吗？他尽力了，但是除非他们自己做出改变，你看到组织有任何变化吗？"

"卡斯特罗？"

"嗯，背了个偷税漏税的黑锅——和卡蓬一样。卡蓬可能下令杀过几百条人命，而且他自己手上也有几条人命。但是，上门抓捕他的却是国税局的人。组织不会让那种错误常常发生的。"

"我喜欢你的，除了你难以抗拒的个人魅力之外，就是你不知道一个事情的答案时能够编一个答案。"

"那些钱让我很头痛，"我说，"5000块赃款啊。我该拿它怎么办？"

"别整天像个傻瓜似的。这是你挣来的，差点儿都丢了命。你可以拿去买E系列的债券。这样你的钱就干净了。在我看来，这也算是个笑话吧。"

"你给我说说，他们为什么要杀他？""你真是徒有虚名了。要是那个假冒的艾奇杀了他，情况会怎么样？他听起来有点聪明过头，简单的事反而干不了。"

"如果你说得不错，组织会因为他擅自行动而抓住他的。"

"如果地方检察官没有逮住他，还不知他会怎么样呢。我真的想知道他会有个什么下场。请再给我点儿香槟。"

（本文译者　李昕冉、梁瑞清）

255

西班牙血盟

大块头约翰·马斯特斯身材高大，体格肥胖，长相油滑，他青蓝色的下巴光秃发亮，粗大的手指上，每个关节都形成凹窝，褐色的头发从额头开始整齐地往后梳，身上穿着酒红色的带有明口袋的西装和棕色丝质衬衫，打着酒红色的领带。他的唇间夹着一根又粗又圆的褐色雪茄，雪茄上有一圈一圈红色和金色的条纹。

他皱起了鼻子，偷偷瞄一眼自己的牌，强忍住笑容说，"继续给我发牌吧，戴夫——可别给我发张（市政厅）噢。"一张"4"和"2"被亮了出来，戴夫·奥吉严肃地看着桌子对面的这两张牌，又看看自己的牌。他又高又瘦，脸上颧骨凸出，头发是湿漉漉的沙子的颜色，他把一沓牌都平铺在自己的手掌上，慢慢地翻开第一张牌，把它掷过桌面——是张黑桃女王。

大约翰·马斯特斯嘴巴张得老大，不停地摇晃着雪茄，咯咯笑了。

"付钱吧，戴夫，就这一次，这个女王算是出对了！"他激动地掀开牌，是一张"5"。

戴夫·奥吉礼貌地笑了，但没有动。一阵压低了的电话铃声从离他很近的地方传来，高高的尖顶窗的窗户边缘上装饰着丝绸帘子，电话就在那帘子后面。他拿出嘴里的香烟，小心翼翼地把它放在牌桌边小茶几上烟灰缸的边缘上，把手伸向帘子后面接电话。

他用一种冷淡的几乎是耳语的声音对着话筒说话，然后静静地听了很长一段时间，他淡绿色的眼里没有任何变化，窄窄的脸上也没有任何情绪波动。马斯特斯焦躁不安，用力咬着雪茄。

过了好长一段时间后，奥吉说："好的，等我们的消息吧。"他把话筒放回底座上，把电话放回了帘子后面。

他拿起香烟，捏了捏自己的耳垂。马斯特斯咒骂道："你到底怎么了？我的天，赶紧给我10块钱。"

奥吉冷冰冰地笑了两声，然后靠到了椅子上。他伸手去拿酒，一饮而尽，放下酒杯，叼着烟说话，他所有的动作都缓慢，深沉，甚至有些心不在焉，他说："我们算不算是一对聪明的合伙人呢，约翰？"

"是啊，整个城市都马上要归我们了，但是这对我们打牌可没什么帮助。"

"离大选只有两个月了，对吗，约翰？"

马斯特斯对他怒眼相向，从口袋里拿出一支新的雪茄，塞进嘴里。

"那又怎么样？"

"想想看，就在这个时候，如果我们最有力的竞争对手出了什么意外，这到底是不是好事呢？"

"噢？"马斯特斯挑起了他又粗又浓的眉毛，似乎整张脸都得为推起他的眉毛来出力。他想了想，一脸气急败坏的样子，"这下可倒大霉了——如果他们没立刻抓到凶手的话，选民会认为我们就是幕后黑手。"

"你这是在说谋杀，约翰，"奥吉耐心地说，"我可没提到任何有关谋杀的事。"

马斯特斯放下了他的眉毛，扯断了一根从他鼻子里长出来的粗硬的黑色鼻毛。

"有话快说，有屁快放！"

奥吉笑了，吹了一个烟圈，看着它飘散成一缕缕的轻烟。

"我刚接到了电话，"他十分轻柔地说道，"多尼根·马尔死了。"

马斯特斯慢慢地移动，整个身子缓缓移向了牌桌，大半个身子都趴在桌子上，直到身子无法再移动。他的下巴伸出来，直到下颚的肌肉紧绷到像粗硬的钢丝一样。

"噢？"他喘着粗气问，"噢？"

奥吉点点头，冰块一样冷静："但是你说得没错，就是谋杀，约翰，大约就在半个小时之前，在他的办公室，他们还不知道是谁干的。"

马斯特斯重重地耸了耸肩，身子往后一靠，他脸上带着愚蠢的表情环顾四周，又突然大笑起来。他的笑声就像咆哮一样，轰隆隆地穿过两个人所在的塔楼状的房间里，传到宽敞的客厅里，回响在由深黑色家具组成的迷宫中，这客厅里的立式台灯多得足以照亮一条大街，墙上挂着两排镶着巨大金色画框的油画。

奥吉静静地坐在那里，他慢慢地把烟头在烟灰缸里拧灭，直到最后一点儿火星也消失，只留下一层厚厚的黑灰，他挥了挥纤瘦的手指上的烟灰，等待着。

马斯特斯蓦地停下了笑声，一如他开始笑时那样毫无征兆。房里的空气好像静止了，马斯特斯看起来很疲惫，他抹了把自己的脸。

"我们一定得做点什么，戴夫。"他轻轻地说，"我差点儿给忘了，我们一定要赶快打破僵局，这可是枚重磅炸弹。"

奥吉又把手伸向了窗帘后，拿出电话，把它推过散落着纸牌的桌面。

"是的——我们知道该怎么做，不是吗？"他冷冷地说。

大约翰·马斯特斯浑浊的棕色眼睛里闪过一丝狡诈的精光，

他舔了舔嘴唇，大手伸向了电话。

"是的，"他轻快地说，"我们知道，戴夫，我们怎么会不知道呢！"

他粗大的手指拨动着号码盘，那手指差点儿戳不进转盘上的那些孔里。

2

即使在这个时候，多尼根·马尔的脸看起来仍然是冷酷，沉着，整洁，他穿着浅灰色法兰绒西装，头发也是同样的淡灰色，他的头发全部往后梳，显得脸庞年轻、健康，前额的皮肤很白皙。当他站起来时，头发应该会垂在那儿，其他部分的皮肤都被晒黑了。

他背靠在一张带软垫的蓝色办公椅上，一个边缘带有铜质灰狗标志的烟灰缸里伸出来一根熄灭了的雪茄。他的左手就这么挂在扶手边，右手放在书桌上，松松弛弛地握着一支枪。阳光从他身后一扇巨大的紧闭的窗户照进来，照在他修剪整洁的指甲上，闪闪发亮。

马甲的左边被鲜血浸透了，灰色的法兰绒几乎变成了黑色——他已经死绝了，死了有些时候。

一个高大瘦削、棕色皮肤、沉默寡言的男人倚在一张褐色的桃木文件柜边上，死死地盯着死者，他的手插在整洁的蓝色哔叽呢西装口袋里，一顶草帽歪歪地戴在头上，但从他的眼睛和紧紧闭着的嘴唇上来看，他显得一点儿也不轻松。

另一个高大的淡茶色头发男人在蓝色的地毯上四处摸索着，他弯着腰，喘着粗气说："找不到弹壳，山姆。"

肤色黝黑的男人一动不动，也没答话，另一个男人站起来，打了个哈欠，看着椅子上的男人。

"该死的！这可真是个大麻烦，就在选举两个月前出了事，这不是明摆着要给一些人难堪嘛。"

肤色黝黑的男人慢慢地说道："我们一起上的学，我们曾经是好兄弟，疯狂追求过同一个女孩儿，他赢了，但我们三个还是好朋友，他一直都是个好人……也许有点聪明过了头。"

淡茶色头发的男人在房间里绕了几圈，什么也没碰。他弯下腰来闻了闻桌上枪的味道，摇着头说，"这把枪没用过。"他皱皱鼻子，使劲地吸了吸空气，"这里在使用空调，顶上有三层楼，还有隔音设备这种高级玩意儿。他们告诉我这整栋大楼都是电焊的，没有用到一个铆钉，听说过吗，山姆？"

肤色黝黑的男人慢慢地摇摇头。

"不知道当时助手都在哪儿，"淡茶色头发的男人继续说道，"像他这样的大人物，身边不可能只有一个女孩儿。"

肤色黝黑的男人又摇了摇头："我猜就那么一个，她出去买午饭了，皮特，他是一匹孤独的狼，像黄鼠狼一样谨慎，几年之后，他也许会掌管整个城市。"

淡茶色头发的男人这会儿已经站在了桌子后，几乎要靠到死者的肩膀上了。他低头看着桌上一本皮革封底，浅黄色纸张的预约本，缓缓地说："有个叫伊马利的人约了12点15分的时候来这跟他见面，这是本子上唯一记录了的会面。"

他扫了一眼手腕上廉价的手表，"已经1点30分了，时间早就过了。谁是伊马利？噢，等等！有个助理检察官叫伊马利，他在帮马斯特斯和奥吉那伙人竞选，你说会不会是——"

门外传来了一阵急促的敲门声，这间办公室太长，所以花了这两个人好一会儿时间，才弄明白到底要开三扇门中的哪一扇。接着，淡茶色头发的男人走向了离他们最远的那扇门，回过头来对皮肤黝黑的男人说："可能是法医处的人，如果把这件事情泄露给了你最要好的记者，你一定会丢了饭碗，我说得没错吧？"

肤色黝黑的男人没有搭腔，他慢慢地走到桌子前，身体微微向前倾，温柔地对死者说话。

"多尼，再见了。安心走吧，我会照顾好一切的，我会照顾好贝拉。"

办公室尽头的门打开了，走进来一个敏捷的男人，他的手里拿着一个袋子，沿着蓝色地毯快步走到书桌前，把袋子放在了桌上。淡茶色头发的男人关上了门，隔开了那一张张探头探脑的脸，踱回书桌边。

敏捷的男人的头歪向一边，检查尸体，"中了两枪，"他咕哝着说，"看来像是0.32口径的——挺厉害的子弹，子弹非常接近心脏，但没有打中，他一定是在很短的时间内就死亡了，前后大概一两分钟吧。"

肤色黝黑的男人发出了厌烦的声音，走到窗边，背对着房间向外看，他看着高楼的顶端和温暖的蓝色天空。淡茶色头发的男人看着法医抬起了死者的一只眼皮，他说："希望弹药专家会来，我想用一下电话，这个伊马利——"

肤色黝黑的男人轻轻地回过头，脸上挂着呆滞的笑："用吧，这个秘密是藏不住的。"

"噢，我也说不准，"法医处的人说道，他弯曲着手腕，用手背去摸死者的脸，"这事的政治意味也许没有你想象的这么浓厚，德拉杰拉，对于一个死人来说，他也是够英俊的了。"

淡茶色头发的男人小心翼翼地隔着手帕拿起电话，放下听筒，拨通号码，又隔着手帕拿起话筒放到耳边。

一会儿之后，他点了点下巴，说，"我是皮特·马库斯，去把探长叫醒，"他打了个哈欠，接着等，然后开始用一种不同的语调说话，"是的，探长，是马库斯和德拉杰拉，我们现在在多尼根·马尔的办公室。这里还没有任何记者或者摄影师……什么？……一直封锁到局长来为止？……好的……是的，他在这里。"

肤色黝黑的男人转过身来，接电话的男人向他招手："过来接电话，西班牙的伙计。"

山姆·德拉杰拉接过了电话，根本不管小心翼翼地包在话筒上的手帕，他听了一会儿，脸色变得难看，他轻轻地说，"我当然认识他……但是我和他并不是一伙的……这里除了他的秘书外没有任何人，一个女孩。她打电话报了警，在会面记事本上有一个名字——伊马利，他们约在12点15分。不，我们什么都没动……没有……好的，马上。"

他慢慢地挂断了电话，电话被挂断的声音几乎听不见，他的手还放在电话上，然后突然间重重地放回了自己的身侧，他的声音异常低沉。

"我被调走了，皮特。你得一直封锁这里，等到德鲁局长来为止。谁都不许放进来，不管是白人，黑人，还是切诺基印第安人。"

"他们要调你去哪儿？"淡茶色头发的男人气愤地吼道。

"不知道，这是命令。"德拉杰拉语调平平地说。

法医处来的男人停下了填写表格，好奇地看着德拉杰拉，斜睨着他，眼神犀利。

德拉杰拉穿过办公室，从一扇隔间门走了出去，外面有一个小一些的办公室，办公室的一部分被隔开来做了等候室，里面放着一排皮椅和一张摆着报刊的桌子。柜台里面是一张打字机桌子，一个保险箱和几个文件柜，一个身材矮小，肤色较深的女孩正坐在桌边，把头埋在手帕里，她的帽子歪斜地压在头上，肩膀不停地抖动，那重重的啜泣声就像是粗重的喘气声。

德拉杰拉拍拍她的肩膀，她抬起头看着他，满脸泪水，瘪着嘴，他低头朝她疑惑的脸笑了笑，温和地说："你给马尔太太打电话了吗？"

她点点头，没说话，又因为重重地啜泣而颤抖了一下。他又拍了拍她的肩膀，在她身边站了一会儿，就走了出去，嘴闭得死紧，黑眸中闪着冷酷的光芒。

3

在远处一条狭窄蜿蜒、名叫德内佛巷的水泥小道的尽头，矗立着一座巨大的英式房子。房前草坪上的草长得相当旺盛，蜿蜒的石径在草丛中若隐若现，前门顶上是山形的墙，墙上爬满了常青藤，屋边有绿树紧紧地环绕，看上去有些幽暗遥远。

所有德内佛巷的房子都有这种精心设计的，使得它们显出不受瞩目的风格，但用来遮盖车道和车库的高大葱郁的树篱却像法国卷毛狗的毛发一样经过精心修剪。草坪对面一大片金黄和火红的唐菖蒲也丝毫没有阴森或者神秘的感觉。德拉杰拉从一辆浅褐色的凯迪拉克敞篷休旅车上下来，这是一个很旧的车型了，车子又笨又脏，绷得紧紧的帆布在车厢后面形成了一个车棚。他戴着一顶白色亚麻布帽子，深色眼镜，蓝色哔叽呢西装换成了灰色背心式带拉链的短夹克外出服。

他看起来不怎么像警察，一如他在多尼根·马尔的办公室里时一样——看起来也不那么像警察。他慢慢地沿着石径往前走，走到了前门的一个铜把手前，碰了碰它，没有敲门，他按下了旁边几乎要被常春藤遮盖住的门铃。

他等了许久，这天温暖舒适，异常安静，蜜蜂在明亮可爱的草丛中嗡嗡起舞，远处传来割草机呼呼的响声。

门缓缓地被打开了，一张黑脸探出来，看向他。这是一张长长的悲伤的黑脸，盖着淡紫色脂粉的脸上泪渍斑斑。这张黑脸几乎要露出笑容了，她带着难过的声音说："您好，山姆先生，见到您来真是太好了。"

德拉杰拉摘下帽子，取下墨镜在他的手边晃着，他说："你好，米妮，很抱歉，我必须得见一见马尔太太。"

"当然，快请进吧，山姆先生。"

女仆站到一边，他踏着铺着瓷砖的地板走进了一个阴暗的大厅。"还没有记者来过吗？"

女仆慢慢地摇摇头，她温顺的棕色眼睛里满是茫然，这是因为受到了惊吓的缘故。

"还没有人来过……她才刚回来，一句话也没说，就只是那样站在没有阳光的日光浴室里。"

德拉杰拉点点头，说："别告诉任何人，米妮，这件事情，他们想暂时保密，尤其不能让媒体知道。"

"噢，好的，我不会说的，山姆先生，一定不会。"

德拉杰拉对她笑了笑，踮着脚尖沿着瓷砖铺成的路悄无声息地走到了房子后面，转弯走进了另一个相同的大厅里，这两个大厅互成直角。他敲了敲门，没人回答，他转动把手，走进了一个狭长的房间，尽管这房间里有许多窗户，但依然一片阴暗，树木紧紧靠着窗户生长，树叶都贴在窗户上。有的窗户拉上了长长的印花棉布窗帘。

屋子中间站着一个高个女人，女人没有看他，只是一动不动地站在那儿，盯着窗户，双手紧紧地攥成拳，放在身体两侧。

她一头红棕色的头发好像集中了屋子里所有的光线，在她冷艳的脸蛋周围形成了一层柔和的光晕；她穿着流线剪裁，带有明口袋的蓝色天鹅绒套装，一条蓝边白手帕从胸前的口袋里露出来，仔仔细细地叠好，好像花花公子的手帕。

德拉杰拉静静等着自己的眼睛适应屋里的黑暗，过了一会儿，女人用低沉、沙哑的声音打破了沉默。

"所以……他们还是下手了，山姆。他们终于得手了，他真的这么惹人讨厌吗？"

德拉杰拉轻轻地说："他所从事的行业很危险，贝拉。我想他已经尽他所能地做到洁身自好，但是想要不树敌，根本就是不可能的。"

她慢慢回过头来看着他，阳光流转于她的发际，金光闪闪，她的眼睛生动有神，出奇的蓝，她声音略带颤抖地说："是谁下的手，山姆？他们有没有什么线索？"

德拉杰拉慢慢地点点头，在一张藤椅上坐下，帽子和墨镜在他的膝盖间晃动。

"是的，我想我们知道是谁干的，一个叫伊马利的男人，是个助理检察官。"

"我的天哪！"女人抽了口气，"这个城市到底要腐败到什么程度？"

德拉杰拉继续波澜不惊地说："事情就是这样的——如果你真的想知道的话……"

"是的，山姆。不管我看到哪儿，墙上好像都有他的眼睛在盯着我，在敦促着我去做些什么。他待我很好，山姆，当然，我们也有我们的问题，但是……这都不算什么。"

德拉杰拉说："这个伊马利的靠山是马斯特斯和奥吉那伙人，他想要竞选法官，他经常和他们一起花天酒地，在一个斯黛拉·拉莫特的夜总会里跟女人鬼混，不知怎么的，他在喝得醉醺醺、衣衫不整的时候让人拍下了照片，多尼得到了这些照片，贝拉，它们就在他桌子的抽屉里。根据他桌上的约会本上的记录，他们约好在12点15分见面，我想他们之间起了争执，伊马利干掉了他。"

"你找到那些照片了吗，山姆？"女人十分平静地问道。

他摇了摇头，轻蔑地笑了："不，如果我找到了的话，我想我会把它们扔掉。是德鲁局长找到的——就在我被撤出调查这个案件之后。"

她猛地向他转过头来，她生动的蓝色眼睛睁大了："你被命令退出调查？你——多尼的朋友？"

"是的，没什么好大惊小怪的，贝拉，我是个警察，不论怎么说我也得服从命令。"

她一言不发，再也没看向他。过了一会儿他说道："我想要你们普马湖度假屋的钥匙，我想去那儿看看有没有什么证据，多尼在那儿开过会。"

女人的脸上的表情发生了变化，几乎变得有些轻蔑，她的声音很空洞，"我去给你拿，但是你什么都不会找到的。如果你是在帮他们寻找多尼的污点——这样他们就可以替这个伊马利洗刷罪名……"

他微微一笑，慢慢地摇摇头，他的眼睛如此深沉，如此悲伤。"丫头，这都是些疯话。在我这样做之前，我会先交出我的警徽。"

"我明白了。"她越过他走向门口，走出了房间。她离开后，他一动不动地坐在那儿，眼神空洞地盯着墙壁，他脸上的表情很受伤，嘴里轻轻地咒骂着，却没有出声。

女人回来了，径直走向他，朝他伸出手，什么东西叮当一声掉进了他的手里。

"钥匙，警察先生。"

德拉杰拉站起来，把钥匙扔进口袋里。他的脸变得僵硬。贝拉·马尔走向一张桌子，她的指甲用力地刮着一个景泰蓝盒子，从里面拿出了一支烟，背对着他说道："就如我所说的，我觉得你不会有什么好运气的，你现在所知道的，就是他在勒索别人，这实在是太糟糕了。"

德拉杰拉慢慢地吐了一口气，停了一会儿，然后转过身，

"好的。"他轻轻地说，口气现在已经相当轻松，好像这是不错的一天，好像没有人被谋杀。

走到门口时，他又转过身来："我一回来就会来找你的，贝拉，那时候那你可能就会好些了。"

她没有回答，也没有动，僵硬地把还没点燃的香烟举到嘴前，一会儿德拉杰拉继续说道："你应该知道我现在是什么样的感受，我跟多尼就像兄弟一样，我——我听说你们之间相处得不大好，我很高兴这些话都不是真的，但别让自己太难受了，贝拉，没什么好苛责自己的——尤其是在我面前。"

他又盯着她的背影等了几秒，她还是一言不发，一动不动，然后就走了出去。

4

　　一条狭窄崎岖的小路从高速公路旁分岔出来，沿着湖面
上的山丘边缘蜿蜒而去，度假屋的屋顶在松树林中随处可
见。在山腰边有一座开着门的棚子，德拉杰拉把灰扑扑的
凯迪拉克停了进去，沿着一条狭窄的小径向下走到湖边。

　　湖水是深蓝色的，但很浅，湖面上漂着两三条独木舟，
远处的转弯处传来发动机的突突声。他在厚厚的满是松针
的灌木丛中穿行，绕过了一个树桩，过了一座小小的桥，
来到了马尔的度假屋前。

　　这座度假屋由半圆形的原木建成，靠湖边的一侧有个
宽敞的门廊，看起来十分萧索孤寂。桥下涌出的泉水在门
边转了个弯，流向门廊尽头连接的一块块大石板，水流从
这些石板上淌下来，当春天水位升高时，这些石板会被
淹没。德拉杰拉走上木头台阶，从口袋里拿出钥匙，打开
了厚重的前门，在门廊上站了一会儿，他在走进去前点了
支香烟。在远离了城市的喧嚣之后，这里显得尤为宁静舒
适，凉爽清净。一只山雀停在树桩上，啄着翅膀；湖的另
一头，有人在弹奏尤克里里，他走进了木屋。

　　他看到了一些落满灰尘的鹿角；一张粗糙的、上面散落
着摊开的杂志的大桌子；老式的装电池的收音机和箱形的

留声机，留声机旁散落着一沓唱片。石头砌成的壁炉旁有桌子，桌子上放着一些用过的高脚杯，旁边有半瓶苏格兰威士忌。一辆汽车沿着山路向上走，在不远的地方停了下来。德拉杰拉皱起了眉头，低声说道："车子抛锚了。"他有一种挫败感，这里什么也没有，像多尼根·马尔这样的人，是不会把什么重要的东西留在这个山间小屋里的。

他查看了几间卧室，一个房间里就只是简陋地铺了两张帆布床，另一间就布置得讲究些——铺平整的床，上面有件俗气的女式睡衣，看起来不像是贝拉·马尔的。

后面有一个小厨房，厨房里有煤气炉和烧柴的炉子。他用另一把钥匙打开后门，走上了一个与地面相连的小门廊，旁边有一大堆柴火，砍柴的木桩上有一把双刃斧子。

然后他看见了苍蝇。

一条木头铺成的通道通向房子下面的木棚，一束阳光穿过树林照亮了通道。阳光下，一大群苍蝇聚集在一堆褐色的、黏糊糊的东西上，争先恐后，都不肯退让。德拉杰拉弯下腰，伸出手摸摸那黏腻的地方，闻了闻手指，他一脸震惊，表情僵硬。

在远处的阴影中，木棚的门外，又有一摊稍微小一些的褐色东西，他迅速从口袋里掏出钥匙，找到了打开木棚门上那把大挂锁的钥匙，猛地拉开门。

里面松松垮垮地堆着一堆柴火——都是还没劈开的粗粗的原木，它们不是整齐地堆放起来的，而是随意地扔放着，德拉杰拉开始把这些粗大的原木扔到一边。

在他把一大堆木头扔到一边之后，他终于能伸手抓住两只套着棉线袜子的冰冷僵硬的脚踝，把死人拖到了阳光下。

这是一个瘦瘦的男人，中等个子，穿着精致剪裁的粗纹西装，他干净整洁皮鞋擦得油亮，上面盖了一些尘土。他的脸在可怕的重击下，已经面目全非，脑袋裂开，血和脑浆跟稀疏的灰褐色的头发混在了一起。

德拉杰拉迅速站起来，回到木屋，来到客厅里放着半瓶苏格兰威士忌的桌子旁，他拔出瓶塞，直接对着瓶口喝了下去，等了一会儿，又接着喝。

他大声地"呸"了一声，威士忌像在鞭打着他的神经，让他的身体不停地颤抖。

他回到木棚，再次弯下腰，听到远处有辆汽车发动了。他的身体一下子僵住了，引擎的声音越来越大，接着声音就慢慢消失了，一切又归于安静。德拉杰拉耸耸肩，翻查了死者的口袋，发现都空无一物；其中有一个口袋里可能有洗衣店的标签，已经被剪走；外套内口袋的裁缝店标签也已经被剪走，只留下一些乱糟糟的线头。

尸体早已经发硬，这个人应该已经死了24小时了，不会更久。他脸上的血凝结成厚厚的一层，但还没有完全变干。

德拉杰拉在他身边蹲了一会儿，看向了普马湖湖面上闪闪的银光和远处的独木舟发光的桨，然后他又走进木棚，想在里面找到一截沾满血迹的木头，但却没有找到。他回到屋子里，又走到前门的门廊上，走到门廊的尽头，盯着下面的悬崖，然后是泉水里的大石头。

"是这样了。"他轻轻地说。

两块大石头上聚着许多苍蝇，他之前没有发现，这个悬崖大概有30英尺深，一个人如果掉下去的话一定会摔到脑袋开花。

他在其中一块大石头上坐了下来，一动不动地抽了几分钟的烟。他一脸深思，肌肉僵硬，黑色的眼睛显得深邃遥远，嘴角露出了冷峻的带有讽刺意味的笑容。

最后，他安静地回到屋里，出了后门，把死人又拖回了木棚，随意地盖上木头。他锁上了木棚和屋子之后，沿着狭窄、陡峭的山路向山间道路和他的车走去。

当他离开时已经6点30分了，但阳光依然灿烂。

5

一个老旧的商店柜台被放在路边的啤酒屋里当作吧台，吧台前有三张矮脚凳。德拉杰拉坐在靠门的那张凳子上，看着空空的啤酒杯里的泡沫。酒保是个肤色黝黑，穿着工装连体裤的年轻人，他神情羞涩，头发平直，他有些口吃地说："需——需要我再——再给——给您添——添一杯吗，先生？"

德拉杰拉摇摇头，从凳子上站了起来，"小子，酒可不怎么样啊，"他失望地说，"就像汽车旅馆里的金发女郎一样令人乏味。"

"波——波特拉酒——酒厂的，先生，应该是最——最好的。"

"噢，那可是最差劲的，只有那些没有营业执照的人才卖它呢。再会了，小子。"

他走向玻璃门，看向阳光照耀的高速路上，公路上的影子被拉得很长。远处靠近水泥路的路旁有一个围着白色栅栏，铺满石子的停车场。里面停着两辆车：德拉杰拉的老凯迪拉克和一辆破旧，脏兮兮的福特，一个高高瘦瘦、穿着卡其色马裤的男人正站在凯迪拉克旁，打量着车子。

德拉杰拉掏出一个大烟斗，从一个拉链小包里拿出烟草将烟斗填了五分满，然后慢慢地，小心地点燃烟斗，把火柴扔到角落。他静静地抽了一会儿，从窗户向外看。

高高瘦瘦的男人拉开盖着德拉杰拉车子后座的帆布，他将帆布向后卷起来一些，站在那儿低头注视着下方。

德拉杰拉轻轻打开玻璃门，拖着长长的轻松的步伐穿过高速公路，他的后脚跟在沙石地上弄出了声响，但高瘦的男人没有回头，德拉杰拉走到了他的身边。

"我知道你一直跟在我后面，"他闷闷地问道，"玩什么把戏呢？"

男人不慌不忙地转过身来。他长着一张长长的、让人厌恶的脸，眼睛是海草那样的颜色。他的外套敞开着，被一只架在左臀上的手掀到了后面，一个磨损严重的枪柄从腰间的枪套里露了出来——是科尔特型号的。

他上下打量着德拉杰拉，然后露出了一丝邪恶的笑容。

"这是你的车？"

"你以为呢？"

瘦瘦的男人把他的衣服又拉开了些，露出了他口袋上的青铜徽章。

"我是托卢卡县的狩猎管理员，老兄，我想现在可不是什么猎鹿的季节，基本上什么时候都是不允许猎鹿的。"

德拉杰拉慢慢垂下眼帘，弯下腰查看被帆布盖住的车厢后部。一只幼鹿的尸体躺在一堆破烂东西上，旁边放着一把来福枪。这死去的小鹿温柔的眼睛盯着他，好像在温和地斥责他，它纤细的脖子上还留有已经干涸的血迹。

德拉杰拉挺直了身体，轻声地说："真有意思。"

"有狩猎许可吗？"

"我不打猎的。"德拉杰拉说。

"这对你可没什么帮助，我看到你有一把来福枪。"

"我是警察。"

"噢——警察，是吗？你有警徽吗？"

"在这里。"

德拉杰拉把手伸向胸前的口袋，拿出警徽，在袖子上擦了擦，再把它放在手心，瘦瘦的狩猎管理员的大眼睛盯着它，舔舔嘴唇。

"刑事警官，嗯？城市警察？"他脸上的表情变得疏远，冷淡起来，"好的，警官。我们得开着你这辆破车下个坡，大概十公里左右，我会再搭便车回来的。"

德拉杰拉把警徽收了起来，小心翼翼地敲了敲烟斗，把烟灰踩进碎石里，他随意地把帆布重新展开。

"盗猎？"他神情严肃地问道。

"盗猎，警官。"

"走吧。"

他坐到了凯迪拉克的方向盘后面，瘦瘦的狩猎管理员绕到另一边，坐到了他旁边。德拉杰拉发动了汽车，掉了个头，开上了高速公路平滑的水泥地面。远处的山谷一片云雾缭绕，山谷的更远处，一些巨大的山峰矗立在天边。德拉杰拉让车平稳地向下滑行，从容不迫，两个人都盯着前面，没有说话。

过了很久之后德拉杰拉说："我都不知道普马湖有鹿，我最远只到过那里。"

"那旁边有个保护区，警官，"管理员冷静地回答道，他盯着灰扑扑的挡风玻璃，"托卢卡县森林的一部分——你不会没听过吧？"

德拉杰拉说："我的确不知道，我这一辈子从没有猎杀过一只鹿。警察训练没把我变得那么铁石心肠。"

狩猎管理员笑了笑，没再说话。公路穿过一个山口，右边出现了一个峭壁；左边有一些小小的峡谷向山丘延伸，山丘里有些陡峭的小路，路上已经被杂草半掩，有的有轮胎的痕迹。

德拉吉拉突然用力向左猛打方向盘，冲入了一块长满干草的红色土壤的空地，踩住了刹车，车子一路侧滑，左摇右晃地停了下来。

管理员被狠狠地甩向右边，又冲向了挡风玻璃，他嘴里咒骂着，一下坐直了身体，手就伸向身体前边要去掏枪套里的枪。

德拉吉拉一把抓住管理员细瘦有力的手腕，猛地朝他的身体扭去。管理员晒黑了的脸顿时变得惨白，他的左手在枪套那儿乱摸，然后放了下来，他带着紧张、痛苦的声音说话了。

"警官，你这样只会让情况更糟糕，我在盐泉接到一个举报电话，描述了你的车和所在位置，说了有一只雌鹿的尸体在你的车里，我——"

德拉杰拉放开了手腕，解开他皮带上的枪套，拔出那把柯尔特手枪，把它丢出了车外。

"滚下去，乡巴佬！去搭你说过的便车吧！怎么回事——你的那点薪水不够花了吗？是你自己自导自演的这一切！滚回你的普马湖，你这个该死的骗子！"

管理员慢慢地爬出车外，脸色茫然地站在那里，他的下巴垮了下来。

"狠角色啊，"他嘟囔着，"你会后悔的，警官，我发誓我会去告你一状。"

德拉杰拉滑到旁边的座位，从右手边的门下车。他站在管理员的身边，慢条斯理地说："老兄，我可能搞错了，也许你是接到了一个投诉电话，但也许就是你自己干的。"

他把雌鹿的尸体拉到车外，扔到地上，看着管理员。瘦瘦的男人没有移动，也没有试着去捡在距离他几英尺草丛中的手枪，他海草色的眼睛里目光呆滞冷漠。

德拉杰拉回到凯迪拉克里，踩下油门，发动引擎，他回到了公路上，管理员仍然一动不动。

凯迪拉克沿着山坡一颠一颠地向前驶去，飞快地消失了。直到他走了很远，管理员才捡起枪，把它放回枪套，他又把雌鹿的尸体拖到一堆灌木丛的后面，开始沿着公路往山坡上走。

　　肯沃西公寓接待处的小姐说："警官，这个男人给你打了三次电话，但是他不肯留下号码。一位女士也给你打了两次电话，也没留下名字和电话。"

　　德拉杰拉从她手上接过三张便条，读了上面的名字"乔伊·基尔"，还有三次不同的时间。他拿起一些信件，碰碰自己的帽檐向女孩致意，走进了自动电梯。他乘电梯到了四楼，沿着一条狭窄安静的走廊向前走，打开了一扇门，他没有开灯，径直走向巨大的落地窗前，打开窗户，看着漆黑的天空、闪耀的霓虹灯和两个街区外奥特加大道上明亮刺眼的街灯。

　　他点燃了一支烟，一动不动地站在那儿抽了半支。黑暗中，他的脸格外长，看起来十分困惑。他终于离开了窗前，进到了他的小卧室里，打开桌上的台灯，把衣服脱得精光，走到淋浴头下冲洗。洗完之后，他身上拿毛巾擦干身子，穿上了干净的内衣，到小厨房给自己调了杯酒，他喝着酒，穿上衣服后又抽了根烟，在他往腰带上绑枪套的时候，客厅里的电话响了起来。

　　是贝拉·马尔的电话，她的声音低沉嘶哑，听起来好像哭了几个小时。

"你能接电话太好了，山姆。我——我不是故意那样说的，我很震惊，也很迷惑，我的心里一团乱。你能明白的，是不是，山姆？"

"当然了，傻瓜，"德拉杰拉说，"别去在意这些事了。无论如何，你说得没错。我刚从普马湖回来，我去那儿只是给自己找麻烦。"

"我现在只有你了，山姆，你不会让他们伤害你的，是吧？""谁？"

"你知道的，我不是傻瓜，山姆，我知道这一切都是阴谋，一个用来摆脱他的卑鄙的政治阴谋。"

德拉杰拉握着电话的手攥得紧紧的，他觉得嘴巴一阵僵硬，好一阵都说不出话来。然后他说道："事情可能就像看起来的那样，贝拉，因为那些照片而引起了一场争执。归根到底，多尼完全有权利让那样的人退出竞选，那不算是要挟……你知道他手上有枪的。"

"可以的话，你就来看看我吧，山姆。"她的声音里带着一股昔日的情谊，带着渴望。

他轻轻拍着桌面，又有些犹豫，说："好的，最近有谁在什么时候去过普马湖吗？我是说，度假屋。"

"我不清楚，我有一年没去了，他总是自己去，有时候他在那儿和一些人见面，我也不知道。"

他含含糊糊地说了一些话，过了一会儿就说了"再见"，挂断了电话。他盯着书桌上方的墙壁，眼里有一束明亮的光，那是一种冷峻的光芒。他整张脸都绷得紧紧的，显得坚定不移。

他回到卧室里，穿上大衣，戴上草帽，在出门的时候，他抓起了写着"乔伊·基尔"名字的三张纸条，把它们撕成了碎片，又把碎片放在一个烟灰缸里烧掉了。

身材高大、淡棕色头发的彼得·马库斯正坐在一张小小的杂乱的桌子边，这个空旷的房间里摆着两张办公桌，这两张办公桌分别靠着两面墙壁相对而放。另一张桌上干净整洁，上面放着带着缟玛瑙笔架的绿色吸墨垫，小小的铜制日历和被当作烟灰缸使用的鲍鱼壳。

窗边的直背椅上顶端的圆形草垫就像一个箭靶那样凸出来，彼得·马库斯左手抓着一把笔，把笔一根根地扔向椅垫，就像一个墨西哥飞刀手，他心不在焉地扔着，毫无技巧可言。

门被打开了，德拉杰拉走了进来。他关上门，靠着它，直勾勾地盯着马库斯。淡棕色头发的男人嘎吱一下转动了椅子，让椅子倾斜地靠在桌子边，用他宽宽的指甲挠挠下巴。

"嗨，西班牙老兄，旅途愉快啊！老板正唠叨着要找你。"德拉杰拉嘴里嘟囔了一声，往棕色嘴唇里塞了根烟。

"当他们在马尔的办公室里找到那些照片时，你在那儿吗，彼得？"

"是的，但照片不是我找到的，是局长找到的，怎么？""你亲眼看着他找到的？"

马库斯盯着他看了一会儿，然后轻轻地、略带戒备地说道：
"是他找到的，山姆，但不是他栽赃的——如果你指的是这个的
话。"德拉杰拉点了点头，耸耸肩："子弹的事情查得怎么样
了？""噢，不是0.32口径的——是点二五的，是一把该死的袖珍
型手枪，铜镍子弹，自动手枪，可是没找到弹壳。"

"伊马利记得要把弹壳拿走，"德拉杰拉平静地说，"却忘
记带走那些给了他杀人动机的照片。"

马库斯把脚放到了地上，身体向前倾，抬起黄褐色的眉毛向
上看。

"这也不无可能，这些照片给了他杀人的动机，但是马尔手
里的手枪好像事先已经被放好了。"

"想法不错，彼得。"德拉杰拉走到小窗子前，站在那儿看
向窗外。一会儿之后马库斯迟疑地说："你觉得我什么都没干，
是吗，西班牙老兄？"

德拉杰拉慢慢地转过身，走到马库斯身边，低下眼睛看着
他。"别生气，兄弟，你是我的搭档，总局早就认定我是马尔那
一边的，你也脱不了嫌疑。你坐在这的时候我去了趟普马湖，什
么也没发现——只不过有人往我汽车后座里放了一只鹿尸，让一
个狩猎管理员来缠住我。"

马库斯慢条斯理地站起来，手在身体两侧握成了拳，他深灰
色的眼睛瞪得大大的，大鼻子的鼻孔内壁都是白色的。

"这里没有人会那么做的，山姆。"

德拉杰拉摇摇头："我也是这么想的，但他们有可能暗示要
把我引到那儿去，那样外边的人就可以插手进来了。"

彼得·马库斯又坐了下来，他拿起一支圆珠笔，用力朝圆圆的
草垫扔去，圆珠笔刺进去，抖了一下，断了，然后掉到了地板上。

"听着，"他粗着嗓子说道，没有抬头，"这对我来说只是
一份工作而已，用来养家糊口。我不像你一样，对这份警察工作
还抱有什么理想。如果你再这样说的话，我就把这该死的警徽塞

进你的屁眼儿里。"

德拉杰拉弯下腰,一拳打在他的胸前:"别在意,警察,我心里有数,回家喝你的酒去吧。"

他打开门,迅速走出了房间,沿着大理石墙面的走廊来到一个宽敞的凹室。里面有三扇门,中间一扇上面写着:"刑事组长,请进。"德拉杰拉走进了一间小接待室,屋子中间横着一个普通的栏杆,栏杆后面的速记员抬起头来看了一眼,头往里面的那扇门偏了偏,示意他进去。德拉杰拉推开栏杆的门,瞧瞧里面的那扇门,然后推门进去。

偌大的办公室里有两个人,刑事组长泰德·麦克金坐在厚重的办公桌后面,锐眼看着德拉杰拉走进来。他是一个身材高大却肌肉已经松弛的男人,长了一张长长的,看起来总是在发脾气的忧郁的脸,一只眼睛有点斜视。

坐在桌子另一头的圆背椅子上的男人则是衣着讲究,皮鞋光亮,戴着珍珠灰的帽子和灰色的手套,他的乌木拐杖倚在旁边的另一张椅子上;他有一头令人赞叹的柔顺的白发,英俊的脸显然经过精心保养,仍然气色红润。他朝德拉杰拉笑了笑,看起来很愉悦,又带有一点儿讽刺的意味,抽着一根放在长长的琥珀烟嘴里的香烟。

德拉杰拉在麦克金对面坐了下来,瞄了一眼白色头发的家伙,简洁地说:"晚上好,局长。"

德鲁局长随即点了点头,没有说话。

麦克金身体前倾,指甲被咬得钝钝的手指扣在光亮的桌面上,他轻轻地说:"花了你好长时间才回来报到啊,找到什么了吗?"德拉杰拉面无表情地盯着他。

"我不是故意的——只是有一只死鹿出现在我车子的后边。"麦克金的表情没有任何变化,一块肌肉都没动,德鲁局长的一根粉色的,精心修剪过的手指横过自己的喉咙,齿舌并用发出了一种撕裂的声音:

"别在你的上司面前耍花招儿，伙计。"

德拉杰拉继续盯着麦克金，等待着。麦克金慢慢地开口了，语带惋惜："你的记录很好，德拉杰拉，你的爷爷曾经是这个县里最好的警长之一，你今天给他抹黑了。你被控违反了狩猎法，并且妨碍一个托卢卡县的管理员执法——拒捕，对此你有什么要说的吗？"

德拉杰拉语调不惊地说："已经正式定罪了吗？"

麦克金慢慢地摇摇头。"这只是部门投诉，还不是正式控告，我猜是因为缺乏证据。"他干巴巴地笑了笑，一点儿都不显得幽默。

德拉杰拉轻声说："这样的话，看来我得交出我的警徽了。"麦克金沉默地点点头，德鲁局长说："你真是一点就通。"

德拉杰拉拿出他的警徽，在他的袖子上擦了擦，看看它，把它从光滑的木头桌面上推了过去。

"好了，组长，"他轻轻地说，"我身上流的是西班牙人的血，纯正的西班牙人，不是墨西哥人和黑人的混血，也不是印第安人和墨西哥人混血。要是我爷爷来处理这件事，他会少说话，多用子弹。我这么做不代表我觉得这件事情很好笑。我被人故意陷害到那样一个犯罪现场，因为我曾经是多尼根·马尔最亲密的朋友。这件事情跟我的工作没有任何关系，你明白，我也明白，可是局长和他的政治后台们可就不这么觉得了。"

德鲁局长突然站起来："老天，你最好别这样对我说话。"他大吼着。

德拉杰拉慢慢地笑了，什么也没说，看都没看德鲁局长一眼。德鲁局长又重新坐了下来，怒气冲冲地喘着粗气。

过了一会儿，麦克金把警徽收进了他办公桌中间的抽屉里，站了起来。

"你被停职了，德拉杰拉，和我保持联络。"他快步穿过里面的那扇门，头也不回地走出了房间。

德拉杰拉把椅子往后一推，整整头上的帽子。德鲁局长清了清喉咙，脸上挂上了安抚性的笑容，说："我可能有点急躁，我们爱尔兰人就是急性子，千万别伤了大家的感情。你今天学到的教训是我们大家都该学的，我能给句建议吗？"

德拉杰拉站了起来，对他笑了笑——这是一个干巴巴的笑，他只拉动了自己的嘴角，脸上剩下的部分都像木头一样僵硬。

"我知道您要说什么，局长，你想让我别管马尔的案子。"

德鲁局长笑了，心情又变好了："不能这么说吧，其实根本就没有什么马尔的案子。伊马利已经通过他的律师承认了是出于自卫开的枪，他明天早上就会来自首了。所以不是这样的，我的建议是别的，回到托卢卡县去，去跟管理员道个歉，就这么简单，你大可以试试看。"

德拉杰拉默不作声地走向门厅，打开了门。然后他突然回头咧嘴一笑，露出了满口的白牙。

"当我一见到罪犯，我就能认出来，局长，他已经为自己的麻烦付出代价了。"

他走了出去。德鲁看着在一声清脆的咔嚓声中轻轻被关上的门。他脸上的肌肉因为愤怒而变得僵硬，粉红色的脸上面如死灰。他握着琥珀烟嘴的手剧烈地颤抖着，一些烟灰落在了他剪裁整洁利落的裤膝上。

"我的天，"他略带僵硬地自言自语道，"也许你是个该死的油滑的西班牙佬，也许你就像玻璃一样滑溜——但是在你身上戳个洞可是非常容易。"

他站起身来，因为愤怒，动作有些不自然，他小心翼翼地拨掉裤子上的烟灰，伸出手去拿拐杖，精心修剪过的手指扔在颤抖。

8

牛顿街位于第三街区和第四街区之间，这条街上充斥着廉价的服装店、当铺，摆满了老虎机的游乐场还有低级旅馆；旅馆门口那些眼神鬼鬼祟祟的人们嘴里轻轻地叼着烟，即使嘴唇不动也能不停地说着话；在街道中间有一个突出的木棚，上面挂着块木板，木板上写着："斯托尔桌球室"。台阶从人行道边缘往下，德拉杰拉沿着台阶走下去。桌球室门前几乎是一片漆黑，桌子上都盖着布，球杆整齐地排成一列。远处强烈的灯光下人影憧憧，到处都是吵闹声，争论声，下赌注的声音，德拉杰拉直接朝着灯光走去。突然间，就好像有什么信号一般，嘈杂声都停了下来，一片寂静中只听见一声声清脆的击球声，白球一遍遍撞到桌边，发出沉闷的声音，直到最后一声清晰的撞球入袋的声音响起，嘈杂声又一涌而出。

德拉杰拉在一张盖着桌布的台球桌前停了下来，从钱包里拿出了10美金，又从钱包的一个口袋里拿出一张便利帖，他在便利帖上写上："乔伊在哪里？"又把它贴在钞票上，把钱折了两折，他继续朝人潮走去，一直挤到桌边。

一个脸色苍白、面无表情、棕色头发标准中分的高个儿男人一边在给自己的球杆上枪粉，一边研究着桌面上的局势。他弯下腰，结实、白皙的手指拱成桥状，下注时的嘈杂声就像石头落地一样戛然而止，高个男人轻松流畅地打了个漂亮球。

一个坐在高角凳上，脸蛋圆乎乎的男人喊道："基尔40分，连续击球得8分。"

高个男人又给球杆上了上枪粉，慵懒地扫了扫四周，当他的目光扫过德拉杰拉时，眼里平静无波。德拉杰拉走到他身边，说："恢复水准了啊？马克斯，出五块钱赌你下一个球。"

高个男人点点头："来吧。"

德拉杰拉把折起来的钞票放到桌边，一个身穿条纹衬衫的年轻男人伸手去拿，马克斯·基尔有意无意地把他挡住，把钱塞进了背心的口袋里，平静地说："赌五块钱。"然后就弯下身子继续击球。

这是一记交叉路线的好球，台面上的路线是清楚的十字形，这记球得到了一片叫好声。高个男人把球杆递给他的助手——那个穿着条纹衬衫的年轻人，然后说道："休息一下，我得去个地方。"他回到黑暗中，走进了一扇标着"男士卫生间"的门。德拉杰拉点了根烟，看了看四周这些牛顿街的乌合之众，马克斯·基尔的对手——另外一个脸色苍白、面无表情的高个儿男人，站在裁判员旁边，脸都不抬地跟裁判员说着话。他们的旁边站着一个傲慢的、长相俊美的菲律宾人，他穿着时髦的黄褐色西装，独自一人，嘴里叼着棕色香烟吞云吐雾。

马克斯·基尔回到了球桌上，拿过球杆来上着枪粉，一只手伸向了背心，懒洋洋地说："兄弟，还差你五块钱。"从背心里掏出一张折起来的钞票递给了德拉杰拉。

他又一口气击了三个球，几乎没有停顿，记分员说道："基尔44分，连续击球得12分。"

两个男人钻出了人群，走向入口，德拉杰拉紧随他们其后，一直跟着他们穿过盖着桌布的台球桌，一直走到入口处的台阶下。他停了下来，打开手里的钞票，读了读便利帖，上面写有他的问题，并在下面草草写了地址。他把钞票揉成一团，塞进了口袋。一个硬邦邦的东西抵住了他的后背，一个像五弦琴的琴声一样颤抖的声音说道："想帮别人脱身，哈？"

德拉杰拉吸了吸鼻子，变得机警起来，他看向前面两个男人脚下的台阶，还有反射在他们腿上的街上的灯光。

"好吧。"颤抖的声音冷酷地说。

德拉杰拉往旁边一跳，在空中转了个身，往后甩出蛇一样的胳膊，接着往下一蹲，抓住一个脚踝；一支枪扫过来，没打中他的脑袋，但在他肩膀上敲了一下，一股刺痛传到了他的左手手臂上；他耳旁传来了粗重、急促的喘息声；一只无力的手扫过他的草帽，他听到了虚弱痛苦的咒骂声；他使劲一扭，转动脚踝，直起身子；他站在那儿，猫一样敏捷，把脚踝重重地往外一甩。

穿着褐色西装的菲律宾人摔了个四仰八叉，一支枪被震了出来，德拉杰拉把枪从一只棕色的小手边踢开，它滑到了一张桌子下面。菲律宾人一动不动地躺在地上，头痛欲裂，短边帽还贴在他油腻的头发上。

在后面的桌球室里，桌球比赛仍在安静地进行着，即使有人听到了打斗声，也没有人会走过来瞧个究竟。德拉杰拉从他屁股口袋里掏出了一根裹着皮革的棍子，弯下腰，菲律宾人紧绷的棕色脸上出现了一丝畏惧。

"你要学的还多着呢，站起来，小子。"

德拉杰拉德口气听起来稀松平常，却无比冷酷。皮肤黝黑的男人挣扎着爬起来，抬起了手臂，他的左手偷偷地移向右肩，德拉杰拉随意地一挥手腕，菲律宾人的左手挨了一棍子，缩了回去，他细细地尖叫了一声，像一只饿了的小猫。

德拉杰拉耸耸肩，他的嘴角扬起了讥讽的笑。

"抢劫啊？好啊，你个猴子，我现在很忙，下次再来教训你，快滚！"

菲律宾人溜回桌子中间，蹲了下来。德拉杰拉把棍子换到左手，右手抓住枪柄。他就那样站了一会儿，看着菲律宾人的眼睛，然后转身快步走上了台阶，消失在街道上。

棕色皮肤的男人冲向墙边，趴到桌子下找他的枪。

9

乔伊·基尔猛地推开门，手里拿着一把短短的、没有准星的旧枪。他身材矮小，饱经风霜的脸上满是忧虑，他的胡子该刮了，也得换件干净的衬衫，一股刺鼻的动物的气味从他身后的房间里飘出来。

他放下枪，苦涩地笑笑，退回了房间。

"好呀，警察先生，花费你宝贵的时间找到这儿来了。"德拉杰拉走进房间，关上了门，他把戴在他粗硬的头发上的草帽往后推，面无表情地看着乔伊·基尔，他说："你以为我能记住城里面每个混混儿的地址吗？我是去问的马克斯要的。"

矮个儿男人嘴里咕哝了两句，就走到床边躺了下来，把枪塞到枕头下面，双手交叉放在脑后，朝天花板眨眨眼。

"身上有百元大钞吗，警察先生？"

德拉杰拉拉过一把床前的直背椅坐了下来，拿出自己的烟斗，慢条斯理地往里面填着烟丝，眼带不屑地看着紧闭的窗户；床架上的珐琅碎片；角落里挂着两条脏毛巾的洗脸池；没上漆的五斗柜上的《圣经》和《圣经》上面的半瓶杜松子酒。

"在躲人吗？"他意兴阑珊地问道。

"我可是炙手可热啊，警察先生，我说的是真的，我手上有重要消息，绝对值一张百元大钞。"

德拉杰拉一脸冷漠的表情，慢慢地收起了烟袋，把一根擦燃了的火柴凑近烟斗，嘴里吞云吐雾——一副令人恼怒的悠闲模样。床上的小个儿男人焦躁不安，斜眼看着他，德拉杰拉慢悠悠地说道："我一直都对别人说，你是个不错的托儿，乔伊，但是100块钱对我这个警察来说可不是小钱。"

"绝对值得，兄弟，如果你真的在意马尔的死，又想要找对门路的话。"

德拉杰拉眼神变得坚定而冷酷，他的牙齿紧紧地咬着烟斗，开口时极其平静，极其冷酷。

"我会听听看的，乔伊。如果值得的话我会付钱的，但是你最好确保这消息是真的。"

矮个儿翻过身来，用手肘支撑着身体、"你知道跟伊马利拍下了那些裸照的女人是谁吗？"

"只知道她的名字，"德拉杰拉平静地说。"我没见过那些照片。"

"斯黛拉·拉莫特只是个艺名，她的真名是斯黛拉·基尔，我的妹妹。"

德拉杰拉把他的手交叉在椅背后面。"好极了，"他说，"继续。"

"她给他下了套，警察先生，她为了从一个斜眼的菲律宾人的几包海洛因，陷害了他。"

"菲律宾人？"德拉杰拉冷酷地吐出这几个字，他的脸绷了起来。

"是的，一个矮个儿的棕色皮肤的兄弟，一个长相英俊、衣着考究的毒贩子，一个该死的家伙，他的名字是托里波，他们叫他卡特林小子，他在斯黛拉的对面有个住处，他一直给她提供那玩意儿。然后他让她给伊马利设下圈套，她在伊马利的酒里下

291

了很重的药，他晕了过去，菲律宾人拍下了照片。很聪明，对吧？……然后，就像所有女人一样，她后悔了，然后把这一切告诉了我和马克斯。”

德拉杰拉沉默地点点头，动作几乎有些僵硬。

小个子机灵地笑笑，露出了他小小的牙齿："我能怎么办呢？我只好盯住菲律宾人。我像个影子一样跟着他，警察先生，不久之后我就跟踪他到戴夫·奥吉在文多姆的公寓……我猜这值得了一百块。"

德拉杰拉慢慢点了点头，震了点烟灰到掌心里，然后轻轻一吹："还有谁知道这件事？"

"马克斯，如果你知道怎么应付他的话，他就会站在我这边。他不想蹚这趟浑水，所以给了斯黛拉一些钱，让她离开这座城市，走得远远的，因为这些人都心狠手辣。"

"马克斯不会知道你跟菲律宾人到了哪里的，乔伊。"

小个子敏捷地坐了起来，把脚放到地上，他的脸色变得阴沉沉的。

"我可没跟你开玩笑，警察先生，我从不开玩笑。"

德拉杰拉轻轻地说："我相信你，乔伊。但我需要更多的证据，你说这到底是怎么一回事呢？"

小个子哼了一声。"鬼知道呢，这可真让人伤脑筋。菲律宾人可能以前是给马斯特斯和奥吉卖命的，或者在他拍了照片之后，跟他们达成了某种交易。然后马尔得到了照片——很明显，如果他们没说的话，他不会知道他们有照片，也拿不到这些照片。伊马利在竞选法官，马斯特斯和奥吉就是他的靠山，好吧，他是他们那一伙的浑蛋，但他还是个浑蛋——还是个爱喝酒、还脾气不好的家伙，这我们大家都知道。"

德拉杰拉的眼睛亮了一下，脸上其他的部分像木雕一样，他嘴里的烟斗一动不动，好像夹在钢筋水泥里。

乔伊·基尔继续说，脸上挂着机敏的笑："所以他们谈的是笔大交易。他们给了马尔照片，他却不知道从哪儿得来的，接着就有人向伊马利通风报信，告诉他谁拿着这些照片，是什么样的照片，马尔一定会用照片来对付他。像伊马利这样的人还会干出什么事来？他一定会去捕杀猎物，警察先生——大约翰·马斯特斯和他的同伙就可以等着吃鸭子肉了。"

"或者是鹿肉。"德拉杰拉心不在焉地说。

"什么？好吧，你看这值钱吗？"

德拉杰拉掏出钱包，将钱抖出来，然后数了几张放在膝盖上，他把它们紧紧地卷起来后扔到床上。

"我想和斯黛拉谈谈，乔伊，怎么样？"

小个子把钱塞进衬衫口袋里，摇摇头，"不可能了，你可以找马克斯试试。我觉得她已经离开城里了，我也得走了。就像我说的，他们心狠手辣——可能我跟踪的时候已经被发现了……因为有个家伙在跟踪我。"他站了起来，打着哈欠，又说："来杯杜松子酒吗？"

德拉杰拉摇摇头，看着小个子男人走到五斗柜旁拿起那半瓶杜松子酒，往一个厚厚的玻璃杯里倒满了酒，他一口喝干了杯中的酒，放下杯子。

窗户上的玻璃叮当响了一声，接着有一个像戴着手套的手轻轻拍打在什么地方的声音，一小片玻璃碎片掉在了地毯边上光秃秃的，污迹斑斑的木头上，几乎掉在了乔伊·基尔的脚边。

小个子男人有两三秒钟像是固定住了，接着玻璃杯从他的手里掉下来，在地板上弹了一下，滚到了墙边，他腿一软，慢慢地侧身躺倒在地上，又慢慢地转过身来。

鲜血慢慢从他左眼上方的一个洞里顺着脸颊往下流，血流得更快了，这个洞变得越来越大，越来越红，乔伊·基尔的眼睛空洞地看着天花板，好像那些事情再也不能叫他烦恼。

德拉杰拉轻轻地从椅子里滑到地上，用手和膝盖支撑着自己，他沿着床边匍匐着爬到墙边的窗户下，探出手来伸进了乔伊·基尔的衬衫里。他的手指在他的心脏上停了一会儿，摇了摇头，拿开了手。他趴下身子，摘下帽子，非常谨慎地抬起头，直到他能越过窗边低低的一角看出去。

他看到了巷子对面一个仓库的光秃秃的高墙。里面有一些非常高的窗户，都没有亮灯。德拉杰拉又把头低下，几乎没有出声地说："应该是消音来复枪，射得真准。"

他的手又伸向前，有些踌躇地把乔伊·基尔胸前的一卷钱拿了出来。他一直蹲着身子贴着墙壁走到门边，伸手拿了门钥匙，打开门，迅速地站起来，快速走出去，又从外面把门锁了起来。

他沿着脏乱的走廊往前走，走下了四级台阶来到一个狭窄的大厅。大厅里空无一人，放着电铃的接待台后面也没人。德拉杰拉站在街边的玻璃门后，看着街道对面的公寓楼，那儿有两个老人在门廊上坐着摇椅，抽着烟，他们看起来十分安详。他盯着他们看了几分钟。

他走出来，双眼锐利地扫视了一下街道两边，沿着停在街边一辆又一辆的车走到下一个街角，走过了两个街区后他拦了辆的士，回到了牛顿街上的斯托尔桌球店里。

这会儿桌球室里已经灯火通明了，到处都是击球和桌球滚动的声音，球手们在厚厚的烟雾中穿来穿去。德拉杰拉环视一圈，接着走到那个坐在收银机边高脚凳上的、肥脸的男人身边。

"你是斯托尔？"

脸蛋胖乎乎的人点点头。

"马克斯·基尔去哪儿了？"

"早就走了，伙计，赌注只有一百来块钱。我猜他应该回家了吧。"

"他住在哪儿？"

肥脸男人快速地扫了他一眼，手指大小一样的光在他眼里一闪而过。

"我可不知道。"

德拉杰拉作势把手伸进了他平常放警徽的口袋里，又放了下来——尽量让动作显得从容不迫，胖脸的家伙咧嘴一笑。

"警察，是吗？好吧，他住在曼斯菲尔德，格兰德往西三个街区。"

10

卡费里诺·托里波，那个穿着精致剪裁的褐色西装的菲律宾帅哥，从电报局的收银台上拿起了两个一毛和三个一分的硬币，朝一边等他等得不耐烦的金发女郎笑了笑。

"这电报马上就能发出去吗，亲爱的？"

她冷冰冰地扫了一眼电报内容："曼斯菲尔德旅馆？20分钟内就能发到——别叫得那么亲热！"

"好的，亲爱的。"

托里波优雅地踱出了电报局。金发女郎用手指戳戳电报，头也不回地说："这家伙肯定是疯了，居然给三个街区外的旅馆发电报。"

卡费里诺·托里波沿着泉水街一路漫步，棕色香烟在他的肩后留下了一缕烟雾。到了第四个转角后，他向西转，又走了三个街区，从理发店边上的曼斯菲尔德的侧门走了进去。他走上几级大理石台阶，到了一楼和二楼之间的中厅，然后沿着写字房后面铺着地毯的台阶走到三楼，又走过电梯，大步流星地往长长的走廊头走去，边走边看着门上的门牌号。

走到一半，他又回到了电梯处，在一个开放式的小厅里坐了下来，这个厅里有两扇窗户，一张玻璃面桌子和几张椅子。他用烟头点了一根新的烟，背靠着墙，听着电梯声。

只要电梯在这层楼一停下，他立刻身体前倾，听着来人的脚步声。大概过了十分钟，有人往这里走来。他站起来，走到小厅入口处的墙角边，从右边腋下掏出一支细长的手枪，把枪换到右手，枪口朝下靠着墙紧贴在他的腿边。

一个矮矮胖胖、满脸麻子的菲律宾人从走道里走过来，他穿着服务生制服，手里托着一个小托盘。托里波发出了嘶嘶的声音，举起了枪。矮胖的菲律宾人吓呆了，他的嘴张得老大，眼睛直瞪着枪。

托里波说："送到哪个房间的，小子？"

矮胖的菲律宾人脸上挂上了紧张，谄媚的笑，他走近了一些，让托里波看见他托盘里的黄色信封，信封上用铅笔写着房号338。

"放下来。"托里波冷静地说。

矮胖的菲律宾人把电报放在桌上，眼睛盯着枪。

"快滚，"托里波说，"你把这封信放在门边了，明白了吗？"矮胖的菲律宾人捣蒜般点点头，又紧张地笑了笑，一溜烟跑向了电梯。

托里波把枪放到了他的夹克口袋里，拿出一张叠起来的白纸，极其小心地打开它，把亮晶晶的白色粉末倒了一些到撑开的拇指和食指形成的凹槽上，他用鼻子一口气把粉末吸进去，又拿出一条火红色的丝质手帕来擦擦鼻子。

他定定地站了一会儿，眼神呆滞，褐色脸上的皮肤好像在高高的颧骨处紧绷了起来，齿间的呼吸声都清晰可闻。

他拿起了黄色信封，沿着走廊走到尽头，在最后一个门前停了下来，敲敲门。

房里传来应门的声音，他把嘴靠近门边，用细而恭敬的声音回答道：

"有您的信件，先生。"

弹簧床吱呀作响，从房里的地板上传来脚步声。一把钥匙插进了门锁，门被打开了。这时，托里波又拿出了细长的枪，门一打开，他优雅地把臀部一晃，敏捷地侧身挤进了门里。他用细长的手枪枪口盯着马克斯·基尔的腹部。

"后退！"他低声吼道，用他颤抖的五弦琴似的声音强硬地说。马克斯·基尔往后避开枪口，退到床边，他腿一碰到床时就坐了下来，弹簧床上的弹簧吱吱响，报纸发出沙沙声。马克斯·基尔整齐分开的棕色头发下面的脸毫无表情。

托里波轻轻地关上门，上了锁，当门咔嚓一声上了锁时，马克斯·基尔的脸色突然变得难看，他的嘴唇开始不停地颤抖。

托里波用他琴弦似的声音嘲讽地说道："和警察聊过了，是吗？再见了。"

他手里细细的手枪跳了一下，接着又跳个不停，一缕白色的烟从枪口飘了出来，枪声并不比用锤头钉钉子或者膝盖重重地撞在木头上的声音大，连续响了七声。

马克斯·基尔慢慢地倒回床上，他的腿在地上摊开，眼睛变得空洞，嘴唇张开，吐出了桃红色的泡沫，鲜血由他宽松的衬衫上的几个地方渗出来。他僵直地躺在那儿，仰面朝天地看着天花板，脚还架在地上，粉红色的泡泡从他青色的嘴唇里冒出来。

托里波把枪换到左手，又放回了腋下，他悄悄走回床边，低头看着马克斯·基尔。过了一会儿，他的嘴不再冒出粉红的泡沫，马克斯·基尔的脸变成了一张死人的安静、空洞的脸。

托里波回到门口，打开门，正要后退着出门，眼睛还盯着床上，突然，他的背后起了一阵旋风。

他的头晕起来，伸出一只手来向上抓，可是什么东西套住了他的脖子，他的脸重重地撞到了地板上，地板在他眼前怪异地倾斜着，当他倒向地板时，他晕了过去。

德拉杰拉把菲律宾人的腿踢进房间里，关上门之后把门锁了起来，他僵硬地走到床边，身子旁晃着一根皮革棍子。他在床边站了好一段时间，最后以耳语似的声音说道："他们在斩草除根，是的——他们在斩草除根。"

他回到菲律宾人身边，把他翻过身来，搜查他的口袋，从里面找到了一个没有任何身份证明的鼓鼓的钱包、用塘鹅装饰的金色打火机、金色的香烟盒、钥匙、金色的铅笔和小刀、火红色的手帕、零钱、两支枪和备用的子弹，还有褐色西装票兜里的五包海洛因。

德拉杰拉把海洛因都撒在地上，站起身来，菲律宾人喘着粗气，闭着眼睛，脸颊一边的肌肉在抽动。德拉杰拉从口袋里拿出一卷细铁丝，把这个棕色皮肤的家伙的手绑在身后，又把他拖到床边，让他靠着床腿坐起来，把他的脖子用铁丝绕起来，把铁丝绕在床柱上，在绕着脖子的铁丝上系上了火红的手帕。

他走进浴室，接了一杯水，使尽全力把它泼到菲律宾人的脸上。托里波身子抖了一下，脖子上的铁丝一紧，他的眼睛瞪大了，张开嘴大叫起来。

德拉杰拉扯紧了棕色喉咙上的铁丝，尖叫声就像被关掉了一样戛然而止，取而代之的是痛苦的呻吟声，托里波嘴里流出了口水。德拉杰拉又松开了铁丝，低头凑近菲律宾人的脑袋。他轻轻地对他说话，声音里有种致命的温柔。

"你会向我开口的，小子，也许不是现在，也许不会很快，但一会儿之后，你就会对我开口的。"

菲律宾人的眼睛转动了一下，啐了一口，然后就紧紧地闭上了嘴。

德拉杰拉露出一个冷酷的微笑："狠角色啊。"他轻轻地说，然后猛地一扯手帕，扯得又紧又狠，铁丝紧紧地扣在了他棕色脖子的喉结上。

菲律宾人的脚开始在地上挣扎，他的身体扭动着，棕色的脸变成了绛紫色，眼球突出，充血。

德拉杰拉又松开了铁丝。

菲律宾人大口大口地往肺里吸气，他的脑袋垂了下来，然后猛地倒回床柱上，浑身都在发抖。

　　"好……我说。"他喘着气。

11

当门铃响起时，伊伦赫德·图米正小心翼翼地把一张黑色"10"放在一张红色的"J"上，然后他舔了舔嘴唇，把所有的牌放下，扫视四周，目光越过餐厅的拱门落到了这间平房的前门上。他慢慢起身——他是个大块头，长着一头灰色蓬松的头发和一个大鼻子。

在拱门外的客厅里，有个苗条的金发女郎躺在沙发上，她在一个灯罩坏了的红色台灯下看着杂志。她非常美丽，但有些苍白。细细的挑眉让她的脸看起来备受惊吓。她放下杂志，把脚放到地上，盯着伊伦赫德·图米的眼睛突然充满恐惧。

图米一言不发地挥了一下拇指，女郎站起来，迅速穿过拱门，打开一扇旋转门跑进了厨房里，她慢慢地关上了旋转门，没让它发出声响。

门铃又响了，这次响的时间更长了些。图米把自己穿着白袜子的脚塞进了地毯上的拖鞋里，大鼻子上架着一副眼镜。图米从他旁边的椅子上抓起一把左轮手枪，再从地上捡起一张皱巴巴的报纸，把它随意地包在手枪前面，然后不慌不忙地朝前门走去。

他打着哈欠开了门，戴着眼镜的双眼惺忪地看着站在门廊上的高个儿男人。

"好吧，"他不耐烦地说，"有话快说！"

德拉杰拉说："我是警察，想要见见斯黛拉·拉莫特。"

伊伦赫德·图米圣诞树一样粗的手臂横在门框上，牢牢地守住门口，他的表情仍然十分不耐烦。

"你找错地方了，警察先生，这里没有女人。"

德拉杰拉说："那让我进去看看吧。"

图米激动地说："让你进来——见鬼！"

德拉杰拉手法熟练地从口袋里掏出一支枪，砸向图米的左手手腕，报纸和手枪掉到了门廊的地上，图米的脸一下子精神了。

"都是老掉牙的把戏了，"德拉杰拉呵斥道，"让我进去。"图米甩了甩左手手腕，把另一只手从门框上移开，重重的一拳打在德拉杰拉的下巴上。德拉杰拉把头移开约莫四英寸，他皱起了眉头，唇舌里发出了一声不满的咕哝声。

图米扑向他，德拉杰拉往旁边一闪，枪砸向了长满灰色头发的大脑袋，图米摔了下去，身体一半在房里，一半在门廊上，他咕哝着将手撑在地上，开始爬起来，好像根本没被打过似的。

德拉杰拉把图米的枪一脚踢开，屋里的弹簧门发出了轻微的声响。当德拉杰拉寻声看过去的时候，图米用一只手撑膝盖跪着，他朝德拉杰拉的腹部打了一拳，德拉杰拉嘟囔了一声，又用力地砸了一下图米的头，图米晃晃脑袋，嘴里低吼着："想打倒我？别浪费时间了，老兄！"

他跳到一边，抓住德拉杰拉的腿，把他的腿往地上一扯，德拉杰拉一屁股坐到了门廊的地板上，堵在了门口，他的头撞到了门边，一阵发晕。

德拉杰拉摇摇头，嘴里开始咒骂，图米把他的脚用力一扭，他痛得都喘不过气来。图米咬牙使出全力来扭着，好像世上只剩下这只脚，仿佛这只脚是他自己的，他想怎么样就能怎么样。

德拉杰拉的头往后一仰，脸色惨白，他的嘴因为巨大的痛苦而扭曲，他爬起来，左手扯住图米的头发，用力把他的大脑袋拉起来，直到他的下巴朝上，皮肤都紧绷，德拉杰拉用他的柯尔特手枪砸向他的脸。

图米一下子瘫软了，软绵绵地瘫到他的腿上，把他压倒在地上。德拉杰拉动弹不得，只得用自己的右手撑着地板，努力不被图米的体重压倒地上，但他没办法把拿着枪的右手从地上举起来。金发女郎正朝他走来，对他怒目而视，苍白的脸上满是怒火。德拉杰拉精疲力竭地说道："别做傻事，斯黛拉，乔伊——"

金发女郎的脸一下僵住了，她眼中小小的瞳孔显得异常冷酷，一道怪异的光芒闪过她的眼睛。

"警察！"她几乎是吼着说道："警察！老天，我恨透了警察！"她手上的枪响了，枪声回响在房间里，穿过开着的前门，一直传到街道对面高高的栅栏那儿。

好像有一根木棍重重地砸在德拉杰拉的左脑上，疼痛漫过了他的全身，眼前白光闪烁——亮晃晃的白光充斥了整个世界，然后就是一片黑暗。他无声无息地倒了下去，落入了无尽的黑暗中。

12

德拉杰拉的眼前有一片蒙着红雾的亮光，从他的脸的一侧，整张脸直到牙根儿都被剧烈的疼痛感折磨着。当他试着动动舌头时，他的舌头又干又麻，他试着动动手，它们好像离他很远，根本不是他的手。

接着他张开了眼睛，红雾消失了，他的眼前是一张大大的脸，脸凑得很近——简直是一张巨大无比的脸。这张脸圆圆胖胖，下巴光溜发青，咧开的厚嘴唇叼着一支有明亮细线的香烟。那张脸咯咯地笑了，德拉杰拉再次闭上了眼睛，疼痛袭来，淹没了他，他晕了过去。

过了几秒，或者许久之后，他又看到了那张脸，他听到了一个粗哑的声音。

"好了，他清醒过来了，真是个经得起折腾的家伙。"

那张脸凑近了些，雪茄尾部闪着樱桃红的光。突然，他被雪茄的烟呛到了，开始剧烈地咳嗽起来，他觉得自己脑袋的一侧就要裂开来了。他能感觉到鲜血顺着他的脸颊留下来，滑过皮肤，然后又在已经变干，结成块的血迹上往下流。

"这顿揍可得让他学乖点了。"低沉的声音说道。

另一个带有爱尔兰口音的声音说了一些肮脏下流的话，

那张大脸把脸转向发出声音的方向，吼了一声。

德拉杰拉终于完全清醒了，他终于看清了房间，里面有四个人，那张大脸是大约翰·马斯特斯的脸。

那个纤瘦的金发女郎窝在沙发的一头儿，表情呆滞地盯着地板，她的手僵硬地放在身体两侧，手埋在了沙发的垫子里，没办法看见。

戴夫·奥吉瘦长的身躯倚在一个挂着帘子的窗边的墙上，他楔形的脸看起来充满厌烦。德鲁局长坐在沙发的另一头儿，白色的头发在破旧的台灯的照射下变成了银色，他那双蓝色的眼睛非常明亮，非常专注。

大约翰·马斯特斯的手里有一把闪亮亮的枪，德拉杰拉看着枪，眨眨眼，试图站起来，一只手用力推了他一把，他又坐了回去，他顿时觉得一阵恶心。低沉的声音冷酷地说："省点力气吧，软脚虾，你已经闹够了，现在轮到我们了。"

德拉杰拉舔舔嘴唇，说："给我杯水。"

戴夫·奥吉从墙边离开，穿过餐厅的拱门，回来时手里拿了一个玻璃杯，他把杯子送到德拉杰拉的嘴边，德拉杰拉一口气喝光了里面的水。

马斯特斯说："我们很欣赏你的胆量，警察先生，但你把你的胆量用错了地方。看来你是个看不懂别人暗示的人，这可太糟糕了。你会完蛋的，知道吗？"

金发女郎转过头来，怨恨地看着德拉杰拉，又把视线移开了。奥吉回到了墙边，德鲁不安地用手指快速摩挲着自己脸的一边，好像德拉杰拉鲜血淋漓的头让他的脸都痛了。德拉杰拉慢慢地说："杀了我只能让你痛快一些而已，马斯特斯，笨蛋就是笨蛋，你已经为此杀了两个人，你甚至不知道自己在掩盖些什么。"高大的男人厉声咒骂起来，举起了亮闪闪的枪，然后又慢慢地放下来，狠狠地瞪了他一眼，奥吉懒懒地说："放轻松，约翰。让他把话说完。"

德拉杰拉还是用那种慢吞吞的、不经心的语气说话："坐在那儿的那位女士，是你们杀害的两位死者的妹妹。她把自己的故事告诉了他们——自己怎样诱骗了伊马利，谁拍了照片，还有这些照片是怎么到多尼根·马尔手上的。你们的菲律宾小兄弟已经向我招认了，我已经大概知道了事情的来龙去脉。你们不能保证伊马利能干掉马尔，说不定马尔会杀死伊马利，不过不管怎么样，你们都能铲除掉马尔，只有一点，如果伊马利真的干掉了马尔，案子必须要马上侦破。这就是你们疏忽的地方，你们还不知道发生了什么，就开始掩盖一切。"

马斯特斯厉声地说："胡说，警察先生，简直是一派胡言，你只是在浪费我的时间！"

金发女郎把头转向德拉杰拉，看着马斯特斯的后背，她的眼睛里涌起了恨意。德拉杰拉轻轻地耸耸肩，继续说道："你们一早就决定好要杀掉基尔兄弟了。当然，妨碍我办案，给我下套，也是早有预谋，因为你们觉得我跟马尔是一伙的。但出乎你们意料的是——你们找不到伊马利，这下事情就变得棘手了。"

马斯特斯冷酷的黑眼睛变得又大又空洞，本就粗壮的脖子更粗了，奥吉从墙边向他走了几英尺，僵硬地站在那里。过了一会儿之后马斯特斯咬着牙齿轻轻地说道："说得没错，警察先生，跟我们说说这是怎么回事。"德拉杰拉用两只手指的指间摸了摸自己血迹斑斑的脸，他看了看自己的手指，眼里深不可测。

"伊马利已经死了，马斯特斯，在马尔被杀死之前，他就已经死了。"

房间里鸦雀无声，没人动弹，德拉杰拉眼前的四个人都惊得呆若木鸡。很久之后马斯特斯做了一个深呼吸，几乎是耳语地说道："说说看，警察先生，快说，不然我就——"

德拉杰拉冷冷地打断了他，声音里不带任何感情，"伊马利的确是去见了马尔，他为什么不去呢——他并不知道自己被出卖了。只不过他是昨晚去见的马尔，而不是今天。他们一起开车到了马尔普马湖的度假屋去了——打算用和平商谈来解决问题，不论怎么说，就是这么回事儿。然后他们在那儿吵了起来，伊马利被杀死了，他从门廊尽头被推了下去，脑袋在石头上撞开了花。他就那么死了，尸体就躺在马尔度假屋的木棚里……是的，马尔把他藏起来，回到了城里。接着，他今天接到了个电话，提到了伊马利的名字，约他在今天中午12点15分见面。马尔能怎么做呢？他当然只能搪塞过去了。他打发办公室的女孩去吃午饭，把枪放在触手可及的地方——已经准备好应付麻烦。只不过来人要了他，他没能用上他的枪。"

马斯特斯粗声粗气地说："见鬼，小子，你真是该死的聪明，你怎么可能弄清楚一切事情呢？"

他回头看向德鲁，后者则脸色灰暗，神情紧张，奥吉又从墙边走开了些，往德鲁靠近，金发女郎一动不动。

德拉杰拉不耐烦地说："当然，有一些是我猜的，但我的一切猜测都与事实相符，一定是这样的。马尔身边有枪，他可不是那种疏于防范的人，况且他有难在身，一切都准备好了，为什么他没有开枪呢？因为拜访他的是一个女人。"

他抬起一只手，指向那个金发女郎："她就是你们的杀手。虽然她欺骗了伊马利，但她还是爱他的。她是个瘾君子，瘾君子都是这样的，一回过头来，她马上就觉得伤心自责，所以她亲自去报复马尔了，问问她吧！"

金发女郎迅速站起来，她的右手猛地从垫子里抽出来，手里握着一支自动手枪——正是射伤了德拉杰拉的那支手枪。她绿色的眼睛黯淡、空洞，眼神呆滞，马斯特斯转过身，用亮闪闪的左轮手枪朝她的胳膊砸去。

她在近距离内毫不犹豫地朝他开了两枪，鲜血从他厚实的肩膀的一边喷洒出来，沿着他的外套往下流。他浑身颤抖了一下，亮闪闪的左轮手枪掉到地上，几乎就掉到了德拉杰拉的脚边。他往外向德拉杰拉坐着的椅子后面的那堵墙上倒去，一只手伸向墙壁，他的手撞到了墙上，手慢慢随着身子的跌落向下滑，他重重地倒下了，不再动弹。

德拉杰拉几乎就够到那支亮闪闪的左轮手枪。

德鲁大叫着站了起来，女郎慢慢地转向奥吉，好像没看见德拉杰拉似的。奥吉从腋下掏出鲁格尔手枪，一把推开德鲁，小小的自动手枪和鲁格尔的枪声同时响起，自动手枪没有打准，女郎跌坐在沙发上，她的左手抓着前胸。她转动了一下眼珠，想再把枪举起来，然后她侧身倒在了一边的垫子上，左手松开了，从胸前垂下来。她胸前的连衣裙马上就被鲜血染红了，她的眼睛张开了，又闭上，接着又张开了，再也没有闭上。

奥吉又把鲁格尔枪指向了德拉杰拉，他的眉毛因为紧张而高高扬起，梳得整齐柔顺的棕色头发紧紧地贴在他的头皮上，好像是画上去的。

德拉杰拉朝他一连开了四枪，速度快得就像机关枪在射击一样。刹那间，在奥吉倒地之前，他的脸已经变成了一张瘦削而空洞的老脸，眼神痴傻茫然。他长长的身体往折弯似的倒在地上，手里还握着鲁格尔手枪，双腿压在身体下面，好像根本没有骨头。空中飘散着浓重的火药味，空气似乎因为枪声而凝固了。德拉杰拉慢慢地站起来，拿着亮闪闪的左轮手枪走向了德鲁。

"你一个人的盛宴啊，局长，这是不是你想要的结果呢？"

德鲁慢慢地点点头，脸色苍白，浑身颤抖，他吞了吞口水，在地板上慢慢地走动，走过奥吉摊开的尸体边，看向沙发上的女郎，摇摇头。他走到马斯特斯身边，单膝跪下来，碰碰他，又站了起来。

"都死了，我想。"他轻声说道。

德拉杰拉说："干得不错啊，那个大个子呢？那个彪形大汉？""他们把他送走了，我——我想他们并没有想要杀你，德拉杰拉。"

德拉杰拉微微点点头，他的脸柔和了下来，冷硬的线条消失了，没被血迹覆盖的那半张脸看起来有了人类的气息。他用一条手帕擦擦脸，上面立刻染上了鲜红的血迹，他把手帕丢开，用手指轻轻梳理着头发，一些头发因为干涸的血块而黏在一起。

"见鬼的，不想才奇怪吧。"他说。

屋子里一片寂静，外面也没有声音。德鲁听了听，吸吸鼻子，走到前门往外面张望，外面的街道上一片漆黑，静悄悄的，他转身回来，走到德拉杰拉身边，非常勉强地挤出一个微笑。

"这真是值得大加称颂，"他说，"一个警察局长必须自己做卧底——一个正直的警察按照事先设计好的一切，假装被停职去帮助他。"

德拉杰拉面无表情地看着他："你真的想这么做吗？"

德鲁现在又能冷静地说话了，他的脸色又恢复了红润："为了我们的部门，小伙子，为了整个城市——和我们自己，这是唯一的做法。"

德拉杰拉直直地看向他的眼睛。

"我也喜欢这个做法，"德拉杰拉冷漠地说，"如果真的能像我们所想的那样的话。"

13

马库斯停下车，带着羡慕的表情朝掩映在树荫里的大房子咧嘴一笑。

"真不错，"他说，"我真想在这里好好休息一阵。"

德拉杰拉慢慢地从车上走下来，显得十分僵硬和疲倦。他摘下他的草帽，夹在他的腋下，他左边脑袋上的一部分头发被剃光了，被剃光的部分缠上了厚厚的绷带和纱布，一绺粗硬的头发从绷带边缘伸出来，显得非常滑稽。

他说："是啊——不过我可不住在这儿，伙计，等我一下。"他沿着草丛中的石径往前走，清晨的阳光下，树木在草地上投下长长的阴影。房子显得非常安静，窗帘都被拉上了，门上的铜把手上有个黑色的花环。德拉杰拉没有走向门前，而是转到窗户下面的另一条小路上，从唐菖蒲花园经过，沿着房子的侧面走过去。

房子后面有更多的树木、草坪、花朵、阳光和树荫，其中一处还种了荷花，里面有一只大石牛蛙的池塘，稍远处有半圈椅子围着铺着瓷砖的铁桌子。贝拉·马尔就坐在其中的一张椅子上。

她穿着一条黑白相间的连衣裙，看起来轻松惬意，栗色的头发上带着一顶宽边园丁帽。她静静地坐在那儿，目光越过草地看向远方，她的脸色苍白，妆面都浮在脸上。

她慢慢地回过头来，木然地笑了笑，指指旁边的椅子。德拉杰拉没有坐下，他拿出了夹在腋下的草帽，用一根手指敲着帽檐，说道："案子已经结束了，但还有一系列的审理，调查，威胁，许多人都在新闻里大呼小叫，报纸也会大肆渲染一段时间。但是归根结底，在记录上，案子已经了结了，你可以开始试着忘记它了。"

女人突然看向了他，睁大了她生机盎然的蓝色眼睛，又把眼睛移开，看向了草地。

"你的头伤得很重吗，山姆？"她轻轻地问。

德拉杰拉说："没有，还好……我是说，叫拉莫特的女人杀了马斯特斯——也是她杀了多尼。奥吉杀了她，我杀了奥吉，结果都死了，一环扣着一环。但我猜我们永远都不会知道伊马利是怎么死的，我想那已经不重要了。"

贝拉·马尔没有抬头看他，轻轻地说："但你怎么知道木屋里的人就是伊马利呢？报纸上说——"她停了下来，突然浑身颤抖起来。

他木然地盯着手里的帽子："我不知道，我想是一个女人杀了多尼，湖边的人是伊马利只是我的一个猜测，因为那个人符合对伊马利的描述。"

"你怎么知道是一个女人……杀了多尼？"她有些拉长了声音，平静地低声问道。

"我就是知道。"

他走开几步，站在那儿看着树，然后慢慢地转过身，又走回她的椅子边，站在她身旁，他的脸显得很疲倦。

"我们曾经有过很美好的时光——我们三个，你，多尼还有我。生活对人好像很残忍，现在这一切都不复存在了——所有美好的事情。"

她的声音仍然很低："也许我们并没有失去一切，山姆，从

311

现在开始，我们一定要经常见面。"

他的嘴角扬起了一个淡淡的笑容，转瞬即逝，"这是我第一次骗人，"他轻轻地说，"我希望是最后一次。"

贝拉·马尔的头转动了一下，她的手抓住了椅子的扶手，在充满色泽木头的对比下显得很苍白，她的整个躯体似乎都变得僵硬了。

过了一会儿，德拉杰拉把手伸进口袋，一个闪着金光的东西出现在他的手中，他低头茫然地看着它。

"我拿回了我的警徽，"他说，"但它再也不像以前那样干净了，我想让它一尘不染，从现在开始我会努力的。"他把警徽放回了口袋里。

女人极其缓慢地走到他面前，她抬起下巴，意味深长地盯着他，她的脸就像打着胭脂的白色石膏面具。

她说："我的天哪，山姆——我开始明白了。"

德拉杰拉没有看向她的脸，他越过她的肩膀看向远方的虚处，开口时声音含糊，好像是从很远的地方传来的。

"当然……我觉得是女人，是因为那把枪是一把女人用的小型枪，但不仅仅是因为这个。当我去了木屋之后，我知道多尼已经准备好应对麻烦了，而一个男人在这种情况下要对付他可不是那么容易的。如果伊马利成功干掉了多尼，那这个计划就完美无缺了。马斯特斯和奥吉误以为他得手了，马上就让一个律师打电话替他承认罪行，并且承诺到早上就回来自首。所以任何对伊马利的死毫不知情的人很自然地就进了圈套，况且，没有警察会想到一个女人会把弹壳捡起来。

"在听完乔伊·基尔的故事之后，我以为是那个叫拉莫特的女孩干的。但当我在她面前提起这件事的时候，我就知道不是她。那实在是太卑鄙了，某种程度上，是我害死了她，尽管我觉得，跟那群人混在一起，她也没什么活路了。"

贝拉·马尔还在盯着他，除了微风轻轻拂动她的头发以外，她整个人都一动不动。

他把目光从远处收回来，严肃地盯着她看了一会儿，又看向了远方。他从口袋里拿出一小串钥匙，扔到桌上。

"直到后来我才完全明白过来，有关三个让我困惑的疑团——本子上的记录，多尼手里的枪和消失的弹壳。然后我突然就明白了，他不是立刻就死了的，他用勇气坚持到了最后一秒钟——为了保护某个人。记事本上的字迹有些颤抖，是后来他自己一个人，在他临死的时候写上去的。他一直想着伊马利的事情，所以他就写下了他的名字，用来扰乱侦查，然后他从抽屉里拿出手枪，所以他死的时候手里握着手枪。最后只剩下弹壳的问题了，过些时候，我也弄明白了。

"犯人是在近距离内开的枪，只隔着桌子，桌子的一头儿摆着一些书，弹壳掉到了那里，他能够到那儿，因为他不可能弯腰从地上捡起弹壳。你的钥匙圈上有他办公室的钥匙，我昨天深夜去了那里，在他的雪茄保湿盒里找到了弹壳，没有人检查过那里。到头儿来，人们还是只能找到他们想找的东西。"

他停下说话，摸了摸自己的脸颊。一会儿之后他补充道："多尼尽了全力——然后才死去。他干得不错——我会尽力让他和一切脱离干系的。"

贝拉·马尔慢慢地开口了，一开始只是口齿不清，后来她终于吐字清楚了。

"不只是女人，山姆，是他拥有的那个女人。"她颤着声音说道，"我明天就进城去自首。"

德拉杰拉说："不，我告诉你我要让他和一切都脱离干系，城里的人喜欢事情就像现在这样了结。这是完美的政治，也让这座城市都脱离了马斯特斯和奥吉的魔爪。德鲁可以风光一阵子，但不会太久的，因为他太过软弱，这都不重要……你不要插手任何事，你要做的就是多尼用尽他最后的力气来做的事情——让自己置身事外。再见。"

313

他最后看了一眼她涂满脂粉的苍白的脸，然后转身走过草坪，穿过有荷花和石牛蛙的池塘，沿着房子侧面向车子走去。

彼得·马库斯打开了门，德拉杰拉钻进车子坐下，头靠着椅背坐在车内，闭上眼睛，语气平淡地说："慢慢开，彼得，我的头痛得要命。"

马库斯发动了车子，开到了街道上，慢慢地从德内佛巷往城里驶去，笼罩在树荫中的房子消失在他们身后，被遮挡在一片高高的树林里。

直到车子开出很远之后，德拉杰拉才又睁开眼睛。

（本文译者　俞惠娴、蒲若茜）

恼人的珍珠

我花了一个早上的时间盯着打字机前面的一张白纸，想要写一封信，却什么也没干成——这话实在不假，我每天早上都无所事事——这也所言非虚。但这也不能成为我必须要为老太太彭拉杜克找回她的珍珠项链的理由啊！我又不是警察。

但这个电话是艾伦·麦金托什打来的，事情当然就有所不同了。"亲爱的，你好吗？"她问我，"忙不忙？"

"有时候忙，有时候很闲，"我说，"大多数的时候都很闲。我很好，怎么了？"

"我觉得你不爱我，沃尔特，否则无论如何你都会去找些事来做——你的钱太多了。有人偷走了彭拉杜克夫人的珍珠项链，我希望你能帮她找回来。"

"你以为自己在跟警察局的人打电话吗，"我冷冷地说，"这是沃尔特·盖齐的公寓，我是盖齐先生。"

"好吧，那你就转告盖齐先生，说艾伦·麦金托什小姐告诉他，"她说，"如果他半个小时之内没到这里的话，他就会收到一个挂号包裹——里面会装着一枚订婚戒指。""这可会给我带来不少好处，"我说，"那个老蝙蝠还能再活上个50年呢。"

但她已经挂上了电话，所以我只好戴上帽子，下楼开着我的帕卡德汽车上路了。这是四月末一个美好的早晨——如果你在乎这些的话。彭拉杜克夫人住在卡隆德莱特公园里一条宽阔安静的街道上，这栋房子和50年前看起来相差无几，但是一想到艾伦·麦金托什有可能在里面再待上50年，我就一点儿也不开心了——除非老彭拉杜克夫人去世，再也不需要护士。彭拉杜克先生于几年前去世了，没有留下遗嘱，只有一堆理不清的财产和一排长长的领取养老金的人名的名单。

我按响了前门的门铃，过了一会儿，一个穿着佣人围裙的小个子老女人开了门，她看着我，好像之前从来没见过我似的，好像此时此刻出现的我一点儿也不受欢迎。

"请帮我叫一下艾伦·麦金托什小姐，"我说，"就说沃尔特·盖齐找他。"

她吸了吸鼻子，什么也没说，转过身子，我跟着她走进了散发着霉味的房子里，又走到了一个用玻璃围起来的门廊上——这里摆满了藤编家具，充斥着古埃及坟墓的味道，她又吸着鼻子走开了。

过了一会儿，门又被打开了，艾伦·麦金托什走了进来，她一头蜂蜜色头发，皮肤就像水果商为自己偷偷留着刚摘下的水蜜桃一样水嫩，她的个子很高——也许你不喜欢这种类型的女孩——但如果真是这样的话，我可为你感到可惜。

"亲爱的，你还是来了！"她叫道，"你真好，沃尔特！坐下来吧，我来告诉你事情的来龙去脉。"

我们坐了下来。

"沃尔特，彭杜拉克夫人的珍珠项链叫人给偷走了。"

"你在电话里已经跟我说过了，我的体温很正常。"

"请容我做出一个专业的揣测，"她说，"也许一直以来，你的体温都是不正常的。项链上串着49颗精心挑选的粉色珍珠，彭杜拉克先生将它作为金婚纪念的礼物送给了彭杜拉克夫人。她最近很少戴了，除非是在圣诞节，或者是在一些十分要好的老朋友来吃晚饭的时候，又或者在她身体状况好些，能坐起来的时候她才会戴。而且每到感恩节的时候，她都会邀请所有彭拉杜克先生留给她的那些领养老金的人、她的朋友和公司的老员工来吃饭，那个时候她也会戴上它。"

"你的动词时态有点混乱啊，"我说，"但整体大意还是很清楚的。继续说。"

"好的，沃尔特，"艾伦说，带着某些人所说的那种俏皮的神态，"项链被偷走了。是的，我知道我已经告诉你三遍了，但这里面有蹊跷。项链放在一个皮革盒子里，这盒子又放在一个旧保险箱里，而保险箱多半是开着的，而且我敢说，就算这保险箱是锁上的，一个强壮的男人只要手指用力就能打开它。今天早上我去那儿拿一份文件，正想查看一下珍珠——"

"我希望你一直这么陪着彭拉杜克夫人的原因不是因为她可能会把珍珠项链留给你，"我生硬地说，"珍珠很适合老人家和金发胖妞，对高挑纤细的人来说——"

"噢，闭嘴吧，亲爱的，"艾伦打断我的话说，"我当然不会等着那些珍珠了——因为它们都是假的。"

我困难地咽了咽口水，盯着她，"好吧，"我瞥了旁边一眼，说，"我只听说过老彭杜拉克偶尔会从帽子里拉出一些斗鸡眼的兔子，但是把一串假的珍珠项链送给自己的老婆做金婚纪念礼物？这实在是太可笑了。"

"噢，别傻了，沃尔特！当初项链送给她的时候是真的。事实上，是彭拉杜克夫人把它给卖了，做了一个赝品。她的一个老朋友，格雷莫尔珠宝公司的兰辛·格雷莫尔先生悄悄替她办好了这一切——她当然不想让任何人知道这回事，这也是我们为什么没有报警的原因。你会替她找到它的，是吗，沃尔特？"

"怎么找？她为什么要卖掉项链？"

"因为彭拉多克先生的去世太突然，他没有为那些一直领取

319

他的救助的人做出任何安排，然后又是经济大萧条，彭杜拉克太太根本没什么现钱。她身上的钱只够付给佣人和家用，所有的佣人都跟了彭杜拉克夫人很久，她宁愿挨饿也不愿让他们其中的任何一个人离开。"

"这可有些特别，"我说，"我得向她脱帽以示我对她的敬意了。但我到底该怎么找到它们呢？而且如果珍珠是假的——那找不找到又有什么关系呢？"

"嗯，那些珍珠——我是说赝品——值两百块钱，是在波西米亚请人花了好几个月的时间特制的。现在看那里的局势，她可能再也没办法请人做一件那么好的赝品了，而且她怕有人会发现它们是假的，或者当他发现它们是假的之后，就会借此来勒索她。你瞧，亲爱的，我知道是谁偷的项链。"

我说："什么？"我极少用到这个词语，因为我觉得它根本就不应该出现在一个绅士的词汇表中。

"沃尔特，是一个在我们这工作了几个月的司机——一个叫作亨利·艾克尔伯格的可恶的大浑蛋。他在前天突然毫无理由地离职了，没有人离开过彭杜拉克夫人，她的上一任司机是个老人，已经过世了。但亨利·艾克尔伯格无声无息地就走了，我很确定一定是他偷走了珍珠，沃尔特，他有一次想要吻我。"

"噢，是吗，"我的声音变了，"想要亲你，嗯？亲爱的，这块大肥肉现在在哪里？你知道吗？看来他不大可能在街角闲逛，等着我去揍他的鼻子。"

艾伦垂下她光滑的睫毛看着我——她每次一这样，我就浑身酥软得像清洁工脑后的头发一样。

"他没有逃走，他一定知道了珍珠是假的，这样他就可以放心地来勒索彭拉杜克夫人了。我已经给介绍他来的中介事务所打过电话了，他回到了那里，又重新登记了，要找新工作。但他们不愿意给我他的地址，说这样有违他们的规定。"

"为什么不会是别人偷走了珍珠呢？比如说一个闯进来的小

偷什么的？"

"没有别人了，仆人们都没有嫌疑，这个屋子每天晚上锁得跟冰箱一样严实，也没有任何破门而入的痕迹。况且，亨利·艾克尔伯格也知道我们把珍珠项链放在哪里，因为彭拉杜克夫人上次戴完之后，他亲眼看着我把它收进了那里——就是纪念彭杜拉克先生逝世的周年纪念日的那次，她的两个非常亲近的朋友来家里吃了晚饭。"

"一定是个非常愉快的晚餐，"我说，"好吧，我会去那个中介所看看，让他们把他的地址给我，那个中介所在哪里？"

"它叫艾达·图米家政职业中介所，位于东二街200号，一个令人非常不舒服的街区。"

"对于亨利·艾克尔伯格来说，在我们的街区里可能要更叫他难受，"我说，"所以他想亲你，是吗？"

"沃尔特，"艾伦轻轻地说，"那些珍珠非常重要，我真心希望他还没发现它们是赝品，还没有把它们扔进大海里。"

"如果他这么做的话，我会让他潜到水里去给我捞出来的。""他有六英尺三寸高，非常魁梧，非常强壮，沃尔特，"艾伦羞怯地说，"当然，没有你这么英俊。"

"跟我差不多高啊，"我说，"这会很有意思的，再见，亲爱的。"

她抓住了我的袖子："只有一件事，沃尔特，我不介意你打点小架，因为那是男子气概，但你一定不要把事情闹得连警察都知道，明白吗？还有，虽然你也高大强壮，在大学里还是右边锋，但有一样东西是你的弱点，答应我，一口威士忌都不喝，好吗？""这个艾克尔伯格，"我说，"才是我最想喝的。"

2

　　艾达·图米家政职业中介所地处东二街，不仅名副其实，而且与它所处的环境也十分相配。我不得不在前厅等候片刻，那里的气味可真令人难受，一个表情严肃的中年妇女管理着中介所的所有工作，她说亨利·艾格尔伯格在这里登记了要找司机的工作。她可以让他给我打电话，也可以让他到办公室里来面试，但当我在她的桌上放了一张十元钞票，暗示她这只是出于对她们中介所的信任，对她们介绍的人没有任何偏见的时候，她就让步了。她给了我他的地址，那是在桑塔莫尼卡大道的西边，在旧城区里一个叫舍尔曼的地方附近。

　　我没有耽搁，马上开车到了那里，因为我害怕亨利·艾格尔伯格会接到中介所的电话，告知他我要来找他。这里是一个寒酸的旅馆，靠近市内电车轨道，入口和一家中国洗衣店相连。楼梯上就是旅馆，有的台阶上铺着已经风化的橡胶垫，用来固定橡胶垫的黄铜也不成样子，歪歪扭扭的。楼梯走到一半，中国洗衣店的味道就已经消失了，取而代之的是煤油、烟头、隔夜的空气和油腻的纸袋的味道。楼梯顶端的木架子上有一本入住登记簿，最后一个入住登记是三周前写上的，用的是铅笔，可以看出登记的人在写字时手有些颤抖，我由此推断出这家旅馆的管理没那么严格。在登记簿旁边有一个电铃和一个名牌，名牌上写着"经理"二字，我按下了电铃，静静等着。不一会儿，走廊后面的房门就打开了，一个男人拖着脚步，不慌不忙地朝我走来，他穿着破旧的皮拖鞋和一条说不上颜色来的长裤，裤子最顶上的两粒纽扣没有扣上，这样他胖乎乎的肚子能舒服些，他的上身还挂着两条红色的裤带，衬衫的腋下有些黑，其他的地方也不怎么干净，他的脸该好好洗洗了，胡子也得刮刮。

他说："我们已经客满了，伙计。"说完还冷哼了一声。

我说："我不是来住店的，我来找一个叫艾克尔伯格的人，有人告诉我他住在这里，但我发现你的入住登记簿上没有他的名字，这样的话——你当然明白，那可是违法的。"

"自作聪明的家伙，"胖男人又哼了一声，"就在走廊那头，老兄，218号房，"他伸出拇指，拇指的颜色和形状就像一个烤熟了的马铃薯。

"你能好心带我过去吗？"我说。

"天哪，副州长来了！"他说着，肚皮都颤动了，小小的眼睛几乎要消失在他黄色的肥肉里，"好吧，老兄，跟我来。"

我们走进了前方阴暗的走廊里，来到走廊尽头的一扇木门前，上面有一个关着的木制气窗，胖男人用肥嘟嘟的手重重地敲了两下门，里面没有动静。

"出去了。"他说。

"帮个忙，把门打开吧，"我说，"我想进去等艾克尔伯格。""去猪的手提箱里等吧，"胖男人骂了起来，"你以为自己是谁啊，浑球儿？"

这话可把我惹恼了，他跟我差不多高，大概六英尺左右，宿醉还没怎么清醒，我来回看了看黑漆漆的走廊，这地方好像根本就没人。

我一拳打在了胖男人的肚子上。

他一屁股坐到了地上，打了个嗝，右边的膝盖狠狠地撞到了下巴上，他咳了起来，眼里充满泪水。

"哎哟，老兄，"他哀号道，"你比我年轻20岁，这不公平。""把门打开，"我说，"我没时间在这跟你磨叽。"

"一块钱，我就帮你开门，"他说，用衬衫擦着眼睛，"给我两块钱的话，我就什么都不说。"

我从钱包里拿出两块钱，然后把他扶起来，他把两块钱折了起来，然后拿出了一根我花五分钱就能买到的万能钥匙。

"兄弟，你挺厉害的，"他说，"你从哪儿学来的？大多数身材高大的人都不怎么灵活。"他打开了门。

"一会儿你如果听到什么声音，"我说，"无视它，如果东西被弄坏了，我会好好赔偿你的。"

他点点头，我走进房间里，他在我门后锁上了门，脚步声慢慢消失了，四周一片寂静。

房间很小，简陋又俗气，里面有一个五斗橱，五斗橱上面挂着一面镜子；房里还有直背椅，木头摇椅，珐琅瓷有些剥落了的单人床，单人床的床单上打满了补丁；单层窗的窗帘上有苍蝇留下的印记，绿色百叶窗下面的板条不见了；房间角落里有一个洗脸池，旁边挂着两条纸一样薄的毛巾，这里当然不会有浴室或者衣柜，搁板前挂了块深色的布，很显然那就代替了衣柜了。在布块后面我发现了一套大码的灰色商务西装，如果我穿成衣的话，应该也是这个码——但我从来不穿成衣。地上有一双黑色粗革皮鞋，至少是12码的，房里还有一个布箱子，我当然也翻查过了—— 它也没有上锁。

我还翻找了书桌，里面的一切都整洁、干净、体面 ——这让我有点吃惊。但里面的东西不多，更没有什么珍珠。我把房间里一切可能和不可能藏珍珠的地方都翻了一遍，没发现什么有趣的东西。

我坐在床边，边抽烟边等。很明显，这个亨利·艾克尔伯格要不就是个大笨蛋，否则的话他根本就是无辜的。这个房间里他留下的痕迹显示出他根本就不像是个会干偷珍珠项链这种勾当的人。当脚步声朝这里走来时，我已经抽了四根烟，这比我平时一天的量还要多。这步伐十分轻快，但却不是鬼鬼祟祟的。门里插进了一根钥匙，钥匙转动了，门随意地被推开了，一个男人走进来，看着我。

　　我有六英尺三英寸高，体重超过两百磅，这个男人跟我差不多高，但好像瘦一些。他穿着一套蓝色哔叽呢西装，除了整洁之外，你也没法更好地去形容他的衣服了。他的金发浓密拳曲，脖子跟漫画里的普鲁士下士很像，肩膀十分宽厚，双手大而结实，一张脸看起来饱经风霜。他小小的绿眼睛朝我眨了眨，当时我觉得这是邪恶的幽默。我一下就明白过来，这个男人不容小觑，但我不怕他，我们身材力气都差不多，但是，我有一个小小的疑问——他可能没我聪明。

　　我冷静地从床上站起来，说："我是来找艾克尔伯格的。"

　　"老兄，你是怎么进来的？"他的声音很舒服，有些低沉，但并不难听。

　　"我一会儿再解释，"我冷冷地说，"我在找一个叫艾克尔伯格的人，是你吗？"

　　"哈！"那个人说，"是大胆狂徒，还是喜剧演员，等我松松我的皮带。"他往房里走了几步，我也向前踏了几步。

　　"我叫沃尔特·盖齐，"我说，"你是艾克尔伯格吗？"

　　"给我五分钱，"他说，"我就告诉你。"

　　我当作没听见，"我是艾伦·麦金托什小姐的未婚夫，"我冷冷地告诉他，"我听说你想要吻她。"

　　我们俩又互相朝对方走了一步，"你是什么意思——想吻她？"他冷哼了一声。

　　我猛地挥出右拳，正中他的下巴，对我来说这一拳已经够狠的了，可对他却没什么影响。我的左手又朝着他的脖子接连挥出了两记狠狠的短拳，后面一拳打在了他宽鼻梁的一侧，他的鼻子喷着气，打中了我的心口。

我弯下身子，我感觉双手好像把房间举了起来，不停地转着它。当房间还在使劲旋转时，我用力把房子一甩，自己摔倒了，后脑勺儿重重地撞在了地上，这时我暂时失去了平衡。当我还在想着如何站稳的时候，一条湿毛巾已经在拍打着我的脸。我睁开了眼睛，亨利·艾克尔伯格的脸凑得很近，脸上带着关切的神情。

"老兄，"他说道，"你的肚子就像中国人的茶一样没劲。"

"给我白兰地！"我嘶哑着声音说，"发生了什么？"

"你在地毯上的一个小洞里绊了一跤，老兄，你真的要喝酒吗？""白兰地。"我又哑着嗓子说，然后闭上了眼睛。

"我不希望你喝了酒之后，会让我再打你一次。"他又说道。门打开了，又被关上。我躺在地上一动不动，免得因为移动而产生恶心头晕感。时间就像蒙着长长的灰色面纱，慢慢地过去了。接着门被又一次打开，又关上了，一会儿之后，一个结实的东西压着我的嘴，我张开了嘴，酒被倒到了我的喉咙里。我咳了起来，但是这辛辣的液体渗进了我的血管，我马上又有了力气，坐了起来。

"谢谢你，亨利，"我说，"我可以叫你亨利吗？"

"这又不收税，老兄。"

我站起来，站到他的面前，他好奇地看着我，"你看起来挺好的，"他说，"你为什么不告诉我你生病了？"

"浑蛋，艾克尔伯格！"我说着，使上我全身的力气朝他下巴一侧打了一拳。他晃晃脑袋，眼里冒出了怒火，当他还在晃着脑袋的时候，我朝他的脸和下巴又打了三拳。

"所以你这是在为了你的爱情挥拳头咯！"他吼了一声，抓起床扔向我。

我避开了床角，我躲避的速度有些太快了，于是我失去了平衡，脑袋撞在窗户底下的踢脚板上，把它撞得凹陷进去四英寸。

一条湿毛巾在拍打着我的脸，我睁开了眼睛。

"听着，伙计，你打了我两次，可一点儿便宜都没占到，也许你该找个下手轻点儿的对象。"

"白兰地。"我嘶哑着声音说道。

"你得来点威士忌。"他用一个玻璃杯顶开我的嘴唇，我饥渴地喝着。不一会儿，我又爬了起来。

让我震惊的是，床根本也没有动，我坐到了床上，亨利·艾克尔伯格也在我旁边坐下，拍拍我的肩膀。

"我们俩一定很合得来，"他说，"我从没亲过你的女孩，但我不会说我不想，你烦恼的只有这个吗？"

他从品脱玻璃瓶里给自己倒了半杯威士忌，这是他刚才出去买来的，若有所思地将酒吞了下去。

"不，还有一件事。"我说。

"说吧，但是不准再动手了，你保证？"

我极为不情愿地答应了他，"你为什么辞掉了彭拉杜克夫人那儿的工作？"我问他。

他那又粗又浓的金色眉毛下的眼睛盯着我，然后看了看手里的酒瓶，"你觉得我是个美男子吗？"他说。

"呃，亨利——"

"别在这给我哼哼唧唧的。"他怒吼道。

"不，亨利。我不能说你非常英俊，但毫无疑问，你充满了男子气概。"

他又倒了半杯威士忌，递给我，"该你喝了。"他说。我还来得及仔细思量自己的行为，就已经把酒喝了下去。当我不再咳嗽时，亨利从我的手里拿走了玻璃杯，重新把它装满，心神不定地喝下了自己的那份酒，酒瓶已经快空了。

"如果你爱上了一个绝色佳人——就凭我这样的长相，一个我这样的人，出生在养牛场，在农业大学里跟人逞凶斗狠。说起容貌和教育，也只能到记分板上去找找了。除了鲸鱼和肥公猪——也就是你们所说的火车——我全都斗过，也都赢了，当然偶尔也会被修理。然后我得到了这份工作。然而那有这么一个女人，无时无刻都那么可爱迷人，我心里明白自己是没有机会的。朋友，如果是你的话，你会怎么做呢？我嘛……我只好选择离开了。""亨利，我想跟你握握手。"我说。

他冷淡地和我握了握手，"所以我走了，"他说，"我还能怎么办呢？"他举起瓶子，透过玻璃瓶看着光线，"老兄，你让我弄来这个，真是犯了个大错。我一旦开始喝酒，就停不下来了，你很有钱吗？"

"当然，"我说，"如果你想要喝威士忌的话，亨利，你就应该喝威士忌。我在好莱坞的富兰克林大道上有间不错的公寓，你现在这个暂时落脚的家虽然稍显简陋，但我绝对没有瞧不起你的意思。我觉得我们应该去我的公寓，那里要大一些，方便活动。"我轻快地挥了挥手。

"承认吧，你已经醉了。"亨利说，小小的绿色的眼睛里带着仰慕。

"我还没醉呢，亨利，不过我确实感受到了威士忌的酒劲了，我感觉很愉快。你别介意我说话的方式，这是我个人的事，就像你说话的时候总是直截了当一样。不过在我们离开前，我还有一件微不足道的小事要跟你商讨一下，我受委托要找回彭拉杜克夫人的珍珠项链，据我所知，可能是你偷走了。"

"小子，你这是在冒险。"亨利轻轻地说。

"这是公事，亨利，开门见山就是最好的解决方法。那些珍珠都是假的，所以我们应该很容易达成协议。我对你没有恶意，亨利，而且你帮我买了威士忌，我还欠你个人情。但我得公事公办。我给你50块钱，你愿意把珍珠还回来，然后对这件事守口如瓶吗？"

亨利哈哈大笑了两声，但他的声音里似乎有些怨愤："你觉得我偷了那串弹珠，还会坐在这儿等着一堆警察来抓我吗？"

"我们没有报警，亨利，而且你也许还不知道珍珠是假的，把酒给我，亨利。"

他把瓶子里的酒都倒了进去，我心情大好地把酒喝了下去，把玻璃杯砸向了镜子，却没有打中。那个沉甸甸的廉价玻璃杯掉到了地上，没有摔碎。亨利·艾克尔伯格哈哈大笑起来。

"你在笑什么呀，亨利？"

"没什么，"他说，"我只是在想那个蠢货要是发现他所偷的珍珠——其实只是一堆破弹珠的话会怎么样。"

"你的意思是你没偷那些珍珠了，亨利？"

他又笑了，笑声有些忧郁，"是啊，"他说，"我是没偷，我应该揍你的，但有什么意思呢？每个人都该死的可以有自己的想法。不，老兄，我没有偷那些珍珠，如果那只是个铁环，我不会动任何的念头。如果它们看起来就像有一次我在那个老太太脖子上看见的那样，偷它之后，我绝不会就只是把它藏起来，窝在洛杉矶这个破公寓里等着一堆警察闻声而来的。"

我又伸出手来跟他握了握。

"这就是我所需要知道的全部，"我高兴地说，"我现在放心了，我们一起去我的公寓里，想办法找到这些珍珠吧。我们俩同心协力，一定能克服任何困难的，亨利。"

"你不是在跟我开玩笑吧，嗯？"

我站起来戴上帽子——前后颠倒着戴。"不，亨利，我这是在向你提供一个工作机会，我知道你需要它。还有，你想喝多少威士忌都可以。我们出发吧，你现在的状况还能开车吗？"

"该死的，我没醉。"亨利说，看起来很吃惊。

我们离开房间，沿着黑漆漆的走廊往回走。胖胖的经理突然从模糊的阴影里钻出来站在了我们面前，摸着肚皮，狭小贪婪的眼睛充满期待地看着我。"一切都好吗？"他问，咬着一根牙签，那牙签好像用了很久，颜色都变暗了。

"给他一块钱。"亨利说。

"为什么，亨利？"

"噢，我不知道，给他一块钱就是了。"

我从口袋里掏出一块钱递给了那个胖子。

"谢了，朋友，"亨利说，然后一下掐住了那个胖子的脖子，飞快地从胖子手指中抽走了那一块钱。"这可以用来买酒，"他说，"我不喜欢别人乱要钱。"

我们互相手搭着肩走下了楼梯，留下经理在那儿使劲地要把那根牙签从食道里咳出来。

　　那天下午5点，我昏昏沉沉地醒了过来——发现躺在自己的公寓里，公寓就在好莱坞伊瓦尔大街附近富兰克林大道上的莫雷纳别墅里。我转过头（头痛得要命），看见亨利·艾克尔伯格穿着内衣和裤子躺在我的旁边——然后我才发现自己身上的布料也是少得可怜。床边的桌上摆着一瓶几乎没怎么喝的老普兰泰申牌的黑麦威士忌，容量有一夸脱那么大，地上也有一瓶同样牌子的威士忌，里面的酒已经给喝空了。地上到处都散落着衣物，安乐椅上的织锦扶手也被香烟烫出了一个洞。

　　我小心翼翼地摸着自己，我的肚子又酸又胀，下巴的一边好像有点肿。不仅如此，我的衣着更是惨不忍睹。当我从床边站起来时，我的太阳穴一阵刺痛，但我没有理它，稳步走到桌边，拿起桌上的那瓶酒，对准了嘴，在接连喝了几口烈酒之后，我突然觉得好多了，神清气爽。我觉得自己已经准备好要去冒险，我回到窗边，用力摇着亨利的肩膀。

　　"醒醒，亨利，"我说，"太阳都要下山了，知更鸟儿在呼叫，松鼠在斥骂，牵牛花们都要睡觉了。"

　　亨利·艾克尔伯格握着拳头醒了过来——就像所有随时

准备行动的人一样。"搞什么鬼？"他吼道，"噢，是的，嗨，沃尔特。你感觉怎么样？"

"我觉得棒极了，你休息得好吗？"

"当然，"他光着脚站了起来，挠着一头浓密的金发，"在你倒下去之前，我们喝得挺开心，"他说，"我也睡了一觉——我从来不自己喝酒，你还好吗？"

"是的，亨利，我真的觉得不错，我们还有工作要做呢。"

"好极了，"他走到威士忌酒瓶边，拿起酒瓶畅饮了一大口，摸了摸肚子，绿色的眼里闪着平静的光。"我生病了，"他说，"所以我得吃药。"他放下酒瓶，开始四处查看着公寓。"天哪，"他说，"我们一进来就忙着喝酒，我根本没时间好好看看你这个狗窝。你这个小地方真不错，沃尔特，天哪，白色打字机和白色电话。怎么了，小子——你刚升官吗？"

"亨利，那只是一个愚蠢的梦。"我边说边随意地挥了挥手。亨利走过去，看着我的书桌上并排放着的打字机和电话，还有镶着银边的整套桌椅——上面都有我名字的缩写。

"装修得真不错，嗯？"亨利说，绿眼睛盯着我。

"还可以吧，亨利。"我谦虚地说。

"好吧，朋友，接下来该怎么做呢？你有什么想法吗？还是我们继续喝点？"

"是的，亨利，我的确是有个想法，而且，如果我身边有你这么个帮手的话，我觉得是可行的。我觉得我们必须要——就像他们说的——打听一下小道消息。一条珍珠项链失窃了，所有的地下组织都会马上知道的。珍珠比较难卖，亨利，因为它们不能被切割，而且专家一眼就能认出来——这是我从书上读来的。那些地下组织肯定都在闹腾。对我们来说，想要找个合适的人来替我们送信，告诉他们我们愿意以合理的价格把东西买回来，应该不难。"

"你说得不错——对于一个喝醉了的家伙而言，"亨利说，把手伸向了酒瓶，"但是你忘了这些石子儿都是赝品了吗？"

"出于我情感的原因，我非常乐意花钱把它买回来，这两者没什么差别。"

亨利喝了些威士忌，好像很享受那种味道，又多喝了几口，他礼貌地向我晃了晃酒瓶。

"那也行——只要行得通的话，"他说，"但是你说的那些正在闹腾的地下组织，他们可不会为了一串你所谓的玻璃珠子而闹腾，我是不是在说醉话？"

"亨利，我在想，地下组织可能很有幽默感，他们如果发现了这件事情，可能会把这件事情当作笑话一样大肆渲染，弄得尽人皆知。"

"我倒有个想法，"亨利说，"一个傻瓜发现彭杜拉克夫人有一串牡蛎珠子，值几个钱，然后就干净利落地把它给偷走了。他跑到同伙那大肆渲染，然后他们捧腹大笑。我敢说这样的事情在桌球室里肯定传得比什么都快，这会成为他们的谈资。事情会越传越远，越传越离谱，但这个小偷就必须马上把这些珠子脱手，即使这个东西只值五分钱外加买卖税，对他来说也是个烫手山芋。入室盗窃可是犯罪啊，沃尔特。"

"但是，亨利，"我说，"现在这个情况还有一种可能：如果这个小偷非常愚蠢，那当然没什么好说的。但凡他还有点儿头脑，可就有得瞧了。彭杜拉克夫人是个非常骄傲的女人，住在城里的高级住宅区里。如果让别人知道了她戴的珍珠项链是赝品，更糟糕的是，如果报纸确认了那条珍珠项链就是她丈夫送给她的金婚纪念礼物的话——好吧，亨利，我相信你应该明白事情会怎么样。"

"这些小偷可不怎么聪明，"他说着揉了揉棱角分明的下巴，然后他若有所思地咬着右手的大拇指，看向了窗户，看向房间里的角落，又看向了地板，他斜睨着我。

"勒索，嗯？"他说，"也许吧，但这些坏蛋一般都不会乱来。而且，他们还是有可能传话过来的，还是有这个可能的，沃尔特。我不介意卖掉我的金牙，然后再买回来它的一部分，但这事还有转机，你愿意出多少钱。"

"100块钱就绰绰有余了，但是我愿意出到两百块，这也是赝品真正的价钱。"

亨利摇摇头，又啜了一口酒瓶里的酒，"不，那家伙不会因为这么点钱就暴露自己的身份的，这不值得他冒这个险。他可能会把那些弹珠扔掉来掩盖自己的罪行。"

"至少我们得试试，亨利。"

"是啊，但去哪儿试呢？我们的酒快要喝光了，我最好穿上鞋出去跑一趟，嗯？"

就在那个时候，好像回应我没有说出口的祈祷一样，我的公寓门前传来了轻轻的敲门声。我打开门，捡起了昨晚的晚报，又关上了门，一边往屋里走，一边打开报纸，用右手食指摸了摸报纸，充满自信地朝亨利·艾克尔伯格笑了笑。

"你看，我敢用一瓶老普兰泰申的威士忌跟你打赌，答案会出现在这份报纸的犯罪版上。"

"根本就没有什么犯罪版，"亨利笑了起来，"这里是洛杉矶，我肯定会赢。"

我有些不安地打开报纸的第三版，虽然我在艾达·图米家政职业中介所那等候的时候，已经从早报上看到了这则消息。但我不确定在晚报上会不会有后续的报道，然而我的信念得到了奖赏，它还在那里，还在第三栏的中间，这是一段很短的报道，标题是"卢·甘德西涉嫌珠宝盗窃"。"听着，亨利。"我说，然后开始读出声来。

警方昨晚深夜根据一名匿名人士的密报采取了行动，逮捕了水泉街一位知名酒馆的业主——路易斯（卢）·甘德西，并对其针对最近本市西区高级住宅区连续发生的宴会抢劫案连夜审讯了他。据悉这些豪门大户的女客们在劫匪的枪口下，被抢走了价值超过20万美元的珠宝。甘德西直到深夜才被释放，并拒绝对采访者发表任何声明。"我从来不会随便插手警察的事情。"他谦虚地说，劫案组的威廉·诺嘉德队长声称自己对甘德西与抢劫案无关感到很满意，他说此密报完全是出于私人报复。

　　我把报纸叠好，扔到了床上。

　　"噢，你赢了，"亨利说，把酒瓶递给了我。我喝了一大口，将酒瓶还给他。"现在怎么办？盯住这个甘德西，然后把他抓起来吗？"

　　"他可能是个危险的家伙，亨利，你觉得我们能对付得了他吗？"亨利轻蔑地哼了一声："哟，不过就是水泉街的一个混混儿而已，一个手上戴着假红宝石的大胖子。带我去找他，我们要把这个胖子的底细翻个彻底，然后再挖出他的那些赃物来。但真的就要没酒了，我们大概只喝了一品脱。"他在灯管下检视着酒瓶。

　　"我们眼下喝得已经够多了，亨利。"

　　"我们没醉，不是吗？我来这之后只喝了七杯，也许有九杯吧。"

　　"我们当然没醉，亨利，但你每一杯酒都很大杯的，而我们眼前要去应对的这个夜晚困难重重。我想我们现在得刮刮胡子、换一下衣服了，而且我还认为我们应该穿晚礼服。我有另外一套西装，你穿上指定非常合身——因为咱俩的体格差不多。我们这样身材高大的两个人携手来干一件大事，这当然是个好兆头，晚礼服会让那些下层阶级的人刮目相看的，亨利。"

　　"好极了，"亨利说，"他们会以为我们是给某些大人物干活儿的，这个甘德西会吓得把自己的领结吞下去的。"

　　我们决定照我建议的那样做，我把要给亨利穿的衣服拿了出来。在亨利洗漱和刮胡子的期间，我拨通了艾伦·麦金托什的电话。

335

"噢，沃尔特，接到你的电话我实在是太高兴了，"她叫道，"有什么发现吗？"

"还没有，亲爱的，"我说，"但我们有了个主意。亨利和我正要将它付诸行动。"

"亨利？沃尔特，哪个亨利？"

"什么哪个亨利，当然是亨利·艾克尔伯格了！亲爱的，你这么快就把他忘了吗？亨利和我是好朋友，而且我们——"

她冷冷地打断了我，"沃尔特，你喝酒了是吗？"她用听起来非常遥远的声音质问道。

"当然没有了，亲爱的。亨利是个禁酒主义者。"

她用力地吸吸鼻子，我可以从电话里清晰地听到她吸鼻子的声音。"但不是亨利偷走了珍珠吗？"在很长一段沉默之后，她问道。

"亨利？天使，当然不是他了。亨利离开，只不过是因为他爱上了你。"

"噢，沃尔特，那只猴子吗？我相信你一定喝得酩酊大醉了，我再也不想跟你说话了，再见。"她狠狠地挂上了电话，听到那种声音让我十分痛苦。

我手里拿着那瓶老普兰泰申的威士忌，在一张椅子上坐下来，很纳闷我到底说了什么冒犯或者轻率的话。我怎么也想不出来，于是我只好用这瓶威士忌来安慰自己，直到亨利从浴室出来。他穿上了我的尖领打褶衬衫，打上了黑色领结，看起来风度翩翩。

我们离开我的公寓时，天已经黑了。尽管艾伦·麦金托什刚才在电话中说的话让我有些沮丧，但至少，我的内心还是充满希望和自信的。

甘德西的酒吧一点儿都不难找——至少亨利在水泉街拦下的第一辆出租车直接就把我们带到了那儿。酒吧的名字叫作蓝礁湖，里面充斥着叫人不适的蓝色灯光。亨利和我稳步走进去，因为我和亨利在出发来找甘德西前，已经在曼迪的加勒比岩洞里吃了些东西。亨利穿着我第二好的高级晚礼服看起来几乎称得上是英俊了。他的肩上披着一条带流苏的白色围巾，头上带着一顶轻薄的黑色呢帽（他的头比我的稍微大一些），他身上的夏季风衣两边的口袋里各装了一瓶威士忌。

蓝礁湖的吧台前挤满了人，亨利和我直接走向了吧台后面昏暗的小餐厅里。一个穿着脏兮兮的晚礼服的服务员走了过来，亨利问他甘德西在哪里，他指了指房间另一头儿的角落，一个胖子独自一个人坐在一张桌子边，我们朝那儿走了过去。

那个人的面前放了一小杯红酒，他正慢慢转动着手上一颗绿宝石，并没有抬头看我们，桌子边没有其他椅子，亨利的两个手肘撑在桌子上。

"你是甘德西吗？"他说。

到了这个时候，男人还是没有抬起头来看一眼。他浓密的黑色眉毛皱到了一起，漫不经心地说："是的，是我。"

"我们要和你私下谈一谈，"亨利告诉他，"找一个不会被打搅的地方吧。"

甘德西这会儿终于抬起了头，他平静的杏仁状的黑眼睛里满是无奈，"所以呢？"他耸耸肩问道，"是关于什么事？"

"关于一些珍珠，"亨利说，"一串有49颗珍珠的项链，精心挑选，粉红色的。"

"你是要卖——还是要买？"甘德西问话的时候，开始上下点着下巴，好像被逗乐了。

"买。"亨利说。

男人轻轻地用手指敲着桌子，一个身材高大的侍者走到了他身边。"这些人都喝醉了，"他毫无生气地说，"把他们扔出去。"服务员抓住了亨利的肩膀，亨利随意地伸出手，抓住了服务员的手用力一扭。服务员在蓝色灯光下的脸色变得难以形容，但我敢说一点儿都不健康，他发出了一声低低的呻吟。亨利放下他的手，对我说："往桌上放一张100块钱的钞票。"

我掏出钱包，从里面的两张百元大钞里抽出一张——为了以防万一，我们在来之前到莫雷纳别墅的取款机里取了现金。甘德西看着钞票，朝身材高大的侍者做了个手势，他转身离开了，走的时候双手还紧紧地贴在胸前不停地揉搓着。

"干什么？"甘德西问。

"买五分钟跟你单独相处的时间。"

"这可真有意思，好吧，成交了。"甘德西拿起了一百块钱，整齐地叠了起来，放进了背心的口袋里，然后双手撑着桌子，费力地站了起来，摇摇晃晃地走开了，都没看我们一眼。

亨利和我跟着他穿过拥挤的桌子来到西餐厅后面，穿过一扇嵌在壁板上的门，走进一条狭窄昏暗的走廊。甘德西推开了走廊尽头的门，走进一个灯光明亮的房间，他站在门口帮我们把着门，橄榄形的脸上带着严肃的笑容，我先走了进去。

当亨利紧跟在我身后要经过甘德西面前走进房间时，后者突然以迅雷不及掩耳之势从他的衣服里掏出了一根闪着光的黑色皮革棍子，用尽全力一棍子敲在了亨利的脑袋上，亨利向前扑倒在地上，四肢着地。甘德西迅速关上了门——以他这种体格的人来说，速度已经算非常快了——然后靠在门上，左手拿着一根短短的棍子，转瞬之间，他的右手上又出现了一支又短又重的黑色左轮手枪。

"这可太有意思了。"他礼貌地说，然后自己咯咯笑起来。

接下来到底发生了什么，我没看清楚。上一秒，亨利的手和膝盖还在地上，背对着甘德西，下一秒，或者就在同一瞬间，有个东西就像水里的大鱼一样在空中一转，只听到甘德西咕哝了一声，接着我就看见亨利满头金发，坚硬的脑袋埋在了甘德西的肚子里，他的两只大手抓住了甘德西毛发旺盛的手腕，然后亨利直起身子，甘德西被架在了空中，在亨利的头上试图寻找平衡，他的嘴张得大开，脸变成了深紫色。只见亨利晃了晃自己的身子，看起来好像十分轻松，就听见甘德西砰的一声重重地背朝地摔在了地上，躺在那儿喘着粗气。门里的钥匙转了一下，亨利背对着门站在那里，左手抓着棍子和左轮手枪，急切地摸了摸风衣口袋里的威士忌。这一切发生得都如此之快，我靠在墙边，看得胃里一阵恶心。

"大胆狂徒，"亨利拖着嗓子说，"还是喜剧演员，容我松松我的皮带。"

甘德西在地上转了个身，缓慢而痛苦地从地上爬了起来，摇摇晃晃地站在那儿，一只手在脸前上下挥了挥，衣服上沾满了灰尘。"就是这根棍子，"亨利说，把短短的黑色棍子给我看了看，"他就是用这根棍子打的我，是不是？"

"怎么了，亨利，你不是知道吗？"我问他。

"我只是想确定一下，"亨利说，"没有人可以这样对艾克尔伯格家的人。"

"好吧，你们到底想要什么？"甘德西突然说，不带一丝意大利口音。

"我告诉过你我们要的是什么了，大饼脸。"

"我还不知道你们是谁，"甘德西一边说着，一边小心地坐到了一张简陋的办公桌旁的木椅子里。他擦了擦自己的脸和脖子，又碰了碰身上其他几个地方。

"你误会了，甘德西，一位住在卡隆德莱特公园里的太太几天前丢了一条串着49颗珍珠的项链，项链装在一个保险箱里，可是保险箱很容易打开。我们公司收了一点儿那串弹珠的保险费，而且我要拿回刚才给你的那一百块钱。"

他朝甘德西走过去，后者赶忙从口袋里掏出折好的一百块钱给他，亨利把钱给我，我把它又放回了钱包里。

"我想我没听说过这回事。"甘德西小心地说。

"你打了我一棍子，"亨利说，"所以给我仔细听着。"

甘德西摇摇头，又有些畏缩地说："我不会替小偷打掩护，也不和打家劫舍的人打交道，你们误会我了。"

"好好听着，"亨利用低低的声音说，"你可能已经听到了一些风声。"他右手的两根手指在他面前轻轻地摇晃着那根短短的棍子。那顶稍稍嫌小的帽子还在他的后脑勺儿上，尽管有些皱了。"亨利，"我说，"今天晚上的活儿好像都是你在做，你觉得这公平吗？"

"好吧，你来对付他吧，"亨利说，"这个胖子吃了点苦头后就可爱多了。"

这时甘德西的脸色已经变得自然了些，他的眼睛沉稳地盯着我们，"保险公司的家伙，嗯？"他怀疑地问。

"你说呢，大饼脸。"

"你们去过梅拉克里诺那儿了吗？"甘德西问。

"哈，"亨利粗声说道，"是大胆狂徒，还是——"但我立刻打断了他的话。

"等一会儿，亨利，"我说，然后转向甘德西，"这个梅拉克里诺是个人名吗？"我问他。

甘德西的眼睛因为惊讶而瞪圆了。"当然了——是个人。你不认识他，嗯？"他黑色的眼睛里涌起了疑云，但一出现马上就消失了。

"给他打电话。"亨利说，指了指那张破旧的办公桌上的电话。"电话坏了。"甘德西若有所思地拒绝了。

"这个棍子也出了点问题。"亨利说。

甘德西叹了口气，转过他椅子上胖乎乎的身躯，拉过电话。他用带着墨迹的手指拨了一个号码，静静地听着。过了一会儿，他说："乔吗？……我是卢，两个保险公司的伙计想解决一桩卡隆德莱特公园的生意……是的……不，是弹珠……你一点儿风声都没听到吗？……好的，乔。"

甘德西放下电话，又坐在椅子里转过了身，他用迷蒙的眼神观察着我们，"什么都没有。你们两个是替哪家保险公司干活儿的？""给他一张你的名片。"亨利对我说。

我又拿出了我的钱包，从里面拿出了一张名片，上面只印了我的名字，其他什么都没有。所以我拿出了口袋里的铅笔在名字下面写下：莫雷纳别墅公寓，伊瓦尔大街边的富兰克林大道。我把名片给亨利看了看，然后交给了甘德西。

甘德西静静地一边看着名片，一边咬着手指。他的脸突然亮了起来，"你们最好去见见杰克·罗勒。"他说。

亨利凑过去瞪着他，后者的眼睛现在很明亮，没有眨动，也没有欺瞒。

"他是谁？"亨利问。

"他经营企鹅俱乐部，就在斯特里普大道上——日落大道上的8644号之类的，如果有谁能查出来这回事的话，就非他莫属了。"

"谢谢，"亨利安静地说，又瞄了我一眼，"你相信他

341

吗？""好吧，亨利，"我说，"我看他也不会对我们撒谎吧。"

"哈！"甘德西突然说，"是大胆狂徒！还是——"

"闭嘴！"亨利吼道，"这是我的台词！消息可靠，是吗？甘德西？关于这个杰克·罗勒？"

甘德西使劲点点头，"绝对可靠，杰克·罗勒对任何高级货都会染指的，但是要见他可不容易。"

"这个就不劳你操心了，谢了，甘德西。"

亨利把黑色木棍扔到了房间的角落里，打开了一直攥在手里的左轮手枪的弹匣，他把子弹都卸下来，接着弯下腰，把枪沿着地板一推，枪滑到了桌下不见了。他懒洋洋地把子弹放在手里晃了一会儿，然后把他们都扔到地上。

"再见了，甘德西，"他冷酷地说，"如果你不想钻到桌子下面去找鼻子的话，就少管闲事。"

他打开了门，然后我们快步走出去，离开了蓝礁湖，路上没有任何侍者出来拦我们。

　　我的车停在离街区不远的地方，我们钻进了车里，亨利的手臂靠在方向盘上，心神不宁地透过挡风玻璃盯着前面。"好吧，你觉得怎么样，沃尔特？"他终于开口问道。

　　"如果你问的是我的意见的话，亨利，我想这个甘德西编了一个荒唐的故事给我们，只是想摆脱我们，此外，我觉得他根本就不相信我们是保险公司的人。"

　　"我也是这么想的，他怎么可能帮我们？"亨利说，"我想根本就没有什么梅拉克里诺或杰克·罗勒这样的人的存在。甘德西随便拨了个空号在那一通胡说八道，我应该回去，把他的四肢都给卸下来，这个死胖子！"

　　"这已经是我们想出来的最好的办法了，亨利，而且我们也已经尽我们所能了。我想，现在我们应该要回到我的公寓里，再想想别的办法。"

　　"还有，再喝个一醉方休。"亨利说着发动了车子，驶离街边。

　　"也许喝一点儿就可以了，亨利。"

　　"好吧！"他冷哼道，"搪塞我们，我就应该回去把那个地方给砸个稀巴烂。"

　　他在一个十字路口停了下来——尽管当时交通信号灯

都停止了运作，然后举起一瓶威士忌凑近嘴边。正当他在喝着酒的时候，跟在后面的一辆车撞了上来，但不是很严重。亨利呛到了，放下了酒瓶，一些酒液溅到了他的礼服上。

"这个城市太拥挤了，"他怒声说，"一个人连口酒都不能好好喝了？总有一些自作聪明的猴子要出来捣乱。"

不知道后面车子里的人是谁，但他一直在对我们按喇叭，因为我们的车还没向前开。亨利猛地把门打开，下车走向了后面。我听见两个声音在大声地吵架，亨利的声音更大一些。一会儿之后他回到了车里，车子继续往前驶去。

"我应该把他揍个稀烂，"他说，"但是我又心软了。"接下来的一路他都开得飞快，我们回到了好莱坞莫雷纳别墅楼上的公寓里，坐下来时两人手里都拿着一个大玻璃酒杯。

"我们有一夸脱半的好酒，"亨利说，看着桌上两瓶并排着的威士忌，旁边还摆着那些其早就空了的酒瓶，"应该够我们想出一个好主意来了。"

"如果这些还不够的话，亨利，供应商那的酒还多着呢。"我开心地喝下了我杯子里的酒。

"你是个不错的家伙，"亨利说，"可是你没说话的方式为什么这么可笑？"

"我不能改变我说话的方式，亨利。我的父母都是虔诚的新英格兰清教徒，他们都恪守清规，我一直都没办法自在地说方言，甚至是在我大学的时候不行。"

亨利试着要消化这段话，但是我看出来了，这些话被重重地压到了肚子底下。

我们就甘德西和他建议的可疑性讨论了一会儿，就这样半个小时过去了。接着，我书桌上的白色电话突然响了起来。我赶忙跑过去，希望是艾伦·麦金托什打来的，告诉我她已经不生气了。但事实上这只是一个对于我来说十分陌生的男人的声音。他说起话来很利落，声音里带着一种令人不舒服的金属质感。

"你是沃尔特·盖齐吗？"

"我是盖齐先生。"

"噢，盖齐先生，我听说你正在市面上找一串珠宝。"

我紧紧地抓着电话，转过身来在话筒上方对亨利做了个鬼脸，可是他正忧郁地在给自己倒上一杯威士忌。

"是啊，"我对着电话说，尽量使我的声音保持冷静——虽然我已经兴奋得无法自持，"如果你指的珠宝是珍珠的话。"

"老兄，一串有49颗珍珠的项链，价钱是五千块钱。"

"这简直就是荒谬至极，"我倒抽了口气，"用5000块钱来买那些——"

那个声音粗鲁地打断了我，"你听见我说的了，老兄，就是5000块，伸出你的手指来好好数数，5000块，不多也不少。考虑一下吧，我会再给你打电话的。"

电话咔嚓一下就被挂断了，我颤抖地把话筒放回了座机。我全身都在发抖，走回椅子边，坐下来用手帕擦着脸。

"亨利，"我用低沉紧张的声音说道，"奏效了，但实在是太奇怪了。"

亨利的空杯子放到了地上，这是我第一次看见他把空着的酒杯放下，而没往里面倒酒。他凑近了我，用那双紧绷的绿色眼睛一眨不眨地盯着我。

"怎么了？"他轻轻地说，"什么奏效了，小子？"他慢慢地用舌尖舔着嘴唇。

"我们在甘德西那儿做的事，亨利，刚才有个男人给我打了电话，问我是不是要买珍珠。"

"天哪，"亨利噘起嘴轻轻地吹了吹口哨，"看来那个该死的意大利人还是有点本事啊。"

"但是价钱是5000块钱，亨利，这价钱简直超出合理的解释了。""什么？"亨利瞪得眼珠子都快掉出来了，"五千块钱来买那些套环？那个家伙真是疯了。你说了它们只值两百块钱的。

那个家伙简直就是个吸血虫，5000块钱？呵，5000块钱我都能买一堆假珍珠来贴满大象的餐车了。"

我能看出来，亨利很疑惑。他安静地又给我们俩倒满了酒，我们从杯子上方互相盯着对方。"好吧，那你要怎么办呢，沃尔特？"他在很长一段时间的沉默后开口问道。

"亨利，"我坚定地说，"只有一个办法，艾伦是偷偷把这件事情告诉我的，因为她还没经过彭杜拉克夫人的同意就告诉了我有关珍珠的事，我想我应该尊重她对我的这份信任。但现在艾伦正在生我的气，不想跟我说话，因为我喝了好多威士忌——尽管我说话和头脑还是很清楚。我觉得事情的进展令人出乎意料，无论如何，我们应该咨询一些亲朋好友的意见。当然，这个人最好是个有经营大事业的经验的人，而且要懂得珠宝。有这么一个人，亨利，明天早上我就去拜访他。"

"天哪，"亨利说，"你说的这些话只要用九个字就能说完，老兄，这个人是谁呢？"

"他是兰辛·格雷莫尔先生，是第七街的格雷莫尔珠宝公司的董事长，也是彭杜拉克夫人的一位老朋友——艾伦经常提起他——而且事实上，正是他替彭杜拉克夫人买来了赝品。"

"但这个家伙可能会走漏风声。"亨利反驳道。

"我不这么认为，亨利，我觉得他不会以任何方式做出让彭杜拉克夫人蒙羞的事情。"

亨利耸耸肩，"赝品就是赝品，"他说，"你拿它没法搞出什么名堂来的，即使是一个珠宝公司的董事长也是一样。"

"尽管如此，一定有一个让他们开出如此高价的理由。我唯一想到的原因就是勒索。说实话，让我单独处理这件事，恐怕有些困难，因为我对彭杜拉克家族的背景所知甚少。"

"好吧，"亨利说着，叹了口气，"你最好跟着你的直觉走，沃尔特。而我就应该趁着凉风回家去睡一觉，这样我才有精力应对明天艰难的工作——如果有的话。"

"亨利，你不介意在这里住一晚吧？"

"谢了，朋友，不过回旅馆也挺好。我就拿上这瓶甜蜜的酒，让它伴我入睡就行了。我明天早上还有可能接到从中介所来的电话，还得洗漱一下去面试呢。我想我最好把这身衣服换了，这样我在人群中不会显得那么突兀。"

说着他就走进了浴室，一会儿之后就穿着他的蓝色呢绒西装走了出来。我让他开我的车走，但他说在他那儿附近停车不安全。不过，他同意穿走他一直穿在身上的大衣，小心翼翼地把那瓶未开封的一夸脱的酒放进了风衣的口袋里，热切地跟我握了握手。

"等一下，亨利。"我说，我拿出了钱包，递给他一张20块钱的钞票。

"你这是干吗？"他怒声说。

"你现在还暂时失业，亨利，而且你今天晚上的表现很出色，虽然结果不那么如人意。你应该受到嘉奖，这点儿小意思我还负担得起。"

"好吧，谢了，朋友，"亨利说，"但这是我向你借的。"他的声音因激动而有些沙哑，"明天早上我该给你打个电话吗？""无论如何一定给我打一个，而且我还想到一件事，你方不方便换个旅馆呢？假如——即使不是因为我的错——警察知道了这起盗窃案，他们恐怕会怀疑到你身上吧？"

"该死的，他们会折磨我好几个小时，"亨利说，"但那对他们有什么好处呢？我可不是什么软柿子，别以为我好欺负。"

"当然，这还得由你自己来决定，亨利。"

"好啦，晚安，朋友，祝你好梦。"

然后他就离开了。我突然觉得十分沮丧和寂寞。亨利的陪伴对于我来说非常刺激，虽然他说话粗鲁，但他非常有男子气概。我从剩下的酒瓶里给自己倒了一大杯酒，满怀忧郁，但快速地喝下了它。

结果，我不顾一切地想要跟艾伦·麦金托什说话，这种欲望压倒了我。我走到电话旁，拨了她的号码。过了很久，一个困倦的女佣接起了电话，但艾伦一听到是我的名字之后，就不肯来接电话了。这让我更加沮丧了，我喝光了剩下的威士忌——我当时根本没意识到自己在干吗。然后，我躺到床上，极不安稳地睡了一觉。

6

急促的电话铃把我吵醒了，我看见清晨的阳光已经洒落在房间里。已经早上9点了，房里所有的灯都亮着。我起来之后觉得身上有些僵硬，手脚无力，这是因为我还穿着我的晚礼服。但我身体健康，情绪也很稳定，所以我起身时没有预料中的那样难受，我走过去接起了电话。

亨利的声音传来："朋友，你感觉怎么样？我就像跟12个瑞典人宿醉狂欢了似的。"

"情况不算太坏，亨利。"

"中介所给我打电话了，有份工作要招人，我最好过去瞧瞧。我办完事后需要过去一趟吗？"

"是的，亨利，无论如何你都要来一趟。11点钟之前我应该就能办完我昨天晚上跟你提过的那件事了。"

"那个人有再打电话过来吗？"

"还没，亨利。"

"好吧，就这样吧。"他挂断了电话后我去冲了个冷水澡，刮了胡子，换好衣服。我穿上一套低调的褐色商务西装，从楼下的咖啡店里叫了一杯咖啡上来。我请服务员把我公寓里的空酒瓶都清走，为了表示因为此事给他带来麻烦的歉意——我给了他一块钱。在两杯黑咖啡下肚之后，

349

我觉得自己又精神焕发了。我开着车前往城里第七街的规模庞大、富丽堂皇的店面，那正是格雷莫尔珠宝公司的所在地。

又是一个阳光明媚的早晨，一切都那么美好，这真是一个令人开心的日子。

事实证明，兰辛·格雷莫尔先生的确没那么容易见到，于是我只好告诉他的秘书说这跟彭拉杜克夫人有关，而且事关机密。当这个消息一传到他的耳朵里，我马上被带到了一间长长的办公室里，在办公室的尽头，格雷莫尔先生站在一张巨大的办公桌后面，他对我伸出了粉红色纤瘦的手。

"盖齐先生？我想我们之前没有见过面吧，是吗？"

"是的，格雷莫尔先生，我们是没见过。我是麦金托什小姐的未婚夫——至少我昨天晚上还是的，我想你应该认识她，她是彭拉杜克夫人的护士。我来是为了向您请教一件极其微妙的事情，在我开口之前，我希望您向我承诺您会保守秘密。"

他大概有75岁，又高又瘦，但看得出来保养得当。眼睛是冰蓝色的，但笑容很温暖，穿着很年轻——他穿着一身灰色法兰绒西装，翻领上还别了一朵红色康乃馨。

"我给自己立了这样的规矩——从不承诺任何事情，盖齐先生，"他说，"我觉得这是一个非常不公平的要求，但如果照你说的，这件事情与彭拉杜克夫人有关，而且必须要极其小心，又不能声张，我想我可以破一次例。"

"事情的确如此，格雷莫尔先生。"我说，我随即把整个故事都毫无保留地告诉了他，甚至连我昨天喝了过量的威士忌这件事我都说了。

到故事快要结束的时候，他好奇地盯着我，精心保养的手拿起了一根老式的白色鹅毛笔，慢慢地用鹅毛笔上的羽毛搔着自己的右耳。

"盖齐先生，"他说，"你能猜出来他们为什么会对一串珍珠项链开价5000块钱吗？"

"如果让我来猜的话，因为这件事情既然如此保密，我看只能有一个理由了，格雷莫尔先生。"

他用白色羽毛在左耳上打着圈，点点头，说："继续，孩子。""珍珠其实是真的，格雷莫尔先生。您是彭拉杜克夫人的老朋友了——也许是青梅竹马。当她因为自己的慷慨而急需要用钱时，她把她的珍珠项链——也就是她的金婚纪念礼物给您，请您帮忙卖掉，而您没有卖掉它，格雷莫尔先生——您只是假装把它卖掉了。您自己掏腰包给了她两万块钱，把真正的珍珠还给了她，假装那是从捷克买来的赝品。"

"孩子，你的脑子可比你的言谈聪明。"格雷莫尔先生说。他起身走到窗前，把精美的窗帘拉向一边，往下看着第七街熙熙攘攘的人群。他回到书桌边坐下来，若有所思地微微一笑。

"你的猜测令人难堪地正确，盖齐先生。"他说着，然后叹了口气，"彭杜拉克夫人是个非常骄傲的女人，否则的话我就可以直接为她提供两万元的无担保贷款了。我碰巧是彭杜拉克先生的遗产管理人之一。我知道根据当时的经济形势，除非大量变卖彭杜拉克先生产业，否则根本没办法凑足现钱来照顾那些亲戚和需要资助的人。所以彭杜拉克夫人卖了她的珍珠——至少她是这么认为的——但她又坚持不让别人知道。所以我就像你所猜的那样做了，这不重要，我还承受得起。盖齐先生，我从来没有结过婚，是公认的有钱人。事实上，在当时的条件下，那串珍珠根本卖不到我给她的一半的价钱，甚至都卖不到今天他们所要求的5000块钱。"我垂下了眼睛，担心这位老绅士会因为我的注视而感到不便。"我想我们最好还是凑齐这5000块钱，孩子，"格雷莫尔先生立刻又用轻快的语气补充道，"这个价位不算高了，虽然偷来的珍珠可比切割的钻石难卖多了。如果我只凭初次见面就信任你的话，你觉得你能处理好这件事吗？"

"格雷莫尔先生，"我坚定地轻声说，"我对您来说完全是个陌生人，我只有一副血肉之躯而已。但我以我对死去父母的回忆担保，我绝不会胆怯退缩。"

"好，好一个血肉之躯，孩子，"格雷莫尔先生亲切地说，"我一点儿也不怕你会把这些钱占为己有。我对麦金托什小姐和她的男朋友的了解可能比你想象中的要多一些。而且，这些珍珠已经以我的名义上了保险，事实上，应该让保险公司来处理这件事。但你和你的可爱的朋友好像进行得不错，我相信你们一定能做好的，这个亨利一定是个了不起的人。"

"虽然他有些粗鲁，但我和他现在已经非常亲近了。"我说。格雷莫尔先生又把玩了一会儿白色鹅毛笔，然后拿出一本很大的支票簿，填了张支票，他小心地吸干了上面的墨水，隔着桌子递给了我。

"如果你拿到了珍珠，我会让保险公司的人把钱赔给我的。"他说，"如果他们还想做我生意的话，他们就不会刁难我。银行就在街角，我会等他们来电话的，如果没有给我打过电话，他们是不会给你兑现的。小心点，孩子，别受伤。"

他又和我握了握手，我有些犹豫地说："格雷莫尔先生，您比任何人都更加信任我，当然，先父除外。"

"我表现得就像个傻瓜，"他带着怪异的笑容说，"我好久没有听到人像简·奥斯汀小说里的人物那样说话了，这让我变得跟个呆瓜似的。"

"谢谢您，先生。我知道我的措辞有些造作。能斗胆请您帮一个小忙吗，先生？"

"什么忙，盖齐？"

"帮我打个电话给艾伦·麦金托什小姐，她有点儿在生我的气。请您转告她，我今天没有喝酒，而且您委托我完成一件非常重要的任务。"

他大笑着说："乐意之至，沃尔特。而且据我所知，她是可以信任的，所以我会告诉她到底是怎么一回事的。"

我从他那儿离开之后，就带着支票去了银行，出纳员怀疑地打量着我，然后就从柜台后消失了好长一段时间，最后终于点出了一沓一百元的钞票，脸上不情愿的表情让人以为那钱原本是他的一样。

我把那沓钞票放进口袋，说："请给我一卷两毛五分的硬币。""一卷两毛五分的硬币，先生？"他的眉毛挑了起来。

"没错，我用来付小费的。当然，我希望能把它们包得好好的带回家。"

"噢，我明白了。请给我十块钱。"

我接过一卷硬硬的硬币，把它丢进口袋里，开车回到了好莱坞。亨利已经在莫雷纳别墅的大厅里等着我了，他的两只粗糙结实的手正转动着帽子，他的脸比昨天看起来更憔悴，我发现他的嘴里有威士忌的味道。我们一上楼走进公寓，他就急切地转向我。"运气如何，老兄？"

"亨利，"我说，"在我们进一步开展今天的工作前，我希望你明白，我不想喝酒。我看你已经沾上酒气了。"

"只是几口而已，沃尔特，"他有些懊悔地说，"在我到那儿之前，那份工作就已经没有了。有什么好消息吗？"

我坐下来，点了根香烟，平静地看着他。"好吧，亨利，我不确定我是否应该把这件事告诉你。不过经过昨晚你对甘德西所做的事情之后，不告诉你又似乎有些小气。"我又犹豫了一会儿，亨利一边看着我，一边按摩着左手臂上的肌肉，"珍珠是真的，亨利。我得到指示要我继续解决这个问题，现在我的口袋里就装着五千块钱现金。"

我把早上发生的事情简要地跟他说了一下。

他的震惊简直难以用言语来形容。"天哪！"他惊叹道，嘴巴张得大大的。"你是说你就这样从那个格雷莫尔那里——拿到了五千块钱？"

"没错，亨利。"

"老兄，"他真挚地说，"你身上有那种名流的派头，说话

353

方式又那么与众不同，许多人自然而然地就会为你掏大把的钱。5000块钱——从一个做生意的人手里拿来的——就这样？噢，如果有人给我5000块钱，我愿意去当猴子的叔叔，蛇的爸爸，去牛郎店里陪酒都没问题。"

就在这个时候，就好像有人盯着我别墅的入口一样，电话声又响了起来，我冲过去接起来。

正是我期待的声音中的一个——虽然不是我最渴望听到的声音。"今天早上你觉得怎么样，盖齐？"

"看起来好多了，"我说，"如果我确定自己能得到尊重的话，我决定接受你的条件。"

"你的意思是说，你已经把钱准备好了？"

"现在就在我的口袋里。"

那个人好像在慢慢地呼出一口气："只要我拿到了钱——我们就会把那些弹珠还给你的，盖齐。我们在这一行混了很久了，从不食言。如果我们食言了，马上就会传得尽人皆知，就再也没人愿意跟我们打交道了。"

"是的，我明白，"我说，"继续说你的指示吧。"我冷冷地补充道。

"仔细听着，盖齐，今晚8点整，你来太平洋帕里塞德，知道在哪里吗？"

"当然，它是日落大道西边的马球场附近的一个住宅小区。""没错，日落大道直接通到那儿。那儿有个营业到9点的药店，今天晚上8点整在那儿等电话。我是指一个人，盖齐，不许有警察或者强壮的家伙。那里是偏远的乡村地带，我们如果确定了你是自己来的话，会告诉你怎么去外面要你去的地方。明白吗？""我又不是傻瓜。"我反驳道。

"别带假钞来，盖齐，我们会检查钱的，也不准带枪。我们会搜你的身，也有足够的人手从各个方向监视你。我们认识你的车，别耍花招儿，也别自作聪明，别犯错，就不会有人受伤，我们就是这么做生意的，钞票是什么样子的？"

"都是一百块钱的钞票，"我说，"只有一些是新的。"

"好的，那就8点见。放聪明点儿，盖齐。"

电话在我耳边咔嚓响了一声，我挂断了电话。几乎是在下一刻，电话又响了起来，这回可是我最渴望听到的声音了。

"噢，沃尔特，"艾伦叫道，"我昨天对你实在是太凶了！请原谅我，沃尔特。格雷莫尔先生告诉了我一切，我很害怕。"

"没什么好怕的，"我柔声对她说，"彭杜拉克夫人知道了吗，亲爱的？"

"不，亲爱的。格雷莫尔先生让我不要告诉她。我现在在第六街上的一个杂货店里给你打电话。噢，沃尔特，我真的好害怕，亨利会和你一起去吗？"

"我想他不能跟我一起去，亲爱的，一切都安排好了，他们也不会允许的，我必须单独赴约。"

"噢，沃尔特！我吓坏了，我受不了提心吊胆的。"

"没什么好怕的，"我安慰着她，"这只是一次简单的交易，我又不是什么小矮人。"

"可是，沃尔特——噢，我会试着坚强的，沃尔特。你能答应我一件很小的事情吗？"

"不喝酒，亲爱的，"我坚定地说，"一滴也不喝。"

"噢，沃尔特！"

面对眼下的情况，这样的事情叫我很高兴，虽然别人可能毫无兴趣。在我向她保证我跟那群坏蛋一见完面就给她打电话报平安之后，我们依依不舍地道别了。

我从电话旁转过身，发现亨利正在痛饮他先前放在口袋里的一瓶酒。

"亨利！"我大叫道。

他从瓶子上方看着我，眼神散乱而坚定。"听着，兄弟，"他用低沉冷硬的声音说道，"我从电话里能听出来这是个圈套。

把你一个人骗到那个杂草丛生的地方，用棍子把你痛打一顿，抢走你的钱，让你自己躺在那儿——珍珠还在他们手里。不行，老兄，我说——这行不通！"最后几个字他几乎是吼出来的。

"亨利，这是我的职责，我必须得去。"我安静地说。

"呵！"亨利哼了一声，"我说不行，你是个疯子，不过怎么说你还是个好人。我说不行，威斯康星州的艾克尔伯格家的亨利·艾克尔伯格——事实上，我还有一部分密尔沃基艾克尔伯格家的血统——说不行，而且他是用两只拳头说话。"他又从酒瓶里喝了一口。

"说真的，你喝得酩酊大醉对这事可没什么帮助。"我冷酷地对他说。

他放下酒瓶，粗糙的脸上满是不可置信，"喝醉？沃尔特？"他吼道，"我是听到你说喝醉了吗？一个艾克尔伯格家的人会喝醉？听着，小子，我们现在没多少时间，要我喝醉至少得花三个月！等你什么时候有三个月的时间，也许还要准备五千加仑的威士忌和一个漏斗，我会很高兴拿出我的时间来给你看看一个艾克尔伯格家的人喝醉时候的样子。你不会相信的，小子，等我喝醉了，城里除了几个珠子和一堆烂砖头之外，什么都不会留下的，而在这堆废墟中间——该死的，如果我跟你多混几天，我就能学会说英语了——在这堆废墟中间，只有死寂，方圆50英里之内都不会有活人，亨利·艾克尔伯格会躺在太阳下，对着太阳微笑。喝醉！沃尔特，到时候可不是酒气冲天，甚至都不是乡巴佬喝醉。到时候你才可以用到'喝醉'这个字眼儿，我才不会觉得被侮辱了。"

他坐下来又开始喝酒。我情绪不稳地盯着地板，没什么话可说的。

"但那些，"亨利说，"都是以后的事情了，现在我只能吃药。就像他们说的，如果没有一点儿癫狂劲儿的话，那我就不是我了，我就是这么长大的。我要和你一起去，沃尔特，那个地方在哪里？"

"那个地方旁边就是沙滩，亨利，你不能跟我一起去。如果你要喝醉的话——喝吧，但你不能跟我一起去。"

"你的车很大，沃尔特，我会盖上一条毯子，躺在后备箱里，很容易的。"

"不行，亨利。"

"沃尔特，你是个好人，"亨利说，"我要跟你一起去钻这个圈套。闻闻这酒里的香味吧，沃尔特，你看起来有些虚弱。"

我们为此争吵了一个小时，我的头隐隐作痛，而且我开始觉得非常焦虑和疲倦。就在这个时候，我可能犯了个致命的错误。我屈从了亨利的诱惑，喝了一小口威士忌，纯粹只是为了治疗的目的。这让我觉得轻松了许多，于是我又喝了一大口。那天早上我没有吃早餐，只喝了咖啡，前天晚上的晚餐我又吃得很少。在接下来的一个小时里，亨利又出去买了两瓶威士忌回来，我跟小鸟一样欢快。现在所有的困难都消失了，我发自内心地同意亨利应该盖条毯子躲在我的车厢后面，陪我赴约。

我们一直这样快乐地消磨着时光，直到两点，这时候我觉得困倦，于是就躺在了床上，沉沉地陷入梦乡。

7

当我再次醒来的时候天已经要黑了。我心里一惊，从床上爬起来，我的太阳穴一阵刺痛。幸好才6点30分。公寓里只有我自己，拉长了的影子在地上悄悄地移动。桌上的空威士忌酒瓶让人厌恶，亨利·艾克尔伯格连个影子都不见。一种直觉的惶恐涌上心头，我几乎立刻为这种想法感到羞耻，我跑向了我披在椅背上的夹克，把手伸进了内胸口袋里。那沓钞票还在。在一阵短暂的犹豫之后，带着一丝暗藏的愧疚感，我把它们拿了出来，慢慢地数了一遍。一张都不少。我把钱放回去，试图因为自己如此缺乏对他人的信任感而笑话自己，然后把灯打开，走进浴室里，用冷水和热水交替冲着身体，直到我头脑变得相对清醒了些。在这之后，我正要换上干净的内衣，一把钥匙转动了门锁，亨利·艾克尔伯格腋下夹着两个包装好的瓶子走了进来。他带着那种我认为充满真诚的关爱的表情看着我。

"一个能睡得像你这样沉的人才是真英雄，沃尔特，"他语带欣赏地说，"为了不把你吵醒，我悄悄地拿走了钥匙。我得去买点吃的，再买点好酒。我自己喝了一些，我说过这违反了我的原则，但今天是个特别的日子。但是，从现在开始我们可以放松些——我指的是喝酒这件事。在事情结束前，我们不能太过紧张。"

他说着就打开了一瓶酒，给我倒了一小杯。我感激地将酒喝下去，立刻感觉到血液里有一小股暖流在涌动。

"我猜你一定查看了口袋里的钱。"亨利说完，朝我咧嘴一笑。我觉得自己的脸红了，但我什么都没说。"好了，兄弟，你做得没错。不论怎么说，你对亨利·艾克尔伯格了解多少呢？我也干过一些别的事情。"他从身后臀部的口袋里掏出一把短短的自动手枪。"如果这些小子想要来硬的，"他说，"我这把五块钱的手枪也不介意跟他们来硬的。艾克尔伯格家的人的枪法可从未失手过。"

"我不喜欢那样，亨利，"我严肃地说，"那违反了协议。""该死的协议，"亨利说，"那些浑球儿拿了钱，又没有警察，我得去盯着他们交出那些弹珠，而不是脚底抹油溜了。"

我看跟他争辩也没什么意义，所以我穿好衣服，准备离开公寓。我们两人又各自喝了一杯酒，亨利把一瓶酒放进口袋，然后才离开。

从走廊向电梯走时他低声对我解释道："我雇了一辆出租车跟着你——以防那些混混儿们跟我们有同样的想法。你不妨绕着几个安静的街区走几圈，这样我就能查出来了，不过我觉得他们到了沙滩附近才会开始跟踪你。"

"干这些事情一定让你破费不少吧，亨利，"我告诉他，当我们等着电梯上来的时候我又从钱包里抽出了一张20块钱递给他。他十分不情愿地接过了钱，但最终还是把它折起来放进了口袋里。

我照亨利建议的那样做了——在好莱坞大道北边的几条坡道上开车上上下下兜了几趟之后，很快就听到了我后面传来正确无误的喇叭声。我把车靠路边停下，亨利下了出租车，把钱给了司机，就钻进车坐在我的身旁。

"很明显，"他说，"没有人在跟踪你。我会一直弯着身子，你最好在哪里找一家杂货店。如果我们要跟这些家伙动粗的话，把自己喂得饱饱的还是很有帮助的。"

所以我向西开去，在日落大道的一家人满为患的汽车餐厅里停了下来，我们找了张桌子坐下来，吃了一顿轻便的晚餐——煎蛋饼和黑咖啡——然后就继续上路了。当我们到达贝佛利山庄时，亨利又让我在几条住宅街区上进进出出绕了几圈，他则小心地透过后窗观察后面的情况。

我们最后终于满意地开回了日落大道，一路上顺利地穿过了贝莱尔和维斯特伍德的外围，几乎到了马球场的度假别墅。在这里，山谷中有一个叫曼德维尔的峡谷的地方，这是一个十分静谧的地方。亨利让我沿着山坡开了一段距离，接着我们停下来喝了一下他口袋里的威士忌，他爬到了车厢后座，庞大的身躯蜷缩着躺在后车厢的地上，身上盖了条毯子，自动手枪和威士忌酒瓶就放在他触手可及的地方。当一切就绪之后，我再一次起程了。

太平洋帕里塞德的居民好像都习惯早睡，当我到了这个被称为商业中心的地方时，所有的店铺都关门了——除了银行边的这家药店。我停下车，亨利仍然安静地躲在后车厢的毯子底下，只不过当我站在黑暗的人行道边上时，我听到了轻轻的喝酒时的咕嘟咕嘟声。然后我走进了药店，看到墙上的钟，上面显示现在离8点还有15分钟。我买了包烟，点燃了一根，在敞开的电话亭边站好。

药剂师是一个胖嘟嘟、红脸蛋的人，说不出来年龄有多大，他把小收音机的声音调得很大，正在收听什么脑残肥皂剧。我请他把音量调小一些，告诉他我在等一个很重要的电话。他照做了，但一副不情愿的样子，然后他马上就走进了药店的柜台后面，我看见他透过一扇小窗户不怀好意地盯着我。

就在药店里的时钟离8点还差一分钟的时候，电话亭里的铃声突然响了起来。我冲进去接电话，把电话亭的门关得紧紧的。我拿起听筒，有失本色地颤抖了一下。

还是那个冷冷的带着金属质感的声音："盖齐吗？"

"我是盖齐先生。"

"你是照我告诉你的那样做的吗？"

"是的，"我说，"钱现在就在我的口袋里，而且我是一个人来的。"即使是对一个小偷，我也不喜欢这种撒谎时厚颜无耻的感觉，但我让自己强撑过去。

"那么，你听着。往你来时的方向退回去300英尺，在消防站旁边有一个关了门的加油站，被漆成了红绿白色。从那儿开始向南走，是一条泥土路，沿着泥土路走上四分之三英里，你就会发现一个地方，这里有一道白色栅栏横在马路中央，你可以勉强把车从左边开过去。把车灯调暗，穿过那里，继续走一段下坡路，开到一个长满了鼠尾草的山谷里。把车停在那里，关掉车灯，等着我们，明白了吗？"

"明白，"我冷冷地说，"我会一字不差地照做的。"

"听着，朋友，那里方圆半英里之内都杳无人烟。十分钟之内你就得赶到那里，从现在开始你已经被监视了，你最好尽快赶过去，而且是一个人——否则就有你的好果子吃。来的时候，不许点火，也不准用手电筒。"

电话挂上了，我走出了电话亭。我前脚一踏出药店的门，药剂师就冲到收音机前，把声音调得震天响。我进到车里，掉头沿着日落大道直直地往回开，亨利在车子后面，那儿就像墓地一样安静。

我现在非常紧张，可是我们带来的酒都在亨利那儿。一眨眼间我就到了消防站，透过前面的窗户能看见里面有四个消防员在打牌。我向右拐开上了泥土路，经过了漆成红绿白色的加油站。虽然我能听到车子发出轻轻的引擎声，但我好像一瞬间陷入了寂静中，我甚至能听到四面八方传来的蟋蟀和树蛙的叫声，还有从附近的水洼里传来的某只寂寞的牛蛙嘶哑刺耳的叫声。

泥土路起伏不平，在远处有一扇黄色的窗户。然后在我的面前，在连月光都没有的黑夜中，一道隐隐约约的白色栅栏幽灵似的横在了马路中间。我找到了旁边的缝隙，调暗车灯，小心地从缝隙中开了过去，然后沿着一个路面粗糙的短短的坡道来到了一个椭圆形的谷地上。这个谷地四周环绕着低矮的灌木丛，地上到处是玻璃瓶、易拉罐和废纸。在黑暗里，眼前完全是一片荒凉，我把车停下，熄掉引擎和车灯，双手握着方向盘，一动也不动地等着。

我身后的亨利一丝声响都没有。我大概等了5分钟——虽然感觉等了更长时间——但什么都没发生。还是这么安静，四周如此地安静，如此地孤寂，我觉得很不舒服。

终于，我后面传来了窸窸窣窣的动静，我回头看见了亨利躲在地毯下苍白的脸，他正盯着我。

他低着嗓子急切地说："有什么情况吗，沃尔特？"

我用力地朝他摇摇头，他立刻又盖上了毯子。我听到了小小的咕噜声。

直到整整15分钟过去了，我才敢动弹。这时候等待的紧张感已经让我变得僵硬，所以我大胆地打开了车门，下了车，走到粗糙的地面上。什么都没有。我把手插在口袋里，慢慢地来回走了几趟。时间一分一秒地过去，半个多小时过去了，我越来越不耐烦。我走到后车窗那，轻轻地对里面说话。

"亨利，恐怕我们就这样轻易地叫人给耍了，恐怕这件事只是个低级的玩笑而已，你昨天晚上那么对甘德西——这可能是他的报复。这里连个人影都没有，而且只有一条进来的路。在我看来这不像是我们预期中见面的地方。"

"这群狗娘养的！"亨利低声回话，黑暗的车子里又响起了咕噜咕噜的声音。然后一阵轻轻的动静之后，他掀开了毯子。门开了，亨利盯着我的身体，探出了头，他把视力所及范围之内都扫视了一圈。"坐在脚踏板上，"他低声说，"我要出去，他们如果在灌木丛里监视的话，就只能看见一个脑袋。"

我照亨利说的做了，然后把我的领子竖得高高的，把帽子拉到眼睛上面。亨利无声无息地下了车，关上门，就像影子一样站到了我的正前方。我能看见他手枪反射出的微微的光。我们又这样等了10分钟。

亨利发火了，在风中骂道，"被骗了！"他大声叫道，"你知道发生了什么吗，沃尔特？"

"不，亨利，我不知道。"

"这只是一次试验，就是这样。在来的路上的某个地方，那些浑球儿已经检查过了，他们在看你是不是按规矩办事，然后他们又在药店那检查。我敢用两个白金自行车车轮跟你打赌，你在那接到的电话绝对是从很远的地方打来的。"

"是的，亨利，现在你这么一说，我想一定是这样的。"我郁闷地说。

"你看，小子，那群浑球儿甚至都没有出城。他们就坐在毛绒里衬的痰盂边这样把你要得团团转。明天这个家伙会再给你打电话的，告诉你到目前为止一切顺利，他们是为了慎重起见，然后明天晚上或许回到省费尔南多山谷里见面，价格要涨到一万块——作为他们解决这些额外的问题的报酬。我应该回去把那个甘德西的脖子扭断，这样他就只能看见他的左腿了。"

"好吧，亨利，"我说，"毕竟，我没有完全按他们所说的那样做，因为你坚持要跟我来。也许他们比你想象中要聪明。我想我们现在最好回到城里去，希望明天还有机会再试试。你一定要答应我，到时候千万不要再插手了。"

"傻瓜！"亨利愤怒地说，"如果没有我陪着你的话，他们玩弄你就像猫玩弄金丝雀那样轻松。你是个正人君子，沃尔特，但你知道的答案可没有贝比·勒罗伊那么多。这些浑蛋都是小偷，他们如果小心处理手上的这串弹珠的话，他们可能会收入两万块钱。他们急着想出手，但他们一定会想尽办法来诈钱的。我现在得回去找那个意大利佬甘德西，我要好好给他点颜色瞧瞧，

363

我会用他想都想不到的方法来对付他。"

"行了，亨利，冷静点。"我说。

"哈，"亨利吼道，"这些浑蛋把我气得屁股都疼了，"他把左手上的酒瓶凑到嘴边，迫不及待地喝了几口。他的音量降低了一些，听起来平静了许多。"最好把钱收好，沃尔特，派对已经泡汤了。"

"也许你说得没错，亨利，"我叹了口气，"我得承认这半个多小时以来我的胃抖得像秋风中的叶子一样。"

我勇敢地站到了他身边，尽情地往喉咙里灌了几口烈酒，马上就振作起来了。我把酒瓶递给亨利，他小心地把它放在脚踏板上，他站在我身旁，宽大的手上下抛接着自动手枪。

"我也不需要这把家伙来对付那些浑球儿了，见鬼去吧。"他手臂一挥，把手枪抛向灌木丛中，手枪闷声一响，落在了地上。他从车子旁边走开，双手叉腰地站着，仰望天空。

我走到他身边，借着这模糊的夜色看着他的侧脸，一种奇怪的忧伤涌上了我的心头。虽然我跟亨利认识没多久，但我已经非常喜欢他了。

"那么，亨利，"我终于开口了，"下一步该干吗？"

"回家吧，我想，"他慢慢地忧伤地说，"然后喝他个大醉。"他举双手赞成，慢慢地晃了晃。然后他把脸转向我，"是啊，"他说，"再没什么可做的了。回家去，小子，我们只能这么办了。"

"也不一定，亨利。"我轻轻地说。

我从口袋里掏出了右手——我的手很大——手里攥着我今天早上从银行里拿到的那卷包装好的硬币，我的手里抓着它，拳头变得很大。

"晚安，亨利，"我轻声说，使出我全身的力气挥出了拳头，"你打了我两次，亨利，"我说，"我还没尽过全力呢。"

但亨利已经听不见我说的话了，我握着硬币的手精准地打中

364

了他的下巴，他的腿瘫软了，整个人都直挺挺地向前倒下去。倒下去的时候还擦到了我的袖子，我赶紧闪到一边。

亨利·艾克尔伯格就那么一动不动地躺在地上，虚软得就像橡胶手套一样。

我有些伤感地低头看着他，等着他转过身来——但他连一块肌肉都没动。他静静地躺着，完全失去了意识。我把那卷硬币放回了口袋，弯下腰凑近他，彻彻底底地搜了他的身，像翻肉一样把他翻了过来。我花了很长时间才找到珍珠，它们被绕在他左腿袜子里的脚踝上。

"好了，亨利，"这是我最后一次对他说话了，尽管他也听不见了，"你是个绅士，虽然你也是个贼。今天下午你有数十次的机会把钱拿走，什么也不给我留下。就在刚才，你手里有枪的时候，你也可以把钱抢走，但连这样做都让你反感。你把枪扔掉了，就只我们两个人，也没有人来帮忙，没有人来捣蛋，即使是那样，你也犹豫了。噢，亨利，事实上，我觉得作为一个成功的小偷来说，你犹豫得太久了一些。但作为一个具有竞技精神的男人，你得到了我最崇高的敬意。再见了，亨利，祝你好运。"

我拿出钱包，从里面抽出了一张一百块钱，小心地把他放进我平时看亨利放钱的口袋里。然后我回到车里，拿出一瓶威士忌来，把瓶盖塞紧，然后放在了他的手边。

我确信在他醒来之后他会需要它的。

8

当我回到公寓的时候，已经超过了10点钟。但我马上走到电话旁，给艾伦·麦金托什打电话，"亲爱的！"我大叫道，"我拿回珍珠了。"

我从电话里听出来她倒抽了一口气，"噢，亲爱的，"她的声音既紧张又兴奋，"你没有受伤吧？他们没有伤害你吧，亲爱的？他们拿了钱就让你走了？"

"没有什么'他们'，亲爱的，"我骄傲地说，"格雷莫尔先生的钱完好无缺。只有一个亨利。"

"亨利！"她用一种奇特的声音惊叫道，"但我以为——马上过来这里，沃尔特·盖齐，告诉我——"

"我嘴里有酒味，艾伦。"

"亲爱的！我相信你一定是因为有需要才喝的。马上过来吧。"

于是我又一次回到了街上，匆匆赶往卡隆德莱特公园，转瞬间我就到了彭拉杜克的宅邸。艾伦到门廊来见我，我们俩就在黑暗中拉着手，静静地说着话，因为整栋屋子里的人都已经睡了。我尽量简短地把我的故事告诉了她。

"但是亲爱的，"她终于说道，"你怎么知道是亨利拿走了珍珠呢？我以为亨利是你的朋友。而这个电话里的另一个声音——"

"亨利是我的朋友，"我略带忧伤地说，"正因为如此才毁了他。至于电话上的那个声音，只是个小问题，很容易安排。亨利离开了我几次，就是去办这件事的。只有一个小小的疑点让我产生了这种想法。在我给了甘德西那张上面写着我名字和公寓地址的私人名片之后，亨利就必须要通知他的同伙说我们已经见过了甘德西，并已经告诉了他我的姓名和地址。当然我想去见有名的地下组织头目，向他们传达我想要买回珍珠的这个想法是很愚蠢的——但也许也不是那么愚蠢的想法。这给了亨利一个机会，让我以为有人打电话来传信是我们和甘德西谈话，并告诉了他我们的困境的结果。但是，既然第一个打进我公寓的电话是在亨利有机会去通知他的同伙们跟甘德西的会面之前，显而易见，这其中有蹊跷。"

"然后我就想起了那天从后面撞上来的车，亨利那时到后面去跟司机吵架了。当然，这场撞车是设计好的，亨利制造了这个机会，他的同伙就在车里。所以当亨利假装在跟他吵架的时候，他已经把必要的信息传达给他的同伙了。"

"但是沃尔特，"在有些不耐烦地听完了我的解释后，艾伦说，"这都是小事，我真正想知道的是你怎么确定就是亨利偷走了珍珠呢？"

"你告诉我是他拿走了，"我说，"你当时非常肯定，亨利是个非常耐心的角色。他很有可能把珍珠藏起来，根本就不怕警察会对他怎么样。他会换一份工作，过了很久之后他才会把珍珠拿出来，悄悄地离开这里。"

艾伦在黑漆漆的门廊上不耐烦地摇摇头。"沃尔特，"她一针见血地说，"你在隐藏什么，如果你没有完全确定就是亨利的话，你是不会对他下那么重的手的。我太了解你了。"

"好吧，亲爱的，"我谦虚地说，"当然还有一个小线索，那是聪明的人都会忽略的一个愚蠢的细节。你知道的，我并不经常使用我公寓里的电话，因为我不想被那些推销员之类的打扰。我用的电话是私人专线，这个号码没有登记。但是亨利的同伙打的是我公寓里的电话，亨利经常出入我的公寓。我特意留心没给甘德西先生那个号码，因为我根本不指望甘德西那会有什么消息，所以我从一开始就确信是亨利拿走了珍珠，我所需要做的就是让他从暗处把珍珠拿出来。"

"噢，亲爱的，"艾伦大叫着用双手抱着我，"你真是太勇敢了！而且我真的觉得你在某些方面有自己独到的聪明之处。你真的相信亨利爱上了我吗？"

但我对这个话题毫无兴趣。我把珍珠交给艾伦保管，虽然已经很晚了，但我还是立刻驱车前往兰辛·格雷莫尔先生的家中，把故事说给他听，并把钱还给了他。

几个月之后，我十分欣喜地收到了一封从火奴鲁鲁的来信，信纸的质地很差。

好吧，老兄，你那个星期天的那一拳就是那笔钱啊，我没想到那笔钱就在你身上，虽然我也并不是要拿走它。但那一拳让我在接下来的一周里，每次刷牙都想起你。只可惜，我不得不离开，你是个好人，虽然有些傻乎乎的。我希望现在能和你黏在一起，而不是在远在千里之外的这里擦油阀。还有两件事我得让你知道——两件正当的事。我的确是爱上了那位高个儿金发美女，这也是我离开那个老夫人的主要原因。偷珍珠只不过是一个被美女冲昏了头脑的家伙想出来的馊主意。他们把那些串珠放在那个面包盒里纯属是引人犯罪，我曾经在吉布提替一个法国人干过活儿，一眼就能看出来珍珠和雪球的区别。但到了紧要关头，就在灌木丛里，只有我们两个人，没人可以阻挡我的时候，我就是心软了，不忍心下手。告诉那个金发女郎你那儿有我给她的求婚戒指。

你永远的，

亨利·艾克尔伯格（化名）

此外，你应该知道，那个给你打电话的浑蛋想要分走你往我背心口袋里塞的那张100块钱中的50块。我只好痛揍了他一顿。

你的，亨·艾（化名）

（本文译者　俞惠娴、蒲若茜）

帷幕

　　我第一次看见拉里·巴泽尔是在沙尔迪餐厅外面，当时他烂醉如泥，正躺在一辆二手的劳斯莱斯里面。他身边有位个子高高的金发姑娘，她的一双眸子让人过目不忘。我帮着她把他从驾驶室里劝出来，好让她可以驾车离开。

　　第二次见到他，已是另一番景况了。他身边再没有劳斯莱斯，没有什么金发美人，也没有任何工作。只有紧绷的神经和一身极须熨烫的西服。他还记得我。他是那种即使醉了也记得住事儿的醉汉。

　　我给他买了好些饮料，让他好受一点儿，还把我抽剩下的半包烟给了他。我过去时常会在"各种状况下"见到他。我还会借钱给他，连我自己都不知道为什么会这样做。他是一个身材魁梧的英俊彪汉，却有着一双奶牛一样的眼睛，眼神里透着一种天真和坦率，一种在我的工作中不常见的东西。

　　有趣的是，在禁酒令实施之前，他曾为一个很厉害的团伙贩卖酒水，他总是出现在各种场面下，而之后一段时间，我就再也没见到他了。

　　后来有一天，我突然收到一张支票，上面是他欠我的所有钱，还有一张字条，说到他现在在达达尼尔俱乐部干着桌面上的工作——是赌博而不是用餐，还叫我过去看看他。我知道他又做起了非法勾当。

我没有去找他，但我不知怎的发现那地方是乔·梅沙维的，而且乔·梅沙维娶了那位有着迷人双眸的金发美人，就是上次跟拉里·巴泽尔待在劳斯莱斯里面的那位。但我终究没有去。

直到有一天清晨，我的床边立着一个模糊的身影，正好挡在我和窗户之间。百叶窗被拉下来了，肯定是因为这样我才醒了。那个人影很魁梧，手里还拿着枪。

我翻过身来，揉着惺忪的双眼。

"好吧，我的裤兜里有12块钱，我的腕表值2750块钱，你拿着它也换不了几个钱。"我生气地说。

那人影走到窗边，把百叶窗向一旁拉开了一英寸，向下面的大街上望去。当他再次转过身来，我认出他是拉里·巴泽尔。

他脸色难看，露出倦色，胡子拉碴的。他还穿着宴会服，外面套着一件双排扣的黑色大衣，翻领上别着一朵发蔫的矮株玫瑰。他坐了下来，手握着枪在膝盖上放了一会儿才收起来，满是疑惑地皱皱眉，好像不知道他手上这枪从何而来似的。

"你得送我去柏度，我必须要出城。他们已经将矛头指向我了。"他说。

"好，跟我说说怎么回事。"我说。

我坐了起来，用脚趾头触着地毯，然后点了一支烟。时间刚刚过了5点30分。

"我用一块赛璐珞塑料片撬开了你的锁，"他说，"你得偶尔用用你的弹簧锁。我摸不准哪个才是你的房间，我可不想把整栋房子的人都吵醒。"

"下次找我的邮箱试试吧。哎，我说，你没醉，对吧？"我说。"我倒想喝醉，不过我得先离开。我现在开始慌了。我不如之前坚强了。你肯定在报纸上看到过奥马拉失踪这事。"

"嗯。"

"不管怎么说吧，你听着，如果我一直说，我不会发脾气。我觉得我来这儿没人看见吧。"

"我们俩喝一杯也无妨，那桌上有苏格兰威士忌。"我说。

他倒了两杯酒，递了一杯给我。我穿上浴袍和拖鞋。他喝酒时酒杯与牙齿撞得咯咯作响。

他放下空杯，两只手紧紧攥在一起。

"我以前跟达德·奥马拉很熟，我们曾经在胡内米角一带共事。我们甚至爱上了同一个女孩儿。她现在嫁给了乔·梅沙维。而达德则娶了个"五百万美元"，他娶了戴德·温斯洛将军的瘦不啦唧的二婚女儿。"

"我全都知道。"我说。

"嗯。你听我说罢。他们只说过一次话，她就看上了他，就像我相中一个咖啡碟一样。但达德不喜欢那样的生活。我想他曾经去看过莫娜。他识破了乔·梅沙维和拉希·耶格尔热火朝天的汽车勾当。那两人杀了达德。"

"见鬼，他们肯定这样做了。"我说，"再喝一杯。"

"不，听我说。有两点你得明白：奥马拉失踪那晚——不，应该是这事登上报纸那一晚——莫娜·梅沙维也一同消失了。但事实上她没有。他们把她藏在里厄利特大概几英里处橙子种植区的棚屋里。隔壁是一间汽车修理厂，是一个名叫阿特·哈克的浑蛋开的，他是个技术高超的修理工。我跟踪乔到过那儿。"

"你怎么管起了那档子事？"我问。

"我还爱着她。我现在告诉你是因为你曾经对我非常好。每次我把事情搞砸了，你都为我摆平。他们把她藏在那儿，好让人以为她和达德都死了。当然，莫娜消失之后，警察也不至于迟钝到不盯上乔。但是警察没有找到莫娜。他们对失踪人员有自己的一套办法，而且相当拿手。"

他起身再次走到窗边，透过窗帘的一边向外望去。

"下面停着一辆蓝色轿车，我好像在哪儿见过。不过也许没见过，相似的车多了去了。"他说。

他又坐了下来，我没有搭话。

"那个离里厄利特不远的地方，正好位于山麓大道北面的第一条小路上。你准能找得到。那房子单门独户，旁边靠着修车厂，上面种着一株古老的含氰植物。我现在跟你说的这些……"

"这是第一点。那第二点是什么？"我说。

"以前给拉希·耶格尔开车的那小子急匆匆地跑回家几周后，又去了东部。我借给他50块钱。他穷得叮当响。他告诉我达德·奥马拉失踪那晚，耶格尔去了温斯洛庄园。"

我盯着他说："拉里，这挺有趣的。但是用来解释事实还不足以让人信服，别忘了还有警察局呢。"

"嗯。还有一点，我昨晚喝醉了，就把我知道的事告诉了耶格尔。接着我就辞掉了在达达尼尔的工作。结果在我回家的时候，有人在我家门外朝我开了枪。从那之后我就开始东躲西藏了，现在你可以开车送我去柏度了吗？"

我站起来，虽然已是5月我依然感觉凉意侵人。拉里·巴泽尔即使穿着大衣看起来也很冷。

"我肯定会送你的，不过放松一点儿，过一会儿走会比现在安全很多，再喝一杯吧。你不知道他们为什么把奥马拉干掉了。"我说。

"如果达德发现了他们在做非法的汽车生意，而莫娜又嫁给了梅沙维，那他们必须要把他干掉。他就是那种人。"

我起身向浴室走去。拉里又走到了窗边。

"它还在那儿，"他扭过头来说道，"你开车送我可能会中枪。""那可真讨厌。"我说。

"你算是一个好人，卡尔马迪。要下雨了。要是死在雨中，那可真他妈讨厌，你说呢？"

"你他妈的话太多了。"我说了一句，走进了浴室。

那是我最后一次跟他说话。

2

我在刮胡子的时候听到他不停走动的声音，当然洗澡的时候就没法听到了。我出浴室时他就不见了。我蹑手蹑脚地找他，看了看厨房，他也不在那儿。我拽了件浴袍穿上，又朝大厅望了望，厅里也空空如也。只有一个送牛奶的人，他拿着满是奶瓶的金属托盘正走下后面的楼梯，紧闭的门边放着刚叠好的报纸。

"喂，刚刚有没有个男的从这里出来，从你旁边经过呢？"我向这个送奶人大声问道。

他站在墙角里，扭过头，张嘴要回答。他长得眉清目秀，牙齿整齐，又白又大。他的牙齿我记得很清楚，因为当我听到枪声时我正看着那一颗颗大白牙。

枪声从不近不远的地方传来，就在这栋公寓的后面，紧挨着车库，要么就是在巷子里，我心里这样思忖着。两声快速猛烈的枪声之后是机枪换弹药的声音。突然又响起了五声、六声，正是一把好的机枪所具备的声音。接着，有汽车呼啸着离去了。

送牛奶的那个人闭上他那张仿佛被绞车封住的嘴巴，睁大双眼，眼神空洞，呆呆地望着我，接着小心翼翼地把手中的奶瓶放在最高一层台阶上，顺势依靠着墙壁。

"听起来像枪声。"他说。

一切都发生在几秒钟之间，却仿佛过了半小时。我回到我的住处，套上衣服，从办公室随便抓了些零碎东西，就冲进大厅。大厅依然空无一人，连那个送牛奶的人也不见了。警报声在附近某处静了下来，楼下一个宿醉的秃头正头朝门外躺着，打着呼噜。我沿着后楼梯下了楼。

两三个人在窃窃私语，我从后面出来了。两排面对面的车库，中间是水泥空地，尽头处还有两排车库，留了一处空地通往一个小巷子。几个孩子正在离这儿三座房子那么远的地方翻着防护栏。

拉里·巴泽尔脸朝下倒在地上，帽子掉在离头一码远的地方，一只手向外摊着，一步之遥的地上摆着一支黑色大手枪。他的两只脚踝交叉着，就像他旋转着倒下似的。他的一侧脸下淌出一大摊血，沾到了他的金发上，脖子上最多。水泥地上也是血迹斑斑。

两个拿着对讲机的警察和送奶司机还有一个身穿棕色毛衣套着无领外套的男人正弯着腰观察着拉里。穿外套的那名男子是我们的守门人。

我朝他们走去，刚刚还在护栏那边的那两个小孩儿也到达这座院子。送奶车司机绷着脸，用怪异的眼神打量着我。其中一个警察直起腰来，开口说道："你们当中有没有人认识他？他至少还有半张脸。"

他不是针对我在问话，送奶车司机摇了摇头，一直斜着眼用余光瞄我。守门人说："他不是这里的房客，可能是访客。不过就来访的话，稍微早了一点儿，不是吗？"

"他还穿着参加派对的礼服。你的旅馆，你比我熟悉。"警察话语沉重，随之掏出了记事本。

另一名警察也挺直身子，摇摇头，朝房子走去，守门人小跑着跟在旁边。

手拿记事本的那个警察朝我摇了摇大拇指，厉声地说："在这两个人之后，你是第一个到这儿的人。你有什么要说的吗？"

我看着那个送牛奶的人。拉里·巴泽尔不会注意到他的，男人也需要赚钱养家，毕竟那又不是一个警察的巡逻车。

"我只是听到了枪声，就跑了过来。"我说。

那警察觉得我回答了他的问题，送奶车司机抬头看了看灰白的天空，沉默不语。

过了一会儿，我回到我的公寓，穿戴整齐。当我拿起放在靠窗的桌子上的帽子时，发现威士忌瓶子旁边一枝小小的玫瑰花蕾静静地躺在一张写有潦草字迹的纸上。

纸条上写道："你是个好人，但是我想我还是一个人走吧。如果有机会的话，把这朵玫瑰献给莫娜——拉里。"

我把这些东西放进了我的钱包，喝了杯酒，打起精神来。

3

　　大约下午3点，我正站在温斯洛将军家的主门厅里，等待男管家的回复。我今天的大部分时间既没有走进我的办公室或是公寓，也没有遇到任何杀人犯。这些事我迟早会做的，但我想先见见戴德·温斯洛将军。他不轻易露面。

　　我环顾四周，墙上挂满了油画，大多是肖像画。黑木制的垫座上摆了几套盔甲，年头儿久了，泛着黑光。大理石砌的大壁炉上方，两面既像被子弹打穿又像被蛾子啃噬过的骑兵三角旗交叉立在玻璃柜子里。旗帜下面挂着一幅肖像画，画中男子纤瘦但精神焕发，长着一脸黑色大胡子，身上穿的军装大约是墨西哥战争时期的样式。他可能是戴德·温斯洛将军的父亲，尽管将军现已十分年迈，但是也没有画中人年代久远。

　　那位男管家回来了，他告诉我温斯洛将军现在兰花屋里，请我跟随他前去。

　　我们出了后面的法式落地窗，穿过草坪，一栋外形很大的玻璃房子映入眼帘，正好位于车库的不远处。管家打开门，走进一个类似门厅的地方，待我进来后就关上了门，里面热气环绕；接着他又开了里面的一道门，里面真的很热。温室内水气氤氲，墙上和天花板上滴着水。一株株丰硕的热带植物上花朵儿肆意怒放着，枝繁叶茂地向四处伸展。满溢的花香一时间盖过了沸腾的酒精味。

那位男管家年老体瘦，身板儿挺直，满头银发，他帮我压着那些植物的枝叶以便我通行。我们来到了房间中间的开阔地带。六边形地板上铺着一大张红色的土耳其地毯，地毯中间放着一把轮椅，椅子上坐着一位非常年迈的老人，身上盖着旅行用的厚毯子，他看着我们朝他走去。

他的脸上只有那双眼睛依旧鲜活——黑色的双眸深邃闪亮不可捉摸。脸上的其他部分好似一副死灰色的面具，他太阳穴深陷，鼻梁挺拔，耳垂朝外耷拉着，嘴唇就像一道白色的细口子。身体一部分裹着一件破旧不堪的淡红色浴袍，一部分盖着毯子。他的手指甲呈紫色，两手轻握，一动不动地搭在毯子上，头上有零星的几缕白发。

管家通报道："将军，这位就是卡尔马迪先生。"

那位老人凝视着我，之后尖声厉气地说："给卡尔马迪先生搬张椅子。"

管家拖了一把细藤椅出来，我坐了下来，把我的帽子放在地上，管家随即捡了起来。

"白兰地，"将军说道，"先生，你喜欢喝什么样的白兰地？""我都可以。"我回答。

他鼻子里哼了一声，管家随即走开了。他一眼不眨地望着我，鼻子里又发出了哼哼声。

"我喜欢配着香槟喝，杯中三分之一的白兰地，再倒进香槟，而香槟要像福吉谷一样冰凉。或者更冰冷，如果可以的话。"他说。

他发出了一种如同咯咯的笑声一样的声响。

"并不是说我去过福吉谷，没有那么糟糕。先生你可以吸烟。"他说。

我向他道谢又解释说我这阵子不想抽烟，随即拿出了手帕，擦了擦脸。

"先生，把外套脱了吧。达德总是把外套脱掉。卡尔马迪先生，兰花需要温暖，就像生病的老人一样。"

我脱下了外套，是带过来的一件雨衣。天似乎要下雨。拉里·巴泽尔说过天快要下雨了。

"达德是我的女婿——达德利·奥马拉。我想你有一些关于他的事要告诉我。"

"只是些传闻，"我说，"温斯洛将军，除非得到您的允许，不然我也不愿插手这事。"

那双凶悍的眼睛盯着我："你是一个私家侦探，我猜，你是想要报酬。"

"虽说我是做那一行的，但并不意味着我生活中的一切都需要报酬。我要跟您说的只是一些我听说的事，您也许想听听，然后转告给失踪人员办事处。"我说。

"我明白了，"他安静地说，"是丑闻之类吧。"

我正要回答，管家回来了，推着送茶水的手推车，穿过密林，在我手肘处停了下来，为我调了一杯苏打白兰地，随即走开了。我抿了一口，说，"好像有个女孩儿，他在认识您女儿之前已经认识她了，那女孩儿现在嫁给了一个敲诈犯。好像——"

"我都听说了。我才不管呢。我只想知道的是他现在在哪儿，过得好不好，快不快乐。"他说。

我瞪大眼睛望着他，过了一会儿我有气无力地说："也许我可以找到那个女孩儿，如果我告诉市区里的那群人，他们也能找到她。"

他拽了拽毯子的边缘，微微移动了一下头，可能就一英寸那么点儿。我想他是在点头。接着他缓缓地说："也许就我现在的健康状况来说，我已经说得太多了，但是我想把有些事说清楚。我是个残废，我只剩两条废了的腿和半个腹部。我吃得少，睡得也不多。我自己都讨厌自己，对别人来说更是一个累赘。这让我想念达德，他过去常常花很多时间陪我。为什么呢？只有上帝知道。""好吧——"我开始搭话。

"住嘴！对我而言，你是一个年轻人，所以我有理由对你粗鲁一点儿。达德连一声再见都没有跟我说就走了，那不是他的作风。一天夜里他开车走了，从此音讯全无。如果他是厌烦了我那笨女儿和她的小鬼头，想找其他女人，那也没关系。他当时头脑一热，不跟我道别就走了，现在他后悔了，所以我才没有他的消息。找到他，告诉他我理解他。就这些，除非他需要钱；如果他真的需要，什么都可以满足他。"

他灰白的脸上现在似乎泛着一丝红润。如果有可能的话，他那黑色的眼睛显得更明亮了。他缓缓地向后靠着椅背，闭上了双眼。我喝了一大口酒，慢慢吞下去。我说："假设他现在陷入了困境。比如，因为那女孩儿的丈夫——那个乔·梅沙维。"

他睁开双眼，又眨了一下。"那不是奥马拉，身陷泥潭的另有其人。"

"好吧。那么我可以直接告诉办事处，说我在哪儿听说了那个女孩儿吗？"

"当然不行。他们什么都干不成，就让他们这样吧。你去找达德。即便你只需要走过这条街，我也会付你一千美元，告诉他我一切安好，我这老头儿过得挺好的，替我问候他，就这些。"

我不能告诉他，忽然间我意识到拉里·巴泽尔给我讲的所有事我都不能告诉他，就连拉里发生了什么事也不能说，一切都得只字不提。我喝完我的饮料，站起来，穿上外套，说："这钱对干这件差事来说绰绰有余了，温斯洛将军。我们以后再谈吧。我是否可以有权代表您以我自己的方式行事呢？"

他按下轮椅上的铃，对我说："告诉他这些就行了，就是我想知道他现在一切都好，我也想让他知道我一切安好，就这些。除非他需要钱。现在请原谅，我累了。"

他合上了双眼。我穿过密林往回走，管家拿着我的帽子在门口等我。

我吸了一口清凉的空气，说道："将军想让我去见见奥马拉夫人。"

4

这间屋子的地板铺满了白色地毯，在诸多窗户之间，象牙白的窗帘从高高的屋顶垂下来，摇曳着随意地落在白色地毯上。透过窗户可以望到黑暗的山脚，而玻璃窗外的空气也阴沉沉的。雨还没开始下，但空气中已酝酿着压抑的气氛。

奥马拉夫人脱掉了拖鞋和腿上的长筒袜，躺在白色躺椅上。她身材修长，皮肤黝黑，噘着嘴唇闷闷不乐的样子算得上标致。

她说："我到底有什么可以帮你的呢？这事众人皆知，一清二楚。除了我不认识你，不是吗？"

"嗯，你不认识我。我只是个私家侦探，干点儿小事情而已。"我回答。

她伸手拿了个杯子，我本应该注意到那个杯子，但因为她说话的方式和她脱掉拖鞋的动作，我竟没有看到。她懒洋洋地喝着，指间的戒指一闪而过。

"我和他在一个酒吧认识，"她说着尖声笑了起来，"他是一个帅气的私酒贩子，一头浓密的鬈发，配上一抹爱尔兰人的微笑，所以我就嫁给他了。也许因为无聊吧。他呢，卖私酒的生意当时也做得不稳当。如果当时他没有其他魅力可言的话。"

她似乎在等我插话，但是看起来又好像不在乎我的反应。我只说了句："他失踪那天你没有看见他离开吗？"

"没有。我很少看到他外出，或者回来。一般都是那种情况。"她又喝了点饮料。

"哈，"我咕哝了一声，"当然，你们也不吵架。"他们从来不吵架。

"吵架的方式可多了，卡尔马迪先生。"

"是的。我喜欢你这样的说法。你肯定知道那个女孩儿吧。""很高兴能对一位老私家侦探这么坦白，是啊，我知道那女孩儿。"她抚弄着耳后漆黑的鬈发。

"在他失踪之前你就知道她了吗？"我礼貌地问。

"当然。"

"怎么知道的？"

"你很直接呀，不是吗？就像他们说的，靠人脉呀。我是个爱说老话的人。你难道不知道？"

"你知道在达达尼尔的那伙人吗？"

"我去过那儿。"她看起来并没有大吃一惊，连吃惊的神情都没有。"我其实在那儿住过一周，我就是在那儿遇见了达德利·奥马拉。"

"噢。你父亲结婚很迟，对吧？"

只见她脸色变得刷白，我想激怒她，但是好像不管用。她微笑起来，脸色回归正常。她按了一下椅子上挂在天鹅绒垫子下面的铃铛。

"是很迟，如果这跟你有关的话。"她说。

"与我无关。"我说。

一名羞怯的女佣进了屋，在靠墙的桌边调制了两杯酒，给奥马拉夫人呈上一杯，一杯放在我的旁边。她又走开了，短裙下露出了一双迷人的腿。

奥马拉夫人看着门合上了，接着说："这一切让我父亲情绪很差。我希望达德会发个电报或者写信或别的什么。"

我慢慢地说："他是一位非常年迈的老人，又身陷残疾，已是将死之人。只有一线微弱的兴趣让他得以坚持下去。现在那根线断了，没人理会，而他自己也想表现得毫不在乎。我不认为那是在闹情绪。我觉得那是一种非凡勇气的完美展示。"

"很勇敢。"她说。两眼像那把锋利的刀子。"但是你的饮料碰都没碰。"

"我该走了，不过还是谢谢你。"我说。

她伸出纤细白皙的手，我走过去，轻轻地握了一下手。雷声从山后突然传来，她惊得一跳。一阵疾风冲击着玻璃窗。

我走下铺了瓷砖的楼梯，到了门厅，管家从阴影中走出来为我开门。

我向下看到一个接一个的露台，由花坛和进口树木点缀着。最底层外围是带镀金矛头的金属栅栏，里面是六英尺的树篱。一条地势低陷的车道往下蜿蜒，直通大门，大门边上有座小屋。

庄园的远处斜倚着一座小山，延伸到市区和拉布瑞亚旧油井，现在那里一部分成了公园，一部分被野地里废弃的栅栏围着，一些木制井架依然矗立在那儿。就是这些造就了温斯洛家族的财富，而为了逃离这片遗迹，整个庄园建在了山上，远得足够闻不到油井的味道。透过窗户，却又刚好可以看到这让他们发财的一切。

沿着平台中的草坪，我拾阶而下。在其中一个露台上站着一个小男孩，头发乌黑，面色苍白，大概10到11岁的样子，正对着挂在树上的靶子掷飞镖。我朝他走过去。

"你是小奥马拉吗？"我问。

他手里拽着四个飞镖，靠在石头长椅上，用他老于世故的深灰色的眼睛冷冷地看着我。

"我是戴得·温斯洛·特里维廉。"他冷酷地说。

"噢，那达德利·奥马拉不是你爸爸咯。"

"当然不是。你是谁？"他的语气中充满鄙夷。

"我是一名侦探。我要去找你的——我的意思是，找奥马拉先生。"

这并没有拉近我俩的距离，侦探对他来说没有吸引力。山丘那边传来滚滚雷鸣，仿佛一群大象正在嬉戏打闹。我又想到了一个主意。

"我打赌你不能在30英尺外将五分之四的飞镖都射中红心。"他突然活跃起来。"就用这些吗？"

"嗯。"

"你赌多少？"他气冲冲地说。

"哦，一美元。"

他跑到靶子前，取下上面的飞镖，跑回长椅边摆好姿势。

"那儿可没有30英尺。"我说。

他狠狠地瞪了我一眼，又朝长椅后面走了几英尺。我咧嘴一笑，又赶紧收敛了笑容。

他投镖的动作极其敏捷，看得我眼花缭乱。在既定的几秒之内，他把五支飞镖全部命中红心。他得意扬扬地看着我。

"我的天，你真棒，特里维廉大师。"我咕哝着，掏出我的一美元。

他的小手就像鳟鱼吃苍蝇一样唰地一下抓住了钱，闪电一般扯走了。

"没什么了不起，你应该到车库后面见识见识我们的射击场。想去那儿再赌一把吗？"他咯咯地笑了起来。

我向后望了望小山，看见岸边有一栋低矮的白色建筑探出了一部分。

"好吧，今天不去了。下次吧。这样说来，达德·奥马拉不是你的爸爸。如果我找到他，你觉得可以吗？"

他耸耸肩，穿着栗色毛衣的双肩瘦削而又轮廓鲜明。"嗯。

但你可以做到警察不能做到的事吗？"

"好想法。"我说着离开了他。

我继续走下石阶，走到最底层的草坪，沿着里面的树篱往门房走去。可以透过篱笆间隙瞥见街景。走到半路时，我看到外面停了一辆蓝色的轿车。车子体积不大，车身简洁，底盘较低，非常干净，比警车要轻一些，但大小差不多，不远处可以看到我停在胡椒树下的敞篷车。

我在篱笆边站定了，打量着那辆蓝色轿车。可以看到有人在车里抽着烟，烟圈从挡风玻璃边上飘散出来。我转过身，背对着警卫室，朝山上望去。特里维廉那小鬼头不知道去哪儿了，也许去把那块钱存起来了，尽管一美元对他来说也不多。

我俯下身，拔出我那天带着的口径7.65毫米的鲁格手枪，把枪口朝下放到我左脚的袜子里。如果我走得不是太快的话，这样走路也无妨。我继续朝门口走去。

大门紧锁，没有主人许可没人能进来。守门人是位身体强壮的大个子，胳膊下夹着一支枪，他走出来，让我穿过大门旁边的小门。我透过栏杆跟他说了一会儿话，一边瞄着那辆蓝色轿车。

看起来一切正常，车里好像有两名男子。离对面那座高墙大概一百英尺，这条街很窄，没有辅道。不用走太远，就能到我的车那儿。

我稍显僵硬地穿过深色的人行道上了车，从座位下前方的小隔间里快速地拿起我的备用枪。这是一把警察用的柯尔特手枪。我顺手把它放进了我腋下的手枪套里，发动了汽车。

我松开刹车，车子跑了起来。刹那间，大雨倾盆而下，即使天空暗得如同嘉丽·内森的帽子，还是能看见那辆轿车尾随在我身后。

我打开雨刮器，立即加速到40码。大概开了八个街区那么远时他们朝我鸣响警笛。我被骗了。整条街异常寂静，我慢下来，靠路边停下，那辆轿车溜到我车旁，我看了轿车后门窗边上的一

389

把冲锋枪的黑色枪管。

拿枪的人长着一张狭长脸，眼睛发红，双唇紧闭。一个声音传来，盖过了雨声，雨刮器的声响和两台发动机的嗡嗡声，"上我们的车，和气一点儿，如果你懂我的意思的话。"

他们不是警察，不过现在也无关紧要了。我把车熄了火，把车钥匙扔在地上，站到踏板上下了车。坐在方向盘后面的那名男子没有抬眼看我，倒是他后面那个人兀地踢开了车门，稳稳地握着手里的冲锋枪，滑坐到另一边。

我上了车。

"好了，路易，搜身。"

开车那家伙从车上下来，坐到我后面，他从我的胳膊下搜出了左轮手枪，又拍了拍我的屁股，摸了摸口袋和腰带。

"干净了。"他说，然后回到了驾驶位。

举着冲锋枪那人向前伸出左手，从司机那里拿过我的左轮手枪，接着把冲锋枪放到地上，在枪上搭了一张毯子。他向后又靠在角落里，手握左轮手枪，放在膝盖上，显得平静又放松。

"好吧，路易。现在开车吧。"

5

车子懒洋洋地向前挪动着，雨点敲打着车顶，水流顺着两边的车窗泻淌下来。我们在蜿蜒的街道上，在一座座广袤的庄园之间转悠。透过模糊的树影，雨中一座座的房屋远远地映入眼帘。

一股烟草味儿飘进我的鼻子，那名红眼男子说："他都跟你说了些什么？"

"够少的了，"我说，"就是那报道出来那晚，莫娜出了城。温斯洛那老头子早就知道了。"

"他大可不必深究，警察都没有呢。还有呢？"

"他说他会被杀，他让我开车送他出城，可在最后关头他自己跑掉了。我不知道为什么。"

"放松一点儿，侦探。这可是你唯一的活路。"红眼睛干巴巴地说。

"我知道的都说了。"我看着窗外的瓢泼大雨说。

"你在帮那老家伙调查吗？"

"没有。他很吝啬。"

红眼睛笑了。我感到鞋子里的枪很沉，摇摇晃晃的，离我越来越远了。我说："关于奥马拉我知道的就这么多了。"前排那家伙侧过头，粗暴地喊："该死的，你说的那条街到底在哪儿？"

"蠢货，在贝弗利格伦最北边，穆赫兰大道。""噢，那里啊，天哪，那条路铺得稀巴烂。""我们要用这侦探来铺路。"红眼睛说。庄园渐渐淡出了视线，山麓上种满了胭脂栎。

"你不是一个坏人。你只是很小气，跟那老头一样。你难道不明白吗？我们想知道他说的所一有一事！那样的话我们才知道要不要把你送上西天。"

"见鬼去吧，反正你也不会信我。"我说。

"咱们走着瞧，这只是我们的一件差事，我们只需要干完然后向上禀报。"

"如果能干得长久的话，倒真是不错的差事啊。"我说。

"你这家伙，还开起玩笑了。"

"我确实喜欢打趣，不过那是很久以前的事了，你们还在少管所里呢。我依然讨人厌。"

红眼睛又笑了，他好像不怎么大声嚷嚷。

"就我们所知，你没有什么违法记录。难道今天早上就没想破个例吗？是这样吗？"

"如果我说是，你可以现在就把我打死。好啊。"

"给你一千块零花钱，咱们这事儿就算了啦怎么样？"

"是你也不会信的。"

"不，我们会的。事情是这样，我们干好差事，报告上级。我们是一个组织。但是你住在这里，你脑子好使，又有自己的事情做。你得合作啊。"

"当然，我会合作的。"我说。

"我们不会，"红眼睛轻声地说，"绝不会杀好人，对生意不好。"他倚靠在角落里，把枪放在右膝上，从内兜里摸了一个大大的棕色钱包，放到他的膝盖上。从中抽出两张钞票，顺势放到座位上，他又把钱包塞进了口袋。

"是你的了。"他严肃地说，"如果你逃跑，你活不过24小时。"我把钱捡起来,两张五百块钞票。我把钱卷进我的马甲里,说:"好吧,我现在就不再是一个好人了,是吗?"

"浑球儿,好好考虑考虑吧。"

我俩相视而笑,就像在这个艰难冷酷的世界里,友好相处的两个大好青年一样。接着红眼睛突然转头朝前。

"好,路易,不去穆赫兰大道了。停车。"

车子正爬到半山腰,山路绵长崎岖而又荒凉,大雨在山坡上掀起一道灰蒙蒙的雨幕,一眼望不到边。我只能望到四分之一英里那么远,车子外面什么活物都看不着。

司机把车靠边停下,熄了火。他点了一支烟,把一只手搭在了后座上。

他朝我微笑,他笑起来很好看——像一条鳄鱼。"我们就在车里喝一杯吧,"红眼睛说,"我希望我也可以那么轻松赚到一千块。就像从鼻子到下巴这么简单。"

"你根本没有下巴。"路易说着,继续微笑。红眼睛把左轮手枪放到座位上,从他的侧边口袋里掏出半品脱酒。看起来是样好东西,绿色的标签,是保税货。他用牙齿拧开瓶盖儿,在瓶口嗅了嗅,又咂了咂嘴。

"这里面没有添加什么不好的东西,这是我们公司的展品,干了它。"

他沿着座位把瓶子递过来,我本可以抓住他的手腕,但是路易在那儿,而我的脚踝离我太远了一点儿。

我大声地急促呼吸着,把瓶口靠近我的嘴边,仔细嗅闻。透过波旁蔷薇的焦味,还掺杂着别的什么味道,很轻微,那是一种我平时压根儿不会留意的普通果香。不知怎的我忽然记起拉里·巴泽尔说过,好像是"里厄利特以东,朝着大山,种着一种古老的含氰植物。"氰!就是这个词。

当我把瓶口凑到嘴边,我的太阳穴急剧绷紧,我感到毛骨悚然,周围的空气瞬间冷却。我把酒瓶高举到我能喝到的位置,咕噜咕噜喝了一大口。十分甜畅淋漓，神清气爽。我喝了差不多半茶匙的酒到嘴里，没做停留就直直地咽了下去。

我急促地咳嗽起来，东倒西歪地笑着。红眼睛笑了。

"兄弟，别告诉我一口酒就把你喝病了。"

我放下瓶子，身子朝座位下面耷拉得很低，剧烈地咯咯笑着。我的双腿朝左滑着，左腿在下面，我挣扎着趴到双腿上，手臂慢腾腾地行动着。我拿到枪了。

我几乎连看都没看，从左臂下方朝他开了一枪。他都没碰到那把左轮手枪，枪已经掉在了地上。一枪已经够了，我听到他摇晃着倒下的声音。我又朝着路易所在的位置砰地开了一枪。

路易不在座位上，他躲到了前排的座位下，悄无声息，车内车外万物寂然，甚至连雨声在此时都沉寂了下来。

我还没有闲工夫查看红眼睛，不过他一动不动什么也没做。我丢掉手中的鲁格手枪，从毯子下猛地一把拉出冲锋枪，左手随即握住前手柄，把枪身低低地抵着我的肩膀。路易依旧一声没吭。"听着，路易，"我温和地说，"冲锋枪在我手上了，想尝尝它的厉害吗？"

我一枪打穿了座垫，这一枪可以让路易知道这枪的威力。防碎玻璃瞬间炸开了花。路易打破了沉默，他沙哑地说："我手里拽着颗手榴弹，你想要吗？"

"拉了弦，拿在手上吧，我们两个都得完蛋。"我说。

"见鬼！他死了吗？我手里没有手榴弹。"他狂躁地说。

我看了看红眼睛，他靠在座椅边上，看起来十分舒适。他似乎有三只眼睛了，其中一只比另外两只更红，似乎在腋下开枪是什么值得羞愧的事情。那样可太好了。

"对，路易，他已经死了。我俩怎么和气相处呢？"

我现在可以听到他艰难的呼吸声，雨声重新拍打起了节拍。"你先从里面滚出来，不然我拉炸弹了。"他咆哮着。

"路易，你出来，不然我要开枪了。"

394

"上帝啊，我可不能从这里走回去，老兄。"

"路易，你不用走回去，我会给你派一辆车。"

"天哪，我什么都没干，我只是个开车的。"

"路易，乱开车是会被控告的。不过你可以搞定，你或者你的组织会搞定的。在我的枪走火之前赶快给我出来。"

车门上的门闩发出咔嗒一声，一双脚砰的一声重重地踩在踏板上，又挪到了路上。我举着机枪瞬间直起身子。路易淋着雨站在路中间，两手空空，那鳄鱼似的微笑依旧挂在脸上。

跨过死人那双穿戴整洁的双脚，我下了车，捡起车上的左轮手枪和鲁格尔枪，把那台重达12磅的冲锋枪放回到车上。从腰间取下手铐，朝路易示意，他迟钝地转过身，把手背在了身后。

"你不能把我怎么样，"他抱怨着，"我有后台。"

我给他戴上手铐，开始搜他身上的枪，可比他搜我身时仔细多了。除了他掉在车上的那把，他身上还有一支枪。

我把红眼睛从车里拖出来，就他让在湿漉漉的路上自己安息吧。他又开始流血了，但是他已经安静地去了。路易恨恨地看着他。"他是个聪明的家伙，与众不同，他喜欢使小伎俩。你好啊，聪明鬼。"

我掏出手铐钥匙，打开一只手铐，把他拖下来和这具死尸铐在了一起。

路易怒目圆睁，十分惊恐，终于他脸上的微笑消失了。

"见鬼，我的神啊！见鬼。你就这样把我拷着吗，老兄？"他哀号着。

"路易，再见，你今天早上杀的那个人是我的朋友。"我说。

"我的天哪——"路易哭诉着。

我发动了车，往上开到一个可以转弯的地方，掉过头，车经过他身边向山下开去。他僵硬地立在那里，像一棵晒枯的树，他的脸惨白，脚下躺着一个死人，一只手还跟他的手铐在一起。他满眼惊恐，仿佛做了一千个噩梦。

我把他扔在了雨中。

天早早地黑了下来，我把轿车开到离我的车几个街区远的地方停下，锁了车，把钥匙扔进了汽油过滤器中。我回到了我自己的敞篷车上，驱车进城。

我在一个电话亭里拨通了侦查局专线，让一个名叫格林内尔的男士接电话，我快速地告诉他发生了什么，以及去哪里找路易和那辆轿车。我还跟他说我认为就是他们用机枪打死了拉里·巴泽尔。可关于达德，我只字未提。

"干得漂亮！但是你最好快点过来，基于某个送奶车司机一个小时之前给我们打的电话，我们刚给你开出了一张逮捕证。"格林内尔用怪异的语调说着。

"我精疲力尽，得去吃点东西。给我留点时间，我一会儿就过来。"我说。

"你最好快来，朋友，对不起，但是你最好快来。"

"嗯，好。"我说。

我挂断了电话，径直离开了那地方。我现在必须违法了，我不得不这样，不然我就得完蛋。

我到广场附近吃了饭，就动身去往里厄利特。

6

雨中的两个蒸汽荧光灯高高地照射着地面，一块昏暗的告示牌悬挂在高速公路旁，上面写着："欢迎来到里厄利特。"时间大概是晚上8点左右。

大街旁都是木制房屋，也有赫然出现的商店，街角的杂货店里的光打在起雾的玻璃上，一辆辆汽车在小型电影院前面流动着，另一个街角坐落着一间门户紧闭的银行，前面有一群人在雨中站着。那里就是里厄利特了。我继续往前，四周就又是空地了。

车刚刚经过了橘县，四周空旷寂寥，唯有那蜷伏着的山麓和这场雨。

这一英里，或者说是三英里，开得可真够凑巧的。我此时看到了一条岔道，那条路有道微弱的灯光照着，好像是房子里面拉上了窗帘。就在此时，我听到左车胎生气似的嘶嘶作响，这真有意思啊，接着右后车胎也发出了同样的声音。

我的车几乎不偏不倚地停在了十字路口，这真是有趣。我下了车，把雨衣往上提了提，卸下一只车灯，看到一团镀了一层厚厚锌的大头钉，头儿足足有十块钱硬币那么大，轮胎上一颗颗钉子露出闪亮平整的屁股蛋儿，正朝我眨着眼睛。

爆了两个车胎，但只有一个备胎，我压低下巴，朝岔道上那道微弱的光亮处走去。

这就是我要找的地儿，灯光从修理厂倾斜的天窗上照下来，前面巨大的双扇门紧闭着，但是缝隙中洒出一道刺眼的白光。我把手中的灯朝上一照，门上写着："阿特·哈克——汽车维修和加工。"

修理厂不远处，一条泥泞路后面坐落着一栋房屋，后面是一簇簇稀疏的树林。那儿也有灯，木质门廊前面停着一辆熄了火的小轿车。

首要关头是修好轮胎，如果能修好的话，而且他们不认识我。走在这样的夜里得浑身湿透啊。

我啪的一声打开手中的灯，敲了敲门。屋内的灯光照了出来，我立在门口舔着我上嘴唇的雨滴，左手拿着照明灯，右手揣在雨衣里。那把鲁格尔手枪又放到了自己的胳膊下。

屋里传来一个并不愉快的声音。

"你想干吗？是谁？"

"开开门，我的车在高速路上爆了两个车胎，但我只有一个备胎，我需要帮帮忙。"我说。

"先生，我们已经下班了。里厄利特就在这边往西一里的地方。"我开始踢门，里面的人开始咒骂起来，接着，传来了另一个温和许多的声音。

"自作聪明的家伙啊，是吗？阿特，开门！"

门闩嘎吱一声，一扇门朝内缓缓打开。我又晃了晃手上的灯，光线照到一张瘦削的脸庞。此时一条胳膊猛拂过来，打掉了我的手里的灯。那只拍过来的手上握着枪，瞄准了我。

我蹲下身，我静静地四处摸索着闪光灯，我没有拔枪。

"先生，算了吧，那样会受伤的。"

闪光灯一头栽在了泥里，我刷地抓住站起身来。屋内的灯光依然亮着，映出一个穿着连裤工装的高个子身影。他朝里面走回去，枪始终瞄准着我。

"进来，把门关上。"

我照做了。"你们这条街边全是大头钉，我以为是你们想做这笔生意。"我说。

"你不知道吗？今天下午里厄利特发生了银行抢劫案。"

"我初到此地。"我说着，想起了雨中那群站在银行前面的人。"好吧，好吧。下午发生那事，有人说，那团伙藏在山里某个地方。你的车压到了他们撒的大头钉了，是吧？"

"看来是这样的。"我看着车库里的另外一个人。

他是个敦实的矮个子，有着冷峻的棕色脸颊和一双冷酷的褐色眸子。他穿了一件带腰带的栗色毛雨衣，干燥的棕色帽子潇洒地歪在头上。他双手插在兜里，百无聊赖的样子。

空气中弥漫着一股火棉胶油漆那微甜的热气，角落里一辆大轿车的挡泥板边上放着一把喷漆枪。那是一辆别克，算得上是新车，根本不需要给它喷漆。

穿着工装的那名男子把手里的枪收进了衣服侧边的口袋，他看着那个浑身棕色的人，棕色人又看着我，轻声说："陌生人，你从哪儿来？"

"西雅图。"我说。

"往西走？是去大城市吗？"他的声音轻柔，音色柔和干涩，就像磨旧的皮革发出的沙沙声。

"是的，要走多远？"

"大概40英里，这种天气下好像更远一点儿。你远道而来，不是吗？沿着塔霍和隆派恩过来的？"

"没经过塔霍，"我说，"从里诺市和卡森城过来。"

"也是一段漫长的路程啊。"他棕色的嘴唇上闪过一丝微笑。

"阿特，提个千斤顶去把他的爆胎取出来。"

"现在，听着，拉希——"穿着工装的那个人咆哮着，然后突然打住，好像他的喉咙从左到右整个被切开一样。

我发誓他当时颤抖了，全场一片死寂，棕色人纹丝不动，眼神里透出某种东西。他接着又害羞似的低下双眼，声音依然轻柔，干涩不带半点情绪。

"阿特，拿两台千斤顶去，他爆了两个胎。"

那个瘦削的男子默然接受了，走到角落里，穿上外套，戴上了帽子。他抓起一把铜扳手，拖着一台千斤顶和一辆活动顶管机朝门口走去。

"还在高速路上，是吗？"他近乎温柔地问我。

"是的，如果你忙的话，其中一个可以换上备胎。"我说。

"他不忙。"棕色人盯着自己的手指甲说。

阿特提着工具出去了，门又合上了。我没有看拉希·耶格尔，只是看着那辆别克。我知道他就是拉希·耶格尔。那个汽车修理厂里叫拉希的不可能另有其人。我没有正眼看他，因为看着他，我仿佛看见拉里·巴泽尔就躺在眼前，那样的话，我的表情可能会暴露一切。不过也只有那么一会儿。

他自己也瞅了瞅别克车，慢吞吞地说："得从嵌板开始着手，但是车主有钱，而他的司机正好需要一两个钱，你知道这就是生计嘛。"

"明白。"我说。

时间悄悄溜走，一分一秒都显得冗长而又缓慢。此时门外脚步声嘎吱嘎吱地走近，门被推开了。灯光打到雨幕上，把雨水映成了一条条银丝。阿特缓缓地推着两个沾满烂泥的车胎，一脚把门踢合上了，让轮胎平倒在地上。雨水加上新鲜空气让他又神经紧绷，他恶狠狠地看着我。

"西雅图，啊？西雅图，胡说八道！"他怒吼着。

棕色人就像没听到一样，点了一支烟。阿特脱下外套，把轮胎猛地拉到钢圈撒布机上，把车胎粗暴地一阵扯松，取出内胎，用冷贴片快速补着。他脸色阴沉地大步走向我旁边的那堵墙，一把拿起送风管就朝内胎里面灌气，充满了之后，他双手抓起轮胎浸入到装满水的洗衣盆中。

我真是笨蛋，而他们配合得十分默契，阿特滚着轮胎回来的时候，他们彼此连眼皮都没抬一下。

阿特把胀满空气的内胎随手抛到空中，张开双手稳稳接住，站在水盆旁边，怒视着手中的车胎，轻松跨了一小步，砰的一下摔在我的头和肩膀上。

他转瞬间跳到我身后，全身重重地压在橡胶上，把内胎死死抵住我的胸口和手臂。我的手还能动，但是我够不到枪。

棕色人此时从口袋里拿出右手，把包成圆柱形的镍币抛向空中，脚步轻快地用手掌接住了。

我踉跄着向后仰，又突然全身重心向前。阿特突然抽走了轮胎，从后面迫使我跪下。

我趴在地上，但是我不知道什么时候挨到地面的。倒地其间，拳头和着装有镍币的轮胎一齐压在我身上，时机合宜，重量恰当，加上我自己的体重，我就完全倒地了。

我就像风中的尘埃，一下子晕了过去。

7

　　好像有个女人坐在灯旁，光线照到我的脸上，我又眯上了双眼，试图透过睫毛看看她。她太白了，以致她的头亮得好像个银色水果盘。

　　她身穿绿色的旅行装，男式剪裁，白色宽衣领搭在胸前。脚边立着一个棱角分明、光鲜亮丽的包包。她抽着烟，手肘处放着一杯饮料，杯身很高，色泽泛白。

　　我眼睛睁大了一点儿，说道："嘿！"

　　我想起来了，她那双让我无法忘怀的眸子，就在沙尔迪餐厅外面那辆二手劳斯莱斯里。那双蓝得透彻的眼睛，柔情似水又楚楚动人。那种眼神，跟围在纨绔子弟身边的妓女们大相径庭。

　　"你感觉怎么样？"她的声音竟也温润如玉，甜美动人。"好极了，只是感觉好像有人在我的下颌上建了一个加油站。"我说。

　　"卡尔马迪先生，那你还指望有什么？兰花？"

　　"哦，原来你知道我的名字了。"

　　"你睡得很熟，他们有足够的时间把你身上翻了个遍。除了把你的身体做防腐处理，该做的都做了。"

　　"好吧。"我说。

我只能稍作挪动，不能大幅度移动，我的双手被铐在了身后。这有点罪有应得的意味。手铐下面绑了一根绳子，往下捆住我的脚踝，绳子的一头消失在长沙发的一端，不知道拴在了其他什么地方。我现在几乎像困在棺材里的死尸一样无助。

"几点了？"

她的目光移到一旁，穿过缭绕的烟圈，落在自己的手腕上。

"10点17分。有约会吗？"

"这是不是就是修理厂旁边那座房子？小伙子们都去哪儿了？给我挖坟去了？"

"卡尔马迪，你不用担心。他们会回来的。"

"除非你有开这手铐的钥匙，不然你可以给我喝点儿那杯酒。"她倏地站起身来，手中握着那个琥珀色的高脚玻璃杯，朝我走过来。她俯下身，呼吸轻盈。我仰起头，大口大口地喝起来。

"我希望他们没有伤害你，"她淡淡地说着，一边向后走，"我讨厌杀戮。"

"你是乔·梅沙维的妻子，真可耻！再给我来点儿烈酒。"

她又给我喝了一点儿，我感觉我僵硬的身体里血液重新流动起来了。

"我有点儿喜欢你。即使你的脸看起来像一张堵漏垫。"

"好好看看，就连这种样子可能不久就没啦。"

她快速地环顾四周，好像在倾听着什么，双扇门中有一扇半掩着，她朝那里看去，面色苍白，但只是雨声而已。

她又在靠灯的位置坐下了。

"你为什么铤而走险走这一趟呢？"她看着地上，缓缓地问道。地毯由红色和褐色格子拼凑而成，墙纸上印着一棵棵鲜绿色的松树，窗帘是蓝色的。映入眼帘的家具就像是从公车座椅上的广告里搬出来的一样。

"我要给你一朵玫瑰，"我说，"是拉里·巴泽尔送给你的。"她从桌上拿起什么东西，慢慢拨弄着，正是那朵矮株玫瑰。

"我收到了，"她平静地说，"还有一张字条儿，但是他们不给我看。那个也是写给我的吗？"

　　"不，那是写给我的。是他出门被杀之前，留在我桌子上的。"她的脸瞬间崩溃，就像你在噩梦里梦到的那种，她张大嘴巴，眼睛圆睁，像黑洞一样，她一声不吭。过了一会儿，她那张脸又恢复了往常的从容美丽。

　　"他们也没有告诉我这事儿。"她温柔地说。

　　"他被枪杀了，因为他发现了乔和拉希·耶格尔对达德·奥马拉所做的事，他们就把他干掉了。"

　　这事一点儿都没触动到她，她平静地说："乔对达德·奥马拉没做任何事。我已经两年没有见到达德了，报纸上说我跟他见面，都是胡说八道。"

　　"报纸上没登这消息。"我说。

　　"好吧，不管这消息从哪儿来都是胡说八道。乔现在在芝加哥，他昨天坐飞机去售货了。如果生意进行得顺利，我和拉希就要去找他。乔不是杀人凶手。"

　　我凝视着她。

　　她的眼神又变得很焦虑。"拉里是不是……他是不是……"

　　"他死了，"我说，"是职业杀手干的，用的是冲锋枪。我的意思是他们没有亲自动手。"

　　一时间她抿着嘴，牙齿紧紧咬着嘴唇，我听到她艰难缓慢的呼吸声。她在烟灰缸里戳灭了烟，站了起来。

　　"不是乔干的！"她大发雷霆，"不是他干的，我清楚得很。他——"她兀地静下来，冷眼瞪着我，摸着她的头发，突然猛地向下一拽。是顶假发，藏在假发里面的头发短短的，像个男孩子一样。挑染着黄色的泛棕的条纹，发根的颜色更深一些。这毫不影响她的美貌。

　　这让我笑了起来，"你到这儿是来个金蝉脱壳吗，是不是，银色发套？我在想他们是不是要把你藏起来——让人误以为你跟达德·奥马拉潜逃了。"

她依然注视着我，仿佛我说的话她一个字都没听见。然后她朝着墙上的镜子大步走去，戴上了假发又捋了捋直，转身面对着我。"乔没杀任何人，"她用低沉紧绷的声音又说了一次。"他是个无赖，但也不是那种卑鄙小人。关于达德·奥马拉的去向，他知道得不会比我更多。而我，什么也不知道。"

"他只是厌倦了那位富家小姐，自己逃走了。"我低沉地说。她现在离我近了一些，她白皙的手指垂在身体两侧，在灯光下闪闪发亮。她的头在我上方，隐在阴影中。雨淅淅沥沥地下着。

我的下颌肿胀发热，颚骨周围的神经刺痛着，好疼。

"拉希只有外面停着的那一辆车，"她温和地说，"如果我把绳子割断，你能走到里厄利特吗？"

"可以，然后呢？"

"我从未跟谋杀案纠缠在一起，我现在不会，以后也不会。"她快步走出房间，提着一把长长的菜刀回来了，她把捆在我脚踝上的绳子锯开扯掉，又割开了和手铐绑在一起的绳子。中途她停下竖起耳朵听听有什么动静，但只是雨声而已。

我转成坐姿，顺势站了起来。我的双脚麻了，但应该过一会儿就好。我还走得了路，如果有必要的话，我甚至可以跑。

"手铐的钥匙在拉希那儿。"她沉闷地说。

"我们走，"我说，"有枪吗？"

"不，我不走。你快走吧。他可能随时会回来。他们只是在把什么东西搬出修理厂。"

我走近她，"你把我放了，却要留在这里？等那个杀人犯过来？你疯了吧。走，银色发套，你得跟我一起走。"

"不。"

"假如，"我说，"他真的杀了奥马拉呢？然后又杀了拉里。肯定是那样的。"

"乔从不杀人！"她几乎朝我咆哮着。

"那，假设是耶格尔干的。"

"卡尔马迪，你在撒谎。只是吓唬吓唬我。出去。我才不怕拉希·耶格尔。我是他老板的妻子。"

"乔·梅沙维就是一摊烂泥。只有那家伙是一摊烂泥时像你这样的女孩才跟错对象。咱们逃吧。"我咆哮着说。

"快出去！"她声音嘶哑地说。

"好吧。"我转身走出了门。

她几乎是跑在我前面到了门厅里，打开前门，望了望外面黑漆漆的雨夜。她示意我往前走。

"再见，我希望你找到达德，查出谁是杀害拉里的凶手。但是绝不是拉里干的。"

我朝她走近一步，近乎用自己的身体把她抵在了墙上。

"银色发套，你还没清醒过来。再见。"

她瞬间抬起双手放在我的脸上。一双冰冷的手，冷冰冰的。她那冰凉的双唇快速覆上了我的唇吻了我。

"快跑，强壮的家伙。我们会再见见面的。也许是在天堂吧。"我跨出大门，从门廊上滑溜溜的木梯上走下去，经过环形草地上的砾石地，穿过稀疏的矮树林来到了公路上，我沿着那条公路往山麓大道走。大雨用它寒冷的手指触摸着我的脸庞，却也冷不过她的双手。

我的车拉上了窗帘，仍然斜斜地停在原来的位置，左边的车轴压在高速公路边铺了柏油的路肩上。备胎和一只卸下轮圈的车胎被扔在了阴沟里。

他们也许已经搜过了，但是我依然心怀希望。我爬到后面，头撞到方向盘上，背过身用被铐住的双手去摸索我藏着枪的秘密口袋。我的手触到了枪筒，枪还在里面。

我拿到了枪，下了车，用右手握住枪，环顾四周。

我把枪紧贴着后背，以防被雨淋湿，我开始朝着那座房子往回走。

8

　　我刚走到半路就看到他回来了。他手中的灯在公路上一扫而过，差点儿就照到我了。我纵身跃到沟壑里，把脸埋在泥淖里，默默祈祷着。

　　车子嗡嗡地开过，我听到轮胎压在屋子前那块砂砾地发出的湿答答的摩擦声。车停了下来，车灯熄了。车门砰的一声关上了。我没听见屋子里关门的声音，但是开门时一道微弱的光亮透过树叶照过来。

　　我站起身来继续走。我走到车旁边，真的是一辆很娇小的轿车，非常老旧了。枪在手铐能允许的最大范围内绕过臀部，垂在我身体的一侧。

　　车里空空如也，散热器里的水汩汩作响。我侧耳倾听，但是房子里鸦雀无声。没有什么大的动静，也没有争吵声。只有雨滴拍打着屋檐底弯处，发出的砰砰砰的声音。

　　耶格尔在屋子里。她放走了我，却跟耶格尔共处一室。也许她什么也不会说，只是立在那儿，呆呆地看着他。她可是他的老板娘，这点可以吓死他了。

　　他不会逗留太久，也不会把她留下，不管死的还是活的。他肯定会带上她一起上路，之后她会发生什么再另当别论。

我只能守株待兔，但是我不能坐以待毙。

我把枪换到左手，我俯下身用手舀起一把砂砾，顺势朝着前面窗户扔去。这是一次无用功，只有很少几颗碰到了玻璃。

我跑到轿车后面，打开车门，找到了点火锁。我蜷伏在踏板上，紧紧抓住门把手。

屋子里早就暗了下来，可还是一点儿动静都没有。不行，耶格尔太狡猾了。

我用脚够到点火锁，找到发动机，一手往后紧紧一拉，拧着了点火锁。温热的发动机立即发动了，伴着瓢泼大雨轻轻抖动着。我跨回到地面上，溜到车尾蜷伏着。

发动机的声响引起了他的注意。没有车他也走不了。

黑暗中的一扇窗朝上滑动了一英寸，玻璃上唯一一点儿光影的变化暴露了那一英寸滑动。窗户内有火光射出，连续的三声枪响回荡着耳边。轿车上的玻璃碎了。

我失声尖叫起来，继而让尖叫转为嗷嗷的呻吟。对于这个我最在行。我慢慢呻吟着，接着哽咽地喘息起来。我完蛋了，被干掉了。他打中我了，耶格尔，好枪法。

屋内传来一阵男人的笑声，接着又是一片沉寂，唯有雨声和轿车上轻轻颤动着的发动机声。

接着，房门开了一道缝儿，出现了一个身影。她出了门，身体僵硬地走到门廊上，光线照到她的衣领上，几缕银发若隐若现。她像个木头人一样走下阶梯，耶格尔就藏在她身后。

她开始走上砂砾地，"拉希，我什么也看不见，窗户上全起雾了。"她说得很慢，不带一点儿感情。

她颤抖了一下，好像被枪捅了捅，又继续朝前走。耶格尔没有出声。透过她的肩我瞥见了耶格尔的帽子和一部分脸。但是像我这样反手被铐住，没人可以开枪。

她又停下了，声音里充满恐惧。

"他就在车轮后面！"她喊叫着，"趴下！"

他因此摔了一跤，一脚把她踢到了一边，又开始一阵扫射。更多碎玻璃掉下来，有颗子弹打中了我身旁的一棵树。一只蟋蟀在某个地方鸣叫着，发动机轰隆隆地响着。

他蹲得很低，蹲伏在黑暗中，射击发出的亮光让他的脸呈一团灰色，模糊不清的轮廓渐渐清晰。强光也让他头晕目眩了一两秒钟。这一两秒对我来说足够了。

我拉紧晃动着的手铐贴到肋骨边上，朝他开了四枪。

他想转身，但枪从手中滑落了。他的双手朝四处摸索，突然按着自己肚子不动弹了。他坐在湿地上，沉重的喘息声盖过了雨夜中的一切声音。

我看着他双手捂住腹部，异常缓慢地侧身躺下了，喘气声停止了。

好像过了漫长的一个世纪，银色发套才出来找我，她来到我身边，抓住我的胳膊。

"把发动机关了！把那该死的手铐钥匙从他兜里掏出来。"我朝她吼叫着。

"你真是蠢到家了，你，你回来干什么？"她嗫嚅着。

9

　　失踪人员办事处的阿尔·鲁特队长晃动着身下的椅子，看着阳光下的窗户。这已经是之后的某天了，雨已经停了好久了。

　　他粗声地说："兄弟，你错大发了。达德·奥马拉只是躲起来了。这些人当中，没人杀了他。巴泽尔被杀一案跟他毫无关联。"

　　"他们在芝加哥找到了梅沙维，他看起来清白无辜。你说的和那个死了的家伙同伙的人根本不知道他们在为谁卖命。我们的人盘问了许久，确定了这一点。"

　　"我打赌他们知道。我整晚都跟他们待在一起，我也不能跟他们说太多。"

　　他用他那双黯淡疲惫的大眼睛迟疑地看着我："我想，在那种情况下，杀耶格尔杀得在理，那个机枪手也罪有应得。除此之外，我不是凶手，我不能把这一切跟奥马拉联系在一起——除非你可以。"

　　我可以，但是我没有，还不到时候。"不，我也不行。"我说。

　　把烟斗装满点着了。经过一个无眠之夜后，抽起来感觉更好。

"你担心的就是这些？"

"我想知道，你为什么没在里厄利特找到那个女孩儿。这对你来说，并不难。"

"我们没找到。我承认，本应该找到的。还有其他事吗？"

我朝他吐着烟圈："我在找奥马拉是受将军所托。我不会告诉他，你会竭尽所能地去办这事，因为一点儿意义也没有。他得雇一个能全心全意干他吩咐的事的人，我想你很讨厌这点。"

他不高兴地说："如果他想让钱打水漂儿的话，我一点儿也不介意。讨厌你的人在重案组。"

他啪的一声把脚放下了，推了推桌子。

"奥马拉衣服里带着一万五千美元。这么多人中，奥马拉却拥有这笔钱。所以他把钱拿出来让同伙看见了，只不过他们没想到里面是货真价实的一万五千美元。他的妻子说那就是。不知道其他人会怎样做，但是对于他这个发横财的工人出身的人来说，萌生消失的念头似乎合理。但奥马拉不会这样做，因为他很少缺钱。"

他点着了嘴上衔着的雪茄，挥了挥粗大的手指，说："明白吗？"我说我明白了。

"好呀。奥马拉身携一万五千块，只要他的钱在手上，一个想藏起来的人可以隐姓埋名。一万五千块可是一笔大数目。换作是我，要是我有那么多钱的话，我也愿意销声匿迹。但是只要钱一花，我们就能找到他。比如他兑换支票，留下痕迹，用信用卡在某家旅社或商店消费，提供一点儿线索，写信或者收信。他也许已来到一个新城市，取了一个崭新的名字，但是他以前的口味不会变。他必须以某种方式重新进入金融体系。一个人不可能到处都是朋友，如果他真的朋友遍天下，他们也不会永远为他守口如瓶，不是吗？"

"对，他们不会的。"我说。

"他虽奔赴远方，但是那一万五千块是他的全部装备。没带行李，没预定船票、火车票或飞机票，也没有搭乘的士，没有租用私车去到城外某个地方。所有这些都核查过了，而他自己的车被发现停在离他住处十二个街区远的地方。但这并不意味着什么。他认识的人会愿意把他送到几百英里以外，即使在赏金面前，也会对此事保持缄默。这种情况在这里会有，但不是到处都能找到这样的人。不是所有新朋友都愿意做这样的事的。"

"而你会找到他。"我说。

"当他饿了的时候。"

"找到他可能会耗上个一两年。温斯洛将军也许活不了那么久。这关乎感情，而跟在你退休时还有没处理完的文件那种情况不一样。"

"老兄，你致力于处理感情问题。"他眼睛转了转，泛红的浓密眉毛也一起转动着。他不喜欢我。那一天在警察局里没人看我顺眼。

"我倒想试试。也许我在处理那种感情问题方面会大有作为呢。"我说着站起身来。

"当然。"鲁夫突然若有所思地说，"嗯，温斯洛是个了不起的人。有任何我力所能及的事告诉我一声。"

"你可以查出是谁杀了拉里·巴泽尔，即使这两件事没有任何关联。"我说。

"我们会的，乐意之至。"他大笑起来，把烟灰撒得到处都是，说："你刚刚杀了两个可以说话的大活人，由我们来善后，我们喜欢这差事。"

"那是自卫，我自己也不能控制。"我怒气冲冲地说。

"好吧。出去走走吧，老兄。我忙着呢。"

但我出去时，他那双黯淡无光的大眼睛分明闪着亮光。

10

雨后的清晨，湛蓝的天空上点缀着一抹金黄，温斯洛庄园里，鸟儿正在景观树木间撒欢儿似的唱着。

看门人让我从小门进了庄园，我走上行车大道，沿着最高一阶花坛走到了一扇意大利式巨形拱门前。按铃前，我顺着山丘望去，看到特雷维利安那小子正坐在他那张石头长椅上，双手托腮，愣愣地发着呆。

我走下砖砌的阶梯，对他说："孩子，今天不玩飞镖了？"他抬起头看着我，灰色的双眼依然直率而又沮丧。

"不玩。你找到他了吗？"

"你是指父亲？暂时还没有，小家伙儿。"

他摇摇头，鼻翼一起一伏地扇动着，气鼓鼓地说："我跟你说了，他不是我爸爸。还有，别把我当四岁小孩子一样说话。我爸爸他——他好像在佛罗里达还是什么地方。""这个嘛，我们现在还没找到他，不管他是谁的爸爸。"我说。

"谁打伤了你的下巴？"他凝视着我，问道。

"噢，有个家伙手拿一圈镍币砸的我。"

"五分镍币？"

"对啊，效果跟戴上指节铜环一样。你改天可以试试，但是别找我啊。"我咧嘴笑着。

"你找不到他的，"他眼睛盯着我的下巴，苦闷地说，"我说的他，是指我妈妈的丈夫。"

"我跟你打赌我能找到。"

"你赌多少？"

"至少比你兜里的钱多吧。"

他一边走，一边恶狠狠地踢着红砖边缘。他的声音依然那么闷闷不乐，但是这次多了几分平和。他用眼睛打量着。

"想用别的东西打赌吗？我们去打靶场吧。我跟你赌一美元，我可以十发命中八个管子。"

我朝身后的房子看去，似乎也没人着急地想来迎接我。

"好啊，我们得赶紧点儿，走吧。"我说。

我们沿着房子的玻璃窗一直走，兰花屋在一排密林后面若隐若现。车库前，一个身着整洁马裤呢的人正在用铬给一辆大轿车抛光。我们走过车库，紧挨着仓库的一栋低矮的白色建筑展现在眼前。

小家伙儿掏出钥匙，打开门，我们走进了密闭的屋子，空气里还弥漫着丝丝缕缕的火药味。他咔嗒一声，推开了门上的弹簧锁。"我先来。"他迫不及待地说。

这地方看起来类似于一个小型沙滩射击场，有个柜子上放着一把22式连发步枪和一把细长的打靶手枪。两把枪都上好了油，却布满了灰尘。离柜台30英尺之外，一道齐腰高的隔墙横穿整个建筑，看起来很坚实。隔墙后面简单分布着一些陶土管和陶柱子，还有两个用黑色圆圈标出来的白色圆形靶子，靶上布满铅弹头的印记。

陶土管中间被穿起来，排成一条直线；屋顶上还有一道巨大的天窗和一排有灯罩的顶灯。

这孩子拉了一下垂在墙上的绳子，一块厚实的帆布随即覆盖了天窗。他打开顶灯，整间屋子瞬间活脱脱地成了一个沙滩射击场。他拿起那把22式连发步枪，从一个装着子弹的纸箱里拿出相应型号的22式子弹，快速了上了膛。

"十个陶土管，我打中八个，就给我一美元？"

"炸飞它们。"我说着，把钱摆到柜子上。

他随即随意瞄了瞄目标，极其快速地开了枪，纯属在我面前炫耀。他也因此有三个管子没打中，不过这着实是一场奇妙的射击。他一把把枪扔到了柜子上。

"快，去再立几个靶子吧。刚刚那个不算数。我还没准备好。""你可不想输钱，对吧，孩子？自己去重新摆靶子吧。这可是你的地盘。"

他瘦削的小脸儿怒容密布，开始尖声厉气地说："你去摆！我得放松一下，懂吗？我要放松！"

我对他耸耸肩，掀起柜台盖子，沿着刷白的边墙往靶子那里走，从那堵矮墙的边上挤过去。这时我听到身后咔嗒一声上膛的声音。

"把枪放下，当有人在你的前方时永远不要碰枪。"我对他怒吼道。

他放下枪，摆出伤心的模样。

地上放着一个大木箱子，里面装满木屑，我俯身从木屑里拾起一把陶土管，摇掉管子上面的木渣，准备站起身来。

当我头上的帽子刚高过障碍物时我停了下来，我也弄不明白我为什么停下了，盲目的本能作祟吧。

只听见那边22式连发步枪砰的一声，子弹哐当一声径直打中了靶子，子弹就从我头顶飞过，随即帽子耷拉在头上，好像有只正值筑巢繁殖时节的画眉鸟朝我猛扑过来。

这孩子真不赖，满脑子鬼主意，就跟那个死了的红眼睛一样。我丢掉陶管，抓住帽檐，往头顶上方举高了几寸，他又开了一枪，刺耳的哐当一声响，又正中靶子。

我假装让自己重重地摔在木地板上，趴在陶管中间。

接着我听见门开了又合上，一切都结束了，再没什么动静了。顶灯的强光直直打在我身上，阳光沿着挡住天窗的帆布边缘窥探进来。离我最近的靶子上又留下了明晃晃的两道新鲜的印记，我的帽子上也多了四个小圆洞，前后各两个。

我趴到隔墙一端往四处窥探，发现那孩子已经走了。我能瞥见柜台上两支枪的细小枪口。

我站起来，沿着墙往回走，关了灯，拧开弹簧锁的把手出了门。温斯洛的司机依然在车库前面，一边擦着车一边吹着口哨。

我把帽子捏在手里，沿着房子往回走，我想找到那孩子。我没看到他，就按了前门的门铃。

我说我要找奥马拉夫人，没有让管家保管我的帽子。

11

她穿着一件乳白色的衣服，袖口、领口和衣服下摆都缀着白色的皮毛。她的椅子旁边放在一辆活动早餐车，她正朝银色烟灰缸里弹着烟灰。

那位双腿漂亮模样腼腆的女仆进来把餐车推走了，并合上了那扇高大的白色的门。我坐了下来。

奥马拉夫人仰头靠着垫子，神情疲惫。喉咙上的曲线显得缥缈而又冷漠。她用冷若冰霜的双眼凝视着我，眼神里满是憎恶。

"你比昨天看起来更有人情味了，但是在我眼中，你还是跟其他人一样，都是残酷无情的人，你只是一个残忍粗鲁的警察。"她说。

"我来是想问问你关于拉希·耶格尔的事。"我说。

她甚至都不愿强颜欢笑。"那你为什么会想到来问我？""嗯——如果你在达达尼尔俱乐部待过一周的话——"我挥了挥手中皱成一团的帽子。

她目不转睛地看着手中的烟，说："嗯，我想我确实遇到过他，我记得那个非常特别的名字。"

"他们的名字都那样，那些畜生。好像拉里·巴泽尔——我想你在报纸上也看到过这个名字——他也曾是达德·奥马拉的朋友。我昨天没有告诉你，也许那是个错误。"

她喉咙上的脉搏开始跳动，她轻声说："你变得非常傲慢无礼了，我怀疑我不得不把你扔出去。"

"让我先把我要说的说完。好像耶格尔先生的司机——他们的司机名字都很奇特，那些禽兽——他的司机告诉拉里·巴泽尔，说就在奥马拉消失那一晚，耶格尔先生正好出门了。"

她血液里流淌着她父亲那军人的坚强，这对她来说是好事。她一动不动，像冻僵了一般。

我站起来，从她僵硬的手指间抽出烟，在白色玉质烟灰缸里掐灭了。我把我的帽子小心翼翼地放在她洁白光滑的膝盖上，随即又坐下了。

过了一会儿，她动了动双眼。目光向下移，看着膝盖上的帽子。随即她的脸上慢慢红润起来，两片绯红爬上了颧骨。她的舌头在唇齿之间打转。

"我知道，这帽子不怎么样。我不是把它当作礼物送给你，而是想让你看看帽子上的子弹孔。"

她的手似乎也活过来了，一把抓起帽子，满眼怒火。

她把帽顶摊开，看着子弹孔，身体开始发抖。

"耶格尔干的？"她问道，声音微弱，细若游丝，略带苍老。我非常缓慢地说："奥马拉夫人，耶格尔可不会用一把22连发步枪。"

此时她的眼里褪去了怒火，只剩下一弯黑暗的湖水，比黑暗空洞得多。

"你是他的母亲，对此你想怎么处理？"我说。

"仁慈的上帝啊！戴德！他朝你开枪了！"

"开了两枪。"我说。

"但是为什么呢？啊？为什么？"

"奥马拉夫人，你觉得我是个聪明的家伙。另一个跟你有着不同生活轨迹的冷眼旁观者。如果我很聪明的话，在这个地方事情就变得容易多了，但是我真的一点儿都不聪明。非得让我告诉你他为什么开枪打我吗？"

她没有回答，只是迟疑地点点头。脸变得和面具一般僵硬。

"我得说，他恐怕于事无补，一方面是因为他不想让我找到他的继父，再就是因为他是一个爱钱的小朋友。这似乎是一件小事，但是这是促成事态发展的一部分原因。因为他打靶这事，他差点儿输给我一美元。这似乎是件芝麻粒儿大的事，但他生活在一个小的天地里。当然，最重要的一点是，他对那根想扣动扳机的手指根本停不下来，他对此已经着迷到近乎丧心病狂的地步。"

"你好大的胆子啊！"她突然暴怒地说。但这并不意味着什么，她自己瞬间又恢复正常。

"我怎么敢这样说？我当然敢。我们别再猜测他为什么朝我开枪。我又不是第一个，不是吗？你本来不清楚我在说什么，也不会推测他故意这样做，但是你都做了。"

她一动不动，一言不发。我深深地吸了一口气。

"那么我们来说说他为什么杀了达德·奥马拉吧。"我说。如果我以为她这次也会对我大发雷霆，那我真的太蠢了。她从那位坐在兰花屋里的老人那里继承下来的，不只是她的高大身材，乌黑的头发和冷酷的双眼，还有更多的东西。

她抿着嘴，想舔舔双唇，一时间这举动让她看起来像个吓坏了的小女孩儿。她脸颊的曲线变得尖利突兀，双手像提线木偶一样僵硬，她一把抓住脖子边的白毛领，死死揪住，直到指节泛白。然后就这样凝视着我。

尽管她纹丝不动，我的帽子却从她的膝盖上滑到了地上，帽子落地的声音似乎是我曾听到过的最响的声音。

"钱，当然，你想要钱。"她用沙哑的声音说。

"我想要多少钱？"

"一万五千美元。"

我点点头，脖子僵直得就像是一个商场巡视员，努力用后背

419

去看东西。

"八九不离十了，那钱应该是成交的聘金，也是他装在兜里的钱，而且还是耶格尔除掉他能得到的数目。"

"你真是太他妈聪明了，我真想亲手杀了你，而且还会无比享受这个过程。"她狰狞地说。

我张开嘴，想笑："那就对了。对这世界上聪明而又冷酷无情的人来说，这种事时有发生。那孩子用同一支枪，在杀我的地方把奥马拉杀了。我觉得这不是早有预谋的。他虽恨他的继父，但他不会真的想要杀了他。"

"他恨他。"她说。

"所以事情就是他们在那间狭小的射击场，奥马拉就死在地上，就是没人看见的隔墙后面。当然这些枪声在那儿不意味着什么。现场流血很少，一枪爆头，伤口也小。所以那孩子就锁上门走了，藏起来了。之后他必须得告诉某个人，他不得不这样做。他告诉了你。你是他母亲，你是唯一的倾诉对象。"

"是的，事情就是这样。"她吸了吸气，眼神里已经对我少了厌恶。

"你思忖着把这事称为一次事故，那倒也勉强说得过去，但有一点顾虑，你很清楚这个孩子不同于常人。将军也知道，仆人们也深谙这一点，而且肯定还有其他人也知道这点。还有那些执法人员，尽管你觉得他们很蠢，但是他们对这一类不寻常的案子又非常精明。他们会把这些人都搞定，而且我想，那些警察可能和他们聊过，甚至过一阵子，可能还会对此吹嘘炫耀。"

"继续。"她说。

"你可不能冒那个险，为了你的儿子和你那坐在兰花屋里的羸弱老父亲，你宁愿触犯法律，做一些见不得人的勾当。你的确这么干了，你认识耶格尔，所以你雇他帮你处理掉尸体。整件事就是这样——除了没有把莫娜·梅沙维藏起来，可就是那女孩儿让整个蓄意消失事件看起来更真实可信。"

"天黑之后，他开着达德的车，把达德的尸体运走了。"她眼神空洞地说。

我伸手把地上的帽子捡起来，说："仆人们知道吗？"

"诺里斯知道，就是管家。要是他说出来的话也会不得好死。""是啊，现在你知道为什么拉里·巴泽尔被杀，为什么我又会被叫上贼车了，是吗？"

"勒索，事情还没发生到我头上，但是我正等着呢。我会倾尽所有，这点他早就算准了。"

"一点一点地，年复一年，25万横财轻松到手。我觉得乔·梅沙维完全没有牵涉其中，我知道那女孩儿与此事无关。"

她什么也没说，她只是盯着我看。

"你究竟为什么不把枪从他那儿拿走？"我失望地抱怨道。

"他比你想象的更糟糕，那样做的话，我怕他会干出更坏的事儿。我——我连我自己都怕他。"

"把他带走吧，离开这里，离开你家老头子。他还很年轻，只要正确引导，应该能够治好的。带他去欧洲吧，走得远远的。现在就带他走。如果让将军知道他孙子的所作所为，他会立马给气死。"她颤颤巍巍地立起身，步履沉重地走到窗前。她静静地立在窗前，几乎跟白色窗帘融为一体。她双手向下耷拉着，也纹丝不动。过了一会儿，她转身走过我身旁，一直走到我身后，极力克制住呼吸，但还是忍不住啜泣了起来。

"这太丢脸了，这是我听过最无耻的事情。但是我还是会这样做的。我的父亲不会这样做，他会直接说出真相。而正如你所说，真相，会要了他的命。"

"带他走吧！"我重重地说，"他现在藏起来了。他以为他杀了我。他像动物一样躲在某个角落里，你去找他吧。他自己也控制不住自己。"

"我说要给你钱，我太龌龊了。我不爱达德·奥马拉，这也同样无耻。我真不知道该怎么感谢你。我都不知道该说什么好。”她依然站在我身后说着。

"我这个老家伙没什么好谢的，把你的心思都放到那孩子身上吧。"

"我保证我会的。再见，卡尔马迪先生。"

我们没有握手，我往回走下楼梯，管家仍同往常一样在前门候着。他的脸上除了礼貌读不出其他神情。

"先生，您今天不想见见将军吗？"

"今天不了，诺里斯。"

我在屋外没有看见那孩子。我走出小门，上了一辆我租的福特车向山下驶去，途中经过了那些废弃的油井。

有一些油井周围仍散布着装满废水的油坑，废水的表面覆盖着一层浮渣。这些废水坑应该有10英尺或12英尺深，也可能更深，下面可能潜伏着某些黑暗神秘的东西，也许就在其中一个坑里——我很高兴我杀了耶格尔。

回市区的路上，我在一家酒吧喝了几杯，酒精并没有让我好受一些。

它们只是让我想起了银色发套，而从此我再也没有见过她。

（本文译者　李爽、程倩）

422

内华达瓦斯

雨果·甘勒斯站在壁球场的中间，弓下腰，左手食指和大拇指小心翼翼地握着那个小小的黑色壁球，把球投至发球界线附近，然后挥动了他那长柄球拍将球击出。

壁球打在前面墙上，还不足半壁的高度，然后在空中画出了一条高高的曲线，并不怎么有力度，在白色的天花板下掠过，线路保险装置后面的灯光正好映照着壁球在空中划过，球最终在后墙处无力地滑下，再也没有动力继续反弹了。

乔治·戴尔漫不经心地挥了一拍，球拍底部狠狠地砸在后面的水泥墙上，球掉在了地上不再动弹。

他说："老板，这局球比分12比14，我的球技可远远不如你啊。"

乔治·戴尔个子高大，黝黑英俊，十足的好莱坞式气派。而他呢，深褐色的皮肤，瘦瘦小小的，长相实在是不怎么样。除了他那丰满柔软的嘴唇以及那炯炯有神的大眼，他全身上下几乎没什么值得称赞的。

"这话倒是说对了，我可是每次都能赢你啊。"雨果·甘勒斯得意地笑着说道。

他笑得直往后仰，嘴巴都乐得合不拢了，胸腹部都挂满了汗水，他没穿上衣，只穿着蓝色的短裤，白色的羊毛袜，脚上套着一双带克莱普底的运动鞋。他一头白发，肥大的脸，偏偏鼻子和嘴却长得较小，眼睛一闪一闪的，眼神却十分锐利。

他问道："还想再打一局吗？"

"还是不要了吧！"

甘勒斯皱了皱眉，短短地丢下三个字"那好吧"，把球拍夹在臂下，从短裤的油布口袋里拿出一盒雪茄，又从中取出火柴，点燃雪茄后，顺手就把燃掉的火柴棍扔到了球场中间，等着别人来收拾。

接着又砰的一声打开壁球场的门，沿着走廊走向更衣室。而此时，戴尔跟在他的后面，一言不发，温顺得活像一只小猫，脚步轻轻的，走着像猫一样优雅的步子。然后他们便一起去了浴室淋浴。

甘勒斯一边洗还一边唱歌，庞大的身躯上覆满了泡沫，用热水淋过之后又用冰冷的水来降温，他可喜欢这种感觉了。洗完后就不紧不慢地擦干全身，接着又扯了一条毛巾走出了浴室，一边还大喊着要服务员拿些冰镇生姜啤酒过来。

一位穿着白色侍应装的黑人匆匆忙忙地进来了，手里还端着一个托盘。甘勒斯挥舞着签署了一张支票，打开了他那个大双层储物箱，然后从中取出一瓶约翰·沃克（著名的苏格兰威士忌酒）放在走道上的一张圆形的绿桌上。

那位黑人服务员小心翼翼地将酒调好，倒了两杯酒放在桌面上，然后说道："请慢用，甘勒斯先生。"做出了一个"请用"的手势之后就出去了。乔治·戴尔这时也穿好了一套灰色的羊毛绒料子的衣服，走到拐角处，端起其中一杯酒。

"老板，这一整天过得还不错吧？"他一边说一边透过杯子眯着眼睛望着天花板上的灯。

"我想，大体上还行吧。"甘勒斯说，"我想我等下得回家好好款待款待我的情人了。"说这话时，他的小眼睛迅速地从旁边瞥了一眼戴尔。

"如果我不跟您一起回家你不会介意吧？"戴尔小心地问道。"我倒是无所谓，不过内奥米可不会像我这样好说话了。"甘勒斯话里有些不悦。

戴尔耸耸肩，用他那性感的双唇轻轻说了句："你就是喜欢找人麻烦，对吧，老板？"

甘勒斯没有回答，也没有看他。戴尔则站在那儿一言不发，手中依然端着那杯酒，他看着甘勒斯穿上了一件缎子内衣，上面还印着些交织字母，然后又穿上了印着灰色钟表的紫色袜子，丝绸质地的衬衣，上面同样有些交织字母，最后穿上了一套黑白格子的西装，这一身打扮让他看起来活像个大谷仓。

准备打上紫色领结的时候，他又大喊着让那个黑人服务员过来再给他调杯酒。

戴尔没有喝第二杯酒，只是点点头，然后沿着那绿色的大储物柜之间的地毯轻轻地走出去了。

甘勒斯已经穿好了衣服，调好的第二杯酒也喝完了，他将自己的那瓶威士忌锁好，又往嘴里叼了一根棕色的大雪茄，他让服务员给他点上，然后就大摇大摆地离开了，走的时候还到处跟人打招呼，声音大得很！

他出去更衣室后，里面显得特别安静，只有几声窃笑。

狄玛俱乐部外面正下着雨。一身制服的门卫帮雨果·甘勒斯穿上了白色的雨衣，上面还系了一根腰带，之后便要送他到甘勒斯的汽车旁。在遮篷前穿好雨衣后，又帮雨果撑伞，护送他走过通向俱乐部的那条木质地毯。甘勒斯的车子是一辆蓝色的林肯牌豪华轿车，还带点浅黄色的条纹，看上去就十分气派，牌照号码是5A6。

开车司机穿着一身黑色雨衣出现在他们面前，领子拉到耳际，认准了甘勒斯便是汽车的主人，就再没东张西望了。门卫打开车门，甘勒斯进车之后便重重地躺在了后车座上。

"晚安了，萨姆，告诉司机把我送回家。"

门卫用手碰了碰帽子向他示意一路顺风，然后就帮他关上了车门，并把刚刚甘勒斯说过的话转述给了司机听，司机头也没转，只是点了点头。车子就在这滂沱大雨中离开了俱乐部。

雨水在风的作用下，成一条条斜线簌簌地往下落，到了一个十字路口时，突然袭来一阵阵大风，雨水重重地敲击着这辆豪华轿车的车窗。街角聚集着一些人，都想穿过夕阳大道，但是又唯恐雨水溅湿了自己。雨果·甘勒斯做出一副遗憾的表情，咧着嘴在那窃窃地笑着，满是讥讽的意味。

车子开过了夕阳大道，穿过了谢尔曼街接着又颠簸着驶向群山之处。车速开始加快了，这个地方是个林荫大道，现在街上也没什么车，因此行驶得十分畅通。

车里很热，车窗都紧闭着，就连驾驶座后面的玻璃隔板一路上也是紧闭着。车子后座都弥漫着雨果的雪茄烟，十分呛人。

甘勒斯皱了皱眉，伸手想要把车窗摇低，但是车窗的摇手柄却没起半点作用，于是他又试了另一边的手柄，但是也没反应。这让他开始有点恼火了，他想用车上的小通话器叫司机出来，但是却发现车上根本就没有通话器的影子。

车子来了个急转弯，然后就开始爬坡，那是一条又长又直的山道，道路一边满是桉树，却见不到一栋房子。甘勒斯觉得脊梁有点发冷，那股冷意一阵阵地侵袭着他的脊梁。他身子往前倾，一拳打在了前面的玻璃上。司机头也没回，车子在这黑暗的夜色中，迅速地行驶在这条长长的山道上。

雨果·甘勒斯一把想要抓住车门把手，可是就算是坐在车里居然也找不到任何把手。雨果那张肥大的满月脸上现出了一丝苦笑，他有点不相信现在的境况了。

司机身子往前右方倾下，戴着手套的手在找些什么东西。突然，只听见一声尖锐的嘶嘶声。雨果·甘勒斯闻到了杏仁的气味。

刚开始的时候，这气味非常淡，但是闻起来却让人身心愉悦。那嘶嘶的声音并没有停下来，杏仁的气味开始渐渐变得有些苦涩，有些刺鼻，让人很不好受。雨果·甘勒斯丢掉手中的雪茄，用尽全身力气砸最近的车窗。可是即使这样，玻璃也还是纹丝不动。

车子现在在山上，远离了居民区里那稀疏的路灯。

甘勒斯往座位后面靠了些，抬起脚狠狠地往他前面的玻璃隔板踢，但是不管踢多少脚都没什么用，他的眼睛模糊了，整张脸都扭曲了，他咆哮着，粗壮的肩膀此时也没什么用了，头往后挨着靠垫，他有些崩溃了。他那大方头上的绒帽已经被弄得不成形了。司机这时迅速往后看了一眼，这短暂的一眼，也能看出司机的面部轮廓，他鹰钩脸，很消瘦。之后这司机又将身子往前右方倾下，那嘶嘶的噪声这才停止。

他在一条人烟稀少的道路旁停了车，把车上所有的灯都给关了。雨点打在车顶，发出沉沉的响声。

司机冒雨下了车，打开了车的后门，然后又捂住鼻子迅速退后。他在不远处站了一会儿，摸清了这条路的情况。

而在这辆豪华轿车的后座，雨果·甘勒斯却一动也不动。

2

朗辛·雷坐在一把矮矮的红色椅子上，旁边放着一张小桌子，桌子上放着一个雪花石膏碗。屋子里静悄悄的，刚刚丢进碗里的雪茄还在不停地往上冒烟，在温暖的空气中形成了种种图案。她的双手紧扣在脑后，烟青色的眼睛有些迷离，看上去极具吸引力。深褐色的头发有些微卷，鬈发中依稀可见几缕蓝色的头发。

乔治·戴尔弯下身，深深地吻了吻她的唇。戴尔的唇有些发烫，吻她的时候身子不住地震颤了一下，而她却一动不动，只是在他再次直起身的时候懒懒地朝他笑了笑。

戴尔喉咙里好像堵了什么东西一样，声音有些沉重，他说道："听着，朗辛，你什么时候才能甩掉那个赌徒做我的女人呢？"

朗辛·雷耸耸肩，但是并未把放在头后的双手收回。"可他却是个光明磊落的赌徒！"她慢吞吞地答道，"这点在如今可不多见了啊，而且你现在也没什么钱。"

"我可以拿到钱。"

"怎么拿？"她的声音低沉沙哑。

"从甘勒斯那里，我有很多那鸟人的把柄。"

"比如说呢？"朗辛·雷懒懒地问道。

430

戴尔温柔地望着她笑了，他睁大眼睛，故意做出一副无辜的样子。朗辛·雷觉得他的眼白处有一些淡淡的颜色，那是她从未见过的，绝对不是白色就对了。

戴尔点燃了一支雪茄："有很多事情可以举例啊，比如说，去年他出卖了一个来自雷诺的狠角儿，这个狠角儿的继弟被指控犯有谋杀罪，甘勒斯拿了人家25000美元要替他弟弟脱罪，结果他在另一件案子上跟警察局做了一笔交易，把罪名赖在他继弟身上。""那狠角儿知道这一切的时候又做了些什么呢？"朗辛·雷轻声轻语地问道。

"什么也没做——至少迄今为止，他想这关系到上头的上头。毕竟每一个人都不可能永远都是赢家。"

"但是如果他知道事情的真相的话，他可能会采取些行动了。"朗辛·雷一边说一边点头。"那个狠角儿是谁，乔治？"

戴尔压低声音，弯腰再次凑到她身前，"告诉你这件事，我可真傻！那个小子叫扎帕第，我从来没见过他。"

"而且也不应该见——乔治，如果你够聪明的话，最好别见。谢谢你告诉我这些事情，要是我的话，我可不会像你一样把自己逼到如此困境。"

戴尔轻轻地笑了，黝黑光滑的脸上露出几颗牙齿。"朗辛，这件事情就交给我吧，忘记刚刚我说的所有事情，但是记住，在你面前，我爱你爱得简直就像个傻子。"

"来杯酒吧。"那个女的说。

这间房是酒店公寓内的客厅，整间房都被粉刷成红色和白色，使馆式的装饰，显得太过正统死板。白色的墙面上画了一些红色的图案作为装饰，白色的软百叶窗挂的是白色的窗帘，煤气暖炉前面有一个半圆形的红色地毯，地毯周围镶着白色的边。窗子之间摆了一张椭圆形白桌，靠着墙放着。

戴尔向桌子走去，倒了两杯苏格兰威士忌，然后又在杯子里加了些冰块和充气水，之后便拿着两个杯子走过房间，回到了朗辛坐的地方，雪花石膏碗里面的雪茄还在冒烟，只是烟气比之前稀薄了些。

"甩了那赌徒吧，"戴尔一边说一边给她递上一杯酒，"他会让你陷入困境的。"

她抿了一口酒，点点头。戴尔从她手中拿走了酒杯，就着她刚刚抿酒的杯沿处，自己也喝了一点儿杯中的酒，他端着两杯酒，倾身向前又一次吻了她。

短短的走廊到门之间挂着很多红色的窗帘。窗帘拉开了几英尺，就在那几英尺的地方可以看到一张男人的脸，灰色的眼睛正略有所思地盯着房里这两人，眼神冷冷的，把他们亲吻的画面看了个清清楚楚。之后，他便无声无息地把窗帘再次拉好。

过了一会儿，门砰的一声关上了，走廊处传来脚步声。约翰尼·德鲁斯走过那些帘子，进了门，这时候戴尔正在点他的雪茄。约翰尼·德鲁斯高高瘦瘦的，沉默寡言，穿着黑色的衣服，可以看出那衣服剪裁十分精美。他那双冷灰色的眼睛旁边已经长出了笑纹，薄薄的嘴唇很是精致，但绝不温柔，长长的下巴处留有一道刀痕。

戴尔盯着他，打了个手势。德鲁斯并没说什么，只是自顾自地走向那张桌子，往杯子里倒了些威士忌酒，一口喝了下去。

他背对着房间站了一会儿，手指在桌子的边缘处敲着，然后他回过头，微微一笑，说道："大家好。"说这话时，语音柔和，并不像之前的嘶哑嗓音，然后就从里面的房门出了这间房。

此时他在一间宽敞的房间里，房间里的装饰十分奢华，摆了一张双人床。他走到衣帽间，从中拿了一件棕褐色的牛皮箱，在床上打开了这个箱子。他把高脚抽屉柜里的东西一把全装进了箱子里，不急不忙地把东西整理好。整理之时，还悠闲地吹着口哨。打包好箱子之后，他砰的一声把箱子给关上，随后点了一支烟。他在房中央站了一会儿，一动也不动的。灰色的双眼望着墙出神。

432

又过了一会儿，他又走到衣帽间，出来的时候拿了一把小手枪，枪装在一个软皮套中，旁边还有两根短绳可以系住。他挽起左脚裤管，把装好手枪的皮套系在了左腿上。又拿起地上的手提箱返回了卧室。

朗辛·雷看到手提箱的时候，迅速眯了眯眼。

"要去什么地方吗？"她低声问他，声音沙哑。

"嗯，戴尔呢？"

"他走了。"

"就走了？"德鲁斯轻轻答道。他把箱子放在地上，自己就站在边上，冷灰色的眼睛打量着朗辛的脸，目光在她苗条的身躯上游移，从她的脚踝一直扫到头。"这可真是不妙啊，"他说，"我想让他留下，因为我对你来说有些呆板。"

"也许确实如此吧，约翰尼。"

他弯下腰去拿那箱子，但是碰都没碰到箱子就又直起身来，不经意地提了一句："你还记得莫泊思·帕里西吗？我今天在镇里见到他了。"

听到这话，她睁大眼睛，然后又眯起眼睛，几乎都快要闭上了。她咬紧了牙齿，发出了一点儿轻轻的咔嗒声，在那一刻，她的下颚突出，显出分明的线条。

德鲁斯的目光仍然在上下扫视着她的脸蛋和身体。

"你出门是因为这件事？"她问道。

"我是想出门旅游，"德鲁斯说，"我现在可不像以前那样爱惹事。"

"你想逃离这个地方？"朗辛·雷轻声说，"那我们去哪儿？""不是逃离，我只是出去旅游而已，"德鲁斯平心静气地说，"而且我也没说是'我们'，我这次是一个人出门。"

她静静地坐着，看着他的脸，一动也不动。

德鲁斯从外套里面拿出了一个长条形钱包，打开钱包时，看上去就像翻开了一本书。他丢了一沓钞票在朗辛的大腿上，然后

433

又把钱包放好。朗辛没碰那些钱。

"在你重新找到个男人依靠之前，这些钱足够你维持一段时间了。"他面无表情地说道，"如果你还需要钱的话，我也会再给你。"

她慢慢地站起来，腿上的那沓钱从她的裙子滑落到地上。她双臂下垂，两手紧握着，青筋浮现，眼神呆滞，毫无生气可言。

"这表示我们之间完了，约翰尼？"

他提起箱子，她却迈了两大步，迅速地挡在了他的面前。她把手贴在他的外套上，可是他却站着没有半点反应，眼里充满了温柔的笑意，嘴巴却没发出一点儿声音。一千零一夜香水的味道不停地刺激着他的嗅觉。

"约翰尼，你知道你像什么吗？"她沙哑的声音有点不清晰。他等着她的答案。

"你就像是一只鸽子，约翰尼，一只鸽子，你知道吗？"

他轻轻地点头："听着，我会通知警察去抓莫泊思·帕里西，我并不喜欢做些什么非法的勾当，所以我说不定什么时候就会让警察去收拾他，我要是让警察觉得碍事，可能就会让我自己受伤。这可都是老把戏了，现在你懂了吗？"

"你让警察去抓他，而你又自以为他不会知道这是你干的，但是他可能知道这就是你干的好事！所以你现在才要离开，为的就是逃离他的追踪……约翰尼，好了，我不过是跟你开个玩笑，这并不是你要离开我的原因。"

"也许事实就是我已经对你感到厌倦了，宝贝。"

她转过头，发出尖锐的笑声，十分刺耳。德鲁斯还是没有改变主意。

"你真算不上一个坚韧的男人，约翰尼，你太软弱了。乔治·戴尔比你有种多了，看看你自己有多么懦弱吧！"

她往后走了几步，盯着他的脸。她的情感防线要崩塌了，从她的眼神就能看出来。

"约翰尼，你长得倒是不错，哦，天啊，你真的很帅，只可惜太软弱！"

　　德鲁斯没有动，只是轻声地说："宝贝儿，我这并不是软弱，只是有点感情用事而已，我喜欢玩几张牌，掷掷红骰子，我喜欢玩赌命的游戏，包括女人。但是当我在这些博弈的游戏里输了的时候，我并不会觉得心痛，更不会在游戏中作弊。我会做的就是在另一场博弈游戏中重新开始。就像跟你在一起，也不过是一场博弈而已。"

　　他弯腰提起箱子，从她的身旁走过。他穿过这间房，撩起那些红色的窗帘，头也不回地走了。

　　朗辛·雷目光凝滞，直直地盯着地板。

3

德鲁斯站在查得顿的入口旁，顶上是扇形的玻璃遮篷，他左顾右看，望着灯红酒绿的大街，又望着小巷尽头，那里黑漆漆的，没有一点儿声音。

雨还在簌簌地下着，突然在这遮篷里出现了一束散光，正好打在雪茄的烟头处。他提起箱子，沿着街道走向自己的轿车。车子停在下一个街角处，是一辆黑亮的帕卡德牌车，车身到处都带着素雅的铬片。

他停住，打开车门，突然从车里迅速地伸出了一支枪，枪口正对着他的胸部。一个尖锐的声音说道："别动，手举高。"

德鲁斯隐约看到车里有一个男人，长着一张瘦弱的鹰钩脸，虽然脸上有点灯光的映照，可是德鲁斯还是没有看清楚那人的长相。他感觉到那把枪正抵着他的胸口，硌着他的胸骨都有些疼。他身后又有脚步声迅速地朝他走来，又有一支枪顶住了他的背。

"现在满意了？"另一个声音问道。

德鲁斯放下箱子，举起手放在了汽车的顶部。

"好吧，"他疲倦地说道，"这是什么意思？抢劫吗？"坐在车里的人大笑起来，有只手从后面拍了拍德鲁斯的屁股。"慢慢地退后！"

德鲁斯乖乖地退后，手还是高高地举在半空中。

"别把手举这么高，浑蛋，"他身后的人威胁道，"举到肩膀处就可以了。"

德鲁斯于是又把手放低了一点儿。车里的男人下车了，他直起身子，再次把枪指着德鲁斯的胸口，并伸出他那长胳膊，把德鲁斯外套上的扣子给解开了。德鲁斯身子往后倾斜了一点儿，拿枪的男人在德鲁斯的口袋甚至是腋窝处都搜了一遍，一把带皮套的A.38手枪被搜了出来。

"找到一支枪，查克，你找到其他东西了吗？"

"屁股这里没藏什么。"

前面的那个男人提着那个箱子走开了。

"慢慢走，去坐我们的车。"

他们沿着街道走远了，隐约看见一辆大型的林肯牌豪华轿车，蓝色车身带浅黄色条纹。那个鹰钩脸的男人打开了汽车后部的门。

"进去。"

德鲁斯面无表情地上了车，弯腰上车的时候，顺手把手里的雪茄烟头儿扔进了车外那一片黑夜里。他闻到一股淡淡的气味，就像是腐烂的桃子或是杏仁的味道。他已经进了车里。

"查克，坐他的旁边。"

"听着，我们都坐前面吧，我能处理……"

"不行，查克，坐他的旁边。"那个鹰钩脸男人打断了他的话。查克有点生气，但还是坐到了汽车后座的德鲁斯旁边。另外一个男人砰的一声把汽车门给关上了，透过紧闭的车窗还是能够看到他瘦瘦的脸上露出了嘲弄的笑容。关好门之后他便坐到驾驶座上，启动了汽车，飞驰而去。

德鲁斯抽了抽鼻子，使劲闻了一下这种奇怪的气味。

他们在街角转弯，在第八大道往东朝诺曼底区行驶，到达诺

437

曼底区后往北行驶，再穿过威夏尔，之后车子又过了其他几条街道，上了个陡坡，然后从坡的另一边下来开往梅罗丝。这辆大型林肯牌豪华轿车在簌簌的小雨中穿行，没有发出一点儿沙沙声。查克坐在车的角落，手拿着枪放在膝盖上，脸上阴沉沉的。在路灯的灯光下，可以看见一张方脸，傲慢的脸上涨得通红，可以看出他现在并不轻松。

透过车上的玻璃隔板可以看到司机的后脑勺儿，他一动也不动的。穿过夕阳大街和好莱坞街道，在富兰克林街往东边转，然后向北转，到达洛菲丽丝，沿着洛菲丽丝朝河床处行驶。

上坡的汽车射出的白光照进林肯车里。德鲁斯等候着，心里有些紧张。另一束光照进车里的时候，他迅速弯腰，拉起左裤腿，并在那束光消失之前，迅速收手，背靠着车座的靠垫。

查克没有动，也没有注意到他的动作。车子开至山脚处，正好是滨江大道的十字路口处，变灯之前，十字路口处就涌现出许多汽车，德鲁斯等待时机，算准了街道上许多汽车的车头灯会对车内人的视线有一定的影响。他把身子倾斜了一些，手往下迅速从左腿的枪套里拿到了那把小手枪。

他再次把身子往后倾了一点儿，枪抵着他左边的大腿，正好可以藏在查克坐的地方的后面。

汽车在滨江大道上行驶着，穿过了格里菲斯公园的入口处。

"浑蛋，我们这是去哪儿？"德鲁斯装作无意地问道。

"别问了，"查克吼了一句，"你会知道的。"

"这不是持枪抢劫，对吧！"

"别问了！"查克再次向他吼了一句。

"你是莫泊思·帕里西的人？"德鲁斯慢腾腾地问。

那个脸上通红的持枪男人脸上抽搐了一下，他把膝盖处的枪拿起指着德鲁斯："我说过了，别问！"

"那对不起了，浑蛋。"

德鲁斯把大腿上的枪翻转过来，然后迅速上膛，用左手扣下扳机。那支枪发出一声暗哑的声音，声音不大，几乎听不见。

查克大叫一声，手剧烈地抽搐着，那支枪被他一脚踢出，掉在了车上。他的左手马上捂着自己的右肩。

德鲁斯把那把小毛瑟枪换到右手上，并把它藏在了查克那边。"不准动，别惹麻烦。现在，把那把枪拿过来，快点儿！"

查克把地上那把自动手枪踢开，而德鲁斯则以迅雷不及掩耳之势抢到了那把枪，那个瘦脸司机往后看了一眼，汽车有点偏离行驶道，但马上又打正了方向盘。

德鲁斯拿起那把大枪，那把小毛瑟枪有点太轻了。他朝着查克的头边猛砸，查克不住地呻吟，身体往下倒，手乱挥舞着。

"瓦斯！"他叫道，"那个瓦斯！他会打开瓦斯的。"德鲁斯打得更狠了，查克彻底倒下去了。

林肯牌汽车在滨江大道转了个弯，过了一座桥，那桥并不长，然后又经过了一个跑马道，沿着一条狭窄泥泞的道路而下，那条路的一旁是一个高尔夫球场。汽车在一片夜色中行驶着，周边都是树，车速很快，从一边飙到另一边，好像司机要的就是这个效果。

德鲁斯冷静下来，摸索着车门把手。可是却没有发现任何把手，他抿着嘴，用手中的枪使劲地砸着车的窗户。可是那窗户的玻璃就像是一堵石墙，十分坚硬。

鹰钩脸的那个男人俯下身，听见了嘶嘶的声音。紧接着一股刺鼻的杏仁味突袭而来。

德鲁斯从口袋里拿出一块手帕，把它撕开，捂住鼻子。司机再次打正方向盘走直线道路，他开车时弓着腰，尽量把头部放低。德鲁斯把那把大枪的枪口抵着司机头后的那层玻璃隔板，而那司机的头则躲到另一边。他迅速对着司机的头开了四枪，开枪时，他自己闭着眼睛，头转向一边，看起来就像个紧张的女人。

没有飞溅的玻璃碎片，当他转过头看的时候，玻璃上留下了一个歪扭的圆洞，挡风玻璃成放射状裂开，但是却没有坏掉。

他拿枪敲击着洞边，试图把玻璃敲下来。瓦斯透过手帕向他的鼻子扑来，他感觉头像气球般，视线开始模糊。

鹰钩脸的司机蜷缩着，把自己旁边的车门使劲拧开，他把车的方向盘打向相反的方向，然后自己跳下了车。

车子冲过那低矮的堤防，滚了几圈，接着猛地撞在了一棵树上。车身已经扭曲了，这种巨大的撞击力使得车的后门自己弹开了。

德鲁斯头部朝下，从车里滚了出来，幸好地面是泥土，不至于使他伤得太重。之后，他深吸了几口清新的空气，就着腹部和肘部的力量翻过身来，仍然低着头，拿枪的那只手则朝上。

那个鹰钩脸的男人此时离他十几米远，德鲁斯看见他从口袋里掏出一支枪，抬起来。

德鲁斯拿着查克的那把枪，不停地扣动着扳机，直到枪里的子弹都打完了。

那个鹰钩脸男人慢慢地倒下，身体与那暗黑的夜色和潮湿的地面融为了一体。不时有汽车经过滨江大道，雨水从树上滴落，格里菲斯公园的灯光在布满乌云的天空下渐渐隐去，剩下的只是一片黑暗，一片死寂。

德鲁斯深吸了一口气，站起身来。他扔下那把已经没了子弹的枪，从外套口袋里拿出了一把小小的手电筒，然后把外套衣领立起，遮至鼻子处，双手使劲压着遮盖在脸上的衣服。他走向汽车，关掉灯，然后又用手电筒照了照驾驶座的地方。他的身子弓向车子里，打开了铜柱上的一个开关，那铜柱看上去像是一个灭火器。瓦斯泄漏的嘶嘶声这才停下来。

他又走到那个鹰钩脸男人的边上，那人已经死了。他的口袋里有一些头寸松、现金和银币，他身上还有雪茄、一盒埃及俱乐部的火柴，但是没有发现钱包，还有几梭子弹，那是德鲁斯那把0.38手枪的子弹。德鲁斯把子弹放回搜出来的手机里面，然后站起身，只留下地面那具摊在地上的尸体。

借着灯光，透过旧金山河床上那片茫茫夜色，他望着远方。

不远处，他看见了绿色的霓虹灯，那灯光比其他灯光都要明亮，只见那霓虹灯闪烁着几个大字，"埃及俱乐部"。

德鲁斯暗暗地自顾自笑了，然后他又走回到那辆林肯牌轿车。他把查克的尸体拖出来丢在潮湿的地面上，查克那张红色的脸现在在手电筒微弱的灯光下已经变成了蓝色。睁大的眼睛里透出空洞的眼神，像是死死地盯着什么东西一样，胸口已经没了呼吸的起伏。德鲁斯把手电筒放下，在其他口袋里又摸了个遍。

他找到了一些东西，那是男人们通常会带在身上的东西，包括一个钱包，里面放着司机驾照，上面写着洛杉矶都会旅馆查克·勒格兰。他又发现了埃及俱乐部的火柴，还有一个写着809的酒店钥匙环，酒店名叫都会旅馆。

他把钥匙放进自己的口袋，上了车，把汽车之前弹开的车门砰的一声关上，车门就给锁上了。他猛踩了一脚那坏了的汽车缓冲器，把车往后倒，在软土上慢慢地转弯，终于把汽车开到了行驶道上。

当他再次到达滨江大道的时候，他便把车灯打开，往好莱坞开。他把车停在漆椒树下，位于肯漠一栋大砖公寓前面，离好莱坞大道北面不过半个街区远。他熄掉汽车引擎，然后把箱子提了出来。

他走开的时候，公寓前的灯正好照在了汽车的前车牌上。他想知道为什么那个拿枪的人会用5A6这个车牌号码，这个号码可不是普通人能够弄到的。

他在一家药店里打电话找了一辆的士，然后便坐着这辆的士回到了查得顿。

4

公寓内没有人。温暖的空气里还残留着一千零一夜牌香水的气味和雪茄的烟味，不久之前还有人在这里待过。德鲁斯推开卧室的门，查看了一下两个衣橱里的衣服和梳妆台上的物件，然后又走回到了那间被粉刷成红白色的客厅，给自己倒了一杯烈酒。

他把弹簧锁放在外门，然后端着那杯酒去了卧室，把自己身上那件脏兮兮的衣服换掉，穿上了另一套暗色西装，但是看上去却十分时髦。接着又在白色亚麻衬衫的领口处打上领结，同时又抿了一口酒。

他把那把小毛瑟枪的枪管擦干净，重新组装了一下这把枪，同时在弹匣里加了一颗子弹，最后便把枪装进腿上枪套里。之后他把手洗干净，端着那杯酒走到电话旁。

他拨的第一个电话是打给《记事报》的，找的是市办公室的韦纳。

电话传来声音，拉长了语调："我是韦纳，说吧，找我什么事。"

德鲁斯说："我是约翰尼·德鲁斯·克劳德，帮我在你的名册上找一个加利福尼亚的车牌号：5A6。"

"这肯定是哪个该死的政客的车。"那个拉长了语调的声音说道，然后便放下电话去找名册了。

德鲁斯一动不动地坐着，他看着房间角落里那根有凹痕的白柱子，柱子顶端有红白色的球状物和红白色的人造玫瑰。他厌恶地皱了皱鼻子。

电话那头传来了韦纳的声音："这是一辆1930的林肯牌豪华轿车，注册名字是雨果·甘勒斯，他的住址是西好莱坞区，清水街2942号，卡萨德欧罗公寓。"

德鲁斯随口说："就是那个发言人，对吧？"

"没错，大嘴巴，铁杆儿证人。"韦纳把声音放低，"约翰尼，我可只跟你说——不跟外人讲——这家伙一肚子坏水，说不上聪明，只是在道上混久了，知道谁可靠，谁可以出卖……又有什么故事吗？"

"没有，"德鲁斯语无波澜地说道，"他想暗算我，不过没有得逞。"

他挂断了电话，喝完了杯中的那点酒，起身又调了一杯。然后他翻了一下白色桌子上的电话簿，找到了卡萨德欧罗公寓的电话，拨了过去。电话接线员告诉他，雨果·甘勒斯先生已经出了城。"那就给我接线到他家里的电话。"德鲁斯说。

电话通了之后，传来的是一个女人的声音："是的，我是雨果·甘勒斯太太，请问有什么事吗？"

德鲁斯说："我是甘勒斯先生的一个客户，有非常紧急的事情要找他，请问您能帮我找到他吗？"

"非常抱歉，"那个冷冷的声音懒洋洋地说道，"我丈夫临时被人叫出了城，我现在都不知道他到底去了哪儿，我也很希望今晚他能够打电话给我，他离开俱乐部……"

"哪个俱乐部？"德鲁斯假装无意地问道。

"狄玛俱乐部，他离开那里之后就没回家，如果你要留话……"

德鲁斯没等她说完："甘勒斯太太，谢谢您。我可能晚点再打过来。"

他挂断电话，悠悠地笑了，笑容里透着几分冷峻，他又抿了一口酒，接着在电话簿里找到了都会旅馆的电话，他打过去，"我想找809号房的查克·勒格兰先生。"

"8—0—9，"接线员说，"稍后联系您。"过了一会儿，电话里传来声音，"房里没人接电话。"

德鲁斯谢过他，从口袋里拿出了那个钥匙环，看着上面的房号，正是809。

5

狄玛俱乐部的门卫萨姆斜倚在俱乐部入口处被磨光的石头上，看着夕阳大道上来来往往的车辆。车头灯照得他的眼睛有些睁不开，现在他已经很累了，只想回家。他多想抽支烟，喝上一大口杜松子酒啊。他希望雨停一停，因为下雨的时候俱乐部里一片死寂。

他站直身子，在遮篷旁的人行道来回走动，还一边拍打着他那双戴着白色手套的黑色大手。他本来想吹口哨，吹一首叫作"滑轮华尔兹"的歌，但是总找不到调子，于是他便换了一首叫作"轻松女士"的歌，这首歌不需要调子。德鲁斯从哈德逊街头走过来，站在他旁边。

"雨果·甘勒斯在里面吗？"他问道，没有看萨姆。

萨姆哑动着牙齿，不以为意地答道："他不在。"

"那之前来过这里吗？"

"您可以去柜台去问一下，先生。"

德鲁斯从口袋里抽出戴手套的左手，用食指数了5美元钞票。

"你一定比他们知道得多多了！"

萨姆咧开嘴巴慢慢地笑了，盯着德鲁斯手中攥着的那些钞票。

"这倒没错，老板。他之前确实来过这里。他几乎每天都会到这里来。"

"什么时候离开的？"

"大概是6点30分吧。"

"开着他那辆蓝色的林肯牌豪华轿车？"

"是，不过是他的司机开，你问这些干什么？"

"那时候正在下雨，"德鲁斯冷静地想，"一定是下得很大，也许你看错了，并不是林肯牌轿车。"

"就是那辆林肯牌轿车！"萨姆坚持说，"是我送他上的车，除了这辆车，他从不坐其他车。"

"车牌号是5A6？"德鲁斯继续问。

"没错。"萨姆咯咯地笑了，"那是市议员们的车牌号。"

"知道他的司机是谁吗？"

"当然，"萨姆开口说，又突然顿住。他用香蕉般大的手指挠了挠黑色下巴，"我确定那天他换新司机了，否则我就是庞然大物的傻瓜。我不认识那新司机，真的。"

德鲁斯把钱放到了萨姆白色的大手掌里，萨姆立马拿住那些钱，但是那双大眼睛里却突然露出怀疑的神色。

"先生，你问那么多问题干什么？"

德鲁斯说："我付了钱，不是么？"

他又回到哈德逊街角，上了自己的黑色帕卡德牌轿车，发动车，驶上落日大道，他一路向西行驶，几乎到了比弗利山脉，然后又转向山脚，开始留意街角的路标。清水街一侧倚着山，可以把整个城市尽收眼底。卡萨德欧罗公寓位于帕金森一隅，是一座高级别墅，周围用围墙围住，顶端铺了红色的瓦片。接待大厅在另一个单独的建筑里。墙的另一边，是一个大型私人车库。

德鲁斯把车停在车库对面，他坐在车里，透过宽敞的车窗可以看到一间玻璃办公室，办公室里坐着一个穿着整洁的白色工作服的服务生，他双腿搭在桌子上，正在看杂志，然后转过头往背后看不见的痰盂里吐痰。

德鲁斯从车里出来，走过街道，溜进了车库，服务生没注意到他。

车子排成了四排，其中两排靠着白色的墙，中间两排相对，在停车场的中间。场内还有许多空着的车位，但是还是有许多车停在这里。它们大多是昂贵的加顶大车，其中也有两三辆敞篷车。

只有一辆豪华轿车，车牌号正是5A6。

这辆车保养得很好，颜色还很亮，车身是皇家蓝，带浅黄色装饰。德鲁斯脱下手套，用手摸了摸汽车的散热器外壳，没有一点儿热度。他又摸了摸轮胎，然后看着刚刚摸过轮胎的手指，上面留下了一点儿干燥的尘土。没有泥土，只有一些极其干燥的尘土。

他沿着一排黑色的车往回走，走到那个小办公室的门边，门开着，德鲁斯倚在门边。过了一会儿，那个服务员抬起头，看到他时吓了一跳。

"看到甘勒斯的司机吗？"德鲁斯问道。

那个服务员摇摇头，往那个铜质的痰盂里又吐了口痰。

"从我3点钟来上班到现在我就没见过他。"

"他不是要去俱乐部接那老头儿吗？"

"没有，我猜没有。车没出去，他向来都开那辆车。"

"那他住哪儿？"

"谁？你是说玛提克？树林后面的他们住的佣人房。但是我听说他住在某个旅馆里，让我想想……"他皱了皱眉。

"是都会旅馆吗？"德鲁斯问。

德鲁斯望着他的下巴尖儿，这管车库的家伙还在想着。

"对，我想他说的就是这个旅馆。但是我也不那么确定，玛提克不怎么开口说话。"

德鲁斯谢过他，然后过了马路，上了自己的车，往市中心开去。他到达第七泉水街角的时候，已经是9点25分了，这里就是都会旅馆了。

这是一家旧旅馆，曾经生意兴隆，如今却生意惨淡，濒临破产，声名狼藉，总是招来警察。暗色木质护墙板上油渍斑斑，镀金镜子上有很多缺口，低矮的大厅天花板下烟雾缭绕，许多混混儿终日穿着破破烂烂的皮质衣服在这里游手好闲。

　　大马蹄形柜台里放着雪茄，柜台后卖雪茄的的金发女郎已不年轻，领着寒碜的薪水，满眼的愤世嫉俗。德鲁斯靠在玻璃柜台上，推了推鬈发上的帽子。

　　"一盒骆驼牌香烟，宝贝儿。"他用赌徒式的语调低沉地说道。那个女人把一盒烟丢到他面前，收了15美分，然后找了一枚一角硬币丢到了他的手肘下，微微一笑。她的眼睛在说她对他有意思。她弯过身来，凑到他对面，好让他闻到她发间的香水味。

　　"问你点事。"德鲁斯说。

　　"你想问什么啊？"她温柔地说。

　　"我想知道，住在809号房的人是谁？别告诉旅馆的其他职员。"那金发女郎有点失望："你为什么不自己去问，先生？"

　　"我比较害羞嘛。"德鲁斯说。

　　"好吧，我帮你去问。"

　　她打了个电话，声音透着慵懒的温柔，然后又走回到德鲁斯的身边。

　　"是一个叫玛提克的人，有什么事吗？"

　　"没有，"德鲁斯说，"多谢了，在这样一间不错的旅馆里工作感觉怎么样？"

　　"谁说这间旅馆不错了？"

　　德鲁斯笑了笑，摸了摸帽子以致意，然后大步走开了。那个女人伤心地看着他的背影。手肘靠着柜台，托腮凝望他走远。

　　德鲁斯穿过大厅，上了三个台阶，走进电梯，电梯摇晃了一下才上升。

　　"八楼。"他说，然后靠着电梯，手插在口袋里。

　　八楼是都会旅馆的顶楼，德鲁斯沿着长廊走，闻到了一股油漆的气味。在走廊尽头转完过后就到了809号房的门前。他敲了敲黑色的木质门板，没有人应答。于是他又弯下腰，往空钥匙孔看了看，又敲了敲门。

他从口袋里掏出那个钥匙环，用钥匙开了门，走了进去。

两面墙的窗户都紧闭着，空气里弥漫着威士忌的气味，天花板上的灯还是开着的。房间里还摆着一张宽大的铜床，一个深色柜子，几把棕色皮革摇椅，桌子很朴素，上面平放着四玫瑰牌的威士忌酒瓶，里面几乎没有什么酒，也没有瓶盖。德鲁斯闻了闻，屁股靠着书桌边缘，扫视着整个房间。

他的目光扫过深色柜子，移到床上，再移到那面有门的墙，最后落到房间里的另一扇门上。他走过去，打开那扇门。

一个人趴在浴室的褐色地板上，地板上的血已经变黑，黏黏稠稠的。男人的后脑勺儿有两个伤口，暗红色的血从伤口流出来，流过脖子，最后流到地板上。看得出来，血已经干了很久了。

德鲁斯脱下一只手套，弯下身，用两只手指摸了摸那人的动脉，然后摇摇头，戴上了手套。

他走出浴室，关上门，又打开了一扇窗户。他把头往外凑了凑，呼吸着雨水润湿的新鲜空气，看着细雨滑过屋瓦，落在漆黑的小巷里。

过了一小会儿，他关上窗户，又关了浴室的灯，在柜子抽屉里拿了个"严禁打扰"的标志牌，便关掉天花板上的灯，出去了。

他把那个"严禁打扰"的标志牌挂在了门把手上，然后又沿着电梯口的长廊原路返回，离开了都会旅馆。

6

朗辛·雷小声地哼着歌，走在查德顿寂静的长廊里，她断断续续地哼着，自己也不知道哼的是什么，她的左手涂了樱桃红的指甲油，肩头的绿色天鹅绒丝巾往下正好垂到那双涂了指甲油的左手上。她左手玩弄着丝巾，另一只胳膊下面夹着一只包裹着的酒瓶。

她打开门锁，推开门，愣住了，皱了皱眉，一动也不动地站着，她努力回想着，试图想起什么，但是依旧没有缓过神来。

她离开的时候灯是开着的，但是现在却关了，也许是仆人关的灯吧，她也没多想，然后就直接进门了，摸索着红色的窗帘进了客厅。

加热器发出的微弱的红光扫过红白色的地毯上，照到一团黑亮的东西上。原来是鞋子，鞋子都放在原地。没有人动过。

"啊！"朗辛·雷惊叫了一声，那只做了美甲、握着丝巾的手差点儿扭坏了脖子。

她听到了咔嗒的声音，安乐椅边上的台灯亮了，德鲁斯坐在椅子上，木然地望着她。

他穿着大衣，戴着帽子，他的眼睛有点飘忽遥远，深不可测。

他说："出去啦，朗辛？"

她慢慢地坐到沙发边，放下酒瓶。

"我喝醉了，"她说，"我觉得我可以喝更多的，然后我就又喝醉了。"她拍了拍那个酒瓶。

德鲁斯说："我觉得你朋友戴尔的老板被人劫持了。"他云淡风轻地提了一句，好像事不关己的样子。

朗辛·雷缓缓地张开嘴，张嘴的刹那，所有的美丽都从她脸上消失了，好像戴上了一张惨白憔悴的面具，胭脂在脸上燃烧。好像随时会尖叫。

过了一会儿，她合上嘴巴，脸色又恢复了正常的美丽。她的声音好像是从远方飘过来一样，"如果我告诉你我不知道你在说什么，会不会好一点儿？"

德鲁斯还是一副木然的表情，他说："我从这下楼到街上的时候，有几个暴徒突然出现在我面前。其中还有一个在车里，当然，他们也许是在其他地方盯上了我，跟踪我到这里来的。"

"你肯定是被跟踪了，"朗辛·雷屏住呼吸，说道，"约翰尼，你肯定是被跟踪了。"

他长长的下巴稍微动了一下，"他们挟持我上了一辆林肯牌豪华轿车，那可真是一辆不错的车。车窗很结实，很难打坏，车内也没有任何门把手，整辆车都关得死死的。车前座还放着一罐内华达瓦斯，那可是氰化物，开车的人可以让瓦斯释放到汽车后座，而开车的人则一点也不会吸入这种气体。他们把我带到格里菲斯公园路旁，往埃及俱乐部方向。那里是城郊接合部，靠近机场。"他停顿了一下，擦了擦眉梢，继续说，"不过他们忽略了我绑在腿上的毛瑟枪。司机撞车了，我这才逃出来。"

他摊开双手，往下望着自己的手，嘴角泛起冷冷的笑。

朗辛·雷说："约翰尼，这事和我毫无关系。"声音一片死寂。德鲁斯说："我上这辆车之前，坐这辆车的人很可能是没有

451

枪的。他就是雨果·甘勒斯。这辆车是模仿甘勒斯的车——一样的款型，一样的颜色，一样的车牌号——但是这并不是甘勒斯真正的车。有人在这上花了很大的工夫，甘勒斯6点30分离开狄玛俱乐部的时候上的就是这辆贼车，而不是他自己的那辆。一个小时前，我问过他的妻子，而他的妻子说他出城了。可是他的车自从中午过后就没有离开过车库。也许他的妻子知道他现在已经遭人挟持了，也许现在还不知道。"

朗辛·雷的指甲在衬衫上划着，嘴唇颤抖。

德鲁斯继续冷静地说："今天晚上或是今天中午，有人在市中心的旅馆用枪打死了甘勒斯的司机，可是现在警察还没发现他。朗辛，有人精心策划了此案。你不会想牵扯到这种阴谋里面吧，亲爱的？"

朗辛·雷垂下头，盯着地板。她说话有点模糊了："我需要来一杯。我心里难受死了，我觉得糟透了。"

德鲁斯站起身来，走到白色的书桌旁边。他把瓶里的酒都倒进了杯子里，然后把杯子拿给她。他端着杯子站在她的面前，可是却没让她拿到。

"我偶尔也会要要狠的，宝贝儿，但是我一旦要起狠来可不是能够轻易停下来的。如果你知道什么线索，现在最好告诉我。"他把酒杯递给了她。她喝了一大口，烟青色的眼神有点发亮，她慢慢地说道："约翰尼，我一点儿也不知道这件事情。事情不是像你说的那样。今天晚上戴尔说要送我一套房子，他说他可以从甘勒斯那里捞到钱，威胁甘勒斯说要告密他出卖雷诺一个狠角儿的事。"

"这些个下三滥聪明过头了吧！"德鲁斯说，"我就是从雷诺来的，雷诺的狠角儿我都认识，告诉我是谁。"

"一个叫扎帕第的人。"

德鲁斯轻声地说："扎帕第就是埃及俱乐部的老板。"

朗辛·雷突然站起身来，抓住他的胳膊："约翰尼，不要牵扯到这件事里去，看在神的面子上，可以不插手这件事情吗？就这一次，不要插手。"

德鲁斯摇摇头，望着她温柔缠绵地笑了，然后他掰开了抓着他胳膊的手，后退了几步。

"我在那辆装了瓦斯的车里坐过，宝贝儿，我很不爽，我闻过内华达瓦斯的气味，而且我在其他人的枪上留下了线索，警察会查到的，我已经卷入了这件事里。如果有人被挟持，而我又通知了警察，很有可能会害得又一个被绑架的人被撕票。扎帕第是个狠角儿，又来自雷诺，这一点能和戴尔告诉你的话联系上来。如果莫泊思·帕里西现在和帕扎第混，那劫持我这一事就说得通了，帕里西恨我入骨。"

"约翰尼，你没必要单枪匹马地跟他斗。"朗辛·雷有些绝望了。

他仍然笑着，眼神很严肃，紧闭嘴唇，然后说道，"是我们两个人，宝贝儿。穿上一件长外套，外面还有下小雨。"

她怔怔地看着他，然后伸出一只手放在他的胳膊上，五指有点僵硬地移到他的手掌处，然后紧紧地握住了他的手。她的声音有些空荡荡的，满是恐惧。

"我？约翰尼，天啊，不要。"

德鲁斯温柔一笑："宝贝儿，穿上那件外套，穿得漂亮点。这恐怕是我们最后一次一起出门了。"

她步履蹒跚地走过他身边的时候。德鲁斯轻轻地抚摸着她的手臂，握了一会儿，跟她私语道："朗辛，你没有跟警察告发我吧。"

她回过头看着他，他的眼神有些悲痛。她的呼吸里发出嘶哑的声音，手臂也松了下来，然后快速地进了卧室。

过了一会儿，德鲁斯眼里的悲痛消失了，嘴角又挂起冷冷的笑。

7

德鲁斯半闭着眼睛，看着庄家的手指在桌上滑回来，滑到桌边。手指圆润，指端纤细，十分优雅。德鲁斯抬起头看着庄家的脸。他看不出年纪，有着深邃的蓝眼睛，头上根本没有毛发，一根也没有。

德鲁斯又低下头来看着庄家的手。他的右手微微弯着，搁在桌子边缘。庄家穿着棕色的天鹅绒外套——裁剪得像晚礼服——袖口的扣子碰着桌边。德鲁斯冷冷地笑了笑。

他押了三个蓝筹码在红色上。滚球停在黑2上。庄家付给其余四个玩家中的两个人。

德鲁斯把五个蓝筹码往前推，放在红色方块上。然后转头向左看，左边一位强壮结实的金发青年把三个红色筹码放在了0上面。

德鲁斯舔了舔嘴唇，头继续往左边偏，向一个小房间旁边看去。朗辛·雷坐在沙发上，背对着墙，头倚在墙上。

"我觉得要赢了，宝贝，"德鲁斯对她说，"要赢了。"朗辛·雷眨眨眼，头离开墙壁。伸手去拿前面矮圆桌上的酒。

她抿了一口，看着地板，没有接德鲁斯的话。

德鲁斯又看了看金发青年。另外三个人下了赌注。庄家看起来有些急躁，但不失谨慎。

德鲁斯说："怎么我每次赌红的时候，你就赌0，我赌黑的时候，你就赌双0？"

金发青年笑了，耸了耸肩，没有说话。

德鲁斯把手放在牌桌上，非常小声地说："我问你问题呢，先生。"

"也许我就是这种人，"金发青年咕哝道，"喜欢卖空冒险。""这是什么节奏，这么慢？"其中一人不快地说。

"请出手吧，各位。"庄家说。

德鲁斯看着他，说："开始吧。"

庄家左手转动轮盘，之后用同一只手反方向掷出滚球，右手放在桌边。

滚球停在黑28处，在0的旁边。金发青年笑起来，"很接近，"他说，"很接近了。"

德鲁斯盘算了一下自己的筹码，小心地把它们堆起来。"我下6000美元，"他说，"虽然不多，但里面还是有钱可捞的。谁经营这家赌场？"

庄家微微一笑，直盯着德鲁斯的眼睛。他轻声地问："你刚说什么？赌场？"

德鲁斯只点了点头。没说话。

"我刚听见你说'赌场'。"庄家说，他迈出一条腿，中心移到这条腿上。

另外三个人飞快拿起筹码，向房间角落的小吧台走去。他们点了饮料，背靠着吧台旁边的墙壁。看着德鲁斯和庄家。金发青年没动，看着德鲁斯，露出讥讽的笑。

"现在好了，"他略有所思地说，"注意言行，兄弟。"

朗辛·雷喝完酒，又把头靠回墙壁。长睫毛下的眼睛愤怒地看着德鲁斯。

过了一会儿，门开了，走进来一个蓄着黑色胡子，眉毛黑浓的大块头男人。庄家看向他，又看着德鲁斯，眼神示意了一下。

"是，你刚说了赌场。"他闷闷地重复说着。大个儿走在德鲁斯的旁边，用双肘戳了戳他。

"出去。"他冷淡地说。

金发男人咧嘴笑了，把手伸进深灰色西装口袋里。大个儿没有看到他。

德鲁斯目光扫过牌桌，看着桌那头儿的庄家，说："我要拿回我那6000美元，今天就到此为止。"

"出去。"大个儿不耐烦地说，用手肘戳了戳德鲁斯。

秃头庄家礼貌性地笑了笑。

"你，"大个儿对德鲁斯说，"不会想让我动粗，对吧？"

德鲁斯看着他，一脸讥讽，故作惊讶。

"行行行，一个没脑子的壮汉，"他轻声说，"拿下他，尼基。"金发青年从口袋里掏出右手，振臂一挥，大个儿回头一看，一阵强光袭来，尼基"啪"的一声一拳打在大个儿的头后。大个儿伸手去抓德鲁斯，后者迅速离开，从手臂下拿出一支枪。大个儿抓着轮盘边缘，然后重重地倒在地上。

朗辛·雷站起来，清了清喉咙。

金发青年溜到旁边，转了一圈，看着酒保。酒保把手放在吧台上。刚一起赌博的另外三个人饶有兴致地看着这一切，但是没有动。

德鲁斯说："他右袖口中间那粒扣子，尼基，我觉得是红铜的。""嗯。"金发青年绕到桌边，把枪放到口袋里。他走进庄家，抓住他右袖口上三颗扣子中间的一颗，使劲扯，扯了两次把它扯了下来，连袖口的衣线都被扯出来了。

"是红铜的。"金发青年不在意地说，放开了庄家的手臂。

"我现在拿走我的6000美元，"德鲁斯说，"然后再跟你们老板谈谈。"

庄家微微点了点头，伸手去拿转盘桌上叠得高高的筹码。

大个子躺在地上一动不动，金发青年把手放到屁股后面从后面腰带里掏出一支0.45自动手枪。

　　他转着手枪，愉快地看着房间四周微笑。

8

　　他们沿着回廊走，俯视着餐厅和舞池。乐队演奏着热闹的爵士乐。伴随着音乐，食物气味和香烟烟雾也随之往上飘来。回廊设得很高，下面的情景历历在目，好像俯瞰照相机的镜头。

　　秃头庄家打开了回廊角落的一扇门，头也不回地进去了。叫尼基的金发青年跟在他后面。随后是德鲁斯和朗辛·雷。

　　前面是一条短短的走道，天花板上泛着冷若冰霜的白光。尽头的门看起来像镀了金属层似的。庄家伸出一只圆润的手指去按门边的门铃，按的方式是某种暗号。突然有一阵"吱吱"声传来，像电梯开门的声音。庄家用手一推，门开了。

　　里面是一间舒适的房间，休息间办公两用。房间右边一角有一个火炉和一张绿皮革沙发，正对着门。沙发上坐着一个人，他身材矮小，圆头，圆脸，脸有点黑，绷得紧紧的。黑色的小眼睛黯淡无神，像两颗黑玉纽扣。看到我们进来，他放下手中的报纸，抬起头，脸突然变成了青灰色。房间中央是一张大桌子，一个身材很高的人站在桌边，手里拿着鸡尾酒调酒器。他慢慢地转过头来，目光掠

458

过肩膀，向我们四个扫来，手依旧优雅地摇晃着调酒器。他的脸上凹凸不平，眼睛凹陷，淡灰色的皮肤挺松弛，红色头发剪得很短，没有光泽，也没有分边。左边脸颊上有一个细十字形疤痕。

高个子放下调酒器，转过身来，盯着庄家。沙发上的那个人没有动。但内心却七上八下。

庄家说："我想这是抢劫，但是我也无能为力，他们摆平了大乔治。"

金发青年愉快地笑着，从口袋里拿出他的0.45手枪，指着地板。"他觉得只是抢劫，"他说，"倘若是抢劫你还会有命吗？"德鲁斯关上沉重的门。朗辛·雷从他身边走开，走到房间远离火炉的一边。德鲁斯没有看她，沙发上的那个人看了她，看了每个人。

德鲁斯轻轻地说："高的那个是扎帕第，矮的那个是莫泊思·帕里西。"

金发青年移到房间一边，留下庄家一个人站在房间中央。用0.45手枪看住沙发上的男人。

"没错，我是扎帕第。"高个子说。他好奇地看了德鲁斯一会儿。

然后他转过头去，又拿起调酒器，打开塞子，倒了一浅玻璃杯酒。他喝下酒，拿出一条绿色手帕擦了擦嘴，又把手帕小心翼翼地放回胸前的口袋里，露出一个三角形。

德鲁斯挤出一丝冷冷的笑，食指摸了摸左边眉毛。右手插在夹克口袋里。

"尼基和我刚小小地上演了一出戏，"他说，"这样就算我们聊得不愉快，外面的人都知道是我们进来见你了。"

"听起来很有趣，"扎帕第附和道，"你为什么要见我？"

"谈谈你载人的瓦斯车。"德鲁克说。

沙发上的人突然抖动了一下，手从腿上弹开，好像被什么东西叮了一下。金发青年说："别动……对，最好别乱动，帕里西先生，小心我一枪毙了你。"

帕里西又安分起来，手放回他粗短的大腿上。

扎帕第略微张大了眼睛。"瓦斯车？"语气中透着些许迷惑，德鲁斯向前走到房间中央，在离庄家不远处稳稳地定住脚步。他灰色的眼睛泛着平静的光芒，但是面容疲惫，那是一张已不再年轻的脸。

他说："也许是有人把事情推到了你身上，扎帕第，但是我不这么觉得。我说的是蓝色林肯车，车牌5A6，前座放着一罐内华达瓦斯。你知道的，本州用来处决杀手用的。"

扎帕第咽了一口口水，粗大的喉结前后蠕动。噘起嘴唇，然后缩回去，又噘起。

沙发上的那个人大声笑了，好像一个人自娱自乐似的。

房间外传来一个声音，厉声地说道："金发的，把枪放下，其他人把手举起来。"

德鲁斯朝门口望去，门缝里出现了一支枪，一只手，但不见人。房间的灯光照着那只手和那把枪。

枪好像正对着朗辛·雷。德鲁斯说："好。"他快速地举起两只空手。

金发青年说："这应该是大乔治——刚刚那是装的，准备蓄势待发。"他只好松开手，让点45手枪落到前面的地板上。

帕里西迅速从沙发上站起来，从手臂下抽出一支枪。扎帕第也从桌子的抽屉里面拿出一把左旋手枪，向门的方向说："出去，待在外面。"

门"咔嚓"一声关上，扎帕第向秃头庄家点了点头，庄家自进这房间以后压根儿就没动过。

"你回去工作吧，路易斯，多赢点。"

庄家点了点头，转身离开了房间，小心翼翼地关了门。

朗辛·雷大笑起来，傻傻地。她提起手拉高衣领裹住喉咙，好像屋内很冷似的。但是屋内有火炉，窗户又没开，很暖和。

460

帕里西吹了声口哨，迅速走向德鲁斯，拿枪指到他脸上，向后推了推他的头。他左手搜了搜德鲁斯的口袋，拿出一把柯尔特手枪，又摸了摸他腋下，转到他身后，摸了摸他臀部，又走到前面来。

他往后退了一点点，用枪柄砸向德鲁斯的脸。德鲁斯稳稳地站立着，只是头略微动了一下。

帕里西又在他脸上同一个地方砸了一下。鲜血缓缓地从德鲁斯的颧骨上流下来，他的头晃了一下，膝盖开始发软。他缓缓地往下跌，左手撑着地面，摇晃着头。他蹲伏着，双腿弯曲。右手瘫软地垂在左脚边。

扎帕第说："够了，莫泊思。不要心急。还要留着活口问话呢。"朗辛·雷又笑起来，很傻地笑。她沿着墙摇摆着身体，一只手撑着墙。

帕里西狠狠地吸了口气，从德鲁斯身旁走开，黝黑的圆脸上露出满意的微笑。

"我等这一刻等了很久了。"他说。

在他从德鲁斯身旁离开走至距他六英尺远的时候，一个暗暗发光的小东西好像从德鲁斯的左裤管里滑出，传到他手上。随后是一声尖锐的"噼啪"声，一颗小小的绿色火苗降落在地板上。帕里西的头向后晃。下巴被射穿了一个洞。鲜血喷流而出。他的双手瘫软下来，两只枪从手里滑出，身体开始摇晃，最终重重地倒在了地上。

扎帕第说："见鬼！"举起他的左轮手枪。

朗辛·雷大声尖叫，向扎帕第飞扑过去——扯着他对他拳打脚踢，尖叫不止。

左轮手枪连响两声，子弹射在墙壁上，泥灰四溅。

朗辛·雷最终跌倒在地上，手脚趴地，细长苗条的腿瘫软地露在裙子外面。

金发青年蹲下身来捡起他的0.45手枪，大喊道："她抢了那浑蛋的枪！”

扎帕第两手空空地站着，脸色十分可怕。右手背上有道长长的红色抓痕。他的左轮手枪躺在朗辛·雷旁边的地板上。他神色惊慌，难以置信地看着地面。

帕里西突然在地上咳了一声，之后就一动不动了。

德鲁斯站起身来。手中的毛瑟枪像是他的玩具一样。“小心门外，尼基……”他说，声音好像是从很远的地方飘过来的。

门外寂静无声，一点儿声音都没有。扎帕第惶恐地站在桌子边，呆若木鸡。

德鲁斯弯下腰，抚摸着朗辛·雷的肩膀，“还好吗？宝贝？”

她动了动腿，站了起来，往下看着躺在地上的帕里西。身体仍害怕得发抖。

“对不起，宝贝，”德鲁斯温柔地说，“我想是我误会你了。”他从口袋里拿出手帕，用嘴唇润湿，然后轻轻擦着左边脸颊，看着手帕上的血。

尼基说：“我猜大乔治又睡觉去了，我真傻，当时没让他吃颗子弹。”

德鲁斯微微点了点头，说：“是呀，整场戏糟透了，你的帽子和外套呢，扎帕第先生？我们想要你和我们一起去兜兜风。”

　　在漆椒树的树荫下，德鲁斯说："就是这儿了，尼基，林肯瓦斯车在那里，没有人动它。最好先观察一下。"

　　金发青年从帕卡德车里走出来，穿过树荫，他在帕卡德车这边街道站了一会儿，然后穿过马路走到林肯车旁，林肯车停在北肯莫的红砖公寓旁。

　　德鲁斯往前挪了挪身体，伸手到前座捏了捏朗辛·雷的脸颊，"你现在先回去——开着这车。我们一会儿见。"

　　"约翰尼——"她紧紧抓住德鲁斯的手臂——"你还要去做什么？看在老天爷的分儿上，你能就此罢手吗？"

　　"这事还没完，宝贝。扎帕第先生想要告诉我们一些事情。我想，要他坐坐瓦斯车振作精神，不管怎样，我需要它做证据。"

　　他斜眼看着缩在后座角落的扎帕第。扎帕第的喉咙里发出刺耳的声音，一脸阴沉地盯着前方。

　　尼基过了马路，往回走来，一只脚踏在车门板上站着。

　　"没有钥匙。"他说，"你有吗？"

　　德鲁斯说："当然。"他从口袋里掏出钥匙，递给尼基。尼基绕到扎帕第那边，打开车门。

　　"下车吧，老兄。"

扎帕第不情愿地下了车，站在细雨里，雨斜飘过来，他嘴巴嚅动着，德鲁斯也下了车。

"你开车回去吧，宝贝。"

朗辛·雷坐到驾驶座，发动车，引擎开始呜呜作响。

"再见了，宝贝，"德鲁斯柔声说，"替我把拖鞋暖好，帮我个大忙，宝贝，不要打电话给任何人。"

帕卡德车离开了大漆椒树，沿着幽暗的街道驶去。德鲁斯看着车，直到车子转弯消失。他用手肘推了推扎帕第。

"走吧，你将会坐在你的瓦斯车的后座里。我们无法喂你太多瓦斯，因为车窗玻璃有个洞，但是你会喜欢那气味的。我们要在乡下的某个地方下车。我们有整晚的时间陪你玩。"

"你知道这是绑架吧？"扎帕第恶狠狠地说。

"我就是喜欢。"德鲁斯咕哝道。

他们穿过街道，三个人不慌不忙地走着。尼基打开林肯车的后座门。扎帕第进去了，尼基重重地关上车门，在驾驶座上坐下，插上车钥匙。德鲁斯坐在旁边的副驾驶座，双腿跨在瓦斯罐上。整辆车上还残留着瓦斯味。

尼基发动了车，在街区中间向北转弯，开向富兰克林，回到洛菲丽斯，再往格林谷开去。过了一会儿，扎帕第身体向前倾，重击着玻璃。德鲁斯把耳朵凑到尼基背后的玻璃孔上。

听到扎帕第用刺耳的声音说："石屋——城堡路——克丽仙塔洪水区。"

"天啊，他真是个软蛋。"尼基嘟囔道，眼睛看着前方的马路。德鲁斯点点头，若有所思地说："还不止这些，现在帕里西死了，除非他能找到出路，不然他会守口如瓶。"

尼基说："要是我，我宁愿挨揍也不愿受这瓦斯罪，给我一支烟，约翰尼。"

德鲁斯点燃了两支烟，递给金发青年一支。他回头瞥了一眼车角的扎帕第。过路的车灯打在他绷紧的脸上，忽明忽暗让他的

464

脸更显阴沉。

林肯车悄然穿过格林谷，上坡驶向蒙特罗斯。越过蒙特罗斯，来到日田公路，穿过日田公路，到了近乎荒凉的克丽仙塔洪水区。

他们找到了城堡路，开向山区。过了几分钟，到达石屋前。

石屋背对着马路，中间隔着很大的一块空地，也许以前是一块草坪，但现在堆满了沙子、碎石和一些大圆石。他们转了个急弯才行驶到这条路上。马路尽头是混凝土石墙，被1934年新年的那场洪水毁坏了一些。

石墙上是以前洪水主要淹没地区。上面灌木丛生，也有很多大石头。石墙边有一棵树，树根一半露在外面，下面约八英尺。

尼基停了车，关掉车灯，拿出一个手电筒，递给德鲁斯。

德鲁斯也下了车，手撑着车门站了一会儿，一手拿着手电筒。他从大衣口袋里拿出一支枪搁在身边。

"看起来像个烂摊子，"他说。"我不觉得这里会有什么重大发现。"

他瞥了一眼扎帕第，嘲讽地笑了笑，走过层层沙丘，往石屋走去。屋子的前门半开着，周围都是沙子。德鲁斯走向房间一隅尽量看紧大门。他沿着侧边的墙走，看着墙上盯着板子的窗户，窗户封得死死的，没有一丝光线透过来。

房子后面原来是鸡舍。车库被压扁了，只留下一辆布满铁锈的废车，后门像窗户一样也被钉死了。德鲁斯静静地站在雨中，思索着为什么前门却是开着的。然后他想起了这里几个月前发过洪水，虽然洪水不是很大，但也有可能是洪水把面山的那扇门冲开了。

两座灰泥房，都被弃置了，隐隐浮现在附近的空地上。在离洪水区更远一点儿的高地上有一个亮灯的窗户。这是德鲁斯视野之内唯一可见的灯光。

他走回到房子前面，溜进那扇敞开着的门，站在屋子里，竖起耳朵听周围的动静。过了好一会儿，他打开了手电筒。

房间里的气味不像是室内该有的，闻起来倒像是在户外。前厅里除了沙子，一些破烂的家具和墙上的污迹，其余什么都没有，洪水冲刷过来的黑线上挂着几张照片。

德鲁斯穿过一道狭小的门廊走进厨房，厨房地板上有一个洞，那是原来放水槽的地方，但现在放着一个生锈的瓦斯炉。他又从厨房走进卧室。一直没有听到这栋房子里有任何声音。

卧室是方形格局，很阴暗。地毯上有一层陈旧的泥土。铁床上的弹簧布满了铁锈，弹簧上是泡过洪水的床垫。

一双脚从床底下伸出来。

这是一双穿着棕色粗革皮鞋，紫色袜子的大脚。袜子上有灰色的时钟图案。袜子上方是黑白格子裤。

德鲁斯静静地站在那里，拿起手电筒照着那双脚。嘴唇发出轻轻的吮吸声。他就这样静站了几分钟，一动不动。然后他把手电筒立在地上，有灯泡的那一头朝上，灯光照射天花板反射下来，点亮了整个房间。

他抓住床垫，把它拖下床。他伸手去碰床底下的一只手，手十分冰凉，他抓住尸体的脚踝想把他从床底拉出来，但是太沉重了。还不如把床从他身上移走，这样会更容易。

10

扎帕第的头向后靠着椅背，闭着眼睛，头微微斜着。他的眼睛闭得非常紧，试图尽可能地把头偏向远离手电筒光的那一边，这样手电筒光不会刺到他眼睛。

尼基拿着手电筒紧紧挨着他的脸，打开又关上，关上又打开，单调而有节奏地重复着。

德鲁斯站着，一只脚踏在车踏板上，看着雨。模糊的地平线上，一架飞机的信号灯微弱地闪烁着。

尼基漫不经心地说："你永远无法知道究竟怎样才能让一个人屈服。我曾经见过一个人，只因为警察的指甲触到了他的酒窝，他就崩溃得屈服了。"

德鲁斯憋不住笑了。"这一个难搞定一点儿，"他说，"你可要想出比手电筒光更高明点的法子出来。"

尼基又把手电筒开了又关，关了又开。"我能，"他说，"只是不想弄脏我的手。"

一小会儿后，扎帕第向前抬起双手，又慢慢放下来，他开口说话了，用很缓慢、很枯燥的声音，眼睛一直闭着，避开手电筒光。

"是帕里西策划这次绑架的。我也是他绑架完才知道这件事的。大约一个月前帕里西控制了我，因为他背后有几个狠角色。他竟然知道了甘勒斯敲诈了我25000美元，当时甘勒斯收了这钱，允诺帮我表弟摆脱谋杀的罪名，但是之后又把他出卖了。我没告诉帕里西这件事，我也是今天晚上才知道他知道这件事。""他大概今晚7点或7点以后来俱乐部找我，对我说：'我们手上有你的一个朋友，雨果·甘勒斯。这是10万美元的活儿，但下手要快。你要做的就是把赎金和其他钱洗在一块。你没有选择，因为第一，你也会分到部分钱，第二，如果是事情搞砸了，也是发生在你的地盘。'然后帕里西就坐在那儿，咬着指甲，等他的手下办好事回来。但是他的手下一直没出现，他心急如焚，立即跑到啤酒店去打电话。"

德鲁斯吸了口指间的烟，说："谁指使的？你怎么知道甘勒斯在这里？"

扎帕第说："莫泊思告诉我的。但是我不知道甘勒斯死了。"尼基笑了起来，又快速地重复开关手电筒。

德鲁斯说："先拿着一下我的手电筒。"尼基握着手电筒，一动不动地照着扎帕第的白脸。扎帕第抿了抿嘴。眼睛睁开了一次，像是一双死鱼眼睛。

尼基说："该死的，这外面冷死了。我们拿他怎么办？"

德鲁斯说："我们把他抓进这房子里，把他和甘勒斯绑在一起。他们能互相取暖。明天一早我们再过来，看看他有没有另外想出来什么有用的东西。"

扎帕第听后全身发抖。眼角好像还冒出了泪珠。沉默了一会儿后，他说："好吧，是我策划整件事情的，瓦斯车也是我的主意。我不是想要钱，我想要甘勒斯，想要他死。我弟弟上周星期五在昆丁被绞死了。"

接着是一片沉寂。尼基压着嗓子说了什么。德鲁斯没有动，也没有说话。

扎帕第继续说："玛提克，甘勒斯的司机，他也参与了这事。他恨甘勒斯。他原本计划和平常一样，若无其事地开着甘勒斯的车，然后一枪杀了他。但是他收了钱却磨磨叽叽一直没下手，帕里西对他起疑，把他做了，然后换了个人替代他。那天晚上下雨，事情就更好办了。"

德鲁斯说："这才乖——但你还没说完，扎帕第。"

扎帕第飞快地耸了耸肩，微微张开眼睛看了看手电筒，似乎笑了。

"你到底想要什么？"

德鲁斯说："我想要抓住那个指使别人绑架我的浑蛋……算了……我自己来。"

他把脚从车门踏板上移开，淹没在黑暗中，砰地把车门关上，闪到前座。尼基关掉手电筒，坐到驾驶座上，发动引擎。

德鲁斯说："找一个可以打电话叫出租车的地方停下，尼基。然后开着这车兜一小时，之后打电话给朗辛，我会留话给你。"金发青年缓缓地摇晃着头。"你是好兄弟，约翰尼，我喜欢你。但是这件事已经办得差不多了，我还要到总部去报案。不要忘了我家里的旧衬衫上还挂着我是私家侦探的执照呢。"

德鲁斯说："再给我一小时，尼基，就一小时。"

汽车驶下山丘，穿过日田公路，又翻过一个山丘，朝蒙特罗斯开去。过了一会儿尼基说："照你说的办。"

11

　　欧罗大厅里的桌子一端摆着一个时钟，时钟指向1点12分。大厅是古西班牙风格，铺着深红色印第安地毯，椅子上镶满了铆钉，铺着皮革椅垫，坐垫边缘饰以皮革流苏。灰绿色的橄榄树门镶嵌着累赘的铁花门闩。

　　大厅里有一个瘦削的穿着整齐的职员，他留着一把胡须，金色头发往后梳得整齐光亮，他倚着桌子，看着时钟打哈欠，用光亮的指甲轻敲着牙齿。

　　靠街的大门打开了，德鲁斯走进来。他摘下帽子，在手中晃了晃，又戴上，把帽檐拉得很低。他的眼睛悠悠地扫了一下这冷清的大厅，走向前台，戴着手套的手在桌上拍了拍。

　　"雨果·甘勒斯的房号是多少？"他问。

　　职员看起来有点恼怒。他看了看时钟，又看了看德鲁斯的脸，目光又回到时钟上。他傲慢地笑了笑，用略带强调的语气说：

　　"12C，你确定要我传话吗？在这个点？"

　　德鲁斯说："不用了。"

　　他离开前台，转身朝一扇有菱形玻璃的大门走去。这扇门让里面看起来像一个非常高级的隐秘场所。

德鲁斯正在伸手去按门铃，后面突然传来尖锐的铃声。

德鲁斯回头看，又转身回到前台。职员的手迅速从按铃上挪开。他用一种冷漠讥讽的语气说："拜托，这不是你想象的那种公寓。"

德鲁斯的脸变得暗红。他靠向前台里边，拽住职员夹克的镶边衣领，一把把他拉过来，职员的胸膛紧贴着桌沿。

"你刚说什么，小子？"

职员脸色苍白，但仍挣扎着去按铃铛。

一个矮胖、穿着宽大西装、戴着豹棕色假发的男人走过来，他伸出一根肥胖的手指说："嘿。"

德鲁斯松开职员。他面无表情地看着胖子外套前的雪茄灰。

胖子说："我是这里的保安。你想动粗的话就不得不先会会我了。"

德鲁斯说："你说得对，我们去那角落谈谈。"

他们走到一个角落里，坐下一棵棕榈树下。胖子打着哈欠，掀起假发边缘，往里面挠了挠痒。

"我叫库瓦里克，"他说，"有时候我也想揍那个瑞士职员。你有什么事？"

德鲁斯说："你能守口如瓶吗？"

"不，我喜欢嚼舌根呢，这是在这里工作唯一的乐趣了。"库瓦里克从口袋里掏出半根雪茄烟，点燃了它。

德鲁斯说："但这次你要守口如瓶。"

他伸进口袋，拿出钱包，掏出两张12美元的钞票。用食指把钞票卷起来，卷成管状，塞进胖子的外衣口袋里。

库瓦里克眨了眨眼，没有说话。

德鲁斯说："甘勒斯公寓里有一个叫乔治·戴尔的家伙。他的车就停在外面，所以人肯定在这里。我想见他，但是又不想他事先知道我是谁。你可以把我带进去，陪我一下。"

胖子谨慎地说："这时候有点晚了，也许他睡了。"

"如果睡了，那也是睡错了床，"德鲁斯说，"理应起来。"胖子站起来。"我不喜欢动脑子，但我喜欢你的钞票，"他说，"我先进去看他们有没有睡，你留在这里。"

德鲁斯点点头。库瓦里克沿着墙，穿过角落的门。他走路时，手枪皮袋累赘地挂在他的大屁股后面。职员看着他的背影，又轻蔑地看了一眼德鲁斯，拿出一个磨指甲刀。

10分钟过去了，15分钟过去了。库瓦里克没有回来。德鲁斯腾地站起来，皱着眉头，朝角落里的门走去，前台职员直起身子，眼睛看向桌上的电话，但是没有动它。

德鲁斯穿过门，到了有盖顶的走廊。雨轻轻地从屋檐上滴下。他沿着一个屋内庭院走着，庭院中间是椭圆形游泳池，四周镶嵌着五颜六色的瓷砖。庭院尽头还有其他庭院。其中左边有一个庭院尽头亮着窗灯。他想碰碰运气，于是朝灯走去，走近一看，门上门牌号就是12C。

他踏上两步台阶，隔着点距离按了按门铃。门里没有反应，过了一会儿，他又按，然后试着开门。门锁了。他好像听到房间里什么地方发出微弱的撞击声。

他在雨中站了一会儿，然后绕到房子一角，走过一条湿淋淋的狭窄的甬道。他试着按了按公务用门，也锁了。德鲁斯咒骂了一声，从腋下拿出枪，帽子顶着门上的玻璃用枪托把玻璃砸碎了，玻璃洒在了门内的地板上，发出微弱的叮当声。

他收起枪，戴好帽子，伸手穿过玻璃去开门锁。

厨房很宽敞，黑黄瓷砖让厨房看起来很明亮，这厨房看起来好像主要是用来调酒的。两瓶海格，一瓶轩尼诗，还有三四瓶上等好酒摆在铺着瓷砖的沥水台上。短短的走道上有一扇门通向客厅，门关着。角落里有一架大钢琴，旁边是一盏亮着的灯。另一盏灯摆在矮桌上，桌上还有些酒和杯子。火炉里的火已经熄灭。

撞击声越来越大。

德鲁斯走过客厅，又穿过一扇挂着帷幔的门，走进另一道走

472

廊，到了一间装潢精致的卧室，撞击声从衣橱里传来。德鲁斯打开衣橱门，看见了一个人。

他坐在地板上，背后是一堆衣服挂在衣杆上。脸被毛巾裹着，脚踝也被毛巾绑着。手腕也绑在后面。他秃头，像埃及俱乐部里的庄家一样秃。

德鲁斯往下认真地盯着他看，突然咧嘴笑了，给他松绑。

那人吐出毛巾，嘴里粗鲁地咒骂着，又钻进衣服堆里拿出一个毛茸茸的东西，把它整理了一下，然后戴在头上。

原来是库瓦里克，公寓保安。

他站起来，嘴里仍骂个不停，躲开德鲁斯，胖胖的脸上一脸戒备。右手伸进枪袋。

德鲁斯摊开手，说："说说怎么回事。"然后在一张印花矮脚软垫椅上坐下。

库瓦里克安静地盯了德鲁斯一会儿，然后收起手中的枪。

"我看到这有光，"他说，"所以我按了门铃，一个黝黑的高个子开了门。我常看到他，是戴尔。我对他说大厅里有人想见他，但是不想透露姓名。"

"这样你就挨揍了。"德鲁斯干巴巴地说。

"还没，不过快了，"库瓦里克咧嘴笑了，嘴里吐出一些残渣，"我形容了你的样子，这才让我挨揍的。他诡异地笑了笑，请我进来。我一进去后他就关上门，拿枪顶着我的腰。他说：'你说他灰色眼睛，一身深色衣服？'我说：'是的。你拿枪顶着我干吗？'他说：'他灰色眼睛，褐色头发略微有点卷，厚嘴唇？'我说：'是的，你这个浑蛋，拿枪指着我搞什么鬼？'"

"他说：'搞这个。'然后他拿枪砸向我的后脑勺儿。我倒在地上，头昏眼花，但是没有昏过去。然后甘勒斯的女人从走廊里出来，把我绑了起来，扔进了衣橱里，就这些。我听到他们忙活了一阵子，之后就是一片寂静。这就是你按门铃前发生的事了。"

德鲁斯慵懒惬意地笑了，放松全身，躺在椅子上。他的样子变得慵懒，不慌不忙起来。

"他们走了，"他轻声说，"应该是有人通风报信。我觉得这不是个好主意。"

库瓦里克说："我是老侦探，受得了这么一击。他们搞什么鬼去了？"

"甘勒斯夫人是个怎样的人？"

"皮肤黝黑，很漂亮，男人说她性饥渴。有些老态刻板。每三个月换一个司机。在卡萨有几个喜欢的男人。我猜袭击我的那个也是个小白脸。"

德鲁斯看着表，点了点头，身子往前倾，站起身来，"我看差不多是警察插手这事情的时候了，局里有朋友吗？可以把这绑架一事报上去。"

一个声音说："还不是时候呢。"

乔治·戴尔从走廊悄悄溜进房间，静静地站在房间里，手里拿着一把细长的消音自动手枪。他的眼中闪着怒火，但是柠檬黄的手指沉稳地扣着枪的扳机。

"我们没有走，"他说，"我们还没准备走呢，但也许我们的这个决定对你们来说糟糕透了。"

库瓦里克的胖手伸向背后的枪袋。

自动手枪的黑管里发出两声闷闷的响声。

一股弹灰落在库瓦里克的外衣前。他的手猛然从侧面甩开，小眼睛骤然睁得很大，像豆荚爆开。他重重地侧身摔在墙上，身体缓缓往下掉，眼睛半睁，背靠着墙。假发歪到了一旁。

德鲁斯飞快地看了下他，然后重新把目光放在戴尔身上。脸上没有表情，连一丝激动的表情都没有。

他说："你是个疯子，戴尔。这样你连最后的机会都没有了。你可以溜掉的，但也不为怪，你犯的错误又不止这一个。"

戴尔平静地说："不，现在我明白了。我不应该让人去杀你，我只是为了好玩，这可一点儿都不专业。"

德鲁斯微微点头，看着戴尔，表情近乎友好。"只是为了好玩——谁告诉你你的这场游戏搞砸了？"

"朗辛——见鬼，她可花了很长时间才讲清楚，"戴尔野蛮地说道，"我要走了，暂时不能谢她了。"

"永远别想，"德鲁斯说，"你走不出这个州。你也得不到你老板的一分钱。你别想，你的共犯也没有，你的女人也别想。警察已经知道这事了——马上。"

戴尔说："我们会脱身的。我们有足够的钱到处周游，约翰尼，周游很久。"

戴尔的脸绷紧，举起枪。德鲁斯半闭着眼睛，准备挨枪。但是没有开枪。取而代之的是戴尔身后一阵窸窣声，一个高挑儿、黝黑、穿着灰色皮毛大衣的女人走进房间。一顶小帽子稳稳地戴在深色的头发上，头发在脖子处打了个花结。她很漂亮，骨感的野性美。嘴唇涂得像煤烟一样黑，脸颊没有抹颜色。

她的声音慵懒冷淡，和她绷紧的面容很不协调。"朗辛是谁？"她冷冷地问。

德鲁斯睁开眼，身体僵硬在椅子上，右手开始滑向胸膛。

"朗辛是我的女朋友，"他说，"戴尔先生一直想把她从我身边抢走。但是也无可厚非。他一表人才，应该选择他的菜。"

高挑女人顿时黑了脸，变得野蛮愤怒。她疯狂地抓着戴尔的手臂——戴尔那只拿枪的手臂。

德鲁斯抓住枪袋，拿出他的0.38手枪。但是他手中的枪没有发射子弹，戴尔手中的消音枪也没有。子弹是从一把硕大的柯尔特发出来的，八英寸的枪管，枪声像炸弹爆炸一样。它从地板上，从库瓦里克的右臀边，从库瓦里克胖手中发出来。

枪声只响了一次。戴尔像被一只巨手推了一下一样，摔在墙上。他的头撞在墙上，瞬间那张英俊的脸上鲜血淋漓。

他沿着墙倒下，黑管自动小手枪掉在身前。黑女人扑过去拿

475

枪，匍匐跪在戴尔的尸体旁。

她拿起枪，举起来。脸蛋扭曲，牙齿咬着嘴唇，闪着寒光。

库瓦里克说："我耐用得很，以前是侦探。"

硕大的卡尔特又响了一声，那女人的嘴里发出一声尖叫。身体倒在戴尔的尸体上。眼睛睁开又闭上，睁开又闭上。脸色惨白。"击中肩膀，她没事的。"库瓦里克说，站起身来。他解开外套，拍了拍胸膛。

"防弹衣，"他自豪地说，"不过刚才我想我最好还是安静地在地上多躺会儿，否则他会打烂我的脸。"

　　朗辛·雷打了个哈欠，伸直一条穿着绿色睡裤的长腿，看着脚丫上的绿拖鞋。又打了个哈欠，站起身来，紧张兮兮地穿过房间，走到一张椭圆形的桌子旁。她倒了一杯酒，囫囵吞下，突然紧张得发抖。她脸色疲倦，双眼深陷，眼睛下还有些脏东西。

　　她看了看手腕上的表。大约早晨4点钟。手腕还没放下，她突然听到了一个声音，她一阵眩晕，转过身来，背对着桌子，急促地喘气。

　　德鲁斯掀起红色门帘，走进房间。他停住脚步，面无表情地看着她，然后缓缓取下帽子，脱下大衣，放在椅背上。他脱掉西装和护肩，走到酒瓶边。

　　他闻了闻酒杯，倒了三分之一杯威士忌，一口喝了下去。"所以你把消息泄露给那浑蛋了。"他镇定地说，看着手中的空杯。

　　朗辛·雷："是，我不得不打电话给他。发生什么事了？"

　　"你不得不打电话给那浑蛋，"德鲁斯说着，语调和刚才一样。"该死，你明明知道他和这事脱不了干系。你宁愿他能脱身，即使他把我干掉。"

"你没事吧，约翰尼？"她温柔地问，语气疲惫。

德鲁斯没有说话，也没有看她。他把酒杯缓缓放下，倒了更多威士忌，加了点水，寻找着冰块。但是没有找到，他抿了一口酒，眼睛看着白色桌角。

朗辛·雷说："世界上没有一个男人比得上你，约翰尼。我告诉他对他没有好处，但是他必须知道。因为我认识他。"德鲁斯缓缓地说："这真是胡扯，我可没那么好命，要不是有一位身穿防弹衣、手握神枪的保安在，我现在早就死了。"

过了一会儿，朗辛·雷说："所以你想要我离开吗？"

德鲁斯飞快地扫了她一眼，他放下酒杯，离开桌子。说："不必了，只要你以后能对我坦诚。"

他在一张深凹的椅子上坐下来，手肘靠在椅子扶手上，双手捂着脸。朗辛·雷注视了他一会儿，然后走过去，坐在扶手上。他轻轻地向后推他的头，直到靠到椅背上。她温柔地抚摸着他的额头。

德鲁斯闭上双眼。身体放松舒坦下来。声音开始带着睡意。

"也许是因为你在埃及俱乐部救了我一命，所以你有权利让我吃戴尔那小子一枪。"

朗辛·雷抚摸着他的头，没有说话。

"戴尔死了，"德鲁斯继续说，"保安打烂了他的脸。"

朗辛·雷的手停了下来。一会儿后，又抚摸着德鲁斯的头。

"甘勒斯的老婆当时也在场。她好像很风骚。她想要雨果的钱和除雨果以外世界上所有的男人。谢天谢地她没有被打死。她说出了很多真相，扎帕第也是。"

"嗯，亲爱的。"朗辛·雷静静地说。

德鲁斯打了个哈欠："甘勒斯死了，我们还没开始插手，他就死了，他们不为别的，就想要他死。帕里西可不管三七二十一，拿到钱就行。"

朗辛·雷说："嗯，亲爱的。"

"上午再告诉你其他的吧，"德鲁斯含糊地说，"我想尼基和我没惹上警方的麻烦……我们去雷诺结婚吧……我已经厌倦了这野猫似的生活……给我再倒一杯酒，宝贝。"

　　朗辛·雷没有动，只是依旧温柔地抚摸着他的额头和太阳穴。德鲁斯身体躺在椅子里，头滑到一边。

　　"好，亲爱的。"

　　"别叫我亲爱的，"德鲁斯迷糊地说，"叫我鸽子就好。"

　　他熟睡之后，她从扶手上站起来，在他旁边坐下。她静静地坐着，樱桃红的指甲，纤细修长的手指撑着脸蛋，看着他。

（本文译者　李敏、梁瑞清）